人類滅亡小説

山田宗樹

幻冬舎文庫

人類滅亡小説

人類滅亡小説

目次

推計によると、地球上の雲に棲息する微生物の全個体数は10^{19}に達する。
これは、大気の物理化学的なプロセスに影響を及ぼすのに、充分な量と思われる。

Pierre Amato (2012) Clouds provide atmospheric oases for microbes. *Microbe* 7 (3): 119-123

第一部

第一章　ミカズキ

1

　吉井沙梨奈は、最後の書き込みを終えてから、スマホの電源を切った。通学鞄に入れて下に置く。あたしのメッセージは、だれの目にも触れないまま、実体のない世界でひっそりと保存される。これがあたしの、この世界に残していく、すべて。

　網フェンスに手をかけた。高さは二メートルくらい。有棘鉄線のようなものはないので、沙梨奈でも乗り越えられる。実際、思ったよりも簡単によじ登って、外側に降りることができた。そこから雨水溝をまたぐと、端まで五十センチもない。強い風が吹き上げてきて、制服のスカートがふわりと膨らんだ。

　マンションの屋上は、点検業者以外は立ち入り禁止になっているが、屋上に通じるドアのロックが壊れたままで、その気になればいつでも出入りできる。沙梨奈が知っているくらいだから、ほかの住人も気づいているはずだが、ずっと放置されてきた。

慎重に足を踏み出し、端に立つ。

もう惨めな思いをしなくて済む。この世界に引け目を感じなくて済む。これ以上、自分を嫌いにならなくて済む。

背筋を伸ばし、目をつむる。

さよなら、あたし。

身体を前に傾ける。

ふっと重力が消える。

「え」

目を開けると同時に身体をひねった。足が離れて宙に浮く。落ちる。腕を伸ばした。雨水溝に届いた。そこに倍加した自重が襲った。指がちぎれそうになる。足の下にはなにもない。虚空が口を開けている。歯を食いしばった。二本の腕で身体を引き上げる。ぎりぎりで重力を振り切って転がり、雨水溝にすっぽりとはまった。底から舞い上がった埃にせき込んだ。溝から出て網フェンスを掴む。振り返って空を見上げる。さっき目をつむる寸前、異様なものが視界に入った気がしたのだ。

上空を埋め尽くしているのは灰色の雲塊。その中にあって一つだけ、赤い色の塊が紛れ込んでいた。いちごシロップをたっぷりかけた、かき氷みたいな色。夕日のせいではない。まだお昼を過ぎたばかりだ。それに、あれは夕焼けの色とは違う。もっと毒々しくて、ぞっとするような……。

ふたたびフェンスをよじ登って内側にもどり、通学鞄を拾い上げて中からスマホを取り出す。電源を入れ直して〈雲　赤い〉で検索する。すぐに判明した。

「……コロニー雲」

ネットでも話題になっているらしい。ぜんぜん知らなかった。ここ数カ月というもの、空を見上げたことなんかないし、世の中の動きにも関心が向かなかった。

さらに検索結果を追っているうちに、ある言葉を見つけた。ずっと胸の中に澱(よど)んでいたものが、跡形もなく吹き飛んだ。

「そっかあ」

晴れ晴れとした笑顔で赤い雲を見上げる。

「人類、滅亡しちゃうんだ」

2

暗いドアを引くと、カランと音が鳴る。照明の控えめな店内から、乾いた冷気に乗って、珈琲と煙草の匂いが流れてくる。

「いらっしゃい」

「どうも」

沢田剛は、マスターにちょんと頭を下げ、いつものカウンター席に着く。

「きょうのモーニングはシナモントーストだけど」

「じゃ、それで」

両肘をカウンターにのせ、さりげなく店内を見回す。四人掛けの小さなテーブル席が三つ。先客が一人いる。六十代と思しき痩身色黒の男性で、たいてい平日のこの時間に来ている。言葉を交わしたことはないが、マスターは中根さんと呼んでいる。きょうは量販店で買ったに違いない白いポロシャツを着ていた。イヤホンを両耳に差し、小難しそうな顔でタブレット型のデバイスを睨みながら、クリームをたっぷり盛った珈琲を飲んでいる。灰皿の底には折れ曲がった吸い殻が数本。中根のほかに人の姿はない。

「有美ちゃんならお休みだよ」

剛は、がっくりと肩を落とした。

「きょうから東京に行ってる」

マスターは四十歳くらい。いつも小さな眼鏡をかけ、真っ白いシャツに黒いエプロン姿でカウンターの中に立っている。頬は少しふっくらしているが、太っているというほどではない。そのマスターが、挽（ひ）きたての豆に湯を細く落としながら、剛の反応を楽しむような視線をよこす。

「彼氏に会ってくるんだってさ」

「マジ？」

剛の生まれ育った見和希（みかずき）市は、大きな河川に面しており、昔は水運業の拠点として栄えたという。いまも市の中心部には、当時の栄華を偲（しの）ぶ建物が多く残っている。この小さな喫茶店は、その中心部からやや外れた、古い商店街の中にあった。

「はい、お待たせ」

珈琲とシナモントースト、ゆで卵とミニサラダが並べられる。シナモントーストは、バターを塗ったトーストにシナモンシュガーを振りかけただけのものだ。

「っていうのは冗談でさ」

剛はトーストをくわえたまま顔を上げる。

「ほんとは仕事の面接を受けに行ったんだよ」

「有美ちゃん、向こうで就職すんの？」

「前からいってたからね。いつか東京で働きたいって」

トーストを食いちぎるとシナモンの粉が白い皿に散った。

「そんなにいいかな、東京暮らしが」

「この辺りの女の子なら、一度は憧れるもんだよ」

「きょうのシナモン強すぎない？」

「そう？」

剛は二十三歳になるが、まだ東京に行ったことはない。剛にとって東京とは、情報として存在するだけの都市であり、オンラインゲームの中にある架空の街と変わらなかった。有美はそんな場所に行っている。なんとなく、二度と戻ってこないんじゃないか、という気がした。

「おい、にいちゃん。これ知ってるか？」

妙に切迫した声とともに、目の前にタブレットが差し出された。驚いて振り向くと、常連の六十代男性が立っている。

「どうしたの、中根さん」

マスターの目にも戸惑いがある。

「これだ、これ」

中根が節くれ立った指でタブレットを叩く。そのタブレットの上半分を、曇り空の画像が占めていた。ただの雲ではない。一部が赤くなっている。画面の下半分には日本語の文章が綴られているが、字が細かくて読みづらい。

「雲がこんなふうに赤くなるんだってよ。知ってたか、にいちゃん」

息が煙草くさい。

「雲なんて夕方になればいくらでも赤くなるでしょ」

むっとして返すと、中根が目を剝く。

「よく見ろって。夕焼けでこんな色になるかぁ？」

無視するとさらにしつこく絡んできそうだ。剛はしぶしぶ画像を見直す。

その雲は濃い赤インクでも流し込んだような色をしていた。発色の仕方も、太陽に照らされているというより、内部から色素が染み出している感じがする。雲の厚みのある部分の色が強く、端にいくほど淡くなっていた。画像の下端に写り込んでいる建物の大きさから推察するに、赤くなっているのは雲のごく一部に過ぎないようだ。腕を伸ばして手のひらを空に向けると、その手のひらに隠れてしまう程度しかない。たしかに、夕焼けでこんな色の映え方はしないだろうが。

「これが撮影されたのは午後二時だ。絶対に夕焼けじゃない」

「画像が加工されてんじゃないすか。こんなの簡単にできますよ」

中根があらためてタブレットを操作し、

「いま、こういう雲が、世界中で見つかってるんだぞ。画像検索したら、ほら、こんなに出てくる」

鼻息を荒くして検索画面を突きつけてきた。ずらりと並んだ画像には、どれも赤い雲が写っている。色調や大きさ、形は微妙に違う。

「だからぁ、こんなのはアプリを使えばあっという間にできるの」

「ところがね、沢田くん」

マスターが低い声で会話に入ってきた。

「ほんとらしいんだな。雲が赤くなる現象があちこちで起きてるってのは」

剛は思わず顔を見つめる。

「なに、マスターまで」

「ちゃんとしたニュースサイトにも出てるよ。コロニー雲って呼ばれてる」

「コロニー？　どういう意味」

「集落」

「なんの」

「微生物だよ」

「ミジンコとか、そういうやつ？」

「もっと小さいの。細菌とかカビの仲間とか。あの雲の中では、そういう微生物が異常に繁殖してるんだって。それが赤く見えてるってことらしいよ」

「マスター、やけに詳しいけど、ほんもの見たことあんの？」

「コロニー雲？　いや、ないけど」

「だったら、ほんとにそんな雲があるかどうか、わかんないじゃん」

「でもニュースサイトでは――」

　マスターがいいかけて口を噤（つぐ）み、考え込むようにうつむく。

「なるほど。沢田くんのいうことも一理あるね」

〈東京〉と同じなのだ。〈コロニー雲〉は、ここにいる自分たちにとっては単なる情報でしかない。端末の画面の中にだけ存在する仮想現実かもしれないのだ。少なくとも、そうではないと言い切るだけの根拠を、いまの自分たちは持ち合わせていない。

「じゃあ、ここに書いてあることはどうなんだ？」

中根が検索画面を閉じて最初のサイトにもどした。曇り空の画像と説明文が書いてあるページだ。マスターがタブレットを受け取って下半分の文章に目を通す。十秒もしないうちに鼻で笑い、タブレットを中根に返して、

「これはデマです」

あっさりと断定した。

中根は納得できない様子で、

「でも専門家がいってるんだろ」

「その専門家の先生、テレビで見たことありますけど、ありゃ詐欺師の顔ですね」

「なんの話？　そこになんて書いてあんの？」

「まあ一言でいえば、コロニー雲のせいで人類は滅亡する」

「ふぁっ？」

「ただし、そうなるのは二百年後」

思わず笑った。

「なんだ、そりゃ」

「笑いごとじゃない。少しは子孫のことを考えなさいよ」

中根がなぜか説教口調になっている。

「だって二百年も先だよ。子孫は子孫でなんとかするんじゃないの。ていうか、デマなんでしょ？」

マスターが無言で肩をすくめる。

「ま、どっちにしろ、おれらには関係ない話だよね」

「若いあなたがそんな無責任なことをいっちゃいけないよ。これはみんなが真剣に考えないと」

「まあまあ、中根さん。そのへんで」

ヒートアップしそうなところにマスターが割って入った。

中根も我に返ったのか、決まり悪そうな表情をしつつも、

「いや、これは、ほんとに、たいへんなことだと思うんだけどなあ……」

首をひねりながらテーブル席にもどる。

剛はマスターと苦笑を交わした。

ドアがカランと鳴って客が入ってきた。年配の女性が三人。彼女たちも朝の常連組だ。マスターと気さくに言葉を交わしながらテーブル席に着く。そのあとも中断することなくおしゃべりが続く。彼女たちの話題に赤い雲なんて出てこない。嫁姑、介護、夫への不満、身体

の不調。話題はどこまでも身近でリアルだ。奥の席の中根は、ふたたび両耳にイヤホンを差してタブレットを睨んでいる。

剛はモーニングを平らげて珈琲を飲み干した。

「そろそろ仕事行くわ」

「がんばってね」

代金をカウンターに置いて店を出る。ふたたびじっとりとした湿気に包まれながら、商店街の駐車場まで歩く。いまの剛にとってリアルな世界とは、とうに最盛期が過ぎて衰退しきったこの町だった。古びた建物。不便で狭い道。シャッターに落書きの目立つ商店街。そして、ここで消耗し、終わるであろう自分の人生。たとえ赤い雲が実在しようが、それが二百年後に人類を滅ぼすことになろうが、自分の一生には関わりのないものだ。おそらく、東京という街も。

駐車場で白いコンパクトカーに近づきながら、リモコンでロックを解除する。ドアに手をかけたとき、自分は本気で有美のことが好きだったのだ、とあらためて思った。彼女が東京で就職してしまえば、もう会えなくなる。でも、こんな自分になにができるのか……。

剛は答えを求めるように天を仰ぐ。

空には、でこぼこした灰色の雲がひしめいている。その中の、ちょうど頭上を塞(ふさ)ぐ雲塊が、濃い赤インクを垂らしたように、真っ赤に染まっていた。

3

『当機は高度三万八千フィート、約一万千六百メートルを飛行しております。本日は気流の乱れがあるため、このような揺れが続いておりますが、飛行の安全性にはまったく影響ありません。ご安心ください』

　窓の向こうには、真っ青な天空と、その底を埋める白銀の雲海が、視界のかぎり続いている。神々(こうごう)しいまでの光景は、昔ながらの天国のイメージに重なるが、実際は天国どころではない。機外の気温はおそらくマイナス五十度を下回り、気圧は地表の三分の一以下だ。

　弓寺(ゆみでら)修平を乗せて午前九時四十五分に東京を発った佐賀行ＡＪＡ４５４便は、対流圏の上限に近い高度を順調に飛行していた。ここから上は雲もできない成層圏だ。成層圏ではオゾンが紫外線を吸収して温まるため、気温は高いところで零度近くにもなる。

　成層圏を突き抜けると、気温はふたたび下がり、マイナス九十度まで低下する。それが高度百キロ付近から一転して急上昇し、千五百度という超高温に達する。熱圏と呼ばれる所以(ゆえん)だ。ただし、もはや空気はほとんど存在しない。そのため、一般に大気圏というときは高度百キロまでを指し、それ以上は宇宙空間とされている。

つまり大気圏とは、厚さわずか百キロの層に過ぎない。しかも空気の八十パーセントは、大気圏の底、厚さ約十一キロの対流圏に集中している。地球上の生命は、この薄皮のような大気の中で、かろうじて生かされてきた。しかしいま、その大気に、原因不明の異変が広がりつつある。

「ほら見て、あそこ」

後ろの座席から男の声がした。

「え……なにあれ」

応（こた）えたのは女性だ。どちらも声が若い。

「知らないの？　コロニー雲だよ。いま話題になってる」

（コロニー雲だとっ！）

弓寺はあわてて窓の外に目を凝らす。男のいうとおり、左はるか前方を埋める積雲の一部が赤く変色していた。さっきはまだ視界に入っていなかったのだろう。自分があれを見落とすはずがない。それにしても――。

「くそっ」

危うく窓を叩きかけた。待ち構えているときは現れないくせに、こんなときに限って……。

「おれ、実物を見るの初めてだわ。写真、撮っとこ」

後ろの男が呑気にいった。

「ねえ、どうして雲があんな色になるの？」

「雲の中でウイルスが繁殖してるからだよ」

男が自信たっぷりに断言したが、この回答では落第だ。コロニー雲で繁殖しているのはウイルスではなく、細菌である。ウイルスと細菌では、生物学的に天と地ほども違う。

「そんなものが雲の中で生きられるの？」

「水分はたっぷりありそうだから、なんとかなるんじゃない？」

「でも水だけじゃ生きられないでしょ。栄養分は？」

ほう、と意外に思った。素人にしてはいい着眼だ。生命が育まれるには水分と養分が不可欠である。雲は水や氷の粒子からできているので水分には事欠かない。では養分は？

「……いわれてみれば、空にそんなもんないな」

残念だが、その認識も誤っている。もともと大気にはさまざまな物質が含まれている。たとえば酸性雨の原因は大気中の二酸化硫黄や窒素酸化物だ。これも細菌にしてみれば立派な栄養分になるし、一般に雲の粒子にはそのほかにも多種多様の有機酸やミネラルが溶け込んでいる。栄養源として十分な量だ。そのため、コロニー雲にかぎらず、普通の白い雲にも多くの微生物が棲息している。いや、なにもないように見える空中や、雲もできない成層圏にさえ、エアロゾルという形で無数の微生物が浮遊し、独自の生態系を築いていることがわかってきた。

「でも、あのコロニー雲って、かなりヤバいらしいよ」

男がさらに続ける。

「人類を滅亡させるんだってさ」

「なんで人類が滅亡するの？」

「……おれにも理屈はよくわかんないんだけど」

「絶対デマでしょ、それ。雲ぐらいで人類が滅ぶわけないもん」

「たしかに……」

「そんなデマに騙されるのはリテラシーのない人だけだよ。カイセイくんは頭いいんでしょ」

「え、あ……うん」

弓寺はため息を吐いた。いまだに一般人の認識とはこのレベルなのか。いったい自分はなんのために……。

機内がざわつきはじめた。窓に視線をやると、真っ赤なコロニー雲が眼下まで迫っている。

弓寺もスマホのレンズを向けた。上空から観察できるチャンスは滅多にない。

飛行機との高度差は数千メートルあるはずだが、それでもかなりの大きさだった。境界もはっきりわかる。色の違いだけではない。周囲の積雲に比べると表面の凹凸が鋭く、まるで棘(とげ)が生えているようだ。コロニー雲の上面に特徴的なこの構造は、写真や動画では見たことがあるが、あらためて実物を目の当たりにすると、その異形から放たれる存在感に圧倒される。さながら雲間を漂う巨大生物だ。

「すげえ」

後ろの男が声を漏らす。

「なんか……怖いね」

女性がつぶやいた。

4

デイルームに先客はいなかった。飲料水の自動販売機と、古い雑誌やコミックの詰まった本棚、そして四人掛けの丸テーブルが三脚。南側に大きく開いた窓の向こうでは、木の枝が風に揺れ、黄緑色の葉を煌(きら)めかせている。泥っぽく濁った目に、この世界はどう映っているのだろう。

吉井沙梨奈は、車いすを窓に近いテーブルに着け、タイヤをロックしてから、自動販売機でいつものやつを買った。焦げ茶色のガラス瓶に入った、昔ながらの栄養ドリンクだ。栓をあけて差し出すと、祖父が無言で受け取り、一口一口、時間をかけて飲む。最後の一滴を啜ってから、空になった瓶をテーブルに置いた。

「あたしね」

沙梨奈はいった。

「死ぬの、延期することにした」

深く皺の刻まれた浅黒い顔は、表情を作る筋肉が干からびてしまったかのように、ぴくりともしない。ときどき瞬きをするだけの目も、どこを見ているのかわからない。

「コロニー雲……って知るわけないか」

スマホに画像を呼び出し、祖父に見せる。

「この赤い雲のせいで人類が滅亡するんだって」

祖父がようやく画面に目を向ける。が、それ以上の反応を期待しても無駄だった。

「どっちにしろ、じいちゃんには関係ないね」

スマホをもどす。

「まあ、あたしにも関係ないといえばないんだけど」

笑いかけたが、祖父は無表情のまま。

「でも、なんか、気が楽になったんだよね」

沙梨奈はしゃべり続ける。これほど気兼ねなくしゃべれる相手は祖父だけだ。

「二百年後には、お金持ちも、貧乏な人も、強い人も、弱い人も、健康な人も、病気の人も、友だちの多い人も、ひとりぼっちの人も、戦争ばっかりやってる国も、平和な国も、みんな無くなる。ぜーんぶ、なかったことになる。これって、すっごく素敵なことだと思わない？」

「真智子が来た。きのう」

いきなり祖父がいった。

「弁当を持ってきた」

「いっしょに食べたの？」

沙梨奈は穏やかに問いかける。

「あいつは食べんかった。わしだけ食べた」

「おいしかった？」

「うまかった、うまかった」

「……よかったね」

真智子というのは、沙梨奈の母だ。祖父にとっては一人娘になる。だが、実際に母が弁当を持って祖父の元を訪れたのは、三十年前だ。まだ母が中学生だったころ、祖父が交通事故で怪我を負って入院した。命に別状はなかったが、病院の食事が不味いとこぼしたので、母はわざわざ弁当をつくって見舞いに行った。祖父はたいそう喜んで食べたという。ふだんは突き放すように祖父のことを話す母も、そのエピソードを教えてくれたときだけは、いつもと違う感情に揺さぶられているように見えた。

「部屋に、もどろか」

沙梨奈は腰を上げ、栄養ドリンクの瓶をゴミ箱に捨ててから、車いすの後ろに回ってタイヤのロックを外した。

祖父の入所している有料老人ホーム〈あけぼのハウス〉から、見和希市の自宅マンションまで、自転車で一時間以上かかる。路線バスもあるが、バス代がもったいないので使わない。それに高校へも自転車通学しているせいか、自転車で遠出するのは苦にならない。

「じいちゃん、どうだった」

キッチンをのぞくと、香織が立ったまま牛乳を飲んでいた。

「いつもと同じ」

沙梨奈も冷蔵庫から清涼飲料水のペットボトルを取り、自分のコップに注いで飲む。コップは軽く水洗いして食卓に置いておく。どうせまた後で使う。

香織はまだ牛乳を飲み終えていない。マグカップを両手で持ち、なにかいいたそうな目で沙梨奈を見ている。

「なに」

「べつに」

沙梨奈は自分の部屋に入った。正確には、香織と二人で使っている部屋だ。沙梨奈が妹と母と暮らすこの2LDKのマンションは、母がまだ二十代のころに買ったものだった。ローンは払い終えている。母の職業はセールスレディで、各種保険から浄水器に至るまで、売れるものならなんでも売ってきた。土日祝日に仕事するのは当たり前。休むときは一カ月くらいまとめて休む。そういう生き方をしながら沙梨奈と香織を育て上げた人だ。

香織のデスクライトが点けっぱなしになっていた。机の上には、分厚い数学の問題集と、文字や数式が整然と書き込まれたノートが広げてある。図形の証明問題に取り組んでいるところらしいが、高校二年の沙梨奈にも解けそうにない問題ばかりだった。

香織は来春、県内トップクラスの進学校を受験することになっている。香織なら合格するだろう。成績が良いだけでなく、見た目も抜群に可愛くて、アイドルグループのセンターだって務められそうだ。実際、噂を聞きつけた芸能事務所のスカウトに、塾の帰りを待ち伏せされ、警察に通報する騒ぎになったこともある。姉妹でどうしてこんなに違うのだろう、とは思わない。違って当たり前なのだ。父親が違うのだから。

「前から聞こうと思ってたんだけど」

香織が部屋にもどってくるなり、いった。

「なんで毎週あんな遠いところまで行くの？　せっかくの日曜日なのに」

「だって、お母さんもぜんぜん会いに行ってあげないし」

「じいちゃん、頭が呆(ぼ)けて、沙梨奈のこともわからないんでしょ。意味ないじゃん」

「意味はあるよ」

「どんな」

「……暇つぶし」

香織が白けた顔をした。

「沙梨奈はいいね。気楽で」

そっけなくいって机に着き、シャープペンシルを握った。ほんの数秒、問題文と向き合ってから、解答をすらすらとノートに書き込んでいく。

「ねえ、香織」

「なに」

シャーペンを持つ手は動き続けている。

「コロニー雲って知ってる？」

「細菌が繁殖して赤く発色してる雲ね。それがどうかした」

「コロニー雲のせいで人類が滅亡するって信じる？」

「嘘に決まってる」

「……なんでそう言い切れるの？」

「あれって二百年後の話でしょ。そんな先のことが簡単に予測できるはずがない」

沙梨奈は、自分でも気づかぬうちに、香織の横顔を睨みつけていた。

「でも清々(せいせい)しない？」

香織が手を止めた。

振り向く。

「なにが」

「だから、人類が滅亡すること」

「なんでそれが清々するわけ」

「……なんとなく」

「ほんとになったら、どうするの」

「え……」

「そんなこといってて、ほんとに人類が滅亡しちゃったら、どうするつもり」

香織に正面から見据えられると、いつも身のすくむ思いがする。おまえは生きる価値のないクズだ、と宣告されている気分になる。

「コロニー雲のせいで人がたくさん死んで、泣き叫ぶ声が世界中に満ちあふれても、清々する、なんて言い方できる？」

「………」

香織が、視線を外して、ふたたび問題集に向かう。

「そういうことは軽々しく口にしちゃだめなんだよ」

5

「昨夜(ゆうべ)の雨、ひどかったからなあ」

助手席の池辺太志(ふとし)が外を眺めていった。眼前に広がる水田では倒伏した稲が水に浸(ひた)り、護岸工事を終えたばかりの運河にも泥色の水が膨れ上がっている。

「雷も凄かったですもんね」

沢田剛は軽ワンボックスカーのハンドルを切り、運河に沿って左折した。

「そうそう。子供が怖がってさあ、一人で眠れないから一緒に寝てくれって泣きついてきたよ」

「潤太くん、小学生でしたっけ」

「一年生。生意気になったと思ってたら、まだかわいいとこあるよな」

「いっしょに寝てあげたんですか」

「まさか。ここぞと父親の威厳を発揮したね。おまえは男の子なんだし、自分の部屋で一人で寝ろ。こっちにもベッドが二つしかないから二人しか寝られないって」

「へえ」

「そしたらおれが寝室から追い出された」

「発揮してないじゃないすか」

剛は笑いながら車を端に寄せて停めた。

「しょうがないだろ。嫁さんがそうしろっていうんだから。逆らえないよ」

車から降りてドアを閉める。息を吸うと水蒸気をたっぷり含んだ空気が肺に入ってきた。

空にはまだ黒灰色の積雲が厚く垂れ込めている。遠くで甲高いエンジン音が聞こえた。彼方に築かれた堤防の上を、軽トラックが一台、猛スピードで走っていった。

「ええと、第七観測点。百九十センチで警戒水位以下。その他、異常なし」

池辺が、運河に設置してある水位計を読んで告げる。それを剛がタブレット型デバイスに入力し、さらにカメラ機能を使ってクリークの様子を撮影する。

「よし、次」

見和希市役所のクリーク課は、農地を走る用水路の整備と管理を担当する部署だ。市内のクリーク網は、幅が十メートルほどの運河と、運河から出て隅々まで張り巡らされる幅二メートルの水路で構成されている。降雨量が基準値を超えた翌日には、こうしてクリーク全路を見回ることになっていた。

「それはそうとさ」

車が動きだすと同時に、池辺がおしゃべりを再開する。

「こないだ話してた彼女、結局、東京で就職しちゃったの？」

「もういいっすよ、そのことは」

剛は思わず顔を背けた。

「おお、おお、かわいそうに。早く新しい相手を見つけて結婚しちゃえ」

「そんな簡単に見つかりませんって」

「いまでも公務員は、結婚相手としちゃけっこう人気あるんだぞ」

「あんまり実感ないですけどね」

「だれか紹介してやろうか」

「ほんとにいいすから」

　続いて第八観測点にも異常は認められない。しかし、クリークの様子を撮影し終えたとき、ぞくりとするものを感じて背後を振り返った。

　数百メートルほど先に、電波中継塔が聳（そび）えている。鉄骨を黒く染め上げている物体はカラスだ。しかし、剛をぞくりとさせたのはカラスの群ではない。その上空にあった。

「どうした」

「また出てますよ」

　低く浮かぶ積雲の一つが、赤黒く発色していたのだ。

「うわあ、ほんとだ」

　池辺が両手を腰に当てて見上げる。

「さっきまでなかったよな。いつの間に……」

「最近、よく見ますよね」

コロニー雲の目撃例は日を追うごとに増え、例の人類滅亡説のこともあって不安を訴える声が広がり、ついには国会でも野党が政府に質すまでになった。政府はそのときの答弁で、ただちに害を及ぼすものではない、との見解を示している。

「しっかし、きょうのはまた気味の悪い色してやがんなあ。でかいし」

「何回見ても気持ちのいいもんじゃないすね」

「まったくだ」

池辺が視線をもどして笑いかける。

剛も肩をすくめてみせた。

「じゃ、次行くか」

「はい」

運転席に収まりエンジンをかけようとしたところで気づいた。

池辺が車に乗ってこない。ドアに手をかけたまま、空に目を眇めている。

「行かないんですか」

「あ、ああ……」

我に返ったように瞬きをした。

「あの赤い雲だけどさ」

また空を見上げる。

「下がってきてないか」

6

「メールでもお伝えしましたが第一報は漁船からです。沖に大量の魚が浮いていると」

佐賀県保健衛生研究所水質調査部の副島綾子(そえじまあやこ)は、抑揚のないしゃべり方をする女性だった。透き通った美声ではあるが、人工的な感じもする。眼鏡のレンズ越しに見える目があまり瞬きをしないせいかもしれない。その丸顔に張り付いた微笑も、容易なことでは剝(は)がれそうになかった。

「サンプルを分析しましたが有害物質は検出されませんでした。酸欠による窒息死の形跡もなし。あと原因として考えられるとすれば水温の低下ですが、雨も降っていないことから可能性は小さいと思われます」

「水質調査では、水素イオン濃度がやや高いという結果が出ているようですが」

「魚介類を死に至らしめるほどではありません。誤差の範囲と考えて差し支えないかと」

弓寺修平は、衝立(ついたて)で仕切られただけの来客スペースに、低いテーブルを挟んで向かい合っている。手元には渡されたばかりの生データの一覧表がある。

「海水の採取が行われた日付は、大量死の判明した二日後になっていますね。潮流によって希釈されてしまった可能性もあるのでは」

副島が微笑を深くする。

「弓寺先生は、いわゆるコロニー雲が関わっているとお考えなのですね」

十日前、有明海上空にコロニー雲が発生した。やや大きめの積雲タイプで、長崎、佐賀、熊本各県の沿岸から大勢の人々が目撃し、数多くの画像がネットにアップされた。コロニー雲は時間とともに発達し、赤色も濃くなったが、ピークを迎えた直後、急速に小さくなり、消滅した。ただ、それまでに観測されたコロニー雲に比べて、ピークから消滅までの時間があまりに短かった。忽然（こつぜん）と消えた、といってもいい。

弓寺は、消滅する過程で撮影された複数の画像に着目した。そこには、コロニー雲から海面に向かって伸びる赤い尾のようなものがはっきりと写っていた。そして翌日、コロニー雲が消えたと思しき周辺の海域で、大量の魚が死んでいるのが見つかったのだ。

「魚の大量死はけっして珍しい現象ではありません。単なる偶然ではないでしょうか」

「偶然かもしれませんが、検証もしないで無関係と決めつけるのは科学的な態度ではありません」

「なるほど」

木で鼻をくくったような受け答えだったが、このようなあしらわれ方に気後(きおく)れするほど弓寺もナイーブではない。

「それにコロニー雲に関しては研究が始まったばかりです。どんな些細なことでも重要な知見に結びつかないともかぎらない」

「ではお聞きしますが」

学会で発表者に対して質問を浴びせるような口調になった。

「コロニー雲が魚介類の大量死を引き起こしたとして、どのようなメカニズムが働いたとお考えですか」

弓寺も望むところと受けて立つ。

「これまでの世界各国の研究者による報告から、コロニー雲内部には、おそらく細菌の活動によるものであろう二酸化炭素が高濃度で蓄積していると考えられます」

「その大量の二酸化炭素が地球の温暖化を加速し、人類が住めない環境になるというのが先生の二百年後滅亡説でしたね」

「いえ、二百年後云々(うんぬん)という説を唱えているのはアメリカのシャイゴ博士で、そもそも温暖化は人類滅亡の主因ではありません」

「ああ、そうなのですか」

そんなことはどっちでもいい、と言いたげだった。

「今回の大量死の発生メカニズムについてですが、現段階での私の仮説はこうです」

弓寺は構わず話を進める。

「コロニー雲に存在する高濃度の二酸化炭素が、下降気流によって海面に叩きつけられ、その衝撃で二酸化炭素が大量に海水に溶け込み、海水が一時的に酸性化した」

「急激な酸性化によるペーハーショック。それが大量死の原因だと？」

「あり得るとは思いませんか」

副島が微笑を保ったまま首を傾(かし)げて、

「しかし当時は、強い下降気流を生じる気象条件ではなかったと思いますが」

「コロニー雲が自ら下降気流を生み出した可能性もあります」

「雲が自分の意思で海上に舞い降りたとでも？」

「これまでに報告された研究によれば、コロニー雲内部の温度は周囲より高くなっている。通常ならば、暖かい気塊には浮力が働いて上昇気流を生じるはずなのに、現実にはそうはならない。なにかが浮力を打ち消していなければなりません。私は、二酸化炭素がそれではないかと考えています。空気より重い二酸化炭素が錘(おもり)の役割を果たしているからこそ、コロニー雲は一定の高度を保っていられる。それが、なんらかの要因で内部の温度が下がったら」

「浮力が失われて、二酸化炭素の重みで沈みはじめ、下降気流が生まれる、というわけですか」

半信半疑、というより、まったく本気にしていない顔だ。

「あくまで仮説です。とにかく、コロニー雲に関してはわからないことが多すぎる。これまでの常識は通用しません。だから、こうやってわずかな事例を元に考え得る仮説を立て、一つ一つ検証していくしかない」

「なるほどですね」

おざなりに応えた副島だったが、ほんの数秒後、表情をわずかに強ばらせた。

「なにか」

弓寺が問うと、視線を忙しなく動かす。

彼女が初めて見せる揺らぎだ。

「仮に……仮にですが、先生のおっしゃることが正しいとして、ペーハーショックを引き起こすほどの高濃度の二酸化炭素が、もし陸上に降り注いだら――」

「じつは、私もそれをもっとも危惧しています」

弓寺は相手を見据えながらいった。

「コロニー雲内部では、二酸化炭素の濃度が高い一方で、酸素濃度が極端に低くなっていることがわかっています」

「細菌の呼吸によって酸素が消費されるために？」

「おそらく。まともに吸い込めばヒトも窒息死しかねない。コロニー雲とは、そういう気体の塊なのです」

副島が、ゆっくりと背筋を伸ばす。

「コロニー雲が降下する現象が実際にあるとしても、それがどのくらいの確率で発生するものなのか、わかりません。しかし、日本は比較的リスクの高い地域だと考えるべきです。コロニー雲は世界中で観測されていますが、とくに発生の多い場所が、関東から西の太平洋側、そして、アメリカの東海岸。この遠く離れた二つの場所には、気象学上の共通点があります」

「共通点……」

副島が、あっと目を上げる。

「……ホットスポット」

弓寺は深くうなずく。

「この二つの地域には、強大な暖流である黒潮とメキシコ湾流が、それぞれ流れ込んでいます。そこから大気に取り込まれる熱が、コロニー雲の形成にも影響しているのかもしれない。もっとも、そのメカニズムとなると見当も付きません。文字どおり、雲をつかむような話で」

副島が微動もせずに見つめてくる。弓寺の言葉が、リアリティをともなって根付きはじめているようだった。

「あの……さきほどの話ですが」

副島の顔に、もう笑みはない。

「弓寺先生、いえ、シャイゴ博士の二百年後滅亡説では、人類滅亡の主因は地球の温暖化ではないとのことでしたが、では、なにが……」

弓寺は一つ咳払いをした。

「コロニー雲は、通常の雲とは、なにか根本的なところが異なっている。雲粒に細菌が繁殖しただけの単純なものではないようです。いまはまだ発生したり消滅したりを繰り返していますが、少しずつ発生数が増加し、一つ当たりの存続時間も長くなる傾向が認められる。いずれはガン細胞のように無限増殖し、地球の空を覆い尽くすかもしれない。そうなれば、大気の組成に致命的な影響を及ぼす恐れがある。すなわち、二酸化炭素濃度の上昇、酸素の欠乏、そしておそらくこの段階に至れば、細菌の産生する有毒物質も無視できなくなるでしょう」

「いわば〈空の赤潮〉ですか」

「さらに加えて、コロニー雲が空を覆い尽くせば太陽光が遮られ、酸素の供給源である植物の光合成が阻害される。この二つが重なると、大気の酸素濃度が急激に低下する可能性もあります」

「現在の大気の酸素濃度は約二十一パーセントですが、これが十八パーセントを切ると酸欠状態になるとされています。まさか、そこまで下がることは――」

「あり得ない数字ではないと思います」

「しかし……しかし、いくらなんでも、それほどのことが、たった二百年で起きるとは――」

「たしかに、過去に幾度となく地球を襲った大量絶滅は、それぞれ数百万年かけて進行したとされています。だからといって、過去に例のない急激な絶滅が起きないと断言していいのでしょうか。今回の主役である細菌が繁殖するのは、大気圏なのです。海洋や地中に比べて、影響の広まる速度は桁違いに大きいと考えねばなりません。彼らは、コロニー雲で集中的に分裂増殖を繰り返すことで指数関数的に個体数を増やし、その巨大な生活圏を占拠しようとしているのかもしれない。最悪のシナリオが現実のものとなった場合、その破壊的影響力は小惑星の衝突や大火山の噴火にも匹敵するでしょう。想像を超える速度で事態が進展する可能性も一概に否定できない、それが理由です」

副島が目をそらし、首を横に振る。

「やはり、信じられません。そんなことがほんとに——」

「信じられないのではなく、信じたくないのではありませんか」

弓寺は静かに指摘した。

「私も同じです。しかし我々は科学者です。臆することなく事実を直視し、人々に警告を与え続けなければならない。たとえピエロを演じることになっても」

7

自転車が短く鳴いて止まった。

吉井沙梨奈の祖父が入所しているあけぼのハウスに行くには、県境にもなっている一級河川を渡らなければならない。そこに架かる橋は長さが三百メートルくらいあるが、五十年近く前に造られた古いトラス橋で、片側一車線しかない。しかも車線の幅が狭く、大きなトラック同士がすれ違うと車体がこすれそうになる。それでもガードレールで仕切られた歩行者用の通路は設けてあり、沙梨奈が自転車で橋を渡るときもこの通路を使っていた。ただ、大型車が通るたびに揺れて怖いので、橋の途中で自転車を止めることはまずない。それなのに、きょうにかぎって橋の真ん中でブレーキをかけてしまったのは、また視界の端にあの赤い雲を捉えたせいだった。

　橋から川下の方角を向くと、さっきまで沙梨奈のいた見和希市を見渡せる。今週から夏期講習の始まった香織は、いまごろ市の中心部にある進学塾に向かっているはず。母は朝から仕事で、きょうも一日中、軽自動車であちこちを走り回るのだろう。見和希市は平常どおりに動いている。赤い雲は、その営みを見下ろすように浮かんでいた。

　マンションの屋上に立ったあの日以来、たびたび空を見る癖がついた。いつもというわけではないが、思ったよりも頻繁に、赤く発色した雲を見つけることができた。しかし、きょうのコロニー雲は、これまで見てきたものとは、なにかが違った。形が歪（いびつ）で大きく、色が黒っぽいだけではない。かなり低いところに出来ているのだ。これほど間近に感じるのは初めてかもしれない。だからだろうか。のしかかられてくるような重苦しさがある。

　ダンプカーが通り過ぎて足下が揺れた。眼下は一面の濁流。いつもは空の色を映す水面も、きのうの豪雨の影響で増水し、カフェオレのような色に染まっている。渦を巻きながらすべてを呑み込む流れを見ているうちに、ふっと現実感が遠のく。そして、その隙を突いて蠢（うごめ）きだしたものがあった。無意識の領域に用心深く沈めたはずの、醜い願望。常に心を苛（さいな）んでいるのに、けっして認めたくなかった、本当の願望。それがいま浮上し、どす黒い姿を現す。あのコロニー雲のように。

「香織なんか、死んじゃえばいいのに」

寒気が走った。

あたし、なんてことを……。

「嘘……いまの嘘だから、ほんとに嘘だからっ！」

だれかに訴えるように空を見上げる。

その瞬間、すべての感覚が停止した。

コロニー雲の底から、赤い紐のようなものが一本、垂れ下がっていた。それが、地表に向かって、伸びていく。伸びながら、ゆっくりりと、渦を巻く。別の場所から新しい紐が垂れてきた。一本、二本と増えていく。雲の底に無数の小さな穴が開いて中身が漏れ落ちてくるように。ただし、赤色は地表に届かない。途中で溶けるように消えていく。消えてはいるが、止まったわけではない。渦がだんだんと早くなっている。赤い紐同士がくっつきはじめた。くっついた紐が一つに溶け、太い綱になる。さらに綱同士も互いに絡み合い、滝のように流れ落ちてくる。

風が出てきた。

＊

「この風、変な臭いしませんか」

沢田剛の言葉に池辺太志が顔をしかめる。

「廃棄された農作物がどこかに積み上げてあるんじゃないかな。暑さで腐るとこんな臭いするだろ」

とつぜん吹きはじめた風は弱まる気配もない。空が唸っている。その中を数十羽のカラスが逃げ惑うように舞っていた。切迫した鳴き声が一帯に響きわたる。

「池辺さん、とりあえず車にもどってください」

「お、おう」

池辺が乗り込んでドアを閉めた。

車体が風を受けて揺れる。

「また強くなってきましたね」

「竜巻になったりしてな」

「車ごと飛ばされちゃいますよ」

「クリークの調査を中断して避難するか」

「避難ってどこへ」

「とにかく、できるだけここから離れよう。早く」

剛はエンジンをかけた。ハンドルを握ってアクセルを踏む。車がのろのろと動きだす。すぐ異常に気づいた。

アクセルを踏んでもエンジンの回転数が上がらない。むしろ下がっている。

「おい、もっとスピード出せよ」

「……さっきからベタ踏みしてるんですけど」

とうとうエンストを起こして停まった。スタートボタンを押してもセルモーターが回るだけでエンジンに火が点かない。なんど試しても同じだった。

「バッテリーが上がったのか？」

「おかしいな。一度はエンジンが……え？」

フロントガラスの向こうを黒い物体が過ぎり、そのまま路面に激突して鈍い音を立てた。カラスだった。翼を広げた格好のまま動かない。

別のカラスが水田に突っ込んだ。クリークにも二羽続けざまに落ちた。跳ね上がった水しぶきが風にさらわれていった。上空を舞っていたカラスが次々と落下してくる。もう鳴き声もない。

「な……なんだよ、これっ！」

池辺の声はもはや悲鳴だった。

「なんか、やばくないすか」

剛の呼吸も荒くなってきた。

「逃げよう」

池辺がドアを開けようとする。

「ダメですっ！」

目を剝いて振り向く。

「いまは外に出ないほうがいいです、たぶん」

池辺も察したのか、ドアから手を離して身体を小さくした。

「この風……普通じゃないすよ」

「普通じゃなきゃなんだよ」

「わかるわけないっしょっ」

それきり言葉が途絶えた。無言となった車内に、風の暗い唸りが漏れ入ってくる。体調に異変を感じた。頭が痛い。身体がだるくて手足に力が入らない。吐き気もある。心臓の鼓動が警鐘を打ち鳴らすように激しくなった。身体になにかが起きている。

「おい、どうなってるんだ……」

路面に落ちたカラスは動かない。強い風にあおられて黒い羽だけが震えている。クリークにも何羽か浮いている。この風を浴びたせいなのか。有毒ガスでも含まれているのか。変な臭いはそのためなのか。しかし、周囲には水田とクリークしかない。そんなガスが大量に発生するような場所は……。

「……まさか」

フロントガラスから空を見上げた。サイドウインドウからも確認した。電波中継塔の上空にも、どこにも、ない。

「どうした」

「池辺さん、コロニー雲が消えてます」

「だから？」

コロニー雲には微生物が異常繁殖しているという。その微生物が有毒ガスを出しているということはないのか。そのガスが雲ごと地上に落ちてきたとしたら……。

「……おい、だから、なんだ」

「池辺さん、外」

「え？」

「風が弱くなってきてませんか」

「……ああ、たしかに」

ほどなく風の唸りが止み、不自然な静けさが辺りを覆った。

「終わった……のか」

剛はスタートボタンを押してみた。

まだエンジンはかからない。

「ははっ……なんだったんだよ、もう。死ぬかと思ったぞ」

池辺が笑いながらドアに手をかける。

「あ、まだ出ないほうが」

剛の声が耳に届かなかったのか、ドアを開けて外に出る。

周囲を見回してから、

「大丈夫みたいだぞ」

風はまだ少し吹いているようだ。

「しかし、ほんとになんだったんだろうな、さっきのカラス……」

いきなり言葉を切り、うずくまった。

「池辺さん？」

そのまま前のめりに倒れた。

「……池辺さんっ！」

剛は一瞬怯んだが、息を吸って肺に空気を溜め、歯を食いしばって車外に出た。ドアを閉めて車を回り込む。池辺は白目を剝いて失神していた。抱え上げて助手席に押し込む。ドアを閉めて運転席側にもどる。車体を回り込むときに足がもつれた。転ぶまいと踏ん張った拍子に肺の空気を吐き出し、外気をまともに吸い込んだ。

（やばっ！）

運転席のドアに手を伸ばす。

届かない。

あと少しなのに届かない。

足が前に出ない。

地面に張り付いたように動かない。

（……マジかよ、くそ）

身体が浮くような感覚を最後に、視界から光が消えた。

＊

吉井沙梨奈は前だけを見て自転車を漕ぐ。コロニー雲が溶けて地上に落ちた。起きてはいけないことが起きた。だからだ。あたしは、なにがなんでも、おじいちゃんのところへ行く。あけぼのハウスに行く。行かなければならない。いつもどおりに。変わったことなどなに一つない、これまでと同じ明日が来ると証明するために。

片側一車線の車道を車が行き交っている。乗用車。トラック。タクシー。路線バス。いつもと同じだ。沿道のコンビニ。ファミリーレストラン。ディスカウントストアの駐車場では年配の警備員が車の整理をしている。ガソリンスタンドからは店員の威勢のいい声が聞こえてくる。いつもと同じだ。交差点の信号機が赤になった。自転車を止めて足を着いた。息が切れていた。頭も少し痛い。いつもはこんなことないのに……。いや、ちょっと暑さにやられただけだ。大したことはない。

交差点を過ぎて、鉄道をまたぐ陸橋を渡り、わき道に入ってしばらく行ったところに、三俣総合病院がある。あけぼのハウスの二階建ての建物は、三俣総合病院の敷地内に建てられていた。

沙梨奈は、屋根付きの自転車置き場に自転車を停めてから、玄関のインターホンを押す。祖父の名前を告げると、内側からロックの外れる音がして、職員がドアを開けてくれた。すっかり顔なじみとなったその女性といつもどおりの挨拶を交わし、スリッパに履き替える。一階のロビーはゆったりと広く、クリーム色を基調とした床や壁に、パステル系のピンクとグリーンが変化を与えている。沙梨奈は奥の階段で二階に上る。二〇三号室のドアは開け放してあった。祖父はベッドの上であぐらをかいていた。

「おじいちゃん。沙梨奈、来たよ」

祖父は沙梨奈の顔を見るなり、

「さっき真智子が来た」

といった。

「でも弁当は持ってこんかった」

沙梨奈は腹立たしくなった。なぜきょうにかぎっていつもと違うことをいうのか。きょうだけはいつもどおりにしてほしかったのに。

「デイルームに行こうか。車椅子、借りてくるね」

「行かん」

祖父が即座に拒絶した。

「いつもの栄養ドリンク、飲むでしょ」

「いらん」

拗ねたように窓を向く。いったい、きょうはどうしたのか。沙梨奈は仕方なく、ベッド脇の丸イスに腰を下ろす。屋内は冷房が効いているのに、なぜか汗が止まらない。祖父は頑なに窓の外を見ている。

「さっきね、コロニー雲が落ちてきたよ」

沙梨奈は祖父の背中に話しかける。

「この前、話したでしょ。人類を滅亡させる、赤い色をした雲のこと」

反応がない。これはいつもどおり。

「なんでもないよね。きっと、なんでも――」

衝動的に祖父の肩を掴んで振り向かせたくなった。

「あんなの嘘だよね、コロニー雲のせいで人類が滅亡するなんて」

そうだといってほしい。

あたしを安心させてほしい。

でも祖父は、沙梨奈を見ようともしない。

「……きょうは、もう、帰るね」

　沙梨奈は腰を上げた。二〇三号室を出て階段を駆け下り、自転車置き場まで走り、タイヤのロックを外して跨がる。全身でペダルを踏みつける。なぜ急いでいるのか、自分にもわからない。それでも、なにかに追われるように、来た道をひたすら遡る。

　遠くから救急車のサイレンが聞こえてきた。一台ではない。複数のサイレンが彼方で重なり、不協和音を鳴らしている。轟音が降ってきた。上空にヘリコプター。三機も。沙梨奈がこれから帰る見和希市の上に。日常がぼろぼろと崩れていく。目を閉じたかった。耳を塞ぎたかった。変わったことなんか、なにも起きていない。いつもどおり。きのうまでと同じ、先週までと同じ、先月までと同じ日々が、明日からも続いていくはずだ。

　古いトラス橋を渡り、さびれた商店街を抜けると、少しゆったりとした住宅地に出る。この辺りは数年前、道路の拡張工事にともなって歩道が新設されたばかりで、沿道に並ぶ戸建て住宅も新築で現代的なものが多く、市内でも比較的にせよ整った印象を与える地域だった。しかし、まさにその直中で、沙梨奈はとうとう自転車を止めた。

　行く手の歩道上に、吐瀉物と思しき粥状のものが溜まっていた。その瞬間から、異常を知らせる情報が沙梨奈の意識に殺到した。

　市内に入ってから、車両の通行量が少なくなった。スクーターや自転車に乗っている人もほとんど見かけない。それに明らかに空気が異質だった。微かに腐臭が漂っている。それは吐瀉物を見つけるずっと前から感じていたものだ。そしていま、決定的な光景が、眼前に広がっている。

吐瀉物の数メートル先に、人間が仰向けに倒れていた。顔にタオルが被せてある。体型や着ているものから、年配の男性だろう。傍らには、同じく年配の女性が一人、呆然と立ち尽くしている。視線をさらに遠くに移すと、人間らしきものがいくつも転がっていた。見慣れた町並みと、路上に放置された人体の組み合わせは、あまりにも唐突で無理があり、現実のものとして受け入れることができない。

「夢だ……」

口をついて出た言葉に沙梨奈はしがみつく。そうだ。夢だ。これは夢だ。こんなことが現実にあるはずがない。悪い夢を見ている。そうに決まっている。だから、だから、だから……。

「……うちに、帰らなきゃ」

右足に力を込め、自転車のペダルを踏み込む。重い。こんなに重かっただろうか。ふらつきながら、左足をペダルに乗せる。踏み込む。ようやく前に進んだ。さらに右足を踏む。左足。右足。左足。なにも見ない。なにも考えない。止まるな。絶対に止まるな。こんど止まったら、ほんとうに動けなくなる。サイレンが近づいてきた。前方の幹線道路を、救急車が猛スピードで通り過ぎた。背後から迫ってきたヘリコプターの轟音が、頭上を追い越していった。

自宅マンションに帰りつくと、冷蔵庫から清涼飲料水を出し、コップに移して飲んだ。とたんに顔を流しに突っ込んで吐いた。胃が暴れてひっくり返りそうだった。涙がにじんだ。それでも泣けなかった。感情が冷たい殻の中で固まっている。

ふと、その考えが脳裏を過ぎった。

もう、ここには、だれも、帰ってこないのではないか。

スマホのＧＰＳ機能を使って母の居場所を探した。隣の辰巳(たつみ)市で反応があった。ここからはかなり距離がある。ならばひとまず安心だ。続いて香織……。

なかなか位置情報が出ない。漠然と恐れていたことが焦点を結びはじめる。

思い出した。

塾が終わるまではスマホの電源を切っている。位置情報が出ないのは当然だ。

自分の部屋でベッドに座り、あらためて情報を漁(あさ)る。最新のニュース、ＳＮＳに上がっているコメントや動画を一つ一つ見ていく。

いまのところ被害は見和希市を中心に広がっているらしい。見和希市が封鎖されたとか立ち入り規制が敷かれているとかの情報もあるが、これはデマだろう。あけぼのハウスから帰ってくるときもそれらしき表示やバリケードはどこにもなかった。ただ多数の死者が出ているのは事実で、数百人に達するとの見方もある。頭痛や吐き気などの症状を訴える人はさらに多く、市内の病院は麻痺状態に陥っており、軽症の人は自宅で療養するよう市役所から要望が出されているという。

今回の惨事の原因については、化学兵器テロだの、工場から有毒ガスが漏れただのといった書き込みも散見されるが、ほとんど相手にされていないようだった。それはそうだ。直前にコロニー雲が見せた異様な形態は、画像や動画でいくつもアップされている。

部屋の壁が翳(かげ)りを帯びていた。白いレースのカーテンがほんのりとオレンジ色に染まっている。時間を確認すると、帰宅してから二時間が過ぎていた。

塾はとっくに終わっている。

なのに、香織は、まだ、帰らない。

スマホで現在位置を確認しようとして、手が止まった。もし、反応が出なかったら。もし、香織が……。

首を激しく振った。

お願い。

早く帰ってきて。

お願いだから。

ほんとにお願いだから。

ドアの開く音が聞こえた。

部屋を飛び出した。

そこにいた。

息を切らしていた。凍りついたような目は大きく見ひらかれ、汗みずくの顔は血の気が引いて真っ青だった。手にしていた塾のバッグを無造作に放り投げる。床が、ごとん、と鳴った。

「香織……」

感情が殻を破った。

あふれ出た。

止められない。

「……よかった」

歩み寄って妹を抱きしめた。

「よかった……香織が生きててよかった」

「……姉ちゃん」

香織の呼吸が乱れていく。

「いっぱい、死んでた。いっぱい……」

しゃくりあげる。

ぎゅっとしがみついてくる。

二人は抱き合ったまま、声を上げて泣いた。


少し落ち着いてから、沙梨奈はもう一度清涼飲料水をコップに注いだ。香織はいつものマグカップに牛乳だ。自分たちの部屋にもどり、それぞれのベッドに腰掛ける。

「香織も見たの？　コロニー雲が落ちるところ」

香織が牛乳を一口飲んでうなずく。

「それで、すぐに塾の建物に避難したから助かったんだと思う」

「よく冷静に行動できたね」

「沙梨奈と話したばかりだったから。人類滅亡のこと。だから、なんとなく嫌な予感がして。でも外にいた人たちが……」

言葉が途切れ、無言の時間が流れる。

香織がマグカップから目を上げた。

「そういえば、お母さんは？」

「だいじょうぶ。さっきスマホで見たら、辰巳市にいた」

香織がマグカップを勉強机に置いて自分のスマホを手にする。すばやく画面をタップした。

「まだいるね」

「そう……」

「ねえ」

香織が硬い表情でスマホを差し出す。

「なんでお母さんがこ、こ、こんなところにいるの」

そこは辰巳市にある小学校の体育館だった。

沙梨奈は答えられない。

香織がスマホで電話をかける。

しばらく耳に当てていたが、

「出ない」

「きっと仕事中だよっ」

沙梨奈は必死の思いでいった。

「お母さん、仕事中は電話してきちゃダメっていってたから」

「お母さんがこんな場所になんの用があるの」

「…………」

「なんで体育館から動かないの。なんで電話に出ないの。なんでわたしたちに連絡して安否を知ろうとしないの。こんなに大変なことになってるのに」

沙梨奈は首を横に振る。

やめて。

もう、なにも、考えたくない。

香織が立ち上がった。

「行こっか」

「……どこへ」

「お母さんのところだよ」

この時間になってもヘリコプターが夜空を震わせている。周囲には灯りの点った窓もあるが、ひっそりとして日常の営みが伝わってこない。沙梨奈は自転車のライトを点灯させてから、香織とうなずきあった。香織が先に自転車を出した。

白く寂しい街灯が、香織の姿を浮かび上がらせる。その儚げな背中から離れないように、沙梨奈は自転車を漕いだ。

路上の死体はなくなっていた。死体の身元や特徴、搬送先を記した紙が、アスファルトや近くの電信柱に張られている。家族が探しに来たとき遺体の安置場所がわかるように、という配慮だろう。紙に記してある搬送先は、どれも沙梨奈たちがこれから向かう小学校だった。

その小学校に行くには、県境にもなっている一級河川を渡らなければならない。あけぼのハウスに行く途中にあるトラス橋ではなく、その下流に架かる大きなアーチ橋だ。上り勾配が長く続くので、サドルから腰を浮かせてペダルを踏んだ。橋の上だけは街灯が一定間隔で設置されていて明るかった。オレンジ色の光に照らされ、ヘリコプターの羽音が低く響きわたる世界を、二人は無言で上った。ときおり通る一般車両だけが、地上が死に絶えたわけではないことを思い出させてくれた。アーチ橋の半ばを過ぎて下りにさしかかったところで足を休め、しばらく重力に身を任せた。スピードが出すぎないようブレーキをかけながら橋を渡りきった。

交差点を一つ越えたところにコンビニがある。営業はしているようで、広い駐車場には車や大型トラックが停まっていた。ここだけを見れば、変わったことは何一つ起こっていないようにも思えた。

　沙梨奈は自転車を止め、スマホで母の位置を確認した。もしかしたら移動しているかもしれない、という微かな望みにすがりたくなったのだ。いまごろ帰路についているのではないか。もうすぐ母の運転する軽自動車のヘッドライトが見えてくるのではないか。

「どうしたの」

　香織が自転車を止めて振り返っていた。

「お母さんが帰ってきてるかもしれないと思って」

　香織が頰を強ばらせる。

「で、どう？」

「……動いてない」

「沙梨奈」

「うん……」

「早く行こう。お母さんが待ってる」

「わかってるよ」

　沙梨奈はスマホをしまい、自転車のペダルを力任せに踏んだ。

小学校の正門には〈遺体安置所〉という手書きの張り紙がしてあった。運動場はナイター設備の光で明々と照らされ、警察の車両が何台も停まっている。

自転車置き場は運動場の一角に設けられていた。沙梨奈たちはそこで自転車を降りた。体育館は運動場の奥だ。

「すみません」

自転車置き場から出たところで、地味なパンツスーツ姿の女性から声をかけられた。首から身分証を下げているが、よく見えない。女性の後ろにはラフな服装の男性が立っている。

「だれかを探しに来たの？　おうちの人？」

香織は冷たく睨んでいるだけで答えない。仕方なく沙梨奈が、そうです、といった。

女性が背後の男性を振り返ってから、マイクを手にした。

「Mテレビですけど、少しお話を聞かせてもらえるかな？」

男性がカメラを構える。

「嫌ですっ」

香織が叩きつけるようにいって、

「行こう」

と沙梨奈の手を引っ張った。

体育館の前に、受付の机が出してあり、若い警察官が緊張した面もちで座っていた。沙梨奈たちに気づくと姿勢を正す。

「どなたかをお探しですか」

努めて穏やかな声を出しているようだが、それでもやはり硬かった。

「母のスマホの位置情報が、ここの体育館になってるんです」

香織が告げた。

「そうですか」

警察官が目を伏せてから、机の上の一覧表のようなものを指して、

「所持品から身元のわかってる方は、こちらにお名前が。そうでない方は、体型や衣服の特徴が記してあります。お心当たりのあるときは、番号を教えてください。担当の者がご案内します」

身元の判明している者が十五名。不明の者が六名。番号は搬送された順番に付けられているらしい。

探すまでもなかった。

8　吉井真智子

香織が沙梨奈の手を握ってきた。痛いほどに。沙梨奈も握り返す。

「これだと思います。八番の……」

沙梨奈は母の名前を指さした。

発見されたときの状況も書いてあった。場所は見和希市春日。中心部から少し北寄りの地域だ。停めてあった車で息絶えていた。運転席のドアが開いた状態で、シートに突っ伏すように倒れていたという。最初は春日中学に搬送されたが、すでに多数の遺体が運び込まれていたために対応しきれず、新たに安置所として提供されたこちらに転送されてきたようだ。

「あのう」

声に振り向くと、さっきのテレビ局の二人だった。

「お母さんを探しに来たんですか」

「ちょっと、ここまで入って来ちゃダメでしょ」

若い警察官が抑えた声で窘めた。

「ああ、すみません」

女性がいかにも申し訳なさそうに謝るが、マイクは香織に突きつけたままだ。カメラもずっと香織だけを追っている。

「せめて一言だけでも――」

沙梨奈は、香織から引き剝がすようにマイクを摑んだ。

「ダメっていってるじゃないですか」

自分のものとは思えない声だった。

女性が息を吞み、素にもどったような表情をした。

「そうね……ごめんなさい」

後ろの男性に小さくうなずくと、男性が構えていたカメラを下ろす。決まり悪そうに立ち去った。

「ごめんね」

若い警察官が謝った。

「いま担当の者を呼ぶから」

しばらくしてやってきた年配の警察官は、背が低く、大きなマスクをしていた。

「どうぞ、こちらへ」

いわれるまま、靴箱のところでスリッパに履き替える。体育館のフロアに通じる扉は大きく開け放たれていた。唸るような低い振動とともに、ひんやりとした空気が流れてくる。

入り口で立ちすくんだ。

バスケットコート二面分の床にはブルーシートが敷き詰められ、その上に人間の形に膨らんだシーツや毛布が横二列に並んでいた。間を縫うように、ゴム手袋とマスクをした警察官や医師らしき人たちが立ち働いている。遺族と思しき女性が一人、遺体に縋って泣いていた。ワイシャツ姿の男性が、その様子を見守りながらハンカチで口を押さえ、目を真っ赤にしている。沙梨奈らは、その人たちの後ろを静かに通る。低い唸りは移動式の冷房設備のものだった。太いパイプから冷気が噴き出している。

警察官に先導されて八番の前まで来た。

白いシーツが掛けられていた。

所持品は枕元にまとめてある。見覚えのあるスマホもあった。

香織は動けないでいる。

沙梨奈は腰を落とした。

震える手でシーツをめくった。

心が空っぽになった。

「……姉ちゃん」

香織が、眠っているような母の死に顔を見つめたまま、いった。

「人類……ほんとうに滅亡するかもしれないね」

被害は見和希市を中心に広範囲に及び、死者は四百九十六名を数えた。ほとんどは屋外にいた人々だったが、屋内や車内にいても、窓を開けていた場合には死亡に至るケースが少なくなかった。

今回の惨事は、コロニー雲によって人的被害が引き起こされた世界で最初の記録であり、その結果、以後の人類史において〈ミカズキ〉の名が特別な意味を持つことになった。

*

第二章　赤天界

1

きょうは運がいい。

池辺潤太は足が軽くなるのを感じた。職場に向かう都心の雑踏の中に、課長の後ろ姿を見つけたのだ。細いうなじが隠れる長さの黒髪に、深い光沢を湛えたグレーのパンツスーツ。脚が地を蹴るたびに鋭い陰影が全身を駆け抜ける。身体のラインだけを見ればいかにも華奢で儚げだが、いざ本人と対峙してその瞳に捉えられると、そんな印象は吹き飛ぶ。

潤太は十歩ほどの距離まで近づいた。直属の上司なのだから、そのまま追いついて朝の挨拶をすべきところだが、あえて歩みを遅くした。このまま彼女の後ろ姿を見ていたい、という衝動に抗えなかったのだ。こんなにじっくりと眺められる機会は滅多にない。周囲に人が多いから気づかれることも……。

はっと我に返る。

もしかしたら、いま自分は、かなり気持ち悪いことをしているのではないだろうか。

「朝からなにやってんだ、おれ」

切り替えるように一つ息を吐いて足を速めた。

「おはようございます！」

吉井課長が振り向き、潤太を認めて微笑を浮かべる。

「あ、おはよ」

潤太は堂々と横に並んだ。たとえ雑踏の中でも不必要な私語は交わさない。仕事で扱っている情報の重要性を考えれば当然だ。歩きながら、ときおり吉井の横顔をそっと窺う。つくづく不思議なのは、これほど魅力にあふれる女性なのに、三十三歳のいまも独身で、異性同性問わず結婚歴もないことだった。もちろん本人に理由を聞く勇気はない。

ただ、潤太と吉井香織には、共通点が一つある。それを知ったのは最近だ。

とつぜん視界の隅に赤い文字が現れた。装着しているメガネ型サブモニターの投影映像だ。

有害気塊降下警報

潤太はぎくりとして足を止める。

速やかに指定の場所〈地下鉄未来線玉坂駅〉に避難してください

吉井香織も立ち止まって空を見上げている。彼女は左手首にはめたブレスレット型サブモニターで警報を知ったようだ。いまもブレスレット型を愛用しているのはメガネ型に気に入ったデザインのものがないから、と本人の口から聞いたことがある。

「課長」

「あれね」

周囲の人々もざわつきながら同じ方角に目を向けていた。高層ビル群の上空に浮かぶ積雲型のコロニー雲。すでに赤黒くなって形が崩れかけている。

「真上ってわけではなさそうですけど」

しかし警報を受信したということは、気象監視庁の被害予測システムがここも危険区域に含まれると判断したのだ。

「あなたはどこ？」

さすがに表情が硬い。

「玉坂駅です」

「同じだ」

警報を受信した者は、指定された場所に避難することになる。人によって避難場所が違うのは、特定の場所に集まりすぎて定員をオーバーしないよう自動調整されるからだ。

「行きましょ」

くるりと背を向けて、来た道を駆けだす。潤太も急いで後を追った。周りの人たちもそれぞれの避難場所へ向かう。小走りの人もいるが、大半の人は歩いている。潤太はそういう人たちを追い越しながら、漠然と危ういものを感じた。予測システムの精度が上がったおかげで、コロニー雲の被害は大幅に減ってはいるが、いまでも逃げ遅れて亡くなる人はいるのだ。慣れたころがいちばん怖い。

潤太たちは玉坂駅二番出口から階段で地下に下りた。通勤のためだけにあるような駅で、商業施設などは入っておらず、広くもない。すでに四方から避難してきた人たちでごった返していた。

「急いでください。シャッターが閉まります！」

駅員が出口付近で声を張り上げている。数人が階段を駆け下りたのを最後にシャッターが閉じられた。天井から下がっているモニター画面に表示されているのは、屋内外の酸素濃度。まだ差はほとんどない。地下鉄のプラットホームはこの下、地下二階だ。電車で到着したばかりの乗客たちは、エスカレーターを上るなり目を丸くしていた。

どよめきが起こった。

モニター画面。

外気の酸素濃度がさっきより〇・一ポイント下がっている。間を置かずさらに〇・三ポイント下がった。二十パーセントを切ると悲鳴が上がった。止まらない。十九。十七。十四。十一。恐ろしい速さで数値が下がっていく。ごおっという不気味な唸りがシャッターを震わせる。いままさに降下してきたコロニー雲が地表に激突して低酸素風を巻き起こしているのだ。

しかし内部の酸素濃度に変化はない。いまやほとんどの地下施設は、外気の酸素濃度が下がると自動的に空気取入口が閉まり、酸素供給装置が稼働するようになっている。たとえ外が無酸素に近い状態になっても、ここにいるかぎり安全だ。

ちなみに避難場所としては、地下鉄駅のほか、沿道のビルや店舗なども使われる。近くにそれらがない区域には、緊急用の退避ボックスが設置されているところもある。退避ボックスは一辺約二メートルのほぼ立方体、ポリカーボネート製できわめて丈夫にできているが、酸素供給装置が付属していないため、定員の六名で使用した場合、密閉状態でいられるのは二時間が限度とされている。コロニー雲による低酸素状態が続くのは平均十五分間、もっとも長い記録でも二十四分間なので、仮に定員を多少オーバーしても、理論上はじゅうぶんな長さではある。

「大丈夫ですか」

吉井香織の様子が気になった。ひどくつらそうだ。顔から血の気が失せ、脂汗がにじんでいる。呼吸が乱れているのも、ここまで走ってきたせいばかりではなさそうだった。

「ごめん……池辺くん」

いまにも崩れそうな声だ。

「……手を握らせて」

返事を待たず、すがるように左手を摑んできた。ぎゅっと目をつぶり、口を引き結ぶ。喉から噴き出しそうな悲鳴に耐えるかのように。いきなりのことに戸惑った潤太だったが、たちまち使命感のようなものが燃え上がり、しっかりと握り返した。

空いている右手を使い、肩から下げたバッグからアクフを取り出す。一昔前までスマホと呼ばれていた携帯型デバイスだ。メガネ型やブレスレット型のサブモニターは、あくまでアクフの付属品であり、実際にネットに接続している本体はこのアクフだった。

潤太はアクフを操作して気象監視庁にアクセスした。これで現在のコロニー雲の状況がわかる。

「……コロニー雲はすでに消えてます。風もすぐ収まるはずです。もう少しです」

吉井香織が目をつぶったまま小さくうなずく。

潤太の言葉どおり、天井のモニター画面に表示された外気の酸素濃度が上がりはじめた。十二。十三。十四。十五。ゆっくりとしたペースではあるが、着実に増えていく。二十パーセントを超えたところで、すべての出口のシャッターが開いた。周囲で安堵（あんど）の声が上がった。拍手する人もいた。

吉井香織がようやく目をあけて潤太の手を離す。強ばらせていた肩から力を抜き、大きく息を吐いた。

「ありがと」

いつもは厳しい視線を放つ瞳が、いまはうっすらと涙のベールをまとっている。

「びっくりしたでしょ。ごめんね」

「と、都心部だけでも早く地下化を進めてほしいですよね。二十四時間酸素供給型の」

潤太はどぎまぎして、つい話をそらした。

「そうね……」

避難していた人々がぞろぞろと階段を上っていく。潤太たちも流れに乗って地上へ出た。見える範囲では、逃げ遅れた人はいないようだ。

人々はふたたび職場へと向かいはじめる。が、その足取りはどこか重たげだった。潤太も、朝のこの出来事だけで、きょうという日が終わってしまったような気分になっていた。

「課長は、ミカズキ出身だったんですね」

並んで歩いているうちに、自然と言葉が出た。

吉井香織は私語を咎(とが)めるでもなく、

「ええ」

と応える。

「僕もなんです」

もちろん彼女は知っている。部下となる人間のプロフィールには目を通しているはずだから。

「池辺くんも、被災を?」

「小学校の校舎の中にいて助かりました。ただ、父が出先で被災して危なかったんですけど、さいわい一命は取り留めて」

「わたしは母を亡くした」

潤太は思わず横顔を見つめる。

「それで課長は、この仕事を……」

吉井香織が、コロニー雲の消えた空に目を向ける。

「そういうことになるのかな」

どこか他人事のような口調だった。

2

聴衆で埋め尽くされた会場は、熱気で陽炎が昇るようだった。

壇上に立つのは克明憲。どちらかというと小男だが、堂に入った物腰とスポットライトのために、二回りは大きく見える。

「よろしいか、みなさん」

音響機器によって増幅された声が矢のように飛ぶ。

「このように――」

両手をゆっくり広げると、純白に金の刺繍の入った衣服がふわりと揺れた。

「――我々の信仰の正しさは、科学的にも証明されているのです」

どっと歓声と拍手が上がる。二階席まで合わせれば四千人は入っているだろうか。いま会場内で点っている照明は、克明憲に当てられたスポットライトだけなので、観客席は暗い。

克明憲が両手を下ろすと、空気が鎮まった。

「しかし、なぜ今なのでしょうか。人間の文明が成熟しきった今なのでしょうか。いったい、どこのどなたが、このようなことを」

「赤天さまっ！」

会場からここぞと上がった掛け声に、和やかな笑いが湧く。

克明憲は、自然に収まるのを穏やかに見守ってから、

「そう。赤天さまです。赤天さまは、すべて〈なるべくしてなる〉よう、この世界をお創りになっている。なに一つ間違っていない。いまこの世で起きている、すべて、一切合切が、赤天さまの予定どおりなのです。こうなることは、最初から決められていたのです。赤天さまによって。信じますか？」

「信じます」

すかさず聴衆が唱和する。

「信じますかっ？」

克明憲がより鋭く問う。

「信じますっ」

「信じますかっ？」

「信じますっ！」

聴衆にとっては、すでに何回も聞いた講話だ。内容をそらんじている者も多いだろう。どこでどんなリアクションを取ればいいか、わかっている。

「ところでみなさん、周期的に夜空に現れる、長い尾を持つ星、彗星をご存じですか。ほうき星ともいいますが」

克明憲が声を低くした。

「彗星は、極端な楕円軌道を描いて、太陽の周りを回っています。太陽のはるか遠くからやってきて、太陽の近くを通り、またはるか遠くへ去っていく。しかし考えてみれば、不思議ではありませんか。なぜ、こんなふうになっているのでしょう。なぜ赤天さまは、このような彗星を、わざわざお創りになったのでしょう」

聴衆は、沈黙の中で次の言葉を待つ。もちろん教祖が何をいうか知っている。だからこそ安心して待っていられる。

「彗星は、さまざまな物質が含まれた氷と岩でできています。物質といっても、もともとは単純なものしかありませんでした。しかし、極端な楕円軌道を描いていることが、ここで大きな意味を持ってくる。どういうことでしょうか」

克明憲の身振りが大きくなる。

「太陽から離れている間は、凍りついたままです。しかし太陽に近づくと氷が溶けます。さらに近づくと高熱によって蒸発し、あの長い尾をつくります。そしてふたたび太陽から遠ざかると冷えて凍結する。軌道を周回するたびに、これが延々と繰り返される。その間、強烈なエネルギーを持った紫外線や放射線も容赦なく降り注ぎます。すると彗星の表面や内部にあった単純な物質が、長い時間をかけて複雑な化学反応を起こし、生命の源になるような高分子有機物へと変化するのです。実際に、ある研究者がこの環境を実験室で再現させたところ、脂質の膜でできた袋のようなものが生まれたそうです。まさにこれは細胞膜です。細胞の原型となるものが彗星で作られ得ることが、科学的にも実証されているのです」

いよいよ講話がクライマックスに移る。

聴衆も準備はできている。

「もうおわかりですね。我々、地球上の生命の本当の故郷は、太古の海ではありません」

克明憲が重々しく断言する。

「空の彼方、宇宙です」

聴衆は息を詰める。

「その宇宙へと帰る日が、近づいています」

ここからが、いちばんいいところだ。

「赤天さまが、迎えの船を、遣わしてくださいます。私には見えます。みなさんにも見えます。いまこの瞬間も、地球に向かってきています」

克明憲が、ゆっくりと、静かに言葉を紡ぐ。

「その船に乗ることのできる者は、限られています。だれが乗るのでしょうか」

たっぷりと間を空ける。

「この会場にいる、みなさんです」

眼差しには底知れぬ祝福が込められている。信者たちはその顔を食い入るように見上げている。ある者は両手を合わせて、ある者は涙を流しながら。

「素直に心を開き、赤天さまを信じ、赤天さまにすべてを委ねたみなさんだけが、未来のないこの地球から、希望に満ちた次の世界へ移り住めるのです。救われるのです。みなさんだけがっ！」

声を張り上げてから、壇上でうつむく。

「みなさんにお願いします。時間ぎりぎりまで、一人でも多くの方に、赤天さまの真実を伝えてください。最初は、理解できない者から罵倒されるでしょう。迫害されるでしょう。なぜなら、みなさんと違って、彼らは真実を見る目を持たないからです。みなさんの耳と違って、彼らの耳には真実の言葉が聞こえないからです。しかし耐えてください。耐えて、耐えて、耐えて、真実を伝え続けてください。そうすれば必ず伝わります。がんばってください。一人でも多くの方が救われるように。一人でも多くの方の目が開き、耳が聞こえるようになるように。一人でも多くの方に真実が届くように。それが、きょう、ここに集ったみなさんの神聖な使命なのです。よろしいか！」

叫ぶと同時に顔を上げる。

聴衆が、

「おおっ！」

と応える。

「よろしいかっ！」

「おおおっ！」

「よろしいかあぁぁっ！」

「おおおおおぉぉっ！」

「よろしいかあああぁぁぁっ！」

「おおおおおおぉぉぉうっ！」

熱狂が頂点に達した瞬間、スポットライトが消え、会場は真っ暗になった。数秒後、会場全体の照明が点ったとき、壇上に克明憲の姿はなかった。聴衆は、まるで教祖が宇宙に帰ったかのような錯覚に陥った。演出だということはわかっている。が、そんなことはどうでもいい。大切なのは、いまのこの高揚した気持ちだ。

信者たちは上気した顔で互いの手を握りしめ、

「がんばろうね」

と励まし合っている。

「いまの気持ちを忘れるな」

「やるぞ、おれは」

「あたしも！」

「私だって」

彼らは本気だった。真の感動は、何回繰り返しても色褪せることはないのだ。

「あなたもね」

肩を叩かれて振り向く。

そこに立っていたのは、会場に入るときにも声を掛けてきた三十代の女性だった。たしか名前は河本朋香。さっと手をとり、

「がんばろうね」

と笑みを見せる。

吉井沙梨奈も、

「うん、がんばろうね」

と応じた。

3

内務省国土保全局有害気塊対策部では、三カ月に一度、本省会議室において情報共有会議が開かれる。同対策部一課から九課までの課長に加え、気象監視庁総合研究所の有害気塊研究部長、シャイゴ機関の連絡官が一堂に会し、日々更新される互いの情報をアップデートした上で今後の方針を確認するためだ。

「次に酸素濃度の比較用換算値ですが、先月末の時点で二〇・五九三二パーセント。前年同時期より〇・〇二五四ポイント低下しています」

小関伸吾の報告に、会議室は沈黙した。出席者は一様に、手元の資料に目を落としてため息もない。

「アメリカ、イタリア、ブラジル、中国で酸素生成プラントがフル稼働を始めて半年になりますが、酸素濃度の低下に歯止めはかかっていない。むしろ加速しているといわねばなりません」

小関伸吾はまだ三十代だが、連絡官としてシャイゴ機関から派遣されている男だ。有害気塊、つまりコロニー雲に関する世界中の観測データや研究成果は、アメリカ東海岸に本拠を置くシャイゴ機関において集約・解析される。解析された結果は原則として全世界に公表されるが、各国の政府には事前に連絡官を通して伝えられる。国民がパニックを起こしかねない情報ならば、あらかじめ対応策を講じておく必要があるからだ。

「このデータも公表するのですか」

念のために聞きますが、というニュアンスで尋ねたのは、有害気塊研究部長となった弓寺修平。いま世界でコロニー雲の研究をリードしているのは、領土・領海内にホットスポットを持つアメリカと日本であり、日本での研究を第一線で引っ張っているのが彼だった。

「いかに絶望的なデータであっても隠蔽はしない。それがシャイゴ機関の方針です」

「二酸化炭素濃度と気温の上昇によって植物の光合成が促進され、酸素生成量も増えると期待されていましたが、いまのところその効果も現れていないということですね」

「効果があったとしても、上空細菌の増殖がそれを打ち消す勢いにあるか、もしくは、酸素消費量の多い新種が増えてきたか」

「新種。またですか」

「今回は、フランス北部で発生した層雲型のコロニー雲から検出されました。遺伝子解析の結果、これも中間圏から成層圏を突破して降りてきたものと思われます。そしてこの細菌の酸素消費量が、これまで知られていたものより十三パーセントほど多いというデータが得られています」

「それだけ活性が高く、増殖速度も大きい可能性がある、というわけか」

「コロニー雲に関与しているとされる上空細菌は、これで二千百三十二種となりましたが、成層圏の上にあと何種いるのか、見当も付きません。もしかしたら、我々の想像を超えるような細菌がまだいるのかもしれない」

弓寺修平が苦々しげにうなずく。

「超高度上空生態系とその多様性について、我々はほとんど理解できていないのが実状ですからね」

コロニー雲を形成する細菌のほとんどは、四百万年前まで地中に棲息していたものが火山の噴火によってはるか中間圏まで舞い上げられ、そこに留まって独自の進化を遂げたものと考えられている。極寒で大気がきわめて薄く、紫外線や放射線の強烈な超上空に、これほど多種多様な細菌が棲息しているとは信じがたいが、もはや否定できないほどエビデンスがそろっていた。

そんな環境を生き延びてきた彼らにとって、地表に近い対流圏は温かい上に水や養分も豊富で、紫外線や放射線からも守られたゆりかごのようなものなのだろう。爆発的に増殖する素地はあったのだ。

なぜ今になって、という疑問に対しては、人間の産業活動によって排出された二酸化硫黄や窒素酸化物が上空の富栄養化をもたらしたため、との説が有力視されているが、一方で、とくに今でなければならない理由はなかったのではないか、という意見も根強い。過酷な超上空で進化して成層圏を突破し、対流圏においてコロニー雲を形成するまで適応したタイミングが、たまたまこの時代に重なっただけ、というわけだ。

「なにかこう……希望の持てる情報はないものですか、一つでも」

会議を仕切る有害気塊対策部長の立脇源三がいった。

「そうですね」

小関伸吾が思案顔をする。

「来週、予定どおり、ディアスポラ計画の四号機が打ち上げられるそうですが」

「ディアスポラ計画か……」

立脇部長の声は沈んだままだ。

「まだ続けるつもりなのですか、アメリカは」

「当然でしょう。今後百年間で八十機の打ち上げを目標にしていますから。彼らはそれでも少ないと考えているはずです」

コロニー雲による人類滅亡が絵空事といえなくなって以来、それを回避するためのプロジェクトが各国で立案され、いくつかはすでに実行に移されている。酸素生成プラントを建設するのもその一つだが、もっともスケールの大きなものは、アメリカのNASAによるディアスポラ計画だった。

これは、生存可能と考えられる複数の太陽系外惑星に向けて、ヒトのDNAカプセルを大量に送り込み、新天地で人類の再生を図るという壮大な試みだ。しかし、星間自律航行によって目的地に到着するのは数千年、数万年も先であり、仮にすべてがトラブルなく機能して無事に着陸できたとしても、現地でヒトが人工生育装置によって復活し、種としてふたたび繁栄する可能性は、たとえ八十機打ち上げたところでほぼゼロだろう。

「あんな実効性のない花火に膨大な予算をつぎ込まずとも、いくらでも別の使い方があるでしょうに」

立脇部長が皮肉っぽくいうと、

「万策尽きた場合には、ディアスポラ計画が人類最後の希望になります」

小関伸吾が平然と返した。

「人類最後の希望といわれるが、実態は、現実を直視しないためのまやかし、まやかしといって悪ければ、気休めでしかない」

「たとえ気休めであっても、国家予算を当てる価値はあると、アメリカは判断したのです。いま我々が戦わねばならない最大の敵は、自らの中に巣くう絶望への誘惑なのですから」

立脇部長がむっと口を閉じる。

小関伸吾が声を明るくして、

「さいわい時間はあります。今後、思わぬ近距離に有望な惑星が見つかることもあるでしょうし、十年以内には星間航行やヒト細胞の再生にも間違いなく技術革新が起こる。太陽系外有人宇宙船を建造することさえ可能になるかもしれない。それどころか百年後には、人類が宇宙空間を大移動できるようになっていないともかぎらない」

「問題は百年後ではなく、目の前の現実でしてね」

立脇部長が苛立ちを抑えるようにいう。

「たとえ自分の世代は寿命を全うできるとしても、刻々と減っていく酸素濃度の数値を突きつけられれば、どうしたって先が短いことを思い知らされる。一般市民がそのストレスにどこまで耐えられるでしょうか。希望を失い、なにもかも虚しくなれば、過激な行動に走る者も出てくる。今後とも馬鹿正直にデータを公表し続けるべきか、再考しなければならない時期に来ているのではないでしょうかね」

「同様の意見がシャイゴ機関にもあるのは事実です。しかし、人間の理性を信じることが我々の基本姿勢であるとの考えは一貫しています。我々が信じるからこそ、人々も我々を信頼してくれる」

「理性の働く者ばかりではないのですよ。そういう人々の不安を煽るのにデータが悪用されます。現に、怪しげな宗教団体が雨後の筍のごとく生まれ、それなりに信者を集めているのは、まさにその不安ゆえでしょう」

「為政者として人心をコントロール下に置きたいという動機は理解できます。無用な混乱を避けるためには必要なことでもある。しかし、情報操作が有効だった時代は終わりました。ここで事実を隠蔽すれば、疑心暗鬼によって事態はさらに悪化します。コントロールしたいのならば、別の方法を探るべきです」

立脇部長が押し黙る。

「それに、この地球を諦めるのはまだ早い。上空細菌の増殖も無限に加速するわけではない。必ずどこかで鈍化するはずです。酸素濃度も十八パーセントを切る前に下げ止まるかもしれない。各国の研究機関では、いまも精力的に解決策が模索されている。最悪を覚悟するのも大切ですが、事態が好転する可能性を過小評価することもない。その点をきちんと伝えれば、そうそうパニックにはならないのではないでしょうか」

「小関さんはいつも楽観的でいらっしゃる」

「過度に悲観的になる必要はない、ということです」

「吉井くん」

立脇部長の口からいきなり自分の名前が出た。そろそろ来るころだとは思っていたが。

「こういうのは君のところが担当だろう。なにか意見は」

会議室の視線が集まる。

吉井香織は、小関伸吾にちらと目をやってから、立脇部長に向き直る。

「隠そうとするからよけいに注意を引く、ということはあるかと思います。隠すことであらぬ憶測を呼び、かえって混乱を助長する恐れも考慮せねばなりません。仮にここで隠蔽などすれば、これまで築いてきた信頼は地に落ちます。いったん地に落ちた信頼を回復するには、途方もない時間と労力がかかる。今後、我々の発信する情報はすべて、疑いの目で見られるでしょう。小関連絡官のいわれるとおり、あらゆるデータをオープンにしておいたほうが、後々メリットは大きいと考えます」

立脇部長は肩で息を吐いてから、
「わかった」
と締めくくった。

＊

シャイゴ機関の名前の由来にもなっているアレックス・シャイゴ博士は、人類が滅亡する、とは一言もいっていない。コロニー雲で異常繁殖した細菌が大気中の酸素を大量に消費することで、早ければ二百年以内にも人類の生存が不可能なレベルまで酸素が減少する恐れがある、と指摘しただけだ。それがどういうわけか、二百年後に人類滅亡、という話になって全世界を駆けめぐったのだった。

つまり、あれから二十年経ったから人類滅亡まで残りは百八十年、という単純な話ではない。実際、酸素の減少速度は当初の想定を上回っており、レッドゾーンに突入するまであと百年もないのではないか、という声さえある。

先行き暗いこの時世において、池辺潤太の所属する内務省国土保全局有害気塊対策部四課に与えられた使命は、コロニー雲に関する最新情報を国民に適切に伝えるとともに、不正確で社会の混乱を招きかねない流言を早期に察知、対処することだった。

「うわあ、また秘密地下都市の噂が出てますよ」

「こんどはどこよ」

「北海道です。すでに移住許可者に通知が届きはじめてるって話になってますけど」

「それ、映画のストーリーそのまんまじゃないですかあ。そんなのに騙される人、まだいるんですねえ」

「もうネットだけじゃ火消しするの無理じゃないのか」

「担当大臣に会見させて、はっきり否定してもらっちゃいましょうか」

「え、大臣を引っ張り出すの？」

「だめですか」

「大臣まで使うのは時期尚早じゃないですかねえ」

四課に配属されている吉井香織以下六名の、日常業務の一つがネットの巡回だ。ＡＩが二十四時間態勢で、コロニー雲に言及しているテキストを抽出・分類してくれるので、根拠のない噂が広がっていないか逐一チェックしていく。

他愛のないものなら放置しておくが、不安や恐怖を煽りかねないものは早めに手を打つ。といっても、正面から否定などすれば余計に火がつく。だからまずは正確な情報を集中的に流すことで中和を試みる。それで鎮火できればしめたものだが、噂が拡散して勢いがついてしまうとこの方法では追いつかなくなり、それこそ大臣にご登場願うことになる。

　まさに時間との勝負だ。

混乱や煽動を意図した悪質なものには、出所を突き止めた上で直接警告することもある。それでも効果のないときは警察の出番となるが、国家権力の行使は最後の手段であり、よほど切迫した状況でないかぎり、課長の吉井が首を縦に振ることはなかった。

「すみません、若木さん」

吉井香織が椅子から腰を上げながら短く呼んだ。課長席を除く各デスクは、すべて壁に面して設置されており、作業をするときは背中を向け合う格好になる。

「しばらく席を外します。小関連絡官のところにいるので、なにかあったらお願いします」

「承知しました。いってらっしゃいませ」

課長補佐の若木佑は今年五十歳になるが、年下の女性上司を軽んじるような真似はけっしてしない。ふだんは至って物静かな男だ。ただ、頭髪が薄い上に顔の造りも地味、猫背で痩身という、どちらかというと見栄えのしない容姿のため、見くびられることも多いが、吉井からの信任は厚かった。

課長の姿がドアの向こうに消えると、たちまち室内の空気がゆるんだ。みなそれぞれモニターに向き合っていたのが、椅子を回して顔を寄せ合う。

「なんだろな、このタイミングで。小関さんから呼び出されたみたいだけど」

　こういう話になると真っ先に口火を切るのが根岸アツオだ。彼も若木と同じく吉井香織より年上だが、若木と違って腹の出た小うるさいオッサンだった。

「仕事の話に決まってるじゃないですか」

　池辺潤太は興味のない体（てい）を装ってキーボードを叩き続ける。

「でも課長と小関連絡官は、大学時代からの付き合いだっていうぞ」

「え、あの二人、付き合ってたの？」

　恋愛の絡む話に目がないのは青葉洋子。ただでさえ童顔の上に黒縁メガネ型サブモニターを愛用しており、見方によっては十代の女の子のようだが、これでも三十路の既婚者である。

「そうじゃなくて、顔見知りって意味」

「なんだ、紛らわしい」

「でもたしかに、あの二人の空気、他の人とちょっと違うんですよねえ」

　いつものんびりした雰囲気を漂わせているのは、課内で潤太の唯一の後輩、二十四歳の今岡多呂（たろ）だ。身体が大きく、一つ一つの動作がゆっくりなので、ハイペースが普通の官僚においては異質の存在だった。

「ま、なにがあってもおかしくはないわな。二人とも独身で、いい大人なんだし」

「はっきりいってお似合いなんだよね、悔しいけど」

青葉洋子はほんとうに悔しそうだ。

「いまごろ連絡官室でなにやってんだか。あの部屋、ふっかふかのソファがあったよな」

「うちの課長にかぎってそういうことはないですからっ！」

潤太も我慢できずに会話に加わった。

「だいたい、みなさん課長に失礼ですよ」

「なんでおまえだけ課長の味方みたいな顔してるんだよ」

「失礼だっていってるだけでしょう」

「あ……」

根岸が意味ありげな視線を今岡に送ると、

「……ああ」

今岡がそれを青葉に流し、

「え……そうなの？」

最後にがっちり受け取った青葉が顔を輝かせた。

「なんですか、その見事なパス回しは」

「おまえ、年上が好みだったのか」

「いや、だから、そういうのが失礼だっていうんです」

「いいじゃないの」

「じゃあ、みんなで先輩を応援しましょうか」

「今岡、おまえ、なにさりげなく流れ作ろうとしてんだよ」

「どうして。楽しいじゃない」

「そうだそうだ」

「うん、楽しい」

「あのですね、みなさん」

　課長補佐の若木佑が珍しく語気を強めると、盛り上がっていたおしゃべりがぴたりと止んだ。

「課長が出ていかれたとたん無駄口を叩かれると、私、すっごく傷つくんですが」

　潤太たちは、ばつが悪そうに目配せし合う。

　若木が穏やかに微笑んだ。

「さ、お仕事にもどりましょう」

＊

どうなるかわからない、という状態は、人を激しく不安にさせる。自分の生死がかかっている場合はなおさらだ。

十八年前にミカヅキの惨事が発生したとき、人々は熱に浮かされたように情報を求めた。なにが起きたのか。これからなにが起きるのか。そして、人類はほんとうに滅亡するのか。

腫れ上がった不安は伝染病のように広がり、共鳴し、破裂してさらなる恐怖を生み出した。あいまいな言葉が一人歩きし、いつの間にか断定的な言説となって飛び交った。

もはや〈人類の滅亡〉は軽々しくフィクションとして語れるものではなくなった。異様な興奮が社会を覆った。その高ぶりはいまも冷めていないし、これからも冷めることはないのだろう。人々がほんとうに求めているのは、正確な情報などではなく、自分を安心させてくれる情報なのだから。

だがコロニー雲に関するかぎり、知れば知るほど不安は募る。癒せない渇きにも似た切望の中で、安心させてくれる情報を目にすれば、たとえ根拠の怪しいものであろうと飛びつく。そして、安心させてくれるがゆえに、その情報は正しいと判断を下す。

ただ、時間が経つにつれて、事情が少し変わってきたようにも感じる。政府が正確な情報を発信しても、実際はもっと事態が悪化しているのではないか、それを隠そうとしているのではないか、という猜疑の声が大きくなった。より悪い情報を欲するようになったのだ。まるでこの異常な事態が終息することを望んでいないかのように。

これはどういうことだろう。

おそらく人々は、希望を求めることに疲れたのではないか。コロニー雲の出現頻度は年を追って上がり、朝焼けや夕焼けでもないのに赤い雲の漂う光景も珍しくなくなった。空を見上げれば、世界は壊れつつあるという現実が嫌でも目に入る。このような状況で、希望を持ち続けることを強いられるのは苦行に近い。いっそ絶望して楽になるという誘惑に屈したところで、だれが責められようか。

「これはシャイゴ機関の公式見解ではなく、コネクションを使って個人的に入手した情報だ。そのつもりで聞いてほしい」

吉井香織は、立ったまま連絡官室の壁に背を預け、腕組みをして小関伸吾の言葉を待つ。

「いい情報と悪い情報がある」

「いい情報から」

「近い将来、問題解決の糸口が見つかるかもしれない」

「ほんとに？」

にわかには信じられない。

小関伸吾がソファに反り返ったまま足を組み替える。

「コロニー雲に棲息する細菌は二千種以上見つかってるけど、仲良く共生しているわけじゃない。奴らには奴らなりに生存競争がある」

「根拠は？」

「コロニー雲からもっとも多く検出される菌が、時間とともに次々と交替してる。去年はAという細菌が多かったのに、今年はAが少なくなって代わりにBが優勢になる。そういう菌遷移が起こっている。当初の予想より酸素濃度の低下が速いのはそれが原因らしい。一つの菌の勢いが鈍ってきたら、すぐに次の菌が取って代わって勢いを増す。だから全体としては延々と加速しているように見える」

「コロニー雲の色が微妙に変わってきてるのもそのせい？」

「そのうち青や紫のコロニー雲が出現するかもね」

香織は、勘弁してよ、という代わりに首を横に振った。

「遷移のメカニズムを解明できれば、奴らの生態系を乗っ取るような細菌を遺伝子操作で作ることも可能なはずだ。その人工細菌を大量に培養して空に放つことで、奴らの増殖を抑えられるかもしれない」

「でもその人工細菌も酸素を消費するでしょう」

「だから、いっしょに光合成機能を持たせて、上空で酸素を作らせる。一石二鳥だろ」

「技術的に可能なの？」

「まだ検討の段階だが、不可能ではない」

「悪い情報は？」

「事態が新しいフェーズに入った」

「具体的に」

「赤道付近でコロニー雲の動きが活発化してるのは会議でも報告したけど、コロニー雲同士が融合して大きな塊になり、それがいつまでも消えないケースが出てる。こんなことはこれまでになかった。いまシャイゴ機関でこの現象を分析してるけど、結論が出るまで時間がかかると思う」

「このことを部長には？」

「個人的に入手した情報は、連絡官の報告義務には含まれない。吉井さんには特別」

香織は苦い顔をしてみせた。

「ほんとは困るんだよね、こういうの」

「深く考えなくていい。古い友人としての個人的サービスだよ」

「弓寺先生には伝えるんでしょ」

「もちろん。先生の意見も聞いておきたいし」

「話はそれだけ？」

「深夜にアパートメントのトイレが詰まったときの話もしようか」

「いいえ、けっこう」

香織は腕組みを解いた。

「率直な話、人類は滅亡すると思う？」

小関伸吾が歯を見せて笑う。

「俺は楽観主義なんでね。なんとかなると思ってる」

「変わらないね。小関くんのそういうところは好きだよ」

「わかった。結婚式はハワイでどう？」

顎を引いて睨んでみせると、両手を上げた。

「いってみただけ」

香織は表情をゆるめる。

「ありがと。いろいろ」

小関伸吾が、どういたしまして、というように首を傾げた。

香織は連絡官室を出た。

ドアを閉めると同時に、肩に重みがのしかかる。

「新しいフェーズ……か」

希望に倦み、疲れ、絶望したがっているのは、ほかでもない、このわたしなのかもしれない。

「よ、し、い、さん」

振り向くと、連絡官室のドアが少し開き、その隙間から小関伸吾がいたずらっぽく顔を覗かせていた。

「一つ、いい忘れた」

「……なに」

「今を生きる俺たちに、未来に絶望する権利はないってこと。そんなのは老人どもに任せておけよ」

「厳しいことというね」

「しょうがないだろ。そういう仕事なんだから」

軽く片目をつむって部屋に引っ込んだ。

「なにカッコつけてんの」

香織は、閉じられたドアにパンチを放つ真似をして、ふっと笑った。

「まったく」

4

快晴の空には、饅頭(まんじゆう)のような形の赤い積雲型コロニー雲が一つ、ぽつんと浮かんでいた。立ち止まって不安げに見上げる人もいるが、多くの人は気にする素振りも見せない。連れと談笑しながら、あるいは一人で黙々と、街の空気に浸っている。

すべてのコロニー雲は、発生と同時に、人工衛星を使った監視システムの対象になる。大半のコロニー雲は地表に落ちてくることなく、短ければ数十分で、長くても数日のうちに溶けるように霧散する。

しかしたまに、通常なら周囲よりも高い内部の温度が、とつぜん下がりはじめることがある。原因はいまだに不明だが、これは下降気流を生じる決定的な兆候だ。温度の低下が検出されるやAIが被害地域を予測し、警報を発信する。

だからコロニー雲が発生しても、警報を受信しなければ心配することはない。政府の公式見解では、そういうことになっている。

吉井沙梨奈は、ブランドショップのショーウインドウの前で、歩道を行き交う人々を眺めていた。端からは、ただぼんやりとしているようにしか見えないだろうが、頭の中ではさまざまな空想を巡らせている。

たとえば、足早に歩いているスーツ姿のあの男性に声をかけたらどうなるか。彼は思わず足を止め、あたしを見て怪訝（けげん）な表情を浮かべるだろう。あたしは笑みを絶やさず問いかける。

「あの雲を見てください」

男性は勢いに呑まれ、つい見上げてしまう。

「あれがなにかご存じですか」

「コロニー雲でしょ」

彼はぶっきらぼうに答える。

「あの雲のせいで人類は地球に住めなくなる。このことは？」

ここで男性は、何かを察したような顔をするに違いない。でも、あたしは構わずに畳みかける。

「未来のない地球から脱出したいと思いませんか。いまならそれができます。赤天さまにお縋りすれば――」

「宗教には興味ないんで」

さっさと行こうとする男性にあたしは叫ぶ。

「当分は心配ない。そう思い込んでいませんか。政府のいうことを真に受けて。あんなの嘘ですよ！」

男性は無視して去っていく。

かわいそうに。あたしの中に哀れみの感情が生まれる。せっかく救われるチャンスだったのに。でも、こんなことで挫（くじ）けてはいられない。一人でも多くの人に赤天さまの真実を伝えなければ。救わなければ。あたしはまた人混みに目を向ける。

次はあの女性にしよう。自分自身になにも疑問を抱いていなそうな顔で、颯爽（さっそう）と歩いている。

あたしが近づいて声をかけると、女性は横目で睨むようにあたしを見る。

「なんですか」

あたしは、笑みを湛えながら、この世界の終焉が近いことを告げる。

「生き延びるには赤天さまにお縋りするしかないのです。どうか、赤天さまを信じてください。あたしたちとともに新しい世界へ参りましょう」

「そういうの、けっこうですから」

女性は鼻で笑い、ぷいと背を向け、あたしの存在など最初からなかったかのように離れていく。その姿を見送りながら、あたしは自分の力不足を嘆く。ああ、この人も救えなかった。それにしても、どうして人はこんなに愚かなのだろう。赤天さまの声を聞こうとしないのだろう。真実から目を背けるのだろう。

「あの」

振り向くと十代の女の子が立っている。アイドルみたいに可愛くて、怖いほど純粋な目をしている。香織だ、とあたしは気づく。でも香織は、あたしに気づかない。

「いま、あの人としていた話、ほんとうですか」

例の口調で、冷ややかに問う。

「ほんとうですよ」

あたしは平静を装って答える。

「どうやって地球から脱出するんですか」

「迎えの船が来ることになっています」

「どんな船ですか」

「いま地球に向かってきています。地球の人たちは彗星だと思い込んでますけど」

「ナカムラ＝シャイアン彗星のことですね。でもあれはちょっと地球に近づくだけですよ。

どうやって乗り移るんですか」

「心配しなくても、赤天さまが乗せてくださいます。赤天さまを信じてください」

「その船に乗ってどこに行くんですか」

「赤天界です。みんなが仲良く、永遠に生きられる世界です」

香織があたしをじっと見つめる。

「嘘に決まってる」

あたしは、なぜかひどく動揺する。

「どうして、そう言い切れるの？」

「だって姉ちゃん、ほんとうは――」

「がんばってる？」

天から降ってきたような声に、現実へと引き戻された。

目の前に河本朋香の顔があった。

「調子はどう？」

沙梨奈はとっさに笑みをつくる。

「何人かに声をかけたけど、まだ一人も」

「そう」

河本朋香が軽く応えて、後ろにいた二十歳くらいの女の子を呼んだ。

「紹介するね。こちらは結城マヤさん。さっき会ったばかりなんだけど、ちゃんと聞く耳と見る目を持っている人。いまから教団までいっしょに行くところ。マヤ、こちらは教団の仲間、吉井沙梨奈さん」

「初めまして。結城マヤです」

顔に不器用な幼さが残っている。たぶん学生だろう。

「あたし、人類が滅亡するかもしれないと思うだけで、不安で死にそうだったんです。メンタルクリニックにも通院して、薬も飲んでるんですけど、ぜんぜん解消されなくて」

聞かれてもいないのに喋りだした。かなりの早口だ。それに視点が定まらず、あちこちに飛んで落ち着きがない。

「きょうもクリニックに予約が入ってたから、仕方なく来たんですけど、ほんとは外に出るのも嫌で、あの雲を見つけたときも、足が竦んで動けなくなって震えてたんです。そうしたら、河本さんが声をかけてくださって」

ほっとしたような表情を向けると、河本朋香も笑みで応える。

「赤天さまのことを教えてくださったときの河本さんが、なんていうか、ほんとうに天使みたいで、わたし、すごく感動して、確信したんです。赤天さまは真実なんだ、絶対に間違いないって。その瞬間、なんていうか、ほんとに涙が出るくらい嬉しくなって、幸福感いっぱいに包まれて。あんな感覚、初めてでした」

「さっきはいわなかったけど」

河本朋香がいかにも意味深に声を潜める。

「それね、マヤの中に赤天さまが降りてきてくださったんだよ」

「え、そうなんですか」

「わたしたちでも滅多に体験できないことだよ。おめでとう」

結城マヤの顔が輝きだす。

沙梨奈も深くうなずいてあげる。

「よかったね。あなたはもう大丈夫だよ」

「はい。ありがとうございます！」

「じゃあ、わたしたちは先に行くけど、沙梨奈は？」

「もう少し、ここでがんばる」

「そう。偉いな」

沙梨奈は、河本朋香と結城マヤの姿が見えなくなってから、緊張を逃がすように息を吐き出した。空を見上げても、コロニー雲はすでにない。溶けて消えたか、上空の風に流されていったのだろう。

虚ろになった空から地上に目を下ろす。ふたたび空想の世界に入ろうとしたが、できなかった。

沙梨奈は、行き場を失った心を、人混みの上に漂わせる。

ねえ、香織。

「だって姉ちゃん、ほんとうは――」

さっき、なんていおうとしたの？

5

「どう思いますか」

「どうっていわれてもさあ」

弓寺修平はタブレット型デバイスの画面から目を上げる。その隙を突くように、小関伸吾がデスク越しに手を伸ばして、タブレットを取り上げた。

「シャイゴ機関では、コロニーバンドと名付けたそうです」

「名前はどうでもいいんだけど。ちょっと、もう一回見せてよ」

小関伸吾からタブレットを取りもどし、あらためて画面に見入る。

「このデータ、どうしてももらえないの？」

「公式な情報共有会議までは」

「お堅いねえ、シャイゴ機関は」

小関伸吾が気象監視庁総合研究所を訪れるのは、これが四回目だ。いずれも、まだ公開されていない重要な情報を非公式に伝え、意見を聞くためだった。

「共有会議の回数を増やしたほうがいいんじゃないの？　三カ月に一回じゃ、もう事態の進行に追いつけないよ」

「シャイゴ機関としては異存ありませんが、三カ月に一回というペースはもともと日本側からの要望です」

「変更するならこっちから正式に提案しろって？」

「弓寺先生から立脇部長にご進言いただけませんか」

「現場から声を上げたほうが受け入れられやすいか。わかった。今日中に話してみる」

気象監視庁は、十二年前の省庁再編のとき、気象庁を発展させる形で誕生した。台風、豪雨、地震などの自然災害に加え、コロニー雲の動向を常時監視し、危険が迫ったときの即応能力を強化するためだ。気象庁気象科学研究所は、ほぼそのままの形で気象監視庁総合研究所となり、弓寺修平は研究所内に新設された有害気塊研究部のトップに抜擢された。以来、その任にある。

「で、このコロニーバンドだっけ、の件だけど」

弓寺はタブレットを返しながら、

「シャイゴ機関ではなんていってるの」

「意見が割れているようです。一時的な現象に過ぎないという説と」

「いよいよヤバくなってきた、って説？」

小関伸吾が、はい、とうなずく。

「先生はどちらですか」

「普通に考えりゃヤバいだろ」

「……ですよね」

「このまま発達すると、コロニーバンド同士がくっついて赤道上をぐるりと一回りするのも時間の問題だ。宇宙からは赤道に赤い線が引かれているように見えるだろうよ。世界地図みたいにさ。そこから南北に少しずつ領域を広げていって、最終的に地球をすっぽり覆い尽くそうって魂胆かもしれん」

「しかし、なぜ赤道なんでしょうか。やはり気温でしょうか」

「あるいは、地球の自転か」

「自転がどう影響を？」

「地球が自転しているために、赤道付近には独特の気流が発生している。もしかしたらそれが……まあ、要するに思いつきでいったまでだ」

弓寺が苦笑する。

「ただ、コロニー雲に対する認識を根底から改める時期に来たってことは確かだな」

「たとえば？」

「二百年なんて猶予は最初からなかった」

弓寺は小関伸吾を厳しく見つめる。

「シャイゴ機関は、というより、アメリカは知ってたんじゃないの？　時間がないってことを」

「絶望的な情報も隠蔽はしない。それが――」

「シャイゴ機関の一貫した方針だってのは知ってる。だが何事にも例外はある」

「なぜ我々が隠しているとお考えになるのですか」

「NASAがディアスポラ計画を進めているが、どうにも急ぎすぎてる感がある」

「考えすぎでは」

「それに、アメリカではシールドポリスの建設も始まってるんだろ」

「ミネソタ州のあれは実験用です。本格的な建設が始まるのは、とうぶん先かと」

「そうかね。まあ、あんたも立場上、自由にものがいえんだろうけどさ」

大気の酸素欠乏に備えて、酸素供給装置を備えた地下都市や海中都市の建設が各国でさかんに検討された。が、建造やメンテナンスの難易度およびコストの観点から、居住人口十万規模の密閉型居住施設シールドポリスを建設し、通路で結んでネットワークを形成するほうが望ましいという結論に落ち着いている。

ただ、それでも解決すべき問題が技術面、制度面ともに多く、日本ではまだ実験施設用地の獲得さえ進んでいない。

「なんにせよ、この情報をわざわざ教えてくれたことには感謝するよ」

「私の任務ですから」

小関伸吾が、にこりと笑った。

6

本来、面談室とは、来訪者と内密な話をするときに使われる部屋だ。ここに案内されたということは、これから話される内容があまり愉快なものではないのだろう。

吉井香織は、覚悟しながら足を踏み入れた。こぢんまりとした素っ気ない部屋に、中央のテーブルを挟んで椅子が二脚。窓はない。監視カメラと集音マイクのランプは消えている。

「すみません、こんな場所で。どうぞ、おかけください」

加東洋介が気さくにいって、さっさと椅子に腰を下ろす。正面に香織が着席すると、テーブルの上に両手を重ねて、

「早速ですが、赤天界をご存じですか」

「新興宗教の一つということだけは。教祖はたしか克明憲。元々は悪徳商法に手を染めていた男でしたね」

「さすがですな」

加東洋介は、内務省国土保全局有害気塊対策部九課の課長に昇格したばかりで、今年四十六歳になる。情報共有会議では顔を合わせているが、二人だけで言葉を交わすのは初めてだ。

「では、吉井沙梨奈さんが赤天界に入信していることは？」

香織はとっさに言葉を返せなかった。

「姉が？」

「半年ほど前から教団に出入りしているようです」

「姉とはもう何年も連絡を取ってませんので」

　ふと感じた後ろめたさを振り払うように、

「それで、わたくしになにをせよと？」

「赤天界では、コロニー雲の出現を神の御業（みわざ）であると解釈しているようです。神の意思によって地球には住めなくなる、だから新世界へ移る準備をせよ、とまあ、一種の御神託というわけですな。神が最初にその意思を明確にしたミカズキを聖地とし、そこを拠点に教団施設はいまや全国三十八カ所に広がっています。もちろん東京にもあって、教祖の克明憲は現在その東京本部に滞在しているらしい。布教活動も依然旺盛で、近年の世情不安もあってか、信者の数も急増している。そしてここからが我々の関心を引く点なのですが、彼らの目指す新世界へは神の用意した船で行くことになっていて、その船がいま地球に近づいている。そしてそれは実在し、天体望遠鏡でも確認できます」

「ナカムラ＝シャイアン彗星ですね」

　七年前に発見された彗星で、四十五日後に地球に最接近する。最接近といってもかなりの距離があり、地上から夜空を見上げても、肉眼では彗星の尾がかろうじて判別できる程度だといわれている。

「もちろん望遠鏡で確認できるのは正真正銘の彗星です。彼らはその彗星を神の船だと信じて、本気で乗り移ろうとしている。問題は、どうやって乗り移るのか、という点です。ロケットや宇宙船は論外として」

「……肉体を捨て、魂だけになって宇宙へ飛び立つ。つまり、集団自殺ですか」

過去にも似たような事例がある。

「それだけなら、まだいいのですが」

香織は眉をひそめた。

「たしかに集団自殺はたいへんな悲劇です。決行されれば大きなニュースになり、人々はおぞましさに震え慄(おのの)くでしょう。しかし忘れてならないのは、彼らの神は、この世界を破壊しようとしているということです。その信者がみずからの命を絶つとき、神の御心に添う、あるいは、無信仰者も救済するという名目で、自爆テロまがいの行為に及ぶ可能性も否定できません」

「実際にそのような兆候が？」

加東は答えない。この沈黙は肯定と解釈していいだろう。

「当然、九課は阻止する方向で動いているのでしょうね」

「まあ、そういうことです」

渋々認める、といった感じの口調だった。

「それで、わたくしを呼び出した理由は？」

「他意はありませんよ。お姉さんの情報を得たので、とりあえずお耳に入れておこうと。内容が内容なので、みなさんのいるところでは具合が悪いと考え、この部屋にしただけです」

この言葉を額面どおりに受け取るわけにはいかない。

「万が一、テロ事件が起きたとき、機密情報を扱う四課の、それも課長の身内が容疑者の中にいたとあっては都合が悪い。事前に説得してなんとか教団から引き離してほしい。それができないときは強硬な手段を取らざるを得ないかもしれないので、お含み置きを。そんなところでは？」

加東洋介がいかにも満足げに、

「これ以上、私から申し上げることはありません」

香織は、無言で微笑みを返し、席を立つ。

部屋を出て廊下を歩くうちに、怒りがこみ上げてきた。集団自殺にしろ、自爆テロにしろ、このままでは沙梨奈は死ぬ。

（沙梨奈……）

なにやってんの、あんた。

7

十七年だ。十八歳のときから十七年間、人生の半分近くをここで過ごしたことになる。吉井沙梨奈は、空っぽになった部屋にあらためて立つと、底の抜けたような虚しさを感じた。あたしの十七年の歳月は、どこへ消えてしまったのだろう。

荷物はほとんど処分した。残っているのは、壁際にぽつんと置かれた段ボール箱一つ。思えばこの段ボール箱も、ここに引っ越してくるときに運送会社が使っていたものだ。ちゃんとした収納ボックスを買うまでの仮の入れ物のつもりが、気づいたら十七年も使っていた。

箱の中身もすべて捨てることになるだろうが、念のために一つ一つ手に取って確かめていく。古い電気コード。旧式の充電器。殺虫剤のカートリッジ。携帯用メイクセット。文房具。どこでもらったかも忘れた試供品の数々。がらくたをゴミ袋に放り込んでいく。

キッチンペーパーに包まれたものが箱の隅に張り付いていた。携帯端末のアクフと同じくらいの大きさだが、手に持つとはるかに薄くて軽い。包みを開けて出てきたのは、地元の銀行の預金通帳とキャッシュカードだった。電子マネーが主流となった現在はほとんど見ないが、使えないわけではない。なぜこんなものが、と訝(いぶか)りながらよく見ると、名義欄に〈吉井香織〉の文字。たちまち苦い記憶が胸を染めていく。

*

沙梨奈と最後に会った日のことを思い出そうとすると、ぼたぼたと傘を打つ雨音が耳の奥に聞こえてくる。あの日の沙梨奈は、地味な服装とは不釣り合いの、大きなピンク色の傘をさしていた。わたしはというと、小振りの折りたたみ傘だった気がする。それぞれ傘をさしたまま、向かい合って立っている。そんな情景が頭に浮かぶ。

場所は母の墓前。いや、違う。母の墓をつくったのは七年前だから、当時はまだなかった。ということは、母が亡くなったとされる場所だったろうか。このあたりの記憶は曖昧だ。なぜ会うことになったのかも忘れてしまった。事前に会う約束をしたのではなく、たまたま現場でいっしょになったのではなかったか。

その日は母の命日だった。それ以外の理由で、わたしがミカズキを訪れることはない。毎年、市主催の慰霊祭も行われていたが、そういうものには参加しないことにしていた。一人静かに母の冥福を祈りたかったからだ。

思い出した。

沙梨奈と会ったのは、最寄りのバス停から、母が亡くなった現場に向かう途中にある、古い児童公園だ。わたしは母に手向けるささやかな花を携えていた。沙梨奈はすでに済ませた帰りらしく、人気のない公園で所在なげに佇んでいた。沙梨奈の姿を見つけたとき、心臓がどきりとしたのを覚えている。しばらく公園の入り口で立ち止まり、声をかけるかどうか躊躇っているうちに、沙梨奈のほうがわたしに気づいた。わたしはとっさに笑みをつくり、公園に足を踏み入れたのだった。

「来てたんだ」

できるだけ軽い口調を装った。

「そりゃあね」

沙梨奈も精一杯明るく返してきた。そしてわたしたちは、それぞれ傘をさしたまま、向かい合って立ったのだ。

そういえばこのとき、沙梨奈は少し太っていた。わたしはレインブーツを履いていたが、沙梨奈はスニーカーだった。堅く封印されていた蓋が開いたように、遠い記憶が躍り出てくる。

「お母さんのところにはもう行ってきた？」

「うん」

「ここでなにしてたの」

「べつに」

「もしかして、わたしを待ってた？」

「まさか」

そういったときの暗い目つきに、彼女の嘘を悟った。

「二年ぶりかな。元気にしてた？」

「まあ」

「いまもこの町に住んでるの？」

「ほかに行くとこもないし」

言葉はどこまでも弾まない。

沈黙はたちまち雨音で埋められる。

「ねえ、香織……」

沙梨奈が思い切るように息を吸った。

「どうしてあのとき、受け取ってくれなかったの？」

「なにを……え、いつの話？」

「とぼけんなっ！」

雨足が強くなり、傘の端から水がいきおいよく流れ落ちていく。

「待って。ほんとにわからないんだけど」

沙梨奈が瞬きもせずにわたしを見つめてくる。

＊＊

母が死んでからしばらくの間、沙梨奈は香織とあのマンションで生活した。大惨事の混乱はなかなか収まらず、町から逃げ出す人も少なくなかった。それでも九月に入ると、市内の中学と高校のほとんどが授業を再開した。沙梨奈のクラスメートも一人亡くなっていた。すべての死者の身元が判明して埋葬も終わり、ようやく日常が再建されはじめたころ、堅いスーツ姿の中年男性が沙梨奈たちのもとを訪れた。その男は名刺を差し出して弁護士だと名乗り、思いがけない事実を告げた。すなわち、それまで母と暮らしてきたマンションは、母が豪語していたように二十代で買ったものではなく、母がかつて交際していた男性の所有するものだった。その男性とは香織の父親だ。母は、香織の父親と別れるときにマンションをもらい、幾ばくかの養育費も受け取っていたが、登記上の名義は変えていなかったのだ。

「どういうことに、なるんですか」

沙梨奈は怖くなった。きっと香織の父親は自分の娘だけ引き取ろうとするだろう。あたしは香織と離ればなれになってほんとうに独りぼっちになってしまう。そう思ったのだ。

しかし弁護士が来たのは、香織を引き取るためではなかった。沙梨奈たちにマンションを立ち退くよう通告するためだったのだ。母が亡くなったことを知ったその男性と彼の家族がそう望んでいるという。母とどのような約束があったにせよ、あくまでマンションの名義はその男性で、固定資産税、修繕積立金、災害保険などの諸費用もその男性が負担しており、マンションの所有権が男性にあることに議論の余地はないと、弁護士は断言した。当時の沙梨奈たちには、疑問を挟んだり、ましてや反論したりすることなどできなかった。

「あなた方は十八歳未満ですから、児童養護施設に入ることになります。その手配もこちらでやっておきます」

「お父さんは」

黙って聞いていた香織が、このとき初めて口を開いた。

「お父さんは、会いに来てはくれないんですか」

弁護士が苦笑した。

「向こうにも事情というか、家庭がありますからね」

「勝手すぎませんか」

沙梨奈が我慢できずにいうと、弁護士が表情を強ばらせた。

「恨むのなら、あなた方のお母さんを恨んでください」

「恨みませんっ」

香織が叫んだ。

「どんな生き方をしてこようと、わたしたちをここまで育ててくれたのは母です。これまで守ってくれたのは……」

涙で最後までいえなかった。

「具体的な日程が決まりましたら、また連絡しますので」

弁護士はそう言い残して帰っていった。

ドアの閉まる音が響いたとき、沙梨奈の中に猛然とこみ上げてくるものがあった。これからは二人で生きていくしかないのだ。ならば姉である自分が香織を守っていかなければ。

沙梨奈と香織は荷物をまとめて施設に移った。入所当初に多少のトラブルがあったほかは、新しい生活環境にも順調になじんでいった。

一方、老人ホームに入っていた祖父だが、ソーシャルワーカーの勧めで生活保護の申請をして受理されたものの、娘に先立たれたことを理解することなく、約一年後に亡くなっている。

やがて高校入試の時期を迎えると、香織は目指していた進学校ではなく、数段ランクの落ちる私立高校を受験した。成績面では最高ランクの進学校でもまったく問題はなかったが、香織には香織の考えがあったのだ。

「あの高校ならここから通えるし、確実に学力奨学生のS級になれる。S級なら授業料が全額免除されるだけでなく、毎月の奨学金ももらえる。わたしはそのお金を貯めて東京の大学に行く」

「でも、その学校で、希望の大学に行けるの？」

香織は眉一つ動かさずに答えた。

「行けるかどうかを決めるのはわたしでしょ。学校は関係ない」

沙梨奈は呆れるほど感心した。そしてこのとき、姉として香織の夢を全力で支えよう、と心に決めた。

高校を卒業すると同時に児童養護施設を出た沙梨奈は、見和希市内に安いアパートを探し、一人暮らしを始めた。自分なりに懸命に働いた。嫌な思いも、ときには危ない思いもした。そうやって稼いだお金のうち、自分のために使う分を最小限にして、残りをすべて香織名義の口座に積み立てた。懸命に働くといっても、貯められる金額は高が知れている。それでも、少しずつ増えていく数字は、沙梨奈の心を満たしてくれた。

香織は高校を卒業するまで学力奨学生S級を維持し、周囲の期待どおり、東京の超難関大学に合格した。その私立高校から合格者を出すのは開校以来初めてで、たいへんな騒ぎになった。

いよいよ上京するという前日、沙梨奈は預金通帳と一度も使っていないキャッシュカードを持って駆けつけた。

「これは？」

香織が恐る恐るといった感じで手にした。

「あたしが貯めたお金。香織の学費の足しにしてもらおうと思って」

沙梨奈はこの瞬間ほど自分を誇らしく感じたことはなかった。

香織が通帳を開く。

「すごい。こんなに……」

沙梨奈は胸を張った。

「遠慮しなくていいよ」

香織が顔を上げ、にこりと笑う。

「でも、これはもらえないな」

沙梨奈のほうへ返す。

「このお金は、沙梨奈が自分のために使って」

予想外の反応だった。姉ちゃん、ありがとう。大切に使うよ。そういってあたしに抱きつくんじゃなかったのか。感激のあまり泣きだすんじゃなかったのか。なぜそんなに冷静でいられるのか。

「わたしにも蓄えてきたものがあるし、地元の企業から返済不要の奨学金ももらえることになってる。学費はそれでなんとか賄える」

「でも、せっかくあたしが……これからも、少しだけど仕送りしてあげようと思ってたのに」

「気持ちだけでじゅうぶんだから」

香織はどうしても受け取ろうとしない。

「わたしは自分の力で人生を摑みとっていく。沙梨奈にもそうしてほしいと思ってる。できるよ、沙梨奈なら」

そして瞳を異様に滾らせていった。

「わたしは負けない。絶対にあいつらを見返してやるんだ」

「あいつらって、もしかして、香織のお父さんのこと？」

「と、あのクソ弁護士。お母さんの生き方を馬鹿にした奴ら、全員」

アパートに持ち帰った預金通帳とカードを前に、沙梨奈は呆然とした。この二年間、自分はなんのために働いてきたのか。なんのために耐えてきたのか。なんのために生きてきたのか。なんのために……。

振り返っても、そこに広がるのは、果てしない空白。

＊＊

「あの預金通帳のこと?」

それほど沙梨奈の心を傷つけていたとは考えもしなかった。まったくそんなつもりではなかったのだ。

「ほんとはさ」

沙梨奈が、ピンク色の傘の下から覗くように、わたしを見る。

「香織のこと、大嫌いだったんだよ、ずっと。死んじゃえばいいと思ってた」

この言葉はわたしを動揺させた。

「……わたしは姉ちゃんのこと、嫌いじゃなかった」

「いまさらそんな呼び方してくれなくていい」

「でも姉ちゃん、泣いてくれたよ。お母さんが死んだあの日、わたしが塾からマンションに帰ってきたとき。無事でよかったって、生きててよかったって、抱きしめて泣いてくれたじゃない」

「それは……」

沙梨奈がうつむく。

「遺体安置所でメディアの人からマイクを突きつけられたときも、姉ちゃんはわたしを守ってくれた。わたしの手を握ってくれた。わたし、すごく頼もしかった。姉ちゃんがいてくれてよかったって——」

「あんたのそういうところが嫌なんだっ！」

顔を上げて叫んだ沙梨奈の目に愕然とした。わたしはそこまで憎悪されていたのか。

「あのね……」

それでもわたしは、寄り添える言葉を探した。

「……お母さんのお墓をつくってあげようと思ってる。そのうち相談させて」

「勝手にしたら」

「でも——」

「あたしがお参りしたって、お母さんは喜んでくれない」

「そんなこと——」

「お母さんは、いつもあんたばっかり見てた。あたしのことなんか、ぜんぜん……」

沙梨奈の表情が苦しげに歪む。

「もう連絡してこないで。あたし、ここにも二度と来ないから」

沙梨奈が、傘で顔を隠すようにして、児童公園の出口に向かう。

すれ違った直後、抑えていた感情が突沸した。

「ねえ、沙梨奈っ!」

雨水の流れ落ちる傘に向かって叫んだ。

「どうしてそんなふうになっちゃったのっ!」

沙梨奈が足を止めた。しばらく固まったようにそのままでいたが、わたしを振り返ることなく、煙る雨の中を去っていった。

*

結局、このお金には手を付けなかった。なぜ使わなかったのだろう。いつか香織があたしに助けを求めてくる。このお金を香織のために役立てるときが来る。心の底でそう信じ、密(ひそ)

かにその日を待ち望んでいたとでもいうのか。

「ねえ、香織……」

力なく語りかける。

「……あたしの人生、なんだったんだろうね」

香織名義の預金通帳と、一度も使っていないキャッシュカード。沙梨奈は二つともゴミ袋に放り込んだ。

8

〈速報〉都内のマンションで出火　男女三人死亡　爆発か

きょう午後三時ごろ、東区のマンションから出火、鉄筋六階建ての三階の一室約六十平方メートルが焼けるなどし、焼け跡から三人の遺体が見つかった。うち二人は男性、一人は女性とみられる。また、前の道を歩いていた六十代の女性が、落ちてきた窓ガラスの破片に当たり、右腕に軽傷を負った。その女性によると、はじめに「どん」と腹に響くような音が聞こえ、思わず頭を抱えてしゃがみこんだところ、上からガラス片が降ってきたとのことで、なんらかの爆発があった可能性もあり、消防と警察では遺体の身元の特定と出火原因を調べている。現場は住宅密集地。

＊

内線に着信があった。

九課の加東洋介から。

嫌な予感が走った。

香織はデスクの受話器を握った。

「吉井です」

『沙梨奈さんにはお会いになりましたか』

「いえ……まだです」

前置きもなく切り出した。

罪悪感がちくりと胸を刺す。連絡を取らなければと思いながらも、つい先延ばしにしてしまったのだ。

『残念ですが、時間切れです。オペレーションの予定が早まりました』

香織は椅子を回してデスクに背を向ける。

「しかし、ナカムラ＝シャイアン彗星の最接近は一カ月以上先では」

『不測の事態で、時間の猶予がなかったのです。ご理解ください』

頭の奥がすっと冷たくなる。

「オペレーションは完了済み。これは事後報告ですね」

『東区のマンションで起きた爆発事故をご存じですか』

「はい……」

『あそこは我々がマークしていた教団の秘密施設の一つでした』

「秘密施設？」

『あの部屋で自爆テロに使う爆発物を製造していたと思われます。ただ、なにぶん素人の集まりで爆薬の扱いに慣れておらず、不注意から暴発させてしまったらしい。ところが克明憲はそれを、警察の急襲を受けたために信者が証拠隠滅を図って自爆したものと思い込んでしまったようなのです』

「なぜそんな……」

『閉鎖的な環境では疑心暗鬼も暴走しやすいんでしょうな。すでに克明憲の精神状態そのものが不安定になっていたという情報もあります。ともあれ彼は、すぐにも警察が踏み込んでくる、もはやこれまでと早まった考えに取り憑かれ、用意してあった第二の選択肢を発動させた』

「……まさか」

『はい。毒物を使った集団自殺です。教団施設のホールに信者を集め、青酸入りのジュースを一人一人に配って』

香織は不意に吐き気を覚え、口を手で押さえた。

＊＊

吉井沙梨奈は、身の回りのものだけを押し込んだ古いバッグを膝に置き、市営バスの車窓から外を眺めていた。見和希市では、いまだにディーゼルエンジンに運転手付きの古い車両が走っている。音と排気ガスだけは派手にまき散らす市営の路線バスは、発進してからの加速が鈍い上、狭い道をしばらくのろのろと進むとすぐに次の停留所に着く。利用客も減少するばかりで、自動運転化どころか、来年にはついに廃止されるらしい。

バスが減速して止まり、乗降口が開く。女性が三人、乗ってきた。いつも固まって行動しているグループだ。沙梨奈の顔を見つけて会釈する。沙梨奈も小さく頭を下げた。いつもは乗客のまばらな路線だが、きょうはすでに半分以上の席が埋まっている。それも一カ所で集団が乗り込んできたのではなく、バス停ごとに数人ずつ乗ってくる。降りる者はない。話し声は聞こえず、みな無言の中でバスに揺られている。

外を流れる光景に、雑草の茂る荒れ地が目立ってきた。一昔前なら、この季節には田植えを終えたばかりの水田が広がっていたはずだ。沿道には、かつてのコンビニエンスストア、ガソリンスタンド、飲食店であった建物が放置されるがままになっている。

『次はみかずき農協前に停まります』

自動アナウンスの音声に、乗客たちが身じろぎをした。ほどなく停車すると、いっせいに座席を立つ。沙梨奈もバッグを手にバスを降りた。乗客のほとんどを吐き出したバスが、時代遅れのエンジン音を響かせて去っていく。

バス停の名称は〈みかずき農協前〉だが、すでに農協は廃止されて建物もなく、農地開拓を記念する大げさな碑だけが更地の隅に残っていた。いま、その敷地の中央に大型バスが一台、停車している。

沙梨奈たちは、そのバスに乗り込んだ。先客に短く挨拶しながら奥に進む。運よく窓際の席に座ることができた。ふたたびバッグを膝に載せ、一息吐く。

このバスに乗るのは何度めだろう。

最初に乗ったのは、東京で開催される大集会に参加するためだ。河本朋香と知り合ったのもその集会の場だった。その後もたびたび、集中的人民救済活動、要するに人海戦術に頼った布教のために東京まで行った。赤天界はミカズキを聖地としているものの、活動の中心はすでに東京に移っている。

「では、そろったようなので出発します」

最前列に着いている教団幹部の男が告げ、乗降口のドアが閉じられる。車内の気圧がわずかに上がった。バスが静かに動きだす。当然ながら自動運転なので、運転手はいない。大型バスは、ただ設定されたとおりに、目的のものを目的地まで運ぶ。乗客一人一人の胸に去来するものなどお構いなしに。

もうここに戻ってくることはないのだな。沙梨奈は、過ぎ去っていく土地を振り返る。とりたてて好きな町ではなかったが、これが最後ともなれば、それなりの感傷はある。感傷というより虚しさか。自分はなぜこんな生き方をしてしまったのだろう。こんな生き方しかできなかったのか。それとも、あえてこの生き方を選んだのか。

ふと空を見上げると、高いところに赤紫の雲塊が浮かんでいた。コロニー雲の一種だ。最近、あの色調のものをときおり見るようになった。いままでのタイプよりも危険性が高いという。

「わたし、初めてなんですよね」

隣席の女が話しかけてきた。教団内では、信者同士の雑談はあまり褒められた行為ではないとされている。信者の声は、赤天さまの言葉を伝えるときと讃えるときにのみ使われるべきだからだ。

教団幹部の男が耳ざとく気づいたらしく、立ち上がってこちらを睨んだ。沙梨奈は、隣の女に目配せをして、人差し指を口の前で立てた。女は、恐縮した様子で肩をすぼめた。

今回の目的地は、東京ではない。途中、数カ所でさらに信者を乗せて満席になった大型バスは、高速道路を降りてから曲がりくねった峠道を延々と走り、山に囲まれた盆地のような場所に出た。

そこで沙梨奈たちを待っていたのは、かつて別の宗教法人が所有していたという、珍妙な外観の建築物だった。その宗教法人は、一時は相当な数の信者を集めたが、教祖の女が脱税と詐欺の容疑で逮捕され、あっさり瓦解した。そのとき売りに出されたこの施設を、赤天界が破格の安値で手に入れたらしい。

宗教関係の施設としては一通りの設備が揃っていたので、ほとんど手を加えることなく使えているが、そのために赤天界とは縁もゆかりもない異国の神の像が壁を飾っていたり、天井にその姿が描かれたりしている。教祖の克明憲や教団幹部は、その辺りのことをあまり気にしないようだ。

ともあれ、全国から集められた信者は、地球を脱するその日まで、ここで共同生活を送ることになる。

沙梨奈は、列に並んで入所手続きの順番を待っているとき、すでに手続きを済ませたらしき河本朋香を見つけた。彼女に勧誘されて入信した結城マヤの姿もあった。別のバスで先に来ていたのだろう。見知った顔があると、それだけで少しほっとする。

施設では、教団の用意した薄い作務衣を着用し、定められた日課に従って生活しなければならない。アクフやラジオなどはいっさい持ち込めないので、いったん入所すると外部の情報は完全に遮断される。

信者には四人部屋があてがわれるが、基本的に信者同士の私語は禁止で、ドアを閉め切って小声で話してもすぐに教団幹部がやってきて注意される。おそらくすべての部屋が盗聴されているのだろうが、これは沙梨奈にとっては好都合だった。初対面の人間との会話は苦痛でしかない。その代わりというか、館内のスピーカーからは赤天さまを讃える教祖の声が一日中流される。

『信じよ。信じよ。赤天さまが迎えに来てくださる。感謝せよ。感謝せよ。赤天さまが救ってくださる。委ねよ。委ねよ。赤天さまがすべてを受け止めてくださる。運命のときは近づいている。心の準備をせよ。あわてぬように。取り乱さぬように。怖がることはなにもない。我らには赤天さまが付いている。赤天さまの御言葉のままに行動せよ。みなで赤天界へ。いざ赤天界へ。永遠の生命の世界へ――』

食事は一日三回、部屋ごとに配給されるが、非常食のような固形物と水だけで、肉や野菜は出ない。それでも信者たちは黙々と口に運ぶ。

日課のメインは、午後のグループ討論だ。これは、施設の信者全員が講堂に集合して十人ずつのグループに分かれ、さまざまなテーマについて討論する、というもの。

討論といっても、いかに信仰を深めるか、来るべき地球脱出の日にどう備えるか、赤天さまの御心はどこにあるか、といったことについて教団の方針に添った意見を表明し合うだけで、論理によって勝敗を決するという性格のものではない。

ただ初日に、沙梨奈のグループにオブザーバーとして参加した教団の女性幹部は、討論の最後に妙なことをいった。

「みなさんのお話はたいへん興味深く伺いました。ですが、あなた方の議論には肝心な点が抜けています」

この女性幹部の高籐舞は、克明憲にかなり近い存在らしく、教祖に代わって赤天さまの言葉を伝えることも多い。やや真ん中に寄った濡れたような目が印象的で、色白の美女ではあるが、鼻の頭とあごの先端が尖っており、時々の表情によって二十代にも四十代にも見えた。

「我々は、赤天さまの船に乗せてもらうだけでいいのでしょうか。わたしたちには、赤天さまのために為すべきことが、まだあるのではないでしょうか。赤天さまがなにをお望みになっているか、もっと真剣に考える必要があるのではないでしょうか」

沙梨奈たちは、なんのことか見当も付かず、ぽかんとするしかなかった。

その夜は雲が出ていなかったので、みなで建物の屋上や外に出て、赤天さまの船を探した。世間ではナカムラ＝シャイアン彗星と呼ばれている。まだそれほど明るく見えるわけではなく、ほかの星と区別が付きにくいが、教団幹部から「あれがそうだ」と教えられると、信者たちから歓声が上がった。手を合わせて涙ぐむ信者もいた。

二日目以降のグループ討論では、オブザーバーが露骨に議論を誘導するようになった。教団幹部の務めるオブザーバーは、日ごとに担当グループを変わったが、信者に語る内容は、あらかじめ決められていたのだろう。あるとき、唐突に、赤天さまの船に乗り移るには肉体を捨てなければならない、という話が出た。

「考えてみれば当然でしょう。肉体は欲望と穢れの源です。赤天界に入るには、完全に清らかな存在でなければなりません」

肉体を捨てるとは、平たくいえば、死ぬということだ。そんな話は聞いてない、と大騒ぎになるかと思ったら、意外にもそれはなかった。なんとなく予想していた者が多かったのか、それとも、衝撃のあまり反応できないでいたのか。

もちろん、違和感を訴える声がなかったわけではない。ある男性信者は、討論の最中に激昂して叫んだ。

「神の遣わされる宇宙船に乗れるっていうからここまで来たんだ。こんなの詐欺じゃないか」

ほかにも数人が不服を訴えたようだが、大きな流れには至らなかった。異常な集団生活を送るうちに、逸脱することへの恐怖心が、信者たちの中に生まれていたのだろう。かといって、教団の方針を全面的に受け入れたわけでもない。どっちつかずのまま宙に浮いている状態だった。

事態が動いたのは、五日目の討論のときだ。沙梨奈と同じグループの三十代の男性信者が発言を求め、一つ一つ両手で置くように言葉を並べていった。

「これは、究極的には、赤天さまを信じるかどうか、という問題に行き着くんじゃないのかな。まさにいま、僕たちは、赤天界へ行くに値する人間かどうか、赤天さまに試されている気がする。きっと、これが最後の、いちばん難しい試験なんです」

この日もたまたま沙梨奈のグループのオブザーバーだった高籐舞が、感極まった顔で立ち上がり、歌い上げるように講堂全体に声を響かせた。

「そのとおりですよ。いま我々は赤天さまから問われているのです。おまえたちは心の底から赤天界に来たいと思っているのか、すべてを捨てる覚悟はあるのかと。なぜなら、中途半端な気持ちでは、赤天界に入ることなどできないからです。よくそこに気づきましたね。赤天さまの御心に触れましたね。おめでとうっ！」

勢いよく拍手すると、沙梨奈のグループだけでなく、周囲のグループの信者たちも引き込まれるように手を打ち鳴らしはじめた。なにが起こっているのか、わけのわからないまま、気がつくと沙梨奈もいっしょになって拍手していた。何百という掌（てのひら）から発する波動が一つに重なり、巨大なうねりとなって講堂を揺るがした。強烈な一体感に全身が痺れ、頭の中が空っぽになる。その空っぽになった頭に、赤天さまを讃える言葉が流れ込んでくる。

『信じよ。信じよ。赤天さまが迎えに来てくださる。感謝せよ。感謝せよ。赤天さまが救ってくださる。委ねよ。委ねよ。赤天さまがすべてを受け止めてくださる。運命のときは近づいている。心の準備をせよ。あわてぬように。取り乱さぬように。怖がることはなにもない。我らには赤天さまが付いている。赤天さまの御言葉のままに行動せよ。みなで赤天界へ。いざ赤天界へ。永遠の生命の世界へ』

とつぜん打ち震える感動に襲われ、涙が噴き出るようにあふれた。信者たちは声を上げて泣きだし、立ち上がり、誰彼かまわず抱き合った――。

もしかしたら、男性信者の意見表明も、それに対する高籐舞の振る舞いも、すべてシナリオとして仕組まれていたのかもしれない。確かなのは、この出来事をきっかけに、肉体からの解脱を肯定する空気が支配的になり、それ以外の声は黙殺されたということだ。

しかし、議論はここで終わりではなかった。

例によってオブザーバーが、ただ肉体を捨てるだけでは不十分ではないか、と言い出したのだ。

「自分たちだけ救われればいい、というのはエゴです。エゴを捨てないかぎり、完全に清らかな存在にはなり得ません。赤天界には行けません。赤天さまは、エゴの塊のような人間をもっとも嫌われるからです。我々は、赤天さまの御心に添うために、自分たちだけでなく、ここにいない人々をも救済しなければならないのではないでしょうか」

しかし、外の人々は赤天さまの声に耳を傾けようとしない。愚かな彼らを救うにはどうすればいいのか。

「説得が無理なら、強引にでも救済するしかありません。それが彼らのためでもある。真実が明らかになれば、きっと感謝されるはずです」

強引な救済とはつまり、我々といっしょに肉体を捨てさせ、その魂を連れて赤天さまの船に乗り移ることである、と続け、意味ありげな目つきで信者たちを見回した。

「まだ気づきませんか。これこそが、あなた方がここにいる真の理由なのですよ。我々は、滅びゆくこの世界から、人類の魂を可能なかぎり救済するために、赤天さまに選ばれた存在なのです。特別な運命に導かれ、特別な使命を帯びて、ここに集っているのです」

そして議論は、どうすれば一人でも多くの人々を救済できるのか、という方向へ進む。もはやこの時点で、信者たちの表情はいちように鈍く、教団幹部の言葉を一方的に受け入れるだけになっていた。

「そもそも、魂が赤天さまの船に届くには、大きなエネルギーが必要です。精神的なエネルギーだけではありません。物理的なエネルギーです。そのエネルギーを得るために、じつは爆薬を使います」

初めて登場した〈爆薬〉という言葉に、一瞬、信者たちが正気を取りもどしたかに見えた。が、教団幹部が間を空けず畳みかけると、ふたたび鈍い表情に返っていく。

「これはどうしても必要なのです。爆発のエネルギーに乗って一気に魂を宇宙まで飛ばすのです。地球さえ出てしまえば、あとは赤天さまが導いてくださいます。ほかの人々を救うには、そのエネルギーを共有させる必要があります。わかりますか」

教団幹部の目が、なにやら見えないものを見ているような輝きを宿しはじめた。

「我々が大勢の人々の集まる場所に行き、そこで同時に爆発のエネルギーを解放し、赤天さまの船へ向かって飛ぶのです。そうすれば、我々はもちろん、周囲にいた人々も巻き込んで、我々といっしょに赤天さまの船に行ける。エゴを捨て、肉体を捨て、完全に清らかな存在となって、永遠の赤天界へと共に旅立てるのです」

聞き入る信者たちも、まったく同じ目をしていた。その瞳孔は黒々と広がり、虚無をはらむ空洞を思わせる。そこに個々の考えなど存在しない。同じ色に染まった信者たちの心に、単一の思想が書き込まれていく。

羨(うらや)ましい、と沙梨奈は思った。彼らと同じように、本心から赤天さまとやらを信じることができたら、どれほど楽になれるだろう。結局、自分は、ここにも居場所を得られなかったということか。どこに行っても、自分自身に対する違和感を取り除けないのか。自分自身を許すことができないのか。

「きょうはここまでにしましょう。明日は、具体的な方法について話します」

教団幹部が穏やかに締めくくった。

しかし、明日が来ることは、なかった。

　ふと違和感に襲われ、沙梨奈は上半身を起こす。あやうく頭を天井にぶつけそうになった。向かいの二段ベッドの二人は寝そべって、教団から配られた冊子〈赤天経〉を開いている。上のベッドには石野美里、下のベッドには河島レコ。ともに沙梨奈の五つ上の四十歳だ。最初に自己紹介したきりで、雑談などは禁じられているから、それ以上のことは知らない。沙梨奈の真下のベッドにいるのは、二十五歳の村上リン。沙梨奈が身体を乗り出してのぞき込むと、え、という顔をした。

「ねえ」

　村上リンがあわてた様子で人差し指を口に立てる。石野美里と河島レコもぎょっとしてドアに目をやる。沙梨奈は構わず続けた。

「食事、遅いと思わない？」

　この部屋に夕食の配給が届けられるのは、決まって十七時二十八分だ。一分以上遅れたことはない。部屋に一つだけある壁時計は、十七時五十分を示している。

「それに、ほら、スピーカーからなにも聞こえない」

　館内には二十四時間、赤天さまを讃える教祖の声が流されていた。たとえ深夜でも中断はしない。それがいつの間にか止んでいる。

　沙梨奈はベッドの梯子（はしご）を下りた。部屋のドアを少し開け、外の様子を窺う。カーペットの敷き詰められた狭い廊下は、静まりかえっていた。静かすぎる。

「どう？」

河島レコが囁く。三人とも沙梨奈のすぐ後ろに集まっていた。

「だれもいない。でも、なんか変な感じ」

沙梨奈は顔をもどしてドアを閉める。

「普通なら、盗聴器で声を聞いた上の人がとっくに来てるでしょ。これ、なにかあったんじゃないの」

そのとき、天井のスピーカーがカチと鳴った。人の息づかいが聞こえてくる。かなり乱れている。

『ぜ、全員……大至急、講堂に、集まってください。体調の悪い人も、ほかの人の手を借りて、絶対に来てください。同じ部屋の人は、必ず、全員そろっていることを確認してください。一人も欠けないように。絶対に。大至急です！』

それだけ告げてスピーカーは沈黙した。部屋に静寂がもどっても、顔を見合わせるばかりで、だれも動こうとしない。

「どうする」

沙梨奈は三人に聞いた。

だった。

「行くしかない、よね」

答えたのは河島レコ。村上リンと石野美里は、私語を交わすことをまだ怖がっているようだった。

廊下が騒がしくなってきた。遠くで短い怒号が上がる。しばらくしてまた聞こえた。それが数秒おきに繰り返される。近づいてくる。

部屋のドアがいきおいよく開いた。

「放送、聞いたでしょ！」

教団の女性幹部だった。名前は知らない。

「早く講堂に行きなさい！」

「なにかあったんですか」

沙梨奈が尋ねると、自分を落ち着かせるように大きく息を吐いてから、

「教祖さまから重要なお話があります。とにかく急いでっ！」

沙梨奈たちはとりあえず廊下に出る。ほかの部屋の信者たちがぞろぞろと講堂へ向かいはじめていた。沙梨奈たちもその流れにのって進む。どこからか、教団幹部の発したものらしき声が聞こえてきた。

「倉庫の鍵、どこっ？」

グループ討論のときに使う簡易イスと長机は、折り畳まれて端に積み上げられたままだった。まだ事態を呑み込めていない信者たちが、広いフロアの右奥から縦に列を作りながら並んでいく。

「前の人に続いて！　止まらないで！　止まらないで！」

教団幹部の甲高い声が、考える隙を与えまいとするかのように、絶え間なく響く。

腕を摑まれた。

「はい、あなたから次の列ね！」

手荒く背中を押された。別の幹部が手招きをしているほうへ向かう。

「じゃあ、あなたはここ」

沙梨奈が先頭になり、後ろに次々と信者たちが連なっていく。河島レコたちとは講堂に入るときに離ればなれになったきりだ。並ぶ順番はどうでもいいのか。このような状態でも、信者たちは私語を慎んでいる。言葉そのものを忘れてしまったかのように。

幹部たちが信者を数えはじめた。全員揃っていることを確認しているのだろうが、いかにも段取りが悪い。

「なんでばらばらに入れたんだよ。部屋ごとに並ばせればよかったのに」

男性幹部の声に若い女性幹部が言い返す。

「いまさらいってもしょうがないでしょ」

信者の前で言い争う光景は珍しかった。

「おい、三人、足らないよ」

「あ、来た」

幹部に追い立てられるように、女性信者が三人、入ってきた。

「これで全員。間違いない」

「じゃあ閉めて」

講堂左手にある二カ所の出入り口の扉を、それぞれ男性幹部が閉める。鍵をかけてから扉の前に立ち、両手を後ろに組む。グループ討論のときはこんなことはしない。

出入り口は、右手前方にもう一つある。その扉が左右に開き、銀色のワゴンが三台、男女の幹部に押されて入ってきた。ワゴンの上段に載せられているのは、白い円筒形の樹脂製タンク。中で赤っぽい液体が揺れている。下段に大量に積まれている白いものは紙コップらしい。

ワゴンに続いて最後に現れたのは、高籐舞だった。いつもは青白いほどの肌がしっとりと上気し、匂い立つような艶(なま)めかしさがある。潤んだ瞳にも、異様な緊張が漲(みなぎ)っている。

ワゴンが前に並び、その横に幹部たちが立つ。ワゴンの入ってきた扉も閉められた。さっきと同じように男性幹部が鍵をかけて立ちふさがる。天井の照明が、整列した信者たちの上に、冷たい光を降り注ぐ。高籐舞が、ワゴンの前でマイクを握った。

「急なことで驚いたと思います」

熱を帯びた眼差しで信者たちを見回す。

「どうしても急がなければならない事態が起こりました。これから、教祖さまより、直々にお話があります」

講堂の照明が落ちて真っ暗になった。

数秒後、舞台上の照明だけが点った。

演壇に、克明憲が現れた。

信者に向けてメッセージを伝えるときは動画が多く、姿を見せることは滅多にない。沙梨奈も、本人を見るのは東京の大集会に参加したとき以来だった。

＊＊

手にあるペーパー型デバイスには、赤天界の教祖に関する詳細な資料が表示されている。

九課から特別に提供されたものだ。最後まで読み終えた吉井香織は、目を上げてため息を吐いた。

自動運転の公用車は、夜の高速道路を順調に走行している。当然ながらプライベートで公用車を使うことは禁じられているが、加東洋介が〈九課からの緊急要請〉という形にしてくれたので、言葉に甘えることにしたのだった。借りが一つできたことになるが、この際、細かいことはいっていられない。目的地の病院まであと二十五分。高速道路上の自動運転車両はすべて、高速道路管制局によって速度調整されるため、基本的に渋滞は起きない。

人には、人を超えた存在を求める願望がある。時代や社会状況によって、それが英雄であったり、救世主であったり、神であったりする。超人は、もっとも根源的なファンタジーだ。だから、超人的な何者かを自称する者が現れれば、胡散臭さに眉をひそめつつも、真実かもしれないと期待する意識が心の奥底に芽生える。不安や恐怖に苛まれているときは、とくにそれが強くなる。克明憲は、結果的にそのような意識をうまく引き出せたに過ぎない。いやそんなことはない、教祖になるくらいの人物なのだから普通ではないなにかがあるのではないか、と感じたら、すでにファンタジーによって正常な判断力を奪われていることを疑ったほうがいいだろう。

香織は、もう一度、克明憲の資料を読み直す。行間からは、現実と折り合いをつけられず、自ら隘路（あいろ）に入り込んでいった男の姿が浮かび上がってくる。

本名、鴛原篤志（おしはらあつし）。子供のころから知能運動能力ともに優れた素質を示し、秀才の名をほしいままにしたという。しかし、大手商社に入社して前途洋々かと思われた矢先、事件を起こす。初対面の女性に暴行したとして訴えられたのだ。鴛原篤志は合意の上だったと主張したが、最終的に賠償金を払って和解せざるを得なかった。

この一件によって会社を即刻解雇された鴛原篤志は、再起をはかって自ら会社を興すものの、高すぎるプライドが邪魔してか、自らチャンスを棒に振るような真似をして人望を失い、会社も経営破綻。このころ泥酔してふたたび暴力事件を起こす。

これで箍（たが）が外れてしまったのか、以後の彼は、若年層や高齢者を狙った悪徳商法の世界にのめり込む。もともと頭は悪くないからコツを呑み込むのも早かったらしく、瞬く間にリーダー格にのし上がり、日本中を回って荒稼ぎした。

そして、たまたま見和希市に来ているときにあの災厄に遭遇。市民の混乱ぶりと不安におののく様子を見て、これは金になると踏んだのだろう。マルチ商法や催眠商法で身につけた人心コントロール術をさらに磨いて宗教団体〈赤天界〉を立ち上げ、克明憲を名乗るようになる。

ただ、これも最初からうまくいったわけではない。人々の間でコロニー雲への不安が膨らむにつれ、赤天界もそれなりに信者は得たものの、期待したほどではなく、一時は解散も考えたようだ。

転機となったのは、ナカムラ＝シャイアン彗星が発見された七年前。克明憲は「これこそ赤天さまが人類救済のために遣わされた船である。赤天さまに選ばれた人間だけが乗れる船である。滅びゆく地球から脱出したい者は赤天さまにおすがりせよ。時間はない」とぶちあげ、精力的に布教活動を展開した。

おそらく、一か八かの最後の賭けで、これでダメなら見切りをつけるつもりだったのだろう。なぜなら、この宣言によって、赤天界の活動期間は自ずと、ナカムラ＝シャイアン彗星が最接近する七年後までと限定されることになるからだ。

だが、これが当たった。赤天界に駆け込む信者が急増したのだ。彗星にせよ宇宙船にせよ、実際に存在が確認されているという事実が、人々の心情に想像以上のインパクトを与えたらしい。七年後という設定も絶妙だったのだろう。遠すぎる未来ではイメージしにくいし、近すぎれば不安が先に立つ。後追いで似たようなことを主張する新興宗教も現れたが、一歩先んじた赤天界の優位は揺るがなかった。

一時は信者数十万人と公称するまでになったが、実際はせいぜい二万人だったようだ。それでも新興宗教としては大健闘といっていい。

だがやがて、発展の起爆剤となったものが、教団を追い詰めることになる。もしかしたら克明憲は、適当な時期に教団を解散して逃げる計画だったのかもしれないが、皮肉にも、組織が急激に大きくなりすぎたことが、それを不可能にしていた。まず熱狂的な信者である側近たちが、教祖の逃亡を許すはずがない。すべてが虚偽だと露見するとき我が身は破滅すると、克明憲も自覚していただろう。そして自分にかつての若さはなく、ここで転落すれば二度と這い上がれないことも。もはや、すべてを失うことに耐えるだけの気力は、彼の中に残っていなかった。

あらゆる希望から見放されたこの男は、最後まで卑劣な手段を選ぶ。赤天さまの船に乗れるのは肉体を解脱した魂だけであるとして、集団自殺の準備を側近に密かに命じたのだ。今回使われた青酸カリは、そのときから倉庫に保管されていたものだった。

つまり当初、克明憲の頭にあったのは、服毒による集団自殺だった。それがいつから自爆テロへと方針が変わったのか。

少なくとも、爆薬の入手を検討しはじめたのは一年ほど前だという。結局、外から調達するのは困難と判明し、自前で製造することになった。その製造工場にする古いマンションを借りたのが三カ月前。しかし、なぜ、よりによってそんな不適切な場所を選んだのか。

「たまたまその部屋が空いてたからですよ」

九課の加東洋介が吐き捨てるようにいった。

「嘘みたいでしょ。でもほんとなんです。まったく、素人ってのは恐ろしいですな」

集団自殺から自爆テロへと方針転換した理由だが、九課の分析では、二つの要因が挙げられている。

一つは、薬物の影響だ。克明憲は、集団自殺の方針を決めたころから薬物を常用しており、ここ一、二年は異常な言動、とくに迫害妄想がひどくなっていたという。薬物が主因とはいえないまでも、事態を悪化させたことは想像に難くない。

もう一つは、彼の意識の底に流れていた、社会に対する報復感情だ。自分の才能を正当に認めなかった社会と、有能な自分を拒絶した人々への憎悪が、逃げ道を失った絶望と融合し、無差別テロへと彼を駆り立てた可能性があるという。

これらの分析のどこまでが正しいのか、香織には判断できない。しかし自爆テロは未遂に終わったとはいえ、克明憲が、三百十九名の信者と教団幹部三十四名を道連れに、集団自殺を図ったのは事実なのだ。香織にはそこに、人間の弱さと邪悪さを凝縮させた、唾棄すべき男の姿しか見えない。

こんな男のために、沙梨奈は……。

＊＊

あたしはこの男と死ぬのか。

沙梨奈は、漠然とそんな予感を抱きながら、演壇に立つ克明憲を見上げていた。いつもと同じ、白地に金色の刺繍の施された、ゆったりとした衣服。東京の大集会のときは彼だけにスポットライトが当たっていたが、きょうは真上から舞台全体が照らされている。

克明憲は、信者の前に姿を現してから、一言も発しない。その顔は、歯を食いしばっているかのように硬直し、大きく見開かれた目も、前方の虚空を見据えたまま動かない。息をすることさえ躊躇わせる沈黙が続く。

ほかの信者も、うすうす感づきはじめているだろう。いまから自分たちは、あの白いタンクに入っている赤っぽい液体を飲まされ、そしておそらく、死ぬのだと。だからこそ教祖の言葉を待っている。死への恐怖を打ち払ってくれる言葉を。なにも心配はいらないと安心させてくれる言葉を。

克明憲が両手を大きく広げた。

金色の刺繍がきらきらと光る。

「さきほど、赤天さまから、お告げがありました」

演台のマイクを通して、声が信者へ染み込んでいく。

「おまえたちの信仰は確かめられた。もうじゅうぶんである。ただちに我が船に乗りなさい。ほかの無信仰者を救済する必要もない。ただちに船に乗りなさい。船はこれ以上、地球には近づかない。すでに地球が汚れきっているからである。船は、今夜のうちに地球から離れ、二度ともどらない。赤天界へ来たいのならば、いますぐ船に乗りなさい」

広げた両手をゆっくりともどす。

「本来なら、爆薬のエネルギーを使って赤天さまの船まで飛ぶ計画でしたが、きょうまでに用意できませんでした。そのことを赤天さまにお伝えすると、代わりになる新しいエネルギーを特別に与えてくださいました。それが、いまみなさんの前にある赤天水です。これを飲めば、肉体から解脱できるだけでなく、一瞬で赤天さまの船まで飛ぶことができます」

強い視線が、居並ぶ信者たちの上を、隅から隅まで舐める。

「みなさんの中には、不安を感じる人がいるかもしれません。赤天さまの船までまだ遠いのではないかと。たしかに、当初の予定よりも、距離はあります。しかし赤天さまは、こうもおっしゃいました。我が選びし者が全員、同時に肉体を解脱すれば、そのエネルギーは互いに増幅し合い、易々と我が船に到達できるであろうと」

　ここでまた両手を大きく広げた。

「思い出してください。ここにいるみなさんは、赤天さまが特に選ばれた方々ばかりです。そのみなさんの、赤天さまを信じる心が一つになれば、不可能はありません。しかし」

　腕を下げ、右の人差し指を立てて突き出す。

「みなさんのうち、一人でも欠けたら、必要なエネルギーに達しません。その場合、我々の魂は、赤天さまの船には届かず、宇宙の闇を永遠にさまようことになります」

　指を立てていた手を下ろす。

「これこそ、赤天さまが我々に課された、最後の試練なのです。我々が一人残らず、赤天界へ入るに値する信仰を持っているかどうかの」

　深く呼吸をして間を空けた。

「いまから、赤天さまの船に、参ります」

　ぐっと顎を引く。

「よろしいか」

「おおっ！」

　応えたのは教団幹部たちだけだった。

　信者はまだ戸惑いから抜け出せていない。

「よろしいか」

「おおっ！」

「よろしいか」

「おおおっ！」

しかしここで、繰り返されてきた習慣が頭をもたげた。

「よろしいか！」

「おおおおおっ！」

「よろしいか！」

「おおおおおっ！」

教祖が同じ問いを投げるたびに、声で応じる信者が増えていく。考えるより先に身体が反応しはじめる。

「よろしいかぁっ！」

「おおおおおぉっ！」

「よろしいかぁっ！」

「おおおおおぉっ！」

呼応する両者の声が、共振するように大きくなっていく。頭の中が真っ白になっていく。

「よろしいかぁぁぁっ！」

「おおおおぉぉっ！」

「よろしいかあぁぁぁっ！」

「おおおおおおおおぉぉぉっ！」

講堂の全照明が点った。

信者たちの顔という顔から、熱気が立ち昇っている。

高籐舞が、ふたたび中央に出る。すでに目が真っ赤だった。

「では、順番に前に来て、ありがたくも赤天さまが用意してくださった赤天水を受け取ってください。しかし、まだ口をつけてはなりません。教祖さまのお言葉にあったように、みんな同時でなければ、十分なエネルギーが得られないのです。いいですか。この瞬間も、赤天さまは天空から我々をごらんになっていますよ。我らの態度、表情、そして心の底まで見透かし、信仰を確かめていらっしゃいます。つねに赤天さまを意識し、赤天さまに感謝を捧げ、ともに永遠の生命の世界、赤天界へ参りましょう」

教団幹部の指示に従い、右端の列から前に進み、赤天水を入れた紙コップを受け取っていく。列の先頭に立っていた沙梨奈も、隣の列の最後尾に続いて赤天水を受け取り、信者たちの後ろをぐるりと回って、元の場所にもどった。

「いいですか。まだ飲んではいけませんよ。ここに集ったみなさん、一人でも欠けたら、我々は船に乗り移れません。いいですか。一人でも欠けたらですよ」

沙梨奈は、自分の手にあるものを見つめる。どこにでも売っている紙コップに、赤く透きとおった液体が半分ほど入っている。安っぽいジュースのような匂いがする。これを飲めば死ねるのか。死を前にして、どんな気分になるのかと思っていたが、これといった感情は湧いてこなかった。事態の急変に、まだ実感が追いついていないのかもしれない。それなら、このままさっさと死なせてほしい。時間がたてば、余計な考えが頭に浮かんでしまう。

「行き渡りましたね」

高籐舞の声に顔を上げた。彼女の手にも、赤い液体の入った紙コップがある。

「もう一度、隣の人同士で確認してください。ちゃんとコップを持っていますか。赤天水が入ってますか。一人でも欠けたら赤天さまの船には行けませんよ」

沙梨奈もいわれたとおりにした。周りの信者たちは、顔が青ざめたり、手が震えたり、呼吸が荒かったりしている。彼ら彼女らをこの場に留めているのは、もはや信仰ではなく、集団の一員としての義務感ではないか。

では、自分はなんだろう。

高籐舞が端に退き、克明憲に向かって告げる。

「我ら、全員、準備ができました。教祖さま、お願いします」

克明憲が厳かにうなずき、演台に置かれていた紙コップを前に掲げた。中で赤い液体の揺れるさまが、沙梨奈にも見てとれた。

教団幹部も捧げるように紙コップを上げる。

信者たちも真似た。

「いまから、赤天さまに、お尋ねします。我ら、用意ができました、船まで導いていただけますかと。赤天さまからお許しが出たら、私が〈今です〉といいます。そうしたら一息に飲んでください。けっして遅れないこと。一滴も飲み残さないこと。それだけに集中してください。私の合図を絶対に聞き逃さないでください。次の瞬間には、全員、永遠の生命体となり、赤天さまの船の中にいるでしょう。いよいよ赤天さまとお会いできるのです！」

沙梨奈は急に心臓の鼓動を感じた。呼吸を感じた。体温を感じた。いまこの瞬間の、肉体に宿る生命を感じた。

克明憲が目を閉じる。

「赤天さま、我らをお導きください」

なにごともなく数秒が過ぎる。

沈黙が質量を増していく。

その重さが限界に達したとき、克明憲の目が開いた。

今です！

しかし、その声が発せられることはなかった。克明憲の頭部が血しぶきをあげて反り返り、身体が跳ねるように転がったからである。

「飲まないでっ！」

叫びながら壇上に駆け上がる者がいた。四人。いや、五人。最初に駆け上がった女が演台のマイクを摑んだ。

「いま手にしているものを絶対に飲まないでください。それは赤天水ではなく、ただのジュースに青酸カリを入れたものです。飲んでもどこにも行けませんっ！」

鍵がかかっていたはずの三カ所のドアが同時に開き、武装した一団がなだれ込んできた。教団幹部たちが抵抗する間もなく次々と拘束されていく。高籐舞が赤い液体を飲もうとしたが、警棒のようなもので紙コップを叩き落とされると、そのまま泣き崩れた。

信者たちは一様に固まっている。

「安心してください。みなさんにいっさい危害は加えません。まずは、手にしているコップを、ゆっくりと床に置いてください」

マイクを通じて呼びかけているのは河本朋香だった。その左右に二人ずつ、両手を前で重ねて立ち、信者たちに鋭い目を配っている。四人のうちの三人は教団幹部。残りの一人は結城マヤだ。いずれも表情がまるで別人だった。

「コップを下に置いてください！」

ようやく信者たちが、呪いから解けたように、紙コップを床に置いていく。どこかほっとした空気が漂う。沙梨奈も仕方なく、周りに合わせる。

「たいへん驚かれたと思いますが、みなさんの生命を第一に考えた結果、このような非常手段を取らざるを得ませんでした。今回の一件は――」

河本朋香を名乗っていた女が、整然と説明を始めた。

なんだ、この茶番は……。

沙梨奈は笑いたくなった。くだらない。なにもかもが、くだらない。やはり、十七歳のあのとき、死ぬのを延期しなければよかった。さっさとマンションの屋上から飛び降り、この頭を砕いて脳みそをぶちまけておけば、こんな思いをしなくて済んだのに。こんな世界を見なくて済んだのに。こんな自分にならなくて済んだのに。

「ほんと、どうして、こんなふうになっちゃったんだろう……ねえ、香織」

沙梨奈は、足下のコップをふたたび手にとった。

「そこの方、コップを下に置いてください！」

壇上の元教団幹部が鋭くいった。

「……沙梨奈さんっ！」

河本朋香が血相を変えて叫んだ。

沙梨奈は、紙コップの中の液体を、悠然と飲み干した。

さよなら、あたし。

*

沙梨奈はマンションの屋上に立っていた。端まで五十センチもない。一歩前に踏み出すだけで、十七年の人生が終わる。吹き上げてきた風に、制服のスカートがふわりと膨らんだ。長い夢を見ていたような気がする。やけに生々しく、リアルな夢だった。まるで実際に体験したかのような。もしかしたらあれは、自分が生きるはずの未来だろうか。たったいまあたしは、自分の末路を幻視したのだろうか。だとしたら、やはりここで終わらせたほうがいい。あんな未来なら、ないほうがましだ。

ふと顔を上げて、息が止まりかけた。

頭上を覆う天空が、真っ赤な雲で埋め尽くされていた。毒々しい濃淡が渦をなして荒れ狂い、ときおり赤い稲妻のようなものが地上に落ちる。コロニー雲。しかし、これほど凄まじい表情は見たことがない。いつの間にこんなことに……。

違う。

これは、現実では、ない。

さっきまで見ていたほうが現実なのだ。自分はもう、あのマンションの屋上に立った日から、十八年も生き延びてしまっていたのだ。そして最後に、あの赤い液体を飲んで……。ということは、あたしは死んだのか。

これは死後の世界か。

それとも、死の間際に見る、夢のようなものだろうか。

沙梨奈は、屋上の端ぎりぎりまで進む。はるか眼下にあるのは、冷たいアスファルトではなく、柔らかそうな白い光だった。見つめていると、なんともいえない安らぎに包まれ、吸い込まれそうになる。ああ、そうか。もう楽になれるのだな、と思った。あとは、なにも考えず、あの光の中へ飛び込めばいい。

背後で鋭い音が鳴った。

網フェンスの向こう側に置いた通学鞄から聞こえる。スマホの着信音だ。

おかしい、とまず感じた。スマホの電源は切ったはずだ。それに、こんな着信音に設定した覚えもない。

そこまで考えたところで思い出す。そうだった。これはそもそも現実ではない。

着信音は鳴り続けている。沙梨奈は、出なければいけないような気がして、いったん屋上の端から離れた。網フェンスを乗り越え、鞄を拾い上げ、中からスマホを取り出す。どことなく見覚えのある機種だが、当時、自分が使っていたものではない。表示されている番号にも心当たりがない。

応答にして耳に当てる。

『沙梨奈っ』

聞こえてきたのは香織の叫びだった。

『返事をして。目を覚ましてっ！』

沙梨奈は混乱した。

この声も幻覚なのだろうか。

それにしては、声を通して、香織のたしかな存在を感じる。繋がっている、という確信がある。

『……行かないでよ、姉ちゃん』

声が弱々しく崩れた。

泣いている。

あの香織が。

あたしのために。

『もう、いやだよ。こんなお別れの仕方は……』

香織。可愛くて、生意気で、憎たらしい妹。沙梨奈の脳裏に、香織とのさまざまな記憶が蘇る。あの災厄の夜、自転車を漕ぎながら見つめた、儚げな背中。遺体安置所の名簿に母の名前を見つけたときは、すがるように沙梨奈の手を握ってきた。あの子もけっして、強かったわけじゃない。強いわけがない。あんな華奢な身体で。

『わたし、姉ちゃんに酷いこと、いったよね。ほんとは、ずっと、謝りたかったんだよ』

香織が一方的に話し続ける。

『あの預金通帳だって、すごく嬉しかったんだよ。でも、なんか照れ臭くて、あんなことしかいえなくて……』

沙梨奈はただ無言で聞き入る。

『もっと早く連絡すればよかった。会いに来ればよかった。もっといっぱい話せばよかった……姉ちゃん、許してね……わたしを許して』

「もういいんだよ、香織」

沙梨奈はスマホを握りしめて応えた。

「あたしこそ、あんたに謝りたかった」

胸の底から湧き上がってくる思いを、素直な言葉にしていく。

「ごめんな。こんな姉ちゃんで。できれば、もっと立派な姉ちゃんになってあげたかったけど、無理だったよ」

『姉ちゃん、なに？ なんていってるの？ わたしはここにいるよっ！』

「ほんと、ごめん」

『姉ちゃん、死んじゃいやだよっ！ 姉ちゃんっ！』

「香織。やっぱり、あんたが妹でよかったよ。あんたなら、なんでもうまくやっていける。あたしは、安心して、お母さんのところに行くよ。向こうでもまた、叱られるだろうけどさ」

なんだろう。

初めて感じる、この満ち足りた気持ちは。

「あんたとはいろいろあったけど、最後にこうやって話せてよかった」

沙梨奈は胸を張った。

「あんたは、あたしの自慢の妹だよ。ありがとね」

『……姉ちゃん、だめ……だめだよっ！』

スマホの電源を切った。

鞄に入れて、下に置いた。

頭上を見上げると、さっきまで空を埋め尽くしていたコロニー雲が、一片残らず消えていた。いま沙梨奈の目に映るのは、どこまでも透きとおる青空だ。

もう思い残すことはない。

沙梨奈はふたたびフェンスを乗り越え、端に立つ。

白い光が手招きをする。

わかってる。いま行くよ。

目をつむった。

意識が溶けていく。

身体が前に傾く。

手を摑まれた。

「え」

思わず足を踏ん張った。

振り向く。

だれもいない。

しかし右手首には、たしかに感触が残っている。沙梨奈を引き留めようとした手の感触が。

香織ではない。

もっと大きくて、温かくて、優しくて、力強くて、厳しくて、懐かしい。

「……お母さん」

第三章　新しいフェーズ

1

その肩を後ろから摑む者があった。

桂小五郎である。

「無駄死にをする必要はない。おまえの才気はこんなところで失うには惜しすぎる」

稔麿が射貫くような視線で振り向いた。

「仲間が戦っている。見殺しにはできない」

目の覚める驚きが桂を襲い、肩から手が離れた。吉田稔麿とはこれほどの激情を内に秘めた男だったのか。自分はこの男をなにもわかっていなかったのか。

とつぜん稔麿が軽やかに笑った。

「たしかにあんたが正しい。しかし、おれは行くよ」

日の射し込む明るい病室に、朗読の声が静かに響く。

幕末を舞台にした古い小説だ。

老人は寝息を立てていた。

それでも朗読は続けられる。

「待て」

桂は槍を差し出した。

「使え」

「すまん」

稔麿はひっつかんで藩邸を飛び出た。

(待ってろ、みんな)

駆けた。

目指すは死地。

新撰組の取り囲む池田屋である。

「ここの場面が好きでねえ」

　老人がわずかに目を開けていた。

「お目覚めでしたか、布上様」

「ごめんね、寝ちゃって。気を悪くしないでもらえるといいんだけど」

「いえ、そんな。リラックスされているということですから、うれしく思うくらいです」

「そろそろ時間だよね」

　すでに規定の二時間を超過していた。とはいえ、これはあくまで目安であり、終了時間が多少前後することはよくある。その辺りは現場の裁量に任されていた。

「いいところで終わっちゃったな」

「また水曜日に参ります。続きはそのときに」

「うん、待ってるよ」

「いつもご利用、ありがとうございます、布上様。では、きょうはこれで失礼します」

　吉井沙梨奈は、本に栞（しおり）を挟んで枕頭台に置き、腰を上げた。

　病院の建物を出ると、夏の日射しが照りつけてきた。たちまち首筋ににじむ汗を感じながら、アクフで社長に連絡を入れる。

「竹芝病院の布上様、ただいま終わりました」

『ごくろうさま。でさ、吉井さん。急なんだけど、十九時から一件入れられない？　茅野さん、子供が熱出して行けなくなっちゃったんだよね』

「すみません。きょうは久しぶりに妹と食事の約束をしているので」

『ああ、あなたがいつも自慢してる？』

「……そんなに自慢してますか」

社長がふふっと短く笑う。彼女は笑い声まで美しい。

『わかった。こっちはいいわ。楽しんでらっしゃい』

いまは書籍を購入すれば音声データもオンラインで入手できる。データの人工音声は人間の肉声と区別がつかないほどで、ユーザーの好みに合わせて年齢や性別も選択可能だ。このような時代に、出張朗読サービスという商売が成り立つとは、普通は考えない。

「結局、子守唄なんだよね」

求人案内を見て面接に訪れた沙梨奈に、社長の田村早紀はいった。

「お客様は本の内容を生の声で楽しむだけじゃない。同時に、自分にだけ注意を向けて見守ってくれる存在を感じることができる。小さな子供が親に守られて安心するみたいに。だから、途中で寝てしまうお客様も多いけど、それでいいの」

体温のある人間が傍らにいてくれるこの感覚だけは、VRでも再現しきれない。いくつかの臨床研究では、生身の人間に朗読してもらうことがメンタルケアや疼痛緩和に効果がある、というデータも示されている。

「話し相手になるだけでもいいじゃないかという人もいるけど、初対面だと間が持たないし、そういうのが苦手な人もいる。その点、本の朗読なら気まずい沈黙もないし、なにより格好が付く。この格好が付くっていうのはけっこう重要なポイントなんだよね。まさか大の大人にほんとうに子守唄を聞かせるわけにもいかないでしょ」

田村早紀が出張朗読サービス会社〈ヨムワ〉を立ち上げたのは、十年間の結婚生活に終止符を打った五年前、三十二歳のときだ。高校時代は放送部に所属して、もともとアナウンサー志望だったという。声には自信があったので、それを活かせるものはないかと考えた結果が、出張朗読だった。

ボランティアによる朗読サービスは昔から図書館にもあるが、依頼者が図書館まで足を運ばなければならないし、時間にも制約がある。ならば、依頼者の好きな時間に、こちらから依頼者のもとまで出向けば、商売になるのではないか。彼女はこの時点で、これがケアビジネスであることにも気づいていた。

当初は一人で始めたが、口コミで少しずつ評判が広まり、人を雇うようになった。現在、朗読者として登録している社員は二十四名。顧客は、布上のように定期契約を結んでいる人もいれば、朗読してほしいときに依頼してくる常連もいる。

「自分のためだけに本を朗読してもらうのは、贅沢で特別な時間だと思うのね。それをお客様に感じていただくために、あえて価格も高めにしてる。もちろん、このビジネスを維持するためでもあるけど」

給料は歩合制で、標準コースは一回二時間。時給はかなりいいほうだ。

「ただし、高いお金をいただく以上は、最低限のクオリティは保証しなけりゃならない。だから、仕事に取りかかる前に、必要な技術を習得してもらいます」

田村社長みずから講師を務めるレッスンの内容は、発声の仕方から、朗読するときの抑揚、速さ、息継ぎのポイントなど、多岐にわたった。一通り身につけたところで、田村社長とともに顧客を訪問し、実際の業務を体験した。訪問先は病院やケアハウス、顧客は年配者が多かった。沙梨奈は、祖父を見舞っていたころを思い出した。

それから一年あまりが過ぎ、いまや沙梨奈も仕事に慣れ、心身ともに安定した生活を得ている。まさか自分の人生に、こんなに穏やかな時間が訪れるとは思わなかった。あのとき死ななくてよかったと心から思う。

――あの日。

沙梨奈が摂取した青酸カリは、致死量に達していた。河本朋香たちによる迅速かつ適切な処置がなければ、間違いなく命を落としていただろう。病院のベッドで意識を取りもどしたとき、最初に沙梨奈の目に映ったのは、涙でぐしゃぐしゃになった香織の顔だった。

退院してしばらくの間は、東京にある香織のマンションに住まわせてもらった。ともに暮らした二カ月間、沙梨奈は毎晩のように香織と話をした。

その後、沙梨奈はいまの仕事を見つけ、香織のマンションを出てアパートを借りた。ときどき連絡を取って近況を報告し合っているが、香織は仕事が忙しく、なかなか会う機会を作れない。いっしょに食事をするのは半年ぶりになる。

ただ沙梨奈は、妙な胸騒ぎを感じてもいた。

あの香織が、ほかでもない、このあたしに相談したいことって、いったいなんだろう。

＊

香織が顔を上げてたどたどしく微笑む。すぐに目を皿にもどし、フォークで前菜をつつく。

「大したことじゃない。もういいの」

沙梨奈は思わず手を止めた。

会いたいといってきたのは香織だ。相談したいこともあるからと。いいイタリア料理のレストランを予約しておくというので、沙梨奈も楽しみにしてきた。

住宅街の中にあるレストランは、こぢんまりとしているが、たしかに雰囲気は悪くないし、前菜も美味しい。ただ、香織の様子がおかしかった。約束の時間より三十分ほど遅れてきた

のはいい。忙しい身だろうから。しかし、この子は、こんなに嘘を吐くのが下手だったろうか。目元や頬にも、疲労の陰が濃い。いっしょに住んでいたときはよくビールやワインを飲んでいたのに、きょうはミネラルウォーターだ。

「だいじょうぶ？」

「うん、だいじょうぶ……ってなにが？」

「なんか、疲れてるみたいだからさ」

「だから、たまにはこうやって息抜きしないとね」

とってつけたような物言いだった。

「またコロニー雲のことで？」

香織が、え、という目で沙梨奈を見返す。

「悪い報告でもあった？」

「そういうわけでもないんだけど……」

こんなに煮え切らない態度は香織らしくない。相当に深刻な事態になっているのだろうか。

「ほら、あたしが青酸カリを飲んで死にかけたことがあったでしょ。香織が病院に駆けつけて、あたしに泣きながら呼びかけてくれた」

「ああ……そうだったね」

「あのとき、夢で見たんだよね。空が真っ赤な雲で埋まる光景を。すごく怖かった。実際にそんなことになるの？」

「……わたしたちが生きている間は、そこまでにはならないと思う」

沙梨奈はほっと息を吐く。

「あたしらの世代は心配しなくていいんだね。よかった。安心したよ」

香織がフォークを置いて、

「わたしは、そういうわけにはいかないかもしれない」

暗い声でいった。

「どういう意味？」

香織が、恥ずかしそうにうつむいたあと、上目遣いで沙梨奈を見る。

「……へ？」

変な声が出た。

「うそ……」

ぴんと来た。来てしまった。

「まさか……あんた……」

アルコールが入っていないのに香織の頰が赤らむ。

「……マジ？」

こくっとうなずく。

沙梨奈は状況を吞み込むのに時間がかかった。こういう場合、なにを聞かなきゃいけないんだっけ。

「で、その……相手はだれ？」

香織が目を剝いて首を横に一振りする。

「いえない。ぜったい姉ちゃんに軽蔑される」

「軽蔑されるような男なの？」

「そういう意味じゃ……」

「このことは伝えたんだろうね」

こんどは泣きそうな顔になった。

「できないよ、そんなこと」

こんなに頼りない香織を見るのは初めてかもしれない。

「相談って、このことだったんだ」

「ごめん。こんなことを打ち明けられるの、姉ちゃんしかいなくて」

「気持ちの整理はつきそう？」

「まだ、ちょっと……」

「でももう決めてるんでしょ。産むって」

「ほんとに、まだ迷ってて……」

「あたしがいうのもどうかと思うけど、年齢的にあんまり後がないよ」

「わかってるけど……こんな時代だから」

「それなら、なんでミネラルウォーターにしたの？」

「え……」

「いつものあんたなら、ここはワインにするところでしょ」

香織が、初めて気づいたように、ミネラルウォーターのグラスを見つめた。

「おめでとう。あんたの心はもう、おなかの子の母親なんだよ」

沙梨奈は嬉しくなって涙が出てきた。目元を指で拭いながら、ごまかすように笑う。

「あ、もしかして、あいつ？　大学時代の友人で、シャイゴ機関とかいう組織のエリートの。

けっこういい男だったよね」

「違う。彼じゃない」

即座に否定された。嘘ではなさそうだ。

「じゃあ、だれだよ。その果報者は」

2

池辺潤太はモニターを見ながら思わず呻いた。

「ったく、よく考えつくよなあ」

コロニー雲に関する根拠のない噂やデマは、きょうも続々と生まれている。最近目立つのは、密閉型巨大居住施設シールドポリスに関するものだ。すでにアメリカや中国では本格的な実験が進められており、数年以内にも第一号の建設に着手するといわれているが、日本ではようやく実験用地を確保できたばかり。もともと平野部の少ない国土には、シールドポリスに適した土地は多くない。そこで一時検討されたのが、山を横からくり抜いて地下型シールドポリスを建設するというアイデアだった。地面を掘り下げるよりは工期とコストが抑えられるが、それでも平地型に比べると話にならないレベルで、ほかにも設計の自由度が低くなるなど無視できないデメリットもあり、最終的に採用を見送られている。

ところが、そんな話は真っ赤な嘘だ、という説が囁かれだした。実際は山を利用したもののほうがメリットが大きいのに、土地利権がらみで与党の某有力政治家が圧力を掛けて結論を歪めたというのだ。

「その程度で歪められる問題ならだれも苦労しませんっての」

平地型が最適という認識は世界中で共有されている。日本の場合は、山を利用した地下型も並行して建設できれば理想的なのだろうが、投入できる人員や資材、大型建設機械、そして予算は限られている。与えられた条件下で居住可能人員を最大にするためには、コストパフォーマンスに優れる平地型をできるかぎり多く建設したほうがいい。ちょっと冷静に考えればわかりそうなものだ。

「みんな思い込みで勝手なことばかり」

それでも、この手の〈一部の人間が不正に得をしている〉ネタは、人々を感情的にさせやすい。話の骨格もシンプルでいかにもありそうなので、いったん信じ込むとほかの可能性が目に入らなくなる。とくにコロニー雲関連の話題は、ただでさえ人々に多大なストレスを強いているのだ。火が着けば一気に燃え上がりかねない。

「要注意だな」

「池辺くん、最近、独り言が多くなったね」

三十路既婚者にして童顔の青葉洋子がいった。目はモニターを向いたまま。

「そうですか」

「そうすよ。若木さんがいなくなったころから」

のんびり屋の後輩、今岡多呂も同調する。

課長補佐を務めていた若木佑は、三カ月前に異動になっている。

「おまえらー、無駄口たたく暇があったら仕事しろー」

そして課長補佐として後任に着いたのが、腹の出た小うるさいオッサン、根岸アツオだ。

「あら、ついこの間まで真っ先に無駄口たたいてた人が」

青葉洋子が突っ込むと、

「うるせえ」

とベテラン漫才コンビのような間で返した。

そんな様子を引き気味の眼差しで眺めているのが、若木と入れ替わるように加わった新人、永井連。線の細い色白の好男子だが、ちょっと無口でなにを考えているのかわからないところがある。

「根岸さん、このシールドポリスの噂、手を打ったほうがいいんじゃないですかね」

「ああ、これか」

根岸が自分のモニターで確認している。

「野党が喜びそうなデマだな。選挙も近いし」

「ここは、もうちょっと様子を見てもいいんじゃない？」

青葉洋子が口を挟んできた。

「まだ、まともに相手にされていないようだし、こういうの飽きられてきてる感じもするんだよね。ここで手を出すと逆効果かもよ」

「そうですかねえ」

ドアが開いて課長の吉井香織が帰ってきた。きょうは情報共有会議だ。以前は三カ月に一回だったものが、いまは月に一回になっている。

全員が手を止め、椅子を回して吉井課長に注目する。最新情報は、課内でも速やかに共有しなければならない。これらの情報を国民に適切に伝えるのも、四課の職務である。

「今回の共有会議の内容を伝えます」

着席した吉井香織が一同を見回す。潤太とも視線がぶつかった。吉井香織がなにくわぬ顔で資料に目を落とす。潤太も合わせるように目を伏せた。平常心でいるつもりでも心臓は正直だ。勝手に鼓動を速めてくれる。

吉井香織が、シャイゴ機関からもたらされた最新情報を淡々と伝えていく。相変わらず酸素濃度の低下に歯止めはかからない。まだ人体に明確な影響の出るレベルではないものの、減り続ける数値は希望を削りとっていく。赤道上に出現したコロニー雲の連なり、いわゆるコロニーバンドも拡大し続けている。なぜこのような現象が起きるのかは解明できていない。というより、コロニー雲に関することで解明できていることなど、ほとんどないに等しいのかもしれない。一つのことがわかると十の謎が生まれ、それまでの定説が覆されていく。この繰り返しだ。

「それから、大西洋でかつてないほどの大規模な降下が発生しました」

部屋の空気が張りつめる。

「幅四キロ、長さ二十三キロの帯状コロニー雲が海上に落ちたとのことで、詳細は現在も調査中ですが、海面付近の低酸素状態は場所によっては二時間近く続いた可能性もあるようです」

退避ボックスでぎりぎり凌(しの)げる長さだ。

「これも新しいフェーズってやつですか」

と青葉洋子。

「そう考えたほうがいいでしょうね」

「酸素濃度の低下より、こっちのほうが切迫した問題ですね」

　根岸アツオの声も硬い。

「シャイゴ機関からの情報は以上。質問、その他があれば」

「課長、ちょっと見ていただきたいものが」

　根岸アツオがキーボードを叩きながら、

「シールドポリスの構想に政治家の圧力が掛かったというデマが流れていまして」

　吉井香織が自分のモニターに目をやる。

「なるほど。それで？」

「ここは静観でいいと思います」

　青葉洋子がいった。

「下手に動くと、かえって刺激する恐れがあります」

「しかし」

　潤太も口を開く。

「火が噴いてからでは手遅れです。いまならまだ封じ込められます」

　吉井香織が、両者の意見を咀嚼（そしゃく）するように沈黙した。

　つと目を上げる。

「池辺くん」

吉井香織の冷徹な視線を、潤太は正面から受け止めた。

「……はい」

「この時点で対処するとして、どのような対応をとるつもり？」

「まずはマニュアルどおり、デマの内容を受けて、それを否定するテキストを流します。もちろん、客観的な論拠となるデータにリンクを張って。あとは、それに対する人々の反応を見ながらになると思いますが」

「注意が必要なのは、デマを追いかける人は必ずしも論理的な整合性を求めていないということです。自分の感情の捌け口になればなんでもいいという人も多い。こういう時代ですから、だれかに不安や怒りをぶつけたいという衝動も強いでしょう。封じ込めるのは、ある意味、静観よりも危険ですよ」

根岸アツオがうなずいて、

「ある程度のガス抜きも必要ということですね」

「ですが……このデマを世論が信じ込んでそれこそ選挙に影響し、現在の計画が頓挫するような事態になれば、ただでさえ諸国に遅れをとっているシールドポリスの建設がさらに遅れます。最終的に不利益を被るのは国民です」

「放置するとはいっていません。自然消滅するのならそれに越したことはありませんが、監視は続けてください」

吉井香織は潤太の顔から目を離さない。瞬きもせずに見つめてくる。

「いいですね？」

潤太は大きく息を吸い込んでから答えた。

「わかりました」

「ねえ、池辺くん」

ミーティングが終わってトイレに行こうと廊下に出たとき、後ろから呼び止められた。青葉洋子だった。やけに楽しそうだ。

「なんですか」

「あのさ……」

声を潜め、にやけた顔を近づけてくる。

「……課長となにかあったの」

「ないですよっ、そんなことあるわけないじゃないですかっ、なにいってんですか！」

声が廊下に響きわたった。

まずい。過剰反応してしまった。

「えっと……なんで、そんなこと聞くんです？」

必死に平静を取り繕う。

「うーん、なんていうかさ……さっきの言葉のやりとりを聞いてて感じたんだよね。池辺くんと課長の距離がやけに縮まってるなあって」

顔面から汗が噴き出そうになる。

「な、なんですか、それ」

笑い飛ばそうとしたが、うまくできない。

「たとえばさあ……」

探るように目を眇めたと思ったら、ふんっと鼻を鳴らした。

「ああ、それはないか。ないない。どうかしてたわ。ごめんごめん。いくらなんでもねぇ」

くすくす笑いながら部屋にもどっていった。

3

気象監視庁総合研究所の第三会議室。

弓寺修平が部長を務める有害気塊研究部でミーティングをするときは、たいていここを使う。十九名の部員が一堂に会するには、ちょうどいい広さだからだ。

「なかなか消えてくれないな、このＣ４３３Ｅは」

弓寺は腕組みをして正面メインモニターを睨んだ。いま映し出されているのは、日本列島を中心にした世界地図。そこに重ねられた赤い領域は、現時点でのコロニー雲の分布状況を示している。各国の人工衛星から刻々と送られてくるデータを処理して映像化したものだ。

まず目に付くのは、赤道に絡みつくような帯状の一群だ。ほかのコロニー雲と異なり、消滅したり降下したりせずに、いつまでも上空に滞留している。コロニーバンドと呼ばれてきたものだが、とくに赤道付近のものについては赤道バンドという名称が定着しつつある。

三日前、その赤道バンドの北側の一部が瘤（こぶ）のように膨れ上がる現象が観測された。瘤は大きくなるとともに付け根が細っていき、やがて完全に脱離した。赤道バンドから生まれた新たなコロニー雲は、長径百二十キロ、短径九十五キロの南北に長い楕円形で、その高度は千メートルから七千メートルに及んだ。単独のコロニー雲としては前代未聞の大きさといっていい。先月、大西洋に落ちたというコロニー雲も、これに比べれば豆粒のようなものだ。気象監視庁では、この巨大コロニー雲をＣ４３３Ｅと命名し、重点監視対象とした。

C433Eの現在位置は、東経一六五度五〇分、北緯一九度二五分。台風のように激しく渦を巻くでもなく、楕円形を保ったまま西北西にゆっくりと移動している。その様はまるで、空をさまよう巨大な怪物だ。いまはまだ遠く太平洋上にあるが、上空の気流しだいで日本列島に到達する可能性も否定できない。

「こういうケースは初めてですね」

副部長の神田が眉間に皺を寄せていった。

「これからどんどん出てくるぞ。初めてのケースってやつがさ」

いうまでもなく、きょうのミーティングのテーマは、C433Eの今後の動向と取るべき対応策だ。場合によっては、広域にわたる避難計画が必要になるかもしれない。万が一にでも陸地に落ちてきたら、未曽有の被害をもたらす恐れがある。

弓寺はモニター画面から向き直った。

「よし。じゃあ、進路予想から行こうか」

4

貨物船の汽笛が夜空に響くと、恵子は突然、荒々しい衝動が全身に満ちてくるのを感じた。

が、理性のかけらにしがみつき、かろうじて踏みとどまった。

邦彦は、恵子の中で荒れ狂う嵐には気づくそぶりも見せない。柵に寄りかかり、ぼんやりとした目で港を見下ろしながら、煙草を吸っている。その顔を恵子に向け、人なつっこく笑った。

「冷えてきましたね。そろそろ帰りましょうか」

「いやです」

邦彦が驚いている。無理もない。しかしもっと驚いているのは恵子のほうだった。

「今夜は、ずっといっしょに、いてくださいませんか」

口が勝手にしゃべる。わたしではない誰かの言葉が、自由を得て飛び跳ね、躍り出てくる。止められない。しかしそれは、絶望であるとともに、解放でもあった。そう。これは紛れもなく、わたし自身の言葉だ。わたしは生まれて初めて、ほんとうの自分を生きようとしている。

「しかし、恵子さん、やっぱりこういうのは」

邦彦は、この期に及んでまだ、行儀良く振る舞おうとしている。それが恵子にはたまらなく悔しかった。そんなもの、めちゃくちゃにしてやる。ぐちゃぐちゃにしてやる。

「女にここまでいわせて、なにもしないつもりですか」

邦彦が煙草を落とし、靴で踏み消した。

「そうそう、これよ」

吉井沙梨奈がタブレットから目を上げると、ベッドに横たわる岡部真子が満面の笑みを浮かべていた。刻まれた皺が深みを増している。

「間違いないわ」

「よかったです。見つかって」

出張朗読サービス会社ヨムワでは、原則として客の指定した書籍を朗読する。客の所有する本のときもあれば、指定されたタイトルをこちらで探して新たに購入することもある。もちろん実費は別途いただく。

しかし岡部真子の場合は、少々難題だった。朗読を希望する書籍の、タイトルも作家も不明なのだ。わかっていたのは、五十年くらい前に刊行された大人向けの恋愛小説で、慎ましく生きてきた一人の女性が自分の衝動に正直になることに目覚め、さまざまな男性を遍歴していく物語、ということだけ。似たようなストーリーは星の数ほどあるので、たどれるだけ記憶をたどってもらい、細かい設定や展開からようやくいくつかのタイトルに絞り込んだ。

その中で、これかもしれない、と岡部真子の選び取ったのが、いま沙梨奈が朗読している

『恋でなく、愛でなく』だ。さいわい電子書籍で復刻されていたので、タブレットにダウンロードしたのだった。

「当時、恵子の生き方に憧れてね」

岡部真子が熱っぽい吐息を漏らす。

「あんなふうに生きられたら、どんなにいいだろうって」

「わたしも、いま読んでいてどきどきしました」

目を細めてうなずく。

「これ、人に話すの初めてなんだけど……」

躊躇うような間があった。

「あたしね……夫に隠れて会ってた人がいるの。結婚して七年目くらいだったかな」

思い切るようにいってから、視線をゆったりと天井に向ける。

「いい男でね、ほんと、すてきな人だった」

心なしか頬が赤らんでいる。

「結局、その人とは二年くらいで別れたんだけどね。嫌いになったわけじゃなくて、やっぱり、夫に申し訳なくて」

沙梨奈は、タブレットを膝に置いて、岡部真子の語りに耳を傾ける。

「でもね、あのとき思い切って彼といっしょになっていたら、どんな人生だったのかって思うことが、いまでもあってね。……まあ、どっちを選んでも、選ばなかったほうを思って、あれこれ考えたんでしょうけど」

沙梨奈は万感を込めてうなずいた。

「あなたは、いい人ね」

唐突に岡部真子がいった。

「……そうですか」

思いがけない言葉に面映ゆくなる。

「そういうふうにいわれるの、初めてです」

岡部真子が穏やかに微笑んだ。

「きっと、いろいろなご経験をなさったのね」

「続き、読みましょうか。時間はたっぷりありますよ」

「お願いするわ」

岡部真子が目をとじた。

沙梨奈は朗読を再開する。

ほんの一瞬、香織のことを思った。

5

参列者全員による黙禱に続き、いま舞台の演壇で式辞を読み上げているのは、見和希市長の大迫鼎だ。昨年の市長選で候補者として名乗りを上げたのは、この三十七歳の若手一人だったという。

見和希市主催の合同慰霊祭は、今年で十九回目を迎える。場所は市役所の斜向かいにある文化会館の大ホール。客席の前半分は遺族用になっているが、空席が目立つ。一般参列者用の座席に至っては三割も埋まっていない。しかも参列者の多くが高齢者で、遠からずこの式典も規模を縮小することになるだろう。

池辺潤太が慰霊祭に出るのは十年ぶりのことだ。子供のころは父親に連れられて毎年来ていた。普段は陽気でうるさいくらいの父も、この日だけは口数が少なくなり、酒の量が増えた。

父が慰霊祭への参列を欠かさない理由を知ったのは、潤太が高校一年のとき。その年、潤太は初めて、慰霊祭に行くことを拒んだ。同級生の女の子と映画を見る約束をしていたからだ。父は、潤太を前に座らせ、沢田剛という青年の話をはじめた。

「おれがこうして生きていられるのは、あいつがいてくれたからだ」

ミカズキの災厄の日、コロニー雲が落ちた直後に不用意に車から降りた父は、酸素濃度の低い空気を吸い込み、地面に昏倒した。その父をふたたび車に押し込んだのは、当時まだ二十三歳の沢田剛だった。父はそのおかげで一命をとりとめた。その代わり、父を助けた沢田剛が、車にもどることなく力尽きた。

「あいつは、おれのために若い命を落とした。おれがこうして生きていられるのも、おまえがなに不自由なく暮らせてきたのも、あいつのおかげだ。おれたちは、あいつから託されたものを守って、次の世代に繋げていく責任がある。そのことを忘れないためにも、この日だけは慰霊祭に行くんだ」

しかし十六歳の潤太にとって、そんな事情など知ったことではない。

「おれはおれのやりたいことをやる。だれからもあれこれいわれたくないんだよ！」

「自分一人で生きてきたようなことをいうな。あいつがいなかったら、おまえだって高校に行けてたかどうかわからんぞ！」

「おれが頼んだわけじゃねえよ。そいつが勝手にやったんだろうが！」

父に殴られたのは、このときが最初で最後だ。けっきょく潤太は、女の子との映画をキャンセルしたが、慰霊祭にも行かなかった。その年から父は、一人で参列するようになった。

なぜ今年にかぎって、潤太がわざわざ帰省してまで参列したのかというと、父が腰の骨を折って入院中で動けないから。要するに父の名代を頼まれたのだ。母からそのことを伝え聞いた潤太は、なぜか素直に従ってやろうという気になった。ほんとうに来るとは思っていなかったのか、潤太が病室に顔を出すと、父は涙をこぼして喜んだ。おやじも年をとったな、と潤太は寂しく感じた。

市長の式辞が終わり、来賓による追悼の辞、遺族代表の言葉と続き、献花の時間になった。市長と来賓、遺族代表が済ませたあとは、一般の参列者も献花できる。父からは、しっかり献花もしてくるように、と念を押されている。

献花の列に並ぼうと席を立ったときだった。前方の遺族席から通路に出てきた一人の女性に視線が吸い寄せられた。

華奢でありながら凛とした背中。その女性が献花の列に並ぶ。花を手にして、献花台に置く。手を合わせてから台の前を離れる。

横顔が見えた。

（……課長）

潤太は駆け寄ろうとして思いとどまった。こんなところで、二人きりでなにを話せというのか。あんなことがあったいま……。

吉井香織は潤太に気づく様子もなく、ホールから出て行った。

ほっとしたような、残念なような気持ちを抱えたまま、潤太は献花の列に並んだ。

順番が来て、献花台に花を供える。

(沢田剛さん、父を助けていただいて、ありがとうございました。このご恩は忘れません)

ふと自問する。いまの自分に、沢田剛と同じ行動がとれるだろうか。十六歳のとき、彼に対して感じた苛立ちの正体は、これだったのかもしれない。自分にはとうてい真似できないという敗北感だ。

(沢田さん……あなたの勇気を尊敬します)

一礼してからホールを後にした。階段を降りて騒がしいロビーに出る。まずは病院にもどって父に報告を――。

「――あ、すみませんっ」

円柱の陰から出てきた人とぶつかりそうになった。

「……池辺くん?」

吉井香織だった。

シックなスカートスーツに、小振りのハンドバッグ。仕事を離れた場所で、こうして向き合うのは初めてかもしれない。そのせいか、いつもと印象が違う。三十四年の人生を歩んできた一人の女性としての存在を強く感じる。

「課長も、いらしてたんですね」

　声が不自然に高くなった。

「例年は母の墓参りだけで、こっちは参加しないんだけどね。今年はなんとなく、来なきゃいけないような気がして。池辺くんはいつも来てるの？」

「いや、きょうは父の代理です」

　潤太は簡単に事情を説明した。沢田剛のことには触れなかった。

「お父様、大丈夫？」

「命に別状はないし、リハビリすれば元どおり歩けるそうですから」

「そう。お大事にね。……じゃあ、また東京で」

　おざなりの愛想を残し、背を向けて離れていく。しかし、人混みにまぎれる寸前、その足が止まった。小さく天を仰ぐ仕草をしてから、潤太を振り返る。その瞬間、波のようなものが広がり、それまでとは違う時間が流れはじめた気がした。

　吉井香織がこちらにもどってくる。

　瞳に強い光を宿して。

「あのね、池辺くん……」

「少し、外を歩きながら話さない？」

「……はい」

文化会館から目と鼻の先に、中央公園がある。遊具はそれほどないが、芝生の広場や丘を遊歩道が走り、散歩するには絶好のロケーションだった。潤太にとっては、子供のころによく遊んだ懐かしい場所でもある。その懐かしい遊歩道を、いま吉井香織と歩いている。彼女にとっても懐かしい場所だろうか。まだ日射しは強いが、遊歩道沿いに植えられた樹木のつくる影が、暑さを和らげてくれていた。

「あの夜のことだけど」

「もちろん、だれにもいいません」

「……ありがとう。でも、きょう話したいのは、そのことじゃなくて」

小さな、それでいて、芯のある声だった。

「あなたに伝えるかどうか、ずっと迷ってました。でも、いずれわかるだろうし、わからないまでも、もしかしたらと疑いは持たれる。それに、わたしはこの仕事を辞めるわけにはいかない」

彼女はなにを伝えようとしているのか。

「二度といわないから、よく聞いて。絶対に聞き返さないで」

香織が足を止める。

潤太も止まって向き合う。

「あなたの子を妊娠しました」

潤太の目を見つめていった。

「産みます」

毅然と言い切った。

「あなたに迷惑はかけません。父親があなただということは職場のだれにもいわないし、子供もわたしの責任で育てます。でも、あなたには伝えるべきだと思いました。あなたには知る権利があるから」

一息にそういってから、胸を大きく上下させる。

「わたしの話は、それだけです」

ぎこちなく笑みを浮かべる。

「ごめんなさい」

なにを謝ったのか。

「聞いてくれて、ありがとう」

潤太はまだ言葉を返せない。

「……行くね。今日中に東京に帰らないといけないから」

香織が歩きだす。

潤太は動けない。

異動が決まった若木佑の送別会の夜。二次会が終わって若木を見送り、それぞれ帰路についた。方向が同じだった潤太と吉井香織は、二人で駅まで歩くことになった。

その途上だ。

有害気塊降下警報を受信したのは。

夜遅かったこともあり、避難場所は限られていた。やむなく退避ボックスに駆け込んだ。ボックスに避難してきた人はほかにもいて、定員の六名を超えて十名になった。潤太と香織は、狭苦しい空間で身体を寄せ合うようにして、低酸素風が過ぎ去るのを待った。

しかし、風はなかなか収まらなかった。ボックス内の酸素濃度が徐々に低下していった。退避ボックスには酸素供給装置が備え付けられていない上、定員オーバーのため酸素の消費量も想定より多い。

死ぬかもしれない、と初めて感じた。

香織も蒼白になってひどく怯えていた。ミカズキで被災したときのことが脳裏にフラッシュバックするのだといった。潤太は香織の手を握った。香織も握り返してきた。さいわいボックスの酸素が足りなくなる前に凪は止み、外気の酸素濃度が回復した。しかし香織は、ボックスから出ても潤太の手を離そうとしなかった。そして、うつむいたまま、絞り出すようにささやいた。

「お願い……なにもいわず、このままいっしょに来て」

なぜ彼女があんな行動に出たのか、潤太にはわからない。たまたまそういう気分になっただけか、あるいは、極度に強いストレスを浴びたせいなのか。たしかに潤太もこのとき、なんでもいいから生きている実感を味わいたい、という、焦りにも似た衝動を感じていた。人は死を間近に意識すると、どうしようもなく生の証を求めるものなのかもしれない。

潤太と香織は、互いの命を叩きつけて確かめ合うような、激しいひとときを過ごした。ホテルを出るとき、ごめんなさい、と彼女が謝った。そして、虫のいい話だけど、と付け加えていったのだ。

「きょうのことは、なかったことにして」

気がつくと、香織の姿は見えなくなっていた。さっきよりも太陽が傾いている。遊歩道の先にうす汚れたベンチがある。潤太はそこに腰を落とした。

潤太は、いまのいままで、妊娠の可能性を考えていなかった。いわれてみれば、たしかに避妊具は使わなかった。これは自分が責められるべきだ。あのとき、とてもそこまで気を回せる状態ではなかったとしても。

（おれは……）

潤太はうなだれて顔を手で覆う。自分を取り巻く世界が決定的に変わった。しかし、心が追いつかない。夢でも見ているんじゃないか。あの夜のことも、妊娠のことも、すべては夢の中の出来事で、目が覚めたらいままでどおりの生活が――。

（違う！）

いい加減に受け入れろ。

受け入れて、前を向け。

そして考えろ。

自分と吉井香織の命を受け継ぐ子供だ。その子が、もうすぐ、この世界に生まれてくる。終局に向かっているこの世界に、生まれてきてくれる。人間として生きるために。ないかもしれない未来を担うために……。

潤太は顔を上げて立ち上がった。

アクフを取り出した。

吉井香織の番号を呼び出す。

発信しようとしたところで手が止まる。

迷ったあげくアクフを元にもどした。

もうすぐ日が沈む。

＊

特急列車はすでに入線し、発車の時刻を待っていた。プラットホームで列をなしていた人々は、とうに乗り込み、それぞれの座席に着いている。なのに、わたしはまだ、ベンチから腰を上げることができない。

あの夜の自分を恥じていない、といえば嘘になる。後悔もしている。セクシャルハラスメントで訴えられても文句はいえない、愚かで刹那的な行為だった。だが、正気を保つには、ああするしかなかったのだ。

自分には生きている実感が希薄だと気づいたのは、大学生のときだ。それまでは、最難関の大学に合格して母を馬鹿にした奴らを見返してやる、という明確な目標があった。そのために努力することは苦でも何でもなかった。逆にいえば、目標に集中することで、ほかのことから目を背けていられた。

希望の大学に進んで目標としていた場所に立ったころから、現実感が遠のく感覚に悩まされるようになった。ほんとうに自分はこの世界に存在しているのか、すべては幻覚ではないのか、という疑問が頭から離れないのだ。

ミカズキの災厄の日、死を目撃し、死の予感に怯え、母の死に接した。だが、それは現実のことだったのか。体育館のブルーシートに横たえられていたのは、母でなく、わたしではなかったか。わたしはとっくに死んでいて、自分だけがそれに気づいていないのではないか。

震える手でシーツをめくると自分の死に顔が現れる、という夢を見て飛び起きたことも数知れない。セックスを覚えてからは、生きている実感を得られたと思った時期もあったが、そのためだけにする行為は、自分だけでなく相手も傷つけることを知り、恋愛そのものから距離を置くようになった。

この仕事を望んだのは、自らコロニー雲に関わることであの日の恐怖を克服すれば、少しは現実感を取りもどせるのではないか、と考えたからでもある。事実、社会人になってからは、自分なりに立ち直れたと思っていた。それが間違いだと思い知らされたのは、コロニー雲の降下に遭遇したときだ。

　これまでに、わたしが警報を受信して避難したのは二回だけだ。奇しくも両方とも、彼といっしょにいるときだった。訓練も受けていたし、自分では冷静に行動できているつもりだった。しかし、いざコロニー雲が落ちてくると、ミカズキの記憶が生々しく蘇り、身体の震えを抑えられなかった。体育館に並べられた死体。シーツをめくると、母の顔、沙梨奈の顔、そしてわたしの顔が……。こみ上げてくる叫びを懸命に堪えた。

　それでも一回目のときは、短時間で風が収まったからよかった。しかし二回目のときは、永遠に続くのではないかと思えるほど長かった。酸素供給装置のない退避ボックスの中で、わたしは自分が死体となって急速に腐敗していく幻覚を見た。わたしは現実と妄想の境界を踏み破ってしまっていた。わたしを力ずくでこの世界に引きもどしてくれるなにかが必要だった。生きていることを全身の細胞で確信させてくれるなにかが……。

　彼には申し訳ないことをしたと思う。でも、あのとき、彼がいてくれて、よかった。彼で、ほんとうに、よかった。

　わたしは、現実感を取りもどすことはできた。そしていまは、皮肉にも、あまりに重い現実に圧し潰されそうになっている。胎内に宿った命を、一人で産み育てなければならない。自業自得とはいえ、その事実が、たまらなく怖い。

　だからだ。

望んではいけないことを、望んでしまうのだ。


彼にいてほしい。

ずっとそばにいてほしい。

そばにいてくれるだけでいいから。


発車のメロディが流れていた。

わたしは立ち上がった。

なにかを感じて顔を向けた。

たったいま、階段を駆け上がってきたのだろうか。肩で息をしながら、なにかを探している。必死に探している。その目がわたしを捉えた瞬間、光を得て輝きだす。

駆けてくる。

こちらに駆けてくる。

メロディは鳴り続けている。

わたしは祈った。

ひたすら祈った。

どうか、どうか、いまわたしの目に映っているものが、幻でありませんように。

＊

発車を告げるメロディが聞こえる。

潤太は階段を駆け上がってプラットホームに出た。列車のドアはまだ閉まっていない。彼女の乗る列車はわからないが、時間から計算するとこれに乗っている可能性が高い。とりあえず車内を——。

息が止まりそうになった。

ホームに残っている数少ない人影。

その一つが潤太を見ていた。

身体が先に反応した。全力で駆けた。

「……池辺くん」

息を整えている余裕はない。考えている時間もない。いまこの瞬間にしか伝えられないことを伝えるのだ。

二度と来ないこの一瞬に。

迸りそうになる思いを懸命に抑えながらいった。

「──あなたのことが好きでした。ずっと憧れてました。上司としてでなく、女性として。まだまだ頼りない男ですが、精一杯、大切にします。あなたのことも、子供のことも。いますぐ返事をくれとはいいません。一生を左右することなので。東京に帰って、ゆっくり考えてから、返事をください。待ってます」

メロディが、鳴り止んだ。

＊

「僕は──」

四課が完全に沈黙した。

根岸アツオは酸欠の金魚みたいに口をぱくぱくさせている。

青葉洋子は凍りついたように固まっている。

今岡多呂は顔から魂が抜けている。

永井連は若干引き気味の眼差しで見ている。

「け……結婚っ？」

青葉洋子が悲鳴のような声を上げた。

「それから」

潤太の隣に立つ香織が、いつもの冷徹な口調で付け加える。

「わたしは年明けから産休に入ります」

青葉洋子が泡を吹きそうになって潤太と香織を交互に指さす。

「以上です」

香織が平然と締めくくった。

潤太も胸を張っていった。

「以上です」

6

気象監視庁　特別警報発表を決定

巨大有害気塊C433Eの接近にともない、気象監視庁は特別警報を発表することを決定しました。降下する兆候の見られない段階で警報が発表されるのは異例のことです。

仮にC433Eが地表に降下した場合、半径五百キロから六百キロの範囲で低酸素状態となり、場所によってはそれが二十四時間以上継続する可能性があります。

警報対象地域のみなさんは、上空の様子や最新の情報に留意し、不要不急の外出を控え、異常を感じたときは速やかに屋内に避難してください。

なお、退避ボックスには酸素供給装置が設置されていないため、今回の事態に対応できない恐れがあります。やむを得ない場合を除き、使用を避けてください。

第四章　C433E

1

「今夜のうちに来そうね」

　田村早紀がタブレットに目を向けたままつぶやく。メイクを落とした肌は三十八歳という年齢相応だが、豊かな表情のせいか若々しい印象を与える。淡いグレーのゆったりとした部屋着姿で、座椅子の背もたれを倒してくつろいでいる。

「いま、どのあたりですか」

　吉井沙梨奈はいいながら、飲みかけの缶ビールを座卓に置いた。

「東経一三九度三五分、北緯三二度。六時間以内に九十パーセントの確率で関東上陸。そのまま通り過ぎてくれるといいんだけど」

関東から東海地方にかけて特別警報が発表されたのは昨日の午後一時三十分。巨大コロニー雲C433Eは未だ太平洋上にあるが、対象地域は時間とともに増え、現時点で本州全土、四国から九州南部にまで拡大している。

「小笠原諸島の画像も出てる。ほら」

田村早紀がタブレットの画面をこちらに向ける。

「……映画みたいですね」

画像の空は、赤黒色の雲で埋め尽くされていた。見ているだけで、心臓の鼓動が速くなる。C433Eはすでに小笠原諸島の上空を通過しているが、まだ当地の特別警報は解除されていない。

「この映画、どんな結末になることやら」

田村早紀がぞっとしたように肩をすくめた。

出張朗読サービス会社ヨムワでは、朗読テクニックの維持と向上のために、社員に定期的なレッスンを課している。講師はもちろん社長の田村早紀だ。特別警報が発表されたとき、沙梨奈はちょうどそのレッスンを受けているところだった。

赤道バンドから発生した巨大コロニー雲については、十日ほど前に気象監視庁が最初の観測情報を出している。そのときは、これがどこに向かうのか、はっきりしていなかった。その後、日本列島に接近することが確実になり、特別警報の発表決定が報じられると、国内が騒然とした。

最大の問題は、仮にC433Eが落ちてきた場合、地表の低酸素状態がどのくらい続くのか、予測がつかないことだった。気象監視庁の見解も、短ければ一時間以内、長ければ七十二時間以上となっていて、落ちてみなければわからない、というのが実状だ。退避ボックスはいうまでもないが、避難場所に設置されている酸素供給装置も、連続稼働可能時間はせいぜい二十四時間で、何日間も継続して使用することは想定されていない。低酸素状態が二十四時間以上続くようならば、たとえ避難所にいても酸欠によって窒息死するケースが出かねない。

さらには、降下時に発生する風による被害も懸念されている。今回のコロニー雲は大きさが桁違いなだけに、突風並みの強風が長時間にわたって吹き荒れる可能性も否定できないという。

事態を理解した田村早紀は、警報が解除されるまで朗読サービスを停止することにした。そこは決断が早かった。

「吉井さんはどうするの？」

「食料を買い込んで、アパートに引きこもってます」

「酸素ボンベとか準備してある？」

Ｃ４３３Ｅが話題になったとき、沙梨奈もなにか買っておいたほうがいいだろうかと考えたが、時すでに遅かった。どのネットショップでも酸素関連の商品は極端な品薄で、たまに見つけても価格が高騰していて手が出なかったのだ。

「よかったら、うちに来ない？」

「社長のお宅に、ですか」

「狭いマンションだけど、家庭用の酸素発生器があるから、万が一のときもアパートよりは生き延びられる確率が高いと思うよ」

「でも、わたしがいると、社長の使える酸素が半分になりますよ」

「正直、怖いのよね。こういうときに一人でいるの。だから、いてくれると心強いんだけど」

そういうわけで沙梨奈は、泊まりの用意をして田村早紀のマンションに上がり込んでいるのだった。同世代ということもあり、共通の話題には事欠かない。田村早紀には結婚歴があるものの、現在独身で子供がいないという点も同じだ。

田村早紀の手料理を食べながら他愛ない話に興じ、入浴を済ませたころには、沙梨奈もすっかり居心地の良さを感じていた。そこに加えて適量のアルコールが、心を開放的にさせる。

「いよいよ、って感じね」

田村早紀がタブレットを脇に置いて、飲みかけの缶ビールを呷る。

「いよいよ？」

「世界の終わりの始まり」

「でも、わたしたちの世代は、なんとか大丈夫みたいですよ」

「それが慰めになる？」

彼女も酔ってきたようだ。目の周りがほんのりと赤い。

「このまま人類が滅亡して、何百万年か、何千万年か後に、また知的生命体がこの星に生まれたとき、人類の痕跡って残ってると思う？」

「……なにかは残ってるんじゃないですかね、化石みたいに」

「わたしはね、なんらかの形で、物語が残っててほしい」

「物語？」

「歴史的な文書や高尚な文学作品だけじゃなくて、いまわたしたちが日常的に楽しんでいる物語。恋愛小説や時代小説、ミステリー、ファンタジー、ホラー、SF、官能小説も。技術的には可能なはずなんだよね。石英ガラスを使った記憶媒体なら一億年以上劣化しないっていうから」

「一億年……気が遠くなりそうです」

「それを解読すれば、わたしたちがどんな日々を送って、どんな精神世界を生きていたか、なにを思い、求め、喜び、怒り、悲しみ、楽しんでいたか、理解するヒントにはなる。いまわたしたちがお客様に朗読している物語を、一億年後の地球に生まれただれかが読んで感動する。そんな場面を想像すると、わくわくしない？」

田村早紀が脱力したような笑みを浮かべる。

「──なあんて、突拍子もない空想でもしないと、やってられないよね。やっぱり、なんだかんだいって、人類には続いていってほしいし」

自分に語りかけているような口調になった。

「未来のない世界で、自分のためだけに生きるのって、楽なんだけど、いまひとつ張り合いがなくてね。自分が自分にできることって、高が知れてるから」

「……そうですね」

「自分じゃないだれかのために、自分のことじゃないなにかのために、頑張る。そういうときって、いつもと違う力が湧いてくるように感じない？」

「わかる気がします」

「あぁあ……わたしは、なんのために生きればいいんだろう」

「社長の事業は、お客様にたいへん喜ばれてますよ」

「そういうことじゃなくて。でも嬉しい。ありがと」

「いえ、そんな……」

「吉井さんは、なんのために生きてるとか、そういうの、ある？」

沙梨奈は少し考える。

「若いころのわたしには、妹のために生きようとした時期がありました。でもそれは、いまから振り返ると、ただの言い訳だったかもしれません」

「言い訳ねえ……」

「健気な姉という役割に酔いたかったというか。自分の人生と正面から向き合おうとしなかったんです」

「いまは向き合ってるんだ」

「わかりませんけど、自分で自分を追いつめるような苦しさはなくなりました」

「だよねえ。穏やかだもん、吉井さん」

ここで沙梨奈は、いたずら心を起こした。

「でも、青酸カリを飲んで自殺を図ったこともありますよ」

「ほんとにっ？」

「高校のときは飛び降り自殺をしそこないました」

「……けっこう壮絶な人生を送ってきてるのね」

「そうですね。自分でいってて、ちょっと引きました」

沙梨奈は軽く笑った。

「そこ、笑っていいとこなの？」

「ええ、もう笑い話です」

「そうなんだ」

田村早紀が、眩しそうな目をした。

「ねえ、ちょっと立ち入ったこと聞いていいかな」

「なんですか」

「答えたくなかったら、遠慮なくそういってね」

沙梨奈はうなずく。

「吉井さんは、妊娠したこと、ある？」

「……いえ」

「子供が欲しいと思ったことは？」

「まったくないわけじゃないですけど……機会に恵まれなくて」

「そう……」

「なぜ、そんなことを？」

「わたしも、この歳まで、妊娠したことないんだよね」

寂しげな声だった。

「旦那と別れたのも、子供をつくるかどうかで、どうしても考えが合わなくて」

「旦那さんが反対を？」

「逆。旦那は欲しがったけど、わたしに躊躇いがあった」

沙梨奈は、なぜ、という顔をしてみせた。

「だって、こんな時代だから」

ああ、と声が漏れる。

「どうしたの」

「妹も同じことをいいました。こんな時代だからと」

香織の予期せぬ妊娠のことを話した。

「妹さん、どうするの？」

「産むことにしたみたいです。さいわい、相手の男性も支えてくれるようで」

いま香織は婚約者である池辺潤太と同棲しているが、二人とも多忙を極めているようだ。

Ｃ４３３Ｅのデマが氾濫していて、その対処に追われているらしい。安定期までは無理をしないようにといってあるが、素直に聞く香織ではない。だから、初めて池辺潤太と会ったとき、香織に無理をさせるなと、くどいほど念を押した。うるさい小姑と思われたかもしれない。

「妹さんは、不安に負けなかったんだね。未来を信じた。わたしも、あなたの妹さんみたいに強くなれてたら……」

言葉の端々から後悔が伝わってくる。

「子供、欲しいですか」

「……なんだろうねえ」

田村早紀がうつむいて、自分の中の戸惑いを指でなぞるようにいった。

「ここに来て、急に欲しくなってきちゃって。なんで今頃になってとは思うんだけど」

「まだ遅くはないんじゃないですか」

「とはいうものの、相手がね」

「元旦那さんは、再婚を？」

「してるんじゃないかな。子供が欲しいって離婚したんだから」

「連絡だけでもしてみたら、いかがですか。ひょっとしたら、まだ独り身かも」

「そのときは、よりを戻せって？」

「だって、子供が欲しいという点で一致するわけですから、別れたままでいる理由もないんじゃないですか」

「それはそうだけど……」

田村早紀が、無言の数秒のあと、吹っ切るように笑みを見せた。

「よし、今夜を無事に生き延びたら考えてみるか」

＊

夜の十時を回っても、池辺潤太ら四課のメンバーは全員残っていた。きょうは朝からほぼ休みなく、モニターに釘付けになってキーボードを叩いている。C433Eが接近するにつれて急増したデマに対応するためだ。

『報道では伏せられていますが、小笠原諸島にC433Eの一部が落ちて住民が全滅したそうです。東京も同じ運命を辿ります。避難するなら今のうちです。みんな急いで逃げて！』

『たとえC433Eが上陸しても山脈にせき止められて日本海側は安全だよ。太平洋側は壊滅するけどね。残念』

『田淵首相がすでに海外に逃げたってほんと？　こんなのが国のリーダーなんて信じられない！』

『いま売られてる酸素ボンベは酸素がほとんど入ってない偽物だぞ。絶対使うなよ。死ぬぞ』

『C433Eはアメリカで極秘に開発された気象兵器だって友達から聞いた。ちなみにこの友達、CIAに知り合いがいると言ってたから、そこから得た情報だと思う。まあ、こんなの世界では常識だけど』

もちろん小笠原諸島にコロニー雲は落ちていないし住民に被害も出ていない。C433Eの高度は七千メートルまで達しているので日本の山脈では止められない。総理大臣は官邸対策室を設置してずっと詰めているし閣僚たちも各自待機している。市販されている酸素ボンベの品質チェックは抜き打ちで随時行われているが、酸素濃度が基準に達していない粗悪品はきわめて少数だ。気象兵器云々はまともに取り合うのも馬鹿馬鹿しい。

しかし現在は、ただでさえ市民の間にパニックの広がりやすい状況にある。普段なら無視するようなデマも拾い、根拠を示して間違いであることを指摘した上で、正しい情報で中和する。この作業を延々と繰り返しているのだった。

池辺潤太はちらと課長席を見た。

吉井香織も血走った目でモニターを凝視している。刻々と発生するデマと四課による対応の成果をリアルタイムで追っているのだ。爆発的に広がりそうなデマがあるときは、課を挙げてその対処に集中する必要がある。臨機応変にその判断を下すのは課長である香織だ。しかし彼女は昨夜、有害気塊対策部会議が長引いたこともあり、とうとう帰宅しなかった。ろくに睡眠もとっていないはずだ。

潤太は、ふうっと強く息を吐いて、腰を上げた。つかつかと課長席に歩み寄り、香織の前に立つ。

香織がモニターから目を上げた。赤く充血しているだけでなく、目頭の下あたりに黒々とした隈まで浮いている。

「どうしたの」

「課長、きょうはもうお休みになってください」

潤太は声を落としていった。

香織が興味なさげにモニターに目をもどす。

「いっておいたはずです。職場に私情を持ち込まないようにと。仕事にもどりなさい」

潤太は背を屈めて顔を近づけた。

「普通の身体じゃないんですよ」

「わたしのことはわたしがいちばんよく把握しています。第一、C433Eが関東に上陸するこのタイミングで抜けられるわけないでしょう」

香織は潤太に目を向けようともしない。

「C433E事案が今夜で収束すると決まったわけじゃありません。まだまだ先が長いかもしれない。ここで無理して倒れられては、それこそ四課の仕事に支障が出ます。冷静になってください」

「わたしは冷静です」

「だったら少しはご自分の身体をいたわったらどうですか。おなかの子に万一のことがあったら——」

「大げさよ」

「そんなことといってて取り返しのつかないことになったらどうするんです。後になって悔やんでも遅いんですよ」

香織が両手をデスクに置いて顔を上げた。

「潤くん、少ししつこいよ！」

「かおりんが強情なんでしょっ！」

香織が感情をむき出しにして睨んでくる。

潤太は乱れる気持ちを堪えていった。

「お義姉さんからもきつくいわれてるんです。くれぐれも無理をさせないようにと。お願いですから、きょうは身体を休めてください」

「あのう……差し出がましいのは重々承知しているのですが」

振り返ると、課長補佐の根岸アツオが立っていた。青葉洋子、今岡多呂、永井連もこちらに注目している。

「我々としても、課長だけには、倒れられては困るんです。休むのも仕事だと割り切って、きょうのところは我々に任せてくださいませんか。どうか部下を信頼してやってください。お願いします」

神妙に頭を下げる。ほかの三人も立ち上がり、同じように頭を下げる。

「……みなさん」

潤太は意外な思いに打たれた。

香織も同じだったらしい。迷うように視線を揺らしてから、

「わかりました。そういうことであれば、きょうだけは言葉に甘えさせてもらいます」

根岸たちがほっとした顔を見せる。

「ただし、なにかあったら、いつでも連絡をください」

「承知いたしました」

香織が、素早く帰宅の準備を済ませ、部屋を出ていく。

「あ、僕もちょっと」

潤太も後に続いた。

廊下で香織に追いついた。

「わたしは大丈夫だから、仕事にもどって」

その声は震え、いまにも決壊しそうだ。

潤太は黙って香織の隣を歩いた。

庁舎内は昼間と同様に職員が立ち働いている。昨日から帰宅していない者も多いのだろう。

二人でエレベーターに乗り込んだ。

「帰るときはタクシーを使ってください。絶対に屋外を歩かないように。いつ落ちてくるかわかりません」

「……うん」

「食事と睡眠をしっかりとって、朝もゆっくりしてきてください。出てくるのはお昼ごろでもいいですから」

「…………」

「それから……さっきは大きな声を出して、ごめん」

香織から反応がない。

そっと顔を窺うと、頬を強ばらせていた。

「……怒ってる？」

香織が首を横に振る。

「ごめんなさい、心配かけて……ちょっと、精神状態が、普通じゃないみたい」

「無理ないよ。こんな状況だから」

「そうなんだけど……自分が情けなくって」

涙ぐんで口元をきつく結ぶ。

「自分を責めないで。こっちのことは心配しなくていいから」

エレベーターが地下一階に到着した。ここの駐車場には、自動運転のタクシーが常時待機している。すべて出払っているときもあるが、さいわい三台残っていた。人を感知してドアが自動でスライドする。

「気をつけて」

振り向いた香織が、潤太の頬に手を添え、軽くキスをした。

「あとは頼むね」

「ああ」

「ありがとう、ほんとうに」

香織が精一杯の笑みを見せて、車に乗り込んだ。ドアが閉まる。ゆっくりと動きだす。潤太は、香織の乗ったタクシーがスロープの先に消えるまで、じっと見送る。完全に見えなくなってから、大きく息を吸い、右拳と左掌を打ち合わせた。

「よっし！」

急いで四課にもどると、根岸アツオ、青葉洋子、今岡多呂、永井連の四名が一斉に視線を浴びせてきた。そろいも揃って溶け落ちそうなほどにやにやしている。ひたすら無言でにやにやしている。

潤太は思わず後ずさった。

「どうしたんですか、みなさん……気持ち悪いんですけど」

「なんでもありませーん！」

四人が明るく声をそろえ、それぞれのモニターに向き直った。

＊

香織は、シートに委ねた背に重力を感じながら、目をつむった。たちまち睡魔に吸い込まれそうになり、びくりと身体を浮かす。いま眠ったら一瞬で何時間も過ぎてしまいそうだ。両手で頬をぴしゃりと叩いた。

夜の街に人の姿はほとんどない。たまに見かけても、空を気にしながら先を急いでいる。C433Eに関しては、通常の有害気塊降下警報が間に合わない恐れがあると、繰り返し警告されてきた。六千メートルにも及ぶその厚さゆえに、人工衛星のセンサーでは深部の温度変化を捉えきれないからだ。いまのところ降下する兆候は見られないが、センサーで捉えられない部分の温度が低下して、そこだけがいきなり落ちてくることもあり得る。とくに夜は上空の様子もわからない。いつもと違う風を感じたときには手遅れかもしれないのだ。

ミカズキの災厄の日からずいぶんと年月が流れてしまったな、と思う。なんといっても十九年だ。自分も変わった。沙梨奈も変わった。そしてなにより、世界が変わってしまった。

状況は、これからもっと厳しくなる。絶望的な事案も次々と発生するだろう。一つ一つ、力を尽くして対処していくしかない。滅亡の時を少しでも遅らせるために。人類の生きる時間を少しでも稼ぐために。

「……強くならなきゃ」

香織は、無意識のうちに、腹部に手を当てていた。

＊

〈有害気塊速報〉　Ｃ４３３Ｅ　本州上空に到達

先ほど気象監視庁は、本日午前二時十四分、巨大有害気塊Ｃ４３３Ｅの北端が伊豆半島上空に到達したと思われると発表した。

現在までに東西百五十キロ、南北百二十キロの大きさまで発達したＣ４３３Ｅは、非常にゆっくりとした速度で北上しており、このあと関東から東海にかけての広い空域が長時間にわたってＣ４３３Ｅに覆われるものと予想される。

気象監視庁は、いまのところ有害気塊が降下する兆候は見られないが、引き続き最大レベルの警戒が必要であるとしている。

また、進路から外れた地域でも、降下時には低酸素風が届く可能性もあるため、決して油断することのないよう呼びかけている。

＊

吉井沙梨奈は、薄暗いベッドで目を覚ましたとき、自分が下着姿だと気づいた。隣で寝息をたてている田村早紀も同様らしい。むき出しの肩が布団から覗いている。自分のパジャマと田村早紀の部屋着は、床にきちんと畳まれていた。記憶をたぐろうとしても、途中で切れてしまう。鈍い頭痛がするところをみると、かなり飲んだのは確かなようだが。

（ま、いいや）

深く考えないことにした。

熟睡中の田村早紀を起こさないようにベッドから下り、とりあえずパジャマを着る。寝室を出て、暗い廊下を通ってキッチンに行き、浄水器の水をグラスに注いで飲む。リビングの照明を点けると、テーブルにビールの空き缶やワインの瓶が林立していた。食べ残しの菓子やナッツ類は皿からこぼれている。座椅子も乱れたままだ。沙梨奈は一つ息を吐く。片づけるのは朝になってからにしよう。いま何時だろうと時計を見て、え、と声が出た。

午前八時を回っている。夜はとっくに明けていたのだ。しかし、東に向いたリビングの窓からは、太陽の存在を感じられない。ベージュ色のカーテン越しに漏れてくるのは、豪雨が降っているときのような、暗く重苦しい気配。なのに雨音は聞こえない。気味が悪いほど静まりかえっている。

沙梨奈は、心臓の鼓動を感じながら、窓の前に立つ。

両開きのカーテンを、左右に引き開けた。

＊

「すみません、寝過ごしましたぁ……え？」

潤太が急いで仮眠室からもどると、根岸、青葉、今岡、永井の四名は暗い窓の前にずらりと並んで外を眺めていた。

「どうしたんです？　休憩の夜景タイムですか」

「夜景だぁ？」

根岸アツオが腰に手を当てたまま振り返る。

「いま何時だと思ってる？」

「何時って、八時三十――」

潤太は状況を理解して窓際に駆け寄った。

空を見上げて言葉を失う。

「心が折れそうになっちゃうよねえ、こんなの見せられると」

青葉洋子が、つぶやいた。

＊

香織の足が震えているのは、シャワーを浴びた身体が冷えたせいではなかった。

窓から見渡せる街全体が、赤みがかった闇に包まれている。上空を覆い尽くすのは、赤黒色の濃密な雲。黒ずんだ雲底に、毛細血管のような赤い線が無数に走っている。すでに陽は昇っているはずだが、一筋の光も射し込まない。

「これが……C433E」

画像では何度も見ているが、実際にこの禍々（まがまが）しい巨大な雲に頭上を塞がれると、押し潰されそうな恐怖を覚える。たしか沙梨奈がいっていた。青酸カリを飲んで昏睡状態に陥ったとき、こんな光景を夢で見たと。わたしは、自分たちが生きている間はそんなことは起こらない、と答えたのではなかったか。

＊

「ドローン四機、すべて所定の位置に着きました。準備完了です」

副部長の神田が弓寺修平に告げた。

気象監視庁総合研究所のオペレーションルームでは、有害気塊研究部による特別観測の開始時刻を迎えていた。各デスクに配置されたモニターの左半分に表示されているのは、C433Eの立体透視図だ。その緑色の細い線で描かれたC433Eの上方に、①から④までの数字が点滅している。モニターの右半分はさらに四分割されて、こちらにも同様の番号が付いており、それぞれ中継画像が映し出されていた。いまはどの画面も鮮やかな紅色に染まっている。C433Eを上空から捉えたリアルタイム映像だ。

「よし。一号機、突入させろ」

点滅していた①が点灯に変わり、C433Eに接近していく。対応する画像でも、C433Eの上部表面構造がはっきりと見えてきた。ゆっくりと波打っている。

「これまでのコロニー雲とは違うな」

弓寺は、自分のデスクのモニターを見つめたまま、硬い声でいった。

「鋭い凹凸が見られませんね。赤道バンドのパターンとも異なるようです」

隣のデスクの神田が応える。

画像が暗くなって大きく揺れた。一号機がC433Eのほぼ中央上部から突入したのだ。そのまま深く潜っていく。

「あと十秒で放出高度に到達します。八、七──」

一号機のオペレーターがカウントダウンを始めた。弓寺は息を詰めてモニターを凝視する。

「──二、一、ゾンデボール放出」
①から赤い輝点が花火のように散った。その数、二十四。散らばった赤い輝点は、それぞれ細かい渦を巻くような螺旋運動を始めた。その動きは複雑かつ変則的だが、無秩序というわけでもない。
「……なんだ、こりゃ」

ゾンデボールは、コロニー雲観測用として開発された直径三十五ミリの白い球体で、その形状からピンポン球とも呼ばれる。素材となる金属が微少な真空孔を無数に含む特殊な構造をしているため、きわめて軽くできている。内蔵センサーが気温、湿度、気圧を測定するほか、位置情報の変動によって内部気流の速度と方向がわかる仕組みだ。送られてくる膨大なデータはＡＩが処理し、その結果は即座にモニターに映し出される。

「これも赤道バンドと全然違いますね。別物ってわけですか」

「予断は禁物だぞ。まずはデータの収集。考察はそのあとだ」

「……はい」

「よし。二号機を投入しろ」

＊

ごらんください。これが現在の東京の空です。気味の悪い雲が一面に敷き詰められています。よく見ると、表面に赤い模様のようなものがあるのがわかります。ゆっくりとした速度で北に向かって流れているようです。

そして、雲の下に広がる都心をごらんいただけますでしょうか。いま時刻は午前十時二十分を回ったところですが、まるで日没後のように暗く、さらに全体的に赤く染まって、非常に不吉な印象を与える光景になっています。

ビルで灯りの点っている窓はいつもの六割くらい、交通量は半分以下でしょうか。通行車両はすべてヘッドライトを灯しています。屋外を歩いている人はほとんどいません。わたしたち報道クルーも、今回はいざというときのために、空気ボンベを携えての中継です。

これまで入ってきた情報を整理しますと、電車・バスなどの公共交通機関は通常どおり運行されていますが、東京にある企業のうち約半数が社員を自宅待機にして出社させていません。都内の学校は、大学を含めてすべて休校となっています。

一方で、若い人たちが公園などで騒いで近隣住人から警察に苦情が寄せられるトラブルも起きているようです。警察によりますと、補導されたある十代の少年は「こんな日は滅多にないので思い切り楽しまなきゃ損だと思った」と話しているとのことです。

また、全裸になって意味不明なことを叫びながら走っていた男性が湾岸地区で保護されたほか、各地でトラブルや事故が相次いでおり、巨大コロニー雲C433Eとの関連は必ずしも明確ではありませんが、社会心理学者の古野敦子氏は「人は、経験のない異様な雰囲気に呑まれると、通常では考えられない行動に出る恐れがある」と注意を呼びかけています。

なお、気象監視庁によりますと、C433Eには依然として降下する兆候は認められないものの、急激に状況が変化する可能性もあり、特別警報が解除されるまで最大レベルの警戒を継続してほしい、とのことです。

また、屋外にいてC433Eが落ちてきた、あるいは、落ちてきそうだと感じたときは、すぐに屋内に避難すること。その場合、できるだけ大きくて気密性のある建物を選ぶこと。

退避ボックスは長時間の避難には不適とされているがほかに適当な避難場所がないときは躊躇わずに入ること。風に腐敗臭を感じたときはできるだけ吸い込まないこと。自宅にいる人は、定期的に窓を開けて新鮮な空気と入れ換え、屋内の酸素濃度を高めに維持しておくこと。二十四時間換気の建物で、屋外低酸素時の自動停止機能が付いていない場合はあらかじめ手動で止めて空気取入口も閉じておくこと。自宅の気密性が十分でないと思われるときは、各自治体が指定する避難所にただちに避難すること。以上のことも徹底周知してほしい、とのことでした。

ええ、繰り返します。気象監視庁によりますと、C433Eには依然として降下する兆候は認められないものの……あ、いま新しい情報が入りました。中区で火災が発生しているようです。複数の建物から火が上がっているとの目撃情報が入っています。それから……え、ほんとですか……はい、ええ……中区の火災ですが、小規模ながら暴動が起きているとの情報もあるようです。詳しいことはわかっていません。新しい情報が入り次第すぐにお知らせします。

2

本州に到達したＣ４３３Ｅは、しばらく北上した後、北東に方向を変え、ふたたび太平洋に出た。現在、大きさを保ったまま、東経一四七度四六分、北緯四〇度五〇分の公海上にあり、特別警報はすべて解除されている。これまでに有害気塊の降下は認められていない。

高層観測用ドローンとゾンデボールから得られたデータについては解析が終わっており、きょうの内務省国土保全局有害気塊対策部会議で伝えられることになっていた。報告者は、気象監視庁総合研究所有害気塊研究部長、弓寺修平である。

「つまり、Ｃ４３３Ｅは今後も落ちてくることはないし、消滅することもない、ということですか」

立脇源三の後任で今年から有害気塊対策部の部長を務めるのは、三十九歳という若さで抜擢された桐生勝人（きりゅうかつと）。怜悧な頭脳と逞しい体躯に恵まれた、選良を具現化したような男だ。昨年までは同一課の課長を任されていた。

「断言はできませんが、Ｃ４３３Ｅは今後も地球の空を漂い続ける可能性が高いと思われます」

弓寺修平は、桐生勝人に答えていう。

「そしてこれは、想定しうる中でも最悪のケースといわざるを得ません」

「最悪のケースとは、どういう意味です」

桐生部長が、感情を一切含まない声で質した。

「得られたデータが強く示唆するのは、永続性を獲得したC433Eはコロニー雲の進化型である、ということです。とすれば、C433Eのようなコロニー雲は、今後も赤道バンドから生まれ続ける。厚さ六千メートルに及ぶ、色素を含む雲塊が上空を塞げば、太陽光はほとんど地表に届きません。これが消えることなく漂い続け、赤道バンドからも続々と生まれるとなれば、やがて地球の空は進化型コロニー雲で覆い尽くされます。地球の熱収支バランスは崩れ、海流、気流、すべてが変わり、気象は激変するでしょう。おそらくは寒冷化が一気に進むことになる。さらに太陽光が弱まることで光合成が阻害され、酸素濃度の低下に拍車が掛かるのはもちろん、作物の収穫量も激減し、地球規模での食糧不足が避けられなくなる。もはや二百年の猶予など我々にはないと考えねばなりません」

弓寺修平は、会議室を見渡す。

「私が最悪と申し上げた、それが理由です」

3

Ｃ４３３Ｅが頭上を通り過ぎて三カ月が経つ。あの日から街ゆく人々の顔つきが変わったと、吉井沙梨奈は感じている。水槽の水に墨汁を一滴だけ垂らしたような、肉眼で捉えられないほど微かな変化ではあるが。

「いまのは、ちょっとやりすぎかな」

きょうは月に一度のレッスンの日だ。出張朗読で扱うのは小説ばかりではない。詩やノンフィクションも多いし、ときには古文や漢詩をリクエストされることもある。また小説でも、ジャンルによっては朗読の仕方を変えねばならない。このあたりが、基本をマスターした沙梨奈の次の課題だった。朗読も奥が深い。

「こういう作品こそ、感情を抑えて読み上げたほうが効果的だったりするんだよね。もう一回やってみようか」

レッスンは一時間ほどで終わる。もちろん時給は出る。その後は、お茶とお菓子をいただきながらのおしゃべりだ。話題は、仕事や生活の悩みから、映画の感想や芸能界の噂話まで、幅広い。田村早紀は、社員と一対一で語り合えるこの時間を、レッスン以上に大切に考えているようだった。

「一つ報告がありまぁす」

田村早紀が、コーヒーカップに口を付けてから、軽い調子で切り出した。きょうのお菓子はモンブラン。おいしいと評判の店で買ってきたという。

「あ、もしかして……」

沙梨奈は、モンブランの頂をフォークですくって食べる。栗の風味が優しく口に広がった。

「はい。元旦那と会ってきましたぁ。おいしいでしょ、このモンブラン」

いいながらフォークを縦にして大きく切り、口いっぱいに頬張る。

「ええ、とっても」

沙梨奈が答えると、笑顔でうなずいた。

「それで、どうでした。元旦那さん」

「あんまり変わってなかったね。ちょっと安心した」

彼女の元旦那という男性が、一度は別の女性と再婚したがうまくいかずに離婚し、以来ずっと独身のままでいることは、前回のレッスンのときに聞いていた。

「では、またいっしょに？」

「たぶんね」

「おめでとうございます。これで子づくりができますね」

沙梨奈は軽口のつもりでいったが、田村早紀の反応が鈍いのに気づき、あわてて表情を改めた。

「すみません。変なこといって」

「ううん。そうじゃなくて」

田村早紀がモンブランをつつく。

「迷ってるんだよね、子供のこと」

「え、でも……」

「思ったより早くなりそうだから。人類滅亡」

沙梨奈は、自分でも意外なほど暗い気持ちになり、田村早紀の顔を見つめた。C433Eの後遺症は、ここにまで及んでいる。

「わたしたちみたいな庶民じゃ、シールドポリスにも入れないだろうしね」

シールドポリスの建設計画を大幅に前倒しする、と政府が発表したのは二カ月ほど前だ。国民の不安を軽減するためとの説明があったが、逆にこの決定が事態の深刻さを裏付ける結果になり、人々の動揺を加速させた。

さらに、シールドポリスに居住できるのは一握りの国民に過ぎず、そこに避けようもなく選別が発生するという事実が、正常な判断力を奪った。

残酷な現実を受け入れられない人々の鬱屈は、シールドポリス構想そのものに対する憎悪へと転化し、建設反対運動という形で火を噴いた。限られた者しか生き延びられないのならば潔く全員で滅ぶべきだ、という主張を、とくに中高年層が支持した。

「だったら、もう、わたしたちで最後にしてもいいかなって。これからどうやっても、いい時代になりそうにないし、わざわざ悲しい思いをするために生まれてくることもない。でしょ？」

識者とされるある人物は、これらの世論の動向を危惧して警告を発した。いままでも人間社会は、さまざまに分断されてきた。宗教や人種、国家による分断だけでなく、同じ社会の中での支配階級と被支配階級、富める者と貧しい者の分断もあった。しかしこれから人類は、かつてないほど深刻な分断を経験することになる。生存の可能性にかけられる者と、滅びを受け入れざるを得ない者の分断である。問題は、希望を手にした者は絶望を蔑み、絶望に取り憑かれた者は希望を憎むようになることだ。互いを敵視して殺し合う。そんな時代が来るかもしれない、と。

「お二人で話し合った結果ですか」

「まあね」

「でも、社長はまだ迷っているんですよね」

「え？」

「さっきは、そうおっしゃいましたよ」

「そうだっけ？」

目を丸くしてから、ふっと頬をゆるめる。

「……たしかに、諦め切れてはいないかな」

渋々といった感じで認めた。

「以前は、旦那さんのほうが子供を欲しがっていたんですよね」

「だけどほら、状況が変わっちゃったから」

仕方がないよ、という顔で肩をすくめる。

「吉井さんだったら、どう？」

逆に聞き返してきた。

「いまのこんな状況で、子供を産めるチャンスがあるとして、産みたいと思う？」

沙梨奈は少し考えてから答える。

「どうでしょうね。わたしは、そんなに子供が欲しいと感じていないので」

「そうだったね」

「妹がいるせいかもしれません」

田村早紀が首を傾げる。

「前みたいに、妹のためだけに生きるつもりはありませんけど、それでも、彼女がいてくれることで、精神的に楽になっている部分はあると思います。重荷に感じられると嫌なので、本人にはいいませんが」

「吉井さんのいうことも、なんとなくわかるんだけど、わたしの場合は、ちょっと違うかな」

「というと？」

「新しい命をこの世界に誕生させるという仕事を体験したかった」

「仕事、ですか」

この人らしい物言いではある。

「出産って、人間がこの身体で成し遂げられる、最大の仕事だと思うんだよね。命がけの」

田村早紀の口調が熱を帯びてくる。

「自分にその能力が備わっているのなら、使いたい。使い切ってから死にたい。でないと、絶対後悔する」

そういうなり、ぷっと吹き出した。

「やだなあ」

沙梨奈の顔を愉快そうに見つめてくる。

「吉井さんと話してるうちに、またその気になってきちゃったよ」

4

「どうする？」

太田奈保子医師が、超音波プローブを持つ手を動かしながら聞いてきた。刷毛(はけ)で幾重にも塗りたくるように、香織の露わになった腹部の上を滑らせている。

「性別、知りたい？」

「もうわかるんですか」

診察台の香織がいった。声が弾んでいる。

「間違いないと思う」

香織がよこした視線に、潤太はうなずいた。すでに家で話し合って結論は出ている。じっくり名前を考えるためにも教えてもらったほうがいい。潤太はそのことを太田医師に伝えた。

「ではご両人、心の準備はいい？」

「はいっ」

二人の声がそろった。

「男の子」

香織の顔に笑みが広がる。これまで潤太が目にした中でも一、二を争う素晴らしい笑みだ。

「胎動が力強いから、そうじゃないかと思ってました」

きょうは三回目の定期検診。妊娠七カ月に入ったおなかはぽっこりと膨らみ、内部からにじみ出るような存在感を放っている。母体は、このときのために備えていた機能を発動させ、着々と準備を進めている。

香織がしみじみと嚙みしめるように、

「男の子かぁ。名前、考えないとね」

「……うん」

「あれ、潤くん。泣いてるの？」

「順調に育ってくれてると思うと、なんか、感動しちゃって」

「あらあら、ずいぶん涙もろいパパさんね」

太田医師が温かな眼差しを香織に向ける。

「泣き虫さんなのはいいけど、赤ちゃんが生まれてからちゃんと使い物になるように、いまから教育しておかないとね」

自宅から車で三十分以内の距離で産科を探し、見つけたのがこの太田マタニティクリニックだ。待合室や診察室に上質な温もりが感じられ、またスタッフの対応も丁寧で気持ちよく、香織はすぐに気に入ったようだった。

「いまのところ血液検査でも異常は出てないけど、油断はしないでね。ただでさえ内臓への負担が大きくなってくる時期でもあるし、体重管理をこれまで以上にしっかりやること。出血や腹部の痛みを感じたらすぐに連絡して。遠慮しなくていいから。それからパパさん」

太田医師がまっすぐ見つめてきた。

「しっかり支えてあげてね」

クリニックの建物を出ると、晩秋の日射しが降り注いでいた。見える範囲で空を隅々まで探したが、コロニー雲は出ていない。とうぶん危険はないと判断していいだろう。

「きょうは歩いて帰ろうか」

香織が深く息を吸ってからいった。

「寒くない？　風はけっこう冷たいよ」

「大丈夫。できるだけ身体を動かしなさいって先生からもいわれたし」

「かおりんは、やり過ぎるから心配なんだよ」

「そのときは潤くんに助けてもらう」

潤太は苦笑した。

「しょうがないなあ。じゃあ、ゆっくりね」

香織は最近、呼吸が苦しそうな様子を見せることがある。太田医師によると、胎児が育ってくると内臓が圧迫される上、かなりの量の酸素を胎児のために使わねばならないので、ちょっとしたことでも息切れしやすくなるらしい。出産とは文字どおりの命懸けなのだ。それは香織もじゅうぶん自覚しているのだろう。無理してでも仕事を優先させる悪い癖も、最近は影を潜めている。きっぱりと気持ちを切り替え、元気な赤ちゃんを産むために全力を尽くそうとするその姿勢には、頭が下がるどころかひれ伏したくなる。

「かおりんは、すごいよ」

「なにかいった?」

香織が振り向く。その笑顔が眩しすぎて、また涙がにじみそうになった。

「なんでもないです」

街中は静かだった。車両はひっきりなしに通るが、歩道に人の姿は少ない。沿道のカフェショップにも午後のゆったりとした時間が流れている。街路樹の葉が風を受けてさらさらと鳴った。

「こうやって並んで歩くと、あの日のことを思い出す。きょうと違って暑かったけどね」

香織が前を向いたままいった。

「ああ、ミカズキの慰霊祭の？」

あの日、香織から妊娠したことを告げられ、潤太を取り巻く世界は一変した。不安と戸惑いで頭がおかしくなりそうだった。だが香織は、それ以上の不安と戸惑いの中にいたはずなのだ。

「潤くんが駅まで追いかけてきてくれたとき、幻を見ているんじゃないかと思った」

潤太はいささか気まずくなる。

「じつは、あの日のこと、よく憶えてないんだよね」

「え、そうなの？」

「とにかく、かおりんに自分の気持ちを伝えなきゃって、それだけで突っ走ったから」

「もしかして、プロポーズでなんていったかも忘れちゃった？」

「……すみません」

香織が、信じられない、という顔をする。

「わたしは一言一句憶えてるよ。ここで暗唱してあげようか」

「許してください」

「もう、なんで潤くんはそういう大事な――うわっ！」

香織が急に立ち止まっておなかを両手で押さえた。

「胎動？」

「蹴られた、いままでいちばん強く」

「そういえば、赤ちゃん、もう聴覚が働きはじめてるんだよね」

「いまのわたしたちの会話も聞こえてたのかな」

「早く出てきて僕らに加わりたがってるんだよ」

「そ……だね」

語尾が沈んだ。

表情も暗くなっている。

「かおりん？」

「ほんとに、産むことにして、よかったのかな」

「……どうしたの、急に」

「わかってはいるんだけどね。いまさらこんなことをいっても意味がないって。でも、いよいよ生まれてくるんだと思ったら、つい考えてしまって。こんな世界に生まれてきて、ほんとにこの子は幸せになれるんだろうかって」

太田医師からいわれている。妊娠中は体内のホルモンが激しく変動するため、感情が極端に振れて、急に機嫌が悪くなったり泣きだしたりすることがあるから、心しておくように。

「ごめん。……やっぱりおかしいね、わたし」

香織が先に歩きだす。

潤太も横に並んだ。いずれにせよ、彼女が不安を感じているのなら、それを受け止めるのが自分の役目だ。

「かおりんのいうこともわかるよ。とくに、ここに来て、世の中の雰囲気がだいぶ変わっちゃったしね。例の宇宙人説なんて、以前なら鼻で笑われて終わりだった」

香織もうなずく。

「あれには参ったよね」

「ＳＦ小説好きの根岸さんは面白がってたけど、笑いごとじゃないよ」

コロニー雲については「こんなものが自然発生するのはおかしい」との声は前からあった。気象学の常識ではコロニー雲を説明しきれない。だからコロニー雲は何者かによって人為的に造られたものに違いない、というわけだ。では、いったい、だれが。

これまでは、ある大国が気象兵器として開発したもの、という愚にも付かない説明がなされていたが、Ｃ４３３Ｅ以後はどういうわけか別の犯人が仕立て上げられるようになった。

それが、人類よりはるかに進んだ文明を持つ宇宙人だ。

当初は、あまりの荒唐無稽さに、四課もまともに取り合わなかった。しかし潤太らの予想に反して「コロニー雲は宇宙人の仕業だった」という言説はじわじわと広がっていった。

ポイントは、この文言の後に「だから彼らと交渉してコロニー雲を排除してもらうべきだ」と続くことだ。絶望的な状況から超越者が救い出してくれるという救世主願望はいつの時代にもあるが、その救世主がよりによって宇宙人となると完全にフィクションの世界だ。しかし、これを冗談ではなく、本気にする人が増えている。いうまでもないが、宇宙人がコロニー雲に関わっていることを疑わせる事実はまったく存在しない。

「限界が近いのかもしれない」

香織の口調は、四課の課長のものだった。

「この社会を構成しているものが、崩壊する寸前まで来てる。そんな危うさを感じる」

いまの香織は感情に振り回されているのではない。冷徹に現実を見据えている。その上での言葉なのだ。

「この子が命を全うするまで、世界は保たないかもしれない。絶望して泣きながら死ぬような人生なら、最初から生まれてこないほうがよかったと思うかもしれない。わたしたち、恨まれるかもね」

「たとえこの子が生きているうちに人類が滅亡することになっても、この子の人生に意味がないと決めつけていいわけじゃない。そんな権利はだれにもない。僕らにも」

香織は無言で聞いている。

「どんな人生にも喜びは見つけられるはずだよ。その瞬間のためだけでも生まれてくる価値はあったと思えるような、そんな喜びが必ずある」

いまこの瞬間のように。

「悲しいことだけど、人は死ぬ。どんな人生もいつかは終わる。だからといって、その人生は無意味じゃない。もうすぐ人類が滅ぶとしても、それまでの時間が無意味だとは考えたくない。最後まで見届ける。それもまた、重要な役目じゃないかな」

「見届ける、か」

「それに、この子は、僕らをこうして結びつけてくれた。この子の存在が無意味のはずがないよ」

「そうだね」

香織が顔を上げる。

「潤くん」

遠くにそっと呼びかけるような声。

「ありがとね」

妻の顔にもどっていた。

潤太は、このとき香織と交わした言葉、目にした光景、肌に感じた太陽の温もり、そして風のそよぎを、生涯忘れないだろうと思った。何十年か後、二人で懐かしく思い出し、語り合う日が来る。そう信じていた。

＊

「先生、こんなに血が……」

「すぐに輸血を！」

「ここでは対応できないので提携先の病院に救急搬送します。あなたもいっしょに」

「かおりん、しっかり！」

「ご主人は外で待っていてください」

「どういうことです。呼吸が回復しないって」

「羊水が母体の血中に逆流してしまって、たいへん危険な状態です」

「血圧、上がりません」

「離れて！」

「もう一度」

「うそだ……」

「……こんなのって」

「ねえ、かおりん」

目を、開けてよ。

第二部

第一章　未来の残骸

1

気がついたときには、タカヒロを突き飛ばしていた。タカヒロは、上背のある身体で机と椅子をなぎ倒し、床に尻もちをついた。とつぜん響きわたった荒々しい物音に、放課後の教室が静まりかえる。帰宅しないで残っている生徒は半分くらい。タカヒロが、ただでさえ厳つい目を大きく剝いた。

「なにすんだよっ！」

床を突き放すようにして起き上がり、飛びかかってきた。タカヒロは太ってはいないが、身長が百八十センチくらいあって筋肉質なので、体重がおれより五キロは多いし、力も強い。自分のしたことが理解できず棒立ちになっていたおれは、タカヒロの勢いを止めきれなかった。机で後頭部を打たなかったのはただの幸運だ。しかしおれは幸運に感謝する間もなく、とっさにタカヒロの胸ぐらを摑んでいた。床を転がった拍子に馬乗りになった。タカヒロが手を伸ばしておれの頭を摑もうとする。おれはその手を除けて右拳を振り上げた。握った拳をタカヒロの顔めがけて落とす。寸前、拳を解いて平手でタカヒロの左頰を打った。そのときの手のひらの痛みで、ようやく我に返った。

(なんてことしてんだ、おれ……)

タカヒロの大きな拳が唸りを上げた。危うくおれの鼻先を掠めた。あんなのをまともに食らったらただじゃ済まない。これで完全に頭に血が上った。

「グーでやるなよっ！」

あとは子供の喧嘩だ。おれもタカヒロも腕を振り回すが互いにクリーンヒットはない。床を転がり、机や椅子にぶつかり、摑み合い、また転がる。

「二人ともやめなよ！」

クラス委員の北倉小春が声を張り上げる。一年の時から成績トップの優等生。真っ直ぐな性格の自信家で、教師に対しても物怖じしない。

「上嶋くんも二人を止めなさいよ。男子のクラス委員でしょうが！」

「僕は遠慮しておくよ。争いごとは苦手でね」

上嶋淳もいちおう秀才で通っているが、小春姐（ねえ）さんほどの肝はない。

「まあまあ、池辺くんも城内くんもちょっと落ち着こうよっ」

この声は皆川マモルだろう。丸っぽい体型から受ける印象どおり、温厚で優しい男だが、こういう場合に役に立つのは性格のいい奴ではなく、躊躇なく実力行使に移れる人間なのだった。

「おまえら、いい加減にしろ」

「うわ、ってててっ！」

「い、痛い痛いって！」

よく通る低い声とともにおれたちの耳を引っ張ったのは、久米健太郎だった。この秋から剣道部の主将を務める男で、口数は少ないが、ここぞというときに存在感を示す。おれとタカヒロは、久米健太郎の直接介入でようやく身体を離した。というか、離れざるを得なかった。

息を切らしながら周囲を見回すと、見事におれたちを中心に机と椅子がぐちゃぐちゃになっていた。タカヒロは引っ張られた耳を押さえながらおれを睨んでいる。久米健太郎が間に入っていなければ、すぐにでも第二ラウンドを始めそうだ。

「ちょっと、これ何事？」

だれかが職員室まで走って呼んできたのだろう。担任の宮口先生が鼻から蒸気を噴き出す勢いで教室に入ってきた。担当教科は現代国語。赴任当初はけっこうセンスのいい服を着ていたはずだが、最近はもっぱら白に黒いラインの入ったジャージの上下だ。小柄でとても可愛い顔をしているが、妙に威厳があり、彼女に睨まれると生意気な男子生徒も背筋を伸ばす。おれとタカヒロも気をつけの姿勢をとった。

宮口先生が、倒れた机を跨いでおれたちの前に立ち、じろりと見上げてくる。

「どういうこと？」

おれは、タカヒロと一瞬だけ目を合わせ、無言のまま顔を背けた。

宮口先生が、腰に手を当ててほかの生徒たちを見回す。

「みんなはもう帰りなさい」

ほっとした顔のクラスメートたちが口々に、

「はぁい」

「さよならぁ」

と教室を後にしていく。北倉小春はやれやれと首を横に振ってから、上嶋淳は自分は無関係という体を装いつつ、皆川マモルはほっとした顔で、そして久米健太郎はむすっと肩を揉みながら。

最後の一人が出ていくのを見届けてから、宮口先生がおれとタカヒロに目をもどす。

「さて、お二人さん」

ぎくりと緊張した。一言でも口答えしようものなら張り飛ばされそうだ。

「まず机と椅子を元どおりにして。はい、スタート」

ぱん、と手を打ち鳴らす。

それを合図に、おれたちは競い合うように机と椅子を直した。その様子を、腕組みをした宮口先生が教壇から見ている。

「終わりました」

作業を終えておれが報告すると、

「よろしい」

少しだけ口調を和らげていった。

「では、聞かせてもらいましょうか。なにがあった？」

先に口を開いたのはタカヒロだ。

「いつもみたいに普通にしゃべってたら、いきなりリュウリがなにか叫んで、突き飛ばしてきました。理由はわかりません」

「池辺くん、ほんとなの？」

「はい」

おれは目を逸らして答える。

「どうして、そんなことを」

「自分でも、よく、わかりません」

「城内くんを突き飛ばす前になんて叫んだの？」

「忘れました」

「おまえ、ふざけんなよっ！」

「城内くん、静かに」

タカヒロが不服そうに黙り込む。

宮口先生があらためておれに目を据える。

「池辺くんにとって城内くんは親友でしょ。その親友に暴力を振るうには、理由があると思うんだよね。城内くんに腹が立ったの？」

「違います。タカヒロは悪くありません」

宮口先生が、意外そうに眉を上げた。

「事情があるみたいだけど、わかるように説明してくれる？　先生にも、城内くんにも」

といわれても、おれにもうまく説明できないのだ。

「わかるように、じゃなくてもいい。池辺くんが感じていたことをそのまま言葉にして」

「……なんというか」

「うん」

「胸の中にもやもやしたものがあって、その気持ちの行き場がなくて。最近、ずっとそんな感じで。でも、ちょっと限界に来てて、で、たまたま目の前にタカヒロがいたときに、ほんとに小さなことがきっかけだったと思うんですけど、ばんって弾けたような……」

「なんだ、そりゃ」

宮口先生がちらとタカヒロを見やってから、

「池辺くんは、なににもやもやしてたの？」

「だから、自分でもわからなくて」

「大学受験のこと？」

「そうじゃない、と思います」

宮口先生が、ふむと思案顔をする。

「この際だから、遠慮しないでいいたいことをいったら？　学校のことでも、先生のことでも、家のことでも、なんでも」

なにかいわせないと気が済まないらしい。

「強いていえば……」

「強いていえば？」

「……やっぱり、わかりません」

「はぁ？」

タカヒロが素っ頓狂な声を上げる。

「ほんとに、さっきからなんなんだ、おまえ」

「だから、うまくいえねえんだよっ」

宮口先生がじっとおれを見る。

一つ息を吐いた。

「まあ、いいわ。とにかく、池辺くんが先に手を出したのは間違いないんだし、城内くんに謝りなさい」

「ここで？」

「そう」

おれはタカヒロに顔を向ける。

「ごめん。おれが悪かった」

タカヒロはおれを見ようともしない。その顔にあるのは怒りよりも戸惑いだ。

「城内くんも、まだ気持ちが収まらないかもしれないけど、きょうのところは、これで許してあげてくれない？」

「……先生がそういうなら」

「よかった。じゃ、握手して」

「え」

二人の声がそろった。

「仲直りの握手。するでしょ、ふつう」

おれはおずおずと右手を差し出した。タカヒロがぎこちなくその手を握る。

すると宮口先生が教壇をさっと下り、柔らかく温かな両手で、上と下からおれたちの手を包み込んだ。

「もう喧嘩はしないでね」

ぎゅっと力を込めてくる。おれは、宮口先生に抱きしめられているような気分になり、身体が熱くなる。

「約束だよ。いい？」

「は、はい……」

喉の奥からやっと声が出た。

「城内くんも」

顔をぐっと近づける。

「あ……しま、しません、喧嘩」

「よろしい。この件はこれでお終い。じゃあ、また明日ね」

さっぱりした笑みを見せて力を抜き、おれとタカヒロの手をぽんと叩くと、くるりと背を向けて教室を出ていった。

右手にはまだ、彼女の体温が残っている。

大人の女性の体温と、そして、微かな香り。

「……なに、いまの」

おれは呆然といった。まだ胸がどきどきしている。

「青春の一ページってやつかな」

タカヒロは厳ついくせに、ときどき真顔でこういうことをいう。

校舎を出て見上げると、レース編みのような雲がオレンジ色に照らされ、はるか高いところを流れていた。西の空では、赤みを増した太陽が、少しずつ大きくなりながら沈んでいこうとしている。

夜が訪れる前の優しい光の中、おれとタカヒロは駅に向かって歩きながら、宮口先生のことを興奮気味にしゃべりまくった。宮口先生はとにかく顔が可愛い。叱られるときは怖いけど、いやな気持ちにはならない。むしろ快感を覚える。「リュウリ、それ変態じゃね？」「なんで。むしろ健全だろ」「それにしても、さっきはヤバかったな」「ああ、ヤバかった。まさか手を握られるとは思わなかった」「俺、あやうくキスしそうになったぞ」「すればよかったのに」「殴られるわ」「最高じゃん」「おまえ、マジで変態だろ」「まあ、一つだけ気になる点があるとすれば、おっぱいが小さいことかなあ。北倉にも負けてるぞ」「いや、宮口先生はあれでいいんだ」「お、タカヒロは小さいほうが好きか」「どっちも好きだ」「おれもそうだけど、宮口先生のルックスにはもっとでかいほうが似合わないか」「それはおまえの趣味だろ。それに、脱いだら意外に大きいかも……」「おまえ、いま、想像したな」「リュウリは想像したことないのかよ」「あるけどさ」「あるんかい！」「おっぱいだけじゃないぞ」「もういいから。俺たちがこんな話してるって先生に知られたらどうするよ」「すぐ後ろにいたりしてな」「洒落にならねぇっ！」

おれたちは笑いながら後ろを振り返った。

もちろん宮口先生はいない。

「なあ、タカヒロ」

前に向き直ってから、おれは口調をあらためた。

「さっきは、ほんと、悪かった。ごめんな」

「もういいわ。仲直りの握手もしたし」

「ほんとにわかんねえんだよな。なんで、タカヒロにあんなことしたのか。たまにむかつくことはあるけどさ」

「あるのかよ」

「でも、いきなり突き飛ばすなんて、あり得ねえよ」

タカヒロの反応がない。

「疑ってるのか？」

「違う違う」

「なんで黙るんだよ」

「うん……よく考えたら、俺もちょっと変だったなと思ってさ」

「なにが」

「いつもの俺なら、リュウリに突き飛ばされても、まず呆気にとられると思うんだよ。わけがわかんなくて。なのに、すぐおまえに飛びかかっただろ。こうなるのを待ってたみたいに」

太陽はもう建物の陰に隠れて見えない。少し冷えてきた。

タカヒロが視線を上に向ける。

「……いや、待ってたんだ」

「は？」

「俺もリュウリと同じように、ずっと、もやもやしたものを溜め込んでた。それを吐き出すきっかけが、なんでもいいから欲しかったんだよ。だから突き飛ばされたとき、溜まってたものが一気に噴き出して、自分でも止められなかった。じゃなけりゃ、いくら頭に血が上っても、リュウリをグーで殴ろうとはしない」

おれは鼻の頭を擦った。たしかに、あのパンチが当たっていたら、と思うとぞっとする。

「……おれたち二人とも、いつもの自分じゃなかったってことか」

「問題は、俺たちがなににもやもやしていたか、だ」

「宮口先生のおっぱい」

「そっから離れろや」

短く笑い合った。

「まあ、もやもやすることはいろいろあるけどさ。おっぱいも含めて」

「認めるんだ」

「でも、さっきの俺たちは、そういうのとは違ったと思う。なんていうか……やり場のない怒りをぶつけ合ってた、みたいな」

「やり場のない怒り……って、そんなややこしいもの、おれにあるかな」

「人間には無意識ってものがあって、自分でもわからない感情が押し込められてるらしいぞ」

「タカヒロにはあるのか、やり場のない怒り」

「よくわからん。あるような、ないような」

「無意識だからな」

「ああ、無意識だからな」

おれはまた空を見上げる。うっすらと光の残る中、早くも星が瞬きはじめている。

そういえば、と思った。

きょうは見なかったな。

自宅に帰り着いたときには、空から日の名残りも消え失せていた。けっきょく、きょうは一つもコロニー雲を見かけなかった。もしかしたら空には出ていたのかもしれないが、おれは目にしていないし、警報も受信していない。いつもより気分が軽いのはそのせいだろうか、と考えてから、いや違うな、と思い直す。タカヒロと繰り広げたあの騒ぎだ。あのおかげでいくらかは、もやもやしたものを吹き飛ばせた気がする。

おれが父と暮らすマンションは、高校から電車と徒歩で三十分ほどのところにある。二人で住むには十分な広さだし、そもそも父は仕事で帰りが遅い。とくにいまは重要なプロジェクトを進めているらしく、ここ半年間というもの家で顔を合わせたのは数えるほどだ。この日も、学校から帰宅したおれを待っていたのは、物静かな空間だけだった。

自動で灯った照明の下、自分の部屋のベッドに通学用のバックパックを放り出すと、まず洗面台で手を洗った。外から帰ったら手を洗う習慣は子供のときから叩き込まれているので、いまでもこうしないと気持ち悪い。

それが終わると、リビングの出窓に置かれた小さなモニターの前に立つ。しばらくすると画面が明るくなり、無音の動画が始まる。設定をいじれば音声も出せるが、父がこのほうがいいというのでそのままにしている。

モニターの中で幸せそうに笑う人に、おれは声をかけた。

「ただいま、母さん」

母はおれを産んだ日に亡くなっている。滅多に起きないが、起こると極めて危険なことが、よりによって母の身に起きてしまったのだ。「運が悪かったんだよ。だれにも、どうしようもないことだったんだ」とサリーちゃんはいった。サリーちゃんというのは母の姉、おれにとって伯母に当たる人で、吉井沙梨奈という。おれは小さいころからサリーちゃんと呼んでいる。サリーちゃんもそのほうがうれしいみたいだ。

「自分のせいだなんて絶対に考えちゃいけないよ。あんたがそう感じてしまうことが、あんたのお母さんにとっていちばん悲しいことなんだからね。胸を張って、堂々と生きていけばいいんだ」

サリーちゃんはよくそう言い聞かせてくれた。だからおれは、よけいな罪悪感に悩まされることなく、いまも自分自身の存在を肯定的に捉えることができているのだと思う。サリーちゃんは、おれの成長を気遣い、見守ってくれたのだ。一方で、内務省国土保全局に勤務する父とは、いっしょに遊んでもらった記憶がほとんどない。「おまえが忘れてるだけだ」と父はいうのだが。

モニターの前を離れると動画が消えた。無音のままで正解だったとおれも思う。これで声まで聞いてしまうと、あまりに近すぎて取り込まれそうになる。死者とは一定の距離を保つべきだ。たとえ自分の肉親でも。このことを教えてくれたのもサリーちゃんだった。

しかし父が無音を選んだ理由は、そういうのとはちょっと違う。最初にうっかり音声付きで再生したとき、床に突っ伏して号泣してしまい、しばらく立ち上がれなかったからだ。これもサリーちゃんから聞いた。

母への帰宅の挨拶を済ませたおれは、牛乳のパックと夕食用のマイティバーを手にリビングのソファに座った。正面の白い壁に大型モニターが浮かび上がり、いつものように最新ニュースの一覧が表示される。

トップはＦＣＢ関連だ。ＦＣＢとはFloating Colony of Bacteriaの略で、日本語でいうと細菌浮遊群体、要するにコロニー雲のことだ。雲とは根本的に異なるとの認識が共有されるに至り、最近はこういう言い方をするようになった。報道関係のコンテンツや気象監視庁などの公式発表では、たいていＦＣＢが使われている。

「再生」

マイティバー（こいつは総合栄養食品で、それほどうまくはないが、これさえ食べていればとりあえず死なない）をかじりながら声に出すと、ニュース動画が始まった。どうやら、また大きなＦＣＢが近づいているらしい。今年に入って三つ目だ。このまま進むと、この辺りも覆われる可能性が出てくる。散発的に出現する小さいタイプと違って、地上に落ちてくることはまずないが、万が一に備えて特別警報が発表され、原則として学校は休みになる。

次のニュースもＦＣＢ関連で、大気中のバイオエアロゾル（生物由来の微粒子）が増加したせいで地表に到達する太陽光が減少している、という内容だった。バイオエアロゾル増加の原因としては、ＦＣＢで繁殖した細菌が大量に大気中に放たれているため、という説が有力視されている。ただでさえＦＣＢの影響と思われる異常気象が相次ぎ、農作物が打撃を受けている。病害も多発し、とくにバナナなどの熱帯果物（トロピカル・フルーツ）やコーヒー豆、アーモンドは壊滅的で、国内ではほとんど入手できなくなった。そこに追い打ちをかけるように、大気そのものが濁ってきているのだ。太陽光が弱くなれば、農作物の収穫量が減るだけでなく、植物の光合成が阻害され、大気中の酸素濃度の低下が加速してしまう。

外気で不自由なく呼吸できるのは、あと二十年から三十年といわれている。身体を慣らしていけば、酸素濃度が十八パーセントを切っても変わりなく活動できるという説もあるようだが、慣れるにしても限界があるだろう。

いずれにしても地上の酸素が足りなくなるのは時間の問題で、その日に備えて各国で精力的に建設が進められているのが、十万人規模の密閉型巨大居住施設シールドポリスだ。シールドポリスならば、たとえ大気中の酸素濃度が一桁まで低下しても、少なくとも百年間は居住環境を維持できる。設計上は五百年後の生存も可能らしい。

国内におけるシールドポリス第一号の建設地に選ばれたのは、両親の生まれ故郷でもある見和希市だ。理由は、市民が誘致に積極的なこと。人口が少ないため土地の収用が比較的短期間で済むこと。平地であること。大きな河川が近くにあり、利用可能な淡水が豊富であること。そして、人類史上で特別な意味を持つ場所であること。

このシールドポリスは〈みかずきII〉と命名され、土地の収用、住民の移住が完了した後、ただちに工事が開始された。日本のゼネコン業界が最新鋭の重機を大量に投入し、文字どおり総力を挙げた大工事だ。それでも完成に要する歳月は十三年。完成後は、住人を入れて試験運用を行い、数年かけて徐々に密閉状態に移行する予定だった。

たしかにシールドポリスは、エネルギー、食糧、そして酸素を自給自足できる機能を備えており、人類最後の砦（とりで）といわれるだけのことはある。しかし、建造するには莫大な費用が掛かる。その予算を捻出するのは容易ではなく、ほかの分野にしわ寄せが及ぶのは避けられない。日本はただでさえシールドポリス建設において他国に遅れをとっており、資材の調達もままならない。現実問題として、建造できるシールドポリスはせいぜい二つか三つといわれていた。

つまり、国内でシールドポリスに住めるのは、多く見積もっても三十万人に過ぎないのだ。外に残される大多数の人々は、減り続ける酸素をむさぼりながら一世代くらいは生き延びられるかもしれないが、ゆっくりと窒息していくその生活は、快適とはほど遠いものになるだろう。

では、シールドポリスに入る三十万人を、一億人以上の国民の中からどうやって選ぶのか。みんなが納得する方法を見つけるのは簡単なことではなく、シールドポリスの建設と並行して議論を進め、施設の完成に間に合うよう結論を出す、ということに落ち着いた。無責任な先送りと批判も浴びたようだが、シールドポリスの完成を遅らせないためにはやむを得なかった、とは父の意見だ。

ところが、議論もろくに進まないうちに、政府が密かに作成していたシールドポリス移住計画試案なるものが外部に流出してしまう。その試案の内容はというと、官僚をはじめとするエリート層を露骨に優遇しており、大半の国民にとっては極めて不愉快なものだった。父がいうには、十万人規模の閉鎖コミュニティを円滑に維持運営していくには、優秀な官僚や専門家が不可欠であり、優遇策もそれなりに理に適っているとのことだが、感情的な反発の前にこんな理屈が通るわけもない。

この流出事件は、下火になりかけていたシールドポリス建設反対運動をふたたび勢いづかせることになる。

メディアにも頻繁に登場して多くの崇拝者を持つある著名人は、悟りきったような澄まし顔でいった。

「ごく一部のエリートをたった百年間生きながらえさせるために、なぜ私たちが多大な犠牲を払わなければならないのでしょうか。金や地位にものをいわせる下品な者だけが浅ましく生き延びる様は、醜悪としかいいようがありません。それよりも、みなで潔く平等に滅ぶほうが、知的生命体である人類の最期として美しく、誇らしいと私は思うのです。私たちに残された仕事は、自らの歴史に偉大な終止符を打つこと。グレートエンディングを達成することです。それでいいではないですか」

グレートエンディングという言葉は、その後もあちこちで呪文のように繰り返された。人類滅亡という絶望的暗黒に、一筋の光を射す魔力が、この言葉にはあったのだ。

エンディングハイとでもいいたくなる高揚と陶酔が、瞬く間に社会を侵していった。その熱気に当てられた人々にとって、シールドポリスの存在はもはや、偉大な事業を汚す許し難いものでしかなかった。そんな声の裏には、どうせ助からないのならエリート面している奴らも道連れにしてやる、という投げやりな本音もあっただろう。

目先の票を得ることに血道を上げる政治家が、そこにつけ込まないはずがない。ほどなく行われた衆参同日選挙で、野党第一党の共新党がグレートエンディングを前面に押し出し、シールドポリス建設の即時中止を第一の公約に掲げた。彼らは過去に「全国民を収容できるだけのシールドポリスを建設すべきだ」と主張したにもかかわらず、だ。それにしても、グレートエンディングを政治の道具にしたのは、あまりに迂闊だった。

選挙の結果、共新党は予想をはるかに上回る圧倒的勝利を収め、政権交代を成し遂げた。いちばん戸惑ったのは、当の共新党幹部たちだったかもしれない。シールドポリス建設中止もあくまで議席を増やすためのポーズに過ぎず、まさかこのワンイシューで政権の座にまで押し上げられるとは思っていなかったのではないか。エンディングハイの熱量を甘く見すぎたのだ。

想定外の大勝利は、公約を修正するという選択肢を彼らから奪った。グレートエンディング実現の熱狂の中、政権を与えられた共新党は、シールドポリス〈みかずきII〉計画を白紙にもどす決定を下すしかなかった。

建設が始まってすでに三年が経過していたが、すべての工事がただちに中止となり、重機や設備は撤収、作業員も引き上げられた。旧見和希市の建物はあらかた取り壊され、しかしシールドポリスは影も形もなく、原野同然でいまも放置されているという。

「なにがグレートエンディングだよ。勝手に終わらせせんじゃねえよ」

自分の口から漏れた呪詛(じゅそ)に虚を突かれた。食べかけのマイティバーを握りしめたまま、考えごとに沈んでいたらしい。

壁の大画面では、FCB関連のニュースが終わり、サッカーの試合結果を伝えている。

2

　長く政治家をやっている人間は、まず目が変わる。大きな黒目に深い光を湛える、独特の目つきになる。良くも悪くも貫目(かんめ)が備わってくる。池辺潤太は、いま正面のソファに座る国会議員を見て、その思いを強くした。

　大迫鼎。五十四歳。旧見和希市の市長を一期務めたあと、当時まだ野党だった共新党から衆議院選挙に出馬。盤石といわれた与党のベテラン候補を破って劇的な勝利を収めた。以来、五回連続で当選して、いまや共新党の中堅どころを担い、そろそろ幹部の声も掛かるのではないかと目されている。

「僕が共新党を選んだのは、新民党よりシールドポリスの建設に積極的だったからです。それが、こんなことになるとは思いませんでした」

　淡々といいながらも、手にしたタブレット型デバイスの画面から目を離さない。

「池辺さんもミカズキ出身だそうですね」

「はい。慰霊祭で先生のスピーチを拝聴したこともあります。十七、八年前だったかと」

　大迫鼎がようやくタブレットから目を上げた。

「よく出来ていると思います」

「恐縮です」

潤太は頭を下げる。

「ただ、党内の流れを変えるのは容易ではありません。時間が掛かることを覚悟してください」

「承知しております。国民感情の風向きが変わらないかぎり、シールドポリス計画の再始動がないことは」

内務省国土保全局有害気塊対策部のうち、八年前に新設された十課から十五課はまとめてS課と呼ばれる。シールドポリスに関する事柄を専門的に扱う部署だからだ。潤太は、その中の十三課の課長職を、半年前に拝命したばかりだった。

十三課が担当するのは、シールドポリスに移住する国民を決めるための制度設計である。シールドポリス計画は白紙にもどったが完全に消滅したわけではない。シールドポリス関連法が廃止されることなく残っているからだ。政府与党にも大迫ら建設推進派は少なからずおり、彼らによる働きかけがあったらしい。

「〈みかずきII〉は必ず完成させます。元市長としても、あそこを原野のままにしておくつもりはありません。シールドポリス誘致の方向性を打ち出した責任もあります」

潤太はうなずく。

大迫鼎が、ところで、と声音を和らげた。

「池辺さんは、なぜ十三課に？」

潤太は質問の意図を計りかねた。

大迫鼎がタブレットを返しながら、

「移住計画の試案を流出させたことで、十三課は〈みかずきII〉頓挫の戦犯扱いです。当時の課長は降格、課員も異動し、十三課は解散に等しい状態になった。池辺さんは、そんな部署に自ら異動を願い出たと伺いましたが」

「だれもなり手がいなかったので」

潤太はタブレットを受け取っていった。

「しかし、あえて火中の栗を拾いにいく決断です。安易な気持ちでやれることではなかったでしょう」

潤太はうつむいて逡巡したが、ふいに突き上げてくる思いがあり、それを口にした。

「こんなところで潰すわけにはいきませんから」

顔を上げる。

「シールドポリスの中ならば少なくとも百年は生きられる。子供たちが一生を全うするのにじゅうぶんな時間です。それに理論上は五百年以上存続することも可能といいます。それだけの未来を、いま我々が血迷って潰していいはずがありませんっ！」

大迫鼎の顔から表情が消える。

しまった、と思った。これでは共新党が血迷っているといわんばかりだ。どう釈明しようかと冷や汗をにじませていると、

「まったく同感です」

大迫鼎が頼もしそうに微笑んだ。

「うわあ、調子に乗ってカッコつけ過ぎたぁ！」

議員会館を出てタクシーに乗り込むや頭を抱えて悶えた。

国会議員と会うときは一瞬も気を抜いてはならないのに、つい我を忘れてしまった。党の批判と受け止められかねないことを口にしようものなら、出入禁止になってもおかしくない。

大迫鼎が話の分かる人で助かった。同郷のよしみもあったかもしれない。

潤太はいったん十三課にもどって、大迫鼎に提示した移住計画案をタブレットから削除した。もともとこの特殊なタブレットには幾重にもロックが掛かっており、登録した所有者から百メートル以上離れると中のデータが自動的に消えるようになっているが、例の流出事件

以来、いちいちこうすることが義務づけられている。とはいえ、流出対策としては気休めに過ぎないだろう。

すでに夜は更けている。二人しかいない部下は、懸案が一段落したこともあって、きょうは早く帰した。深夜の静まりかえった職場に一人で残っていると、時間の流れが止まったような気分になる。

ここ半年間、潤太たち十三課が取り組んできたのは、シールドポリスに移住する国民を決める制度設計を一から構築し直すことだ。

基本ラインとしては、まず居住希望者のエントリーを受け付け、そのあとでＡＩが希望者の中から居住者を選ぶという二段階式を採用した。ＡＩに設定される最優先課題は、十万人規模の閉鎖コミュニティを円滑に維持運営することだ。心理学、社会学など関連領域の研究報告や歴史上の記録をあまねく学習させ、エントリー者の年齢、学歴、職歴、病歴、家族構成から納税額まで、得られるデータをすべて勘案した上で、どの職種の、どの層の人間が、どのくらいの割合で、どのような形で居住するのがもっともコミュニティ崩壊のリスクが小さいかを判断、それに合うよう人選を行わせる。そのプロセスにおいて、いかなる人為的操作も介入する余地はない。そして移住後は、完全密閉状態に移行するまでに、日本政府とは別の政権をシールドポリス内に樹立し、自治機能を整える。その統治形態は、もしかしたら

ＡＩを中心にしたものになるかもしれない。

例の流出した試案に比べれば、特定の層を優遇する要素はかなり排除されているはずだ。たとえ大臣でも無条件に入れることはなく、政治家や官僚にはあくまでこの国全体に対する責任を最後まで負ってもらう。

それでも国民を納得させることは難しいと潤太は感じている。世論調査によれば、半数以上の国民は完全な無作為抽出を望んでいるからだ。ただし、高学歴・高所得層に限れば数字は逆転し、なんらかの条件をつけて選抜すべきとの意見が多くなる。

実際にＡＩがどのような判断を下すのかは、そのときになってみなければわからない。ＡＩが多様性を重視すれば、意外に各層から万遍なく選ばれるかもしれない。

準備は着々と進んでいるが、グレートエンディングをめぐる狂騒は、いまだ衰えを見せない。このままシールドポリス計画が完全消滅すれば、命を削って取り組んでいる仕事もすべて徒労に終わる。そんな環境でモチベーションを維持するのは並大抵ではない。Ｓ課では燃え尽きて職場を去る者も出ている。自分もいつまで保つことか……。

「さ、帰るか」

自分の声に引っ張られるように、腰を上げた。

自宅マンションに帰り着いたときには、深夜零時を回っていた。ひっそりとした部屋に上がると、いつものように、まずリビングの出窓の前に佇む。そこに置かれた小さなモニターが明るくなり、無音の動画が始まる。香織といっしょに住みはじめてから、妊娠中の記録を残しておこうと、折に触れて潤太が撮影したものだ。

「かおりん、いま帰ったよ」

モニターの中の香織が、笑いながらなにかをしゃべっている。ふざけて睨んでみせる。すぐに堪えきれなくなって破顔する。四十三歳になった潤太から見れば、三十四歳の香織はとても若い。結婚したときは香織のほうが八つ年上だったが、いつの間にか追い越してしまった。

「かおりんは変わらないね。当たり前だけど」

いまにも聞こえてきそうな気がする。潤くん、と遠くにそっと呼びかけるような声が——。まずい。胸に熱い塊が生まれ、ものすごい勢いでこみ上げてくる。仕事が一段落したことで気が弛んだのか。きょうはやけに心が敏感になっている。

「……なんで死んじゃったんだよ」

いつまでも彼女に甘えてちゃだめだ。前を向かないと。

乗り越えないと。

子供のためにも。

そうやって自分を叱咤してきた。

でも、きょうは少し休みたい。

このまま思い切り泣きたい。

弱音を吐いて思い出に浸りたい。

ね、いいだろ。

かおりん。

きょうだけは。

また明日から頑張るから。

きょうだけは。

「かおりん、おれ——」

「あのさ親父ぃ」

悲鳴を上げそうになって振り返ると、ポケットに両手を突っ込んだリュウリがリビングに入ってくるところだった。

「……なに驚いてんだよ。息子だよ」

「う、うん、見りゃわかる」

「おかえり」

「あ、ただいま」

全力で表情と声を取り繕った。

「まだ起きてたのか。明日も学校あるんだろ」

「ちょっと聞きたいことがあってさ」

「テキストしてくれたらよかったのに」

「仕事中だから遠慮したんだよ」

「ちょっと待て」

冷蔵庫から缶ビールを取ってきてソファに腰を落とす。缶を開けて一気に半分ほど飲む。はあ、と長く息を吐き出すと、ようやく落ち着いた。

「で、なんだ。聞きたいことって」

3

教室に入ってまずタカヒロの姿を探したが、まだ来ていなかった。おれは仕方なく、自分の席に腰を落ち着ける。考えてみれば、タカヒロはいつもおれより遅い。駅から走っても早く会えるわけではなかったのだ。テキストしようかとも思ったが、このことは顔を見ながら話したい。短い文章のやりとりで伝える自信もない。あれ、と違和感を覚えて教室を見回した。

雰囲気がいつもと違う。

なんだか騒がしくないか。

朝のこの時間、登校した生徒は黙々と勉強するか、友達としゃべるにしても声を抑えぎみで、なにかに遠慮する気配が常に漂っていた。それがきょうは、解放されたような軽さがある。一人一人の表情も心なしか明るいし、なにより、ときどきおれのほうを見ては謎の笑みを浮かべる。馬鹿にしたりあざ笑ったりしているのではなく、おれのことを希望の星みたいな目で見るのだ。ふだんあまり言葉を交わさない女の子からも「おはよう」と親しげに声がかかる。

それはタカヒロが教室に入ってきたときも同様で、ざわっと電流の走ったような高揚がタカヒロに向けられた。タカヒロがたじろいで一瞬足を止めたくらいだ。

おれと目が合うと、よう、と手を挙げる。

「なんかあったのか」

さっそくおれのところに来ていった。

「きのう派手な喧嘩した奴らがいたから、そのせいじゃねえの」

「喧嘩ってマジか。だれだよ」

わざとボケてるのかと思ったら、

「あ、俺たちか」

素で忘れていたらしい。

「なんで俺たちが喧嘩するとみんなが元気になるんだ？」

「おれたちだけじゃなかったのかもな。もやもやしてたの」

「は？」

「みんなの中にもおれたちと同じように溜まってたものがあって、おれたちが爆発させたことで、みんなもいくらか気持ちが楽になったとか」

「俺たちがみんなの分まで発散したわけか」

タカヒロが感心したような顔をする。

「でも、みんな、なににもやもやしてたんだ。あ、宮口先生のおっ──」

「んなわけねえだろ」

タカヒロが、へっと笑う。

「みんなのことはわかんないけどさ」

おれは顔を寄せた。

「少なくとも、自分がなににもやもやしていたのかは、見当が付いた」

「おお、なんだ」

「グレートエンディング」

タカヒロが短く息を吸う。

「具体的には、シールドポリスの建設が中止になったことだ。シールドポリスが完成したところで、自分が必ず入れるわけじゃないけど、少しは可能性があった。でも建設自体が中止になったことで、もう可能性はゼロだ。それがもやもやの原因で、やり場のない怒りの正体だったんじゃないかと……」

「それにしちゃ、歯切れが悪いな」

「まだ、いまひとつリアルな手応えがないんだよ。自分の中の怒りに確信が持てない」

「どういうことよ」

「理由を考えたけど、たぶん、ぜんぶ伝聞だからだと思う。シールドポリスのことも、それが中止になった経緯も、ネットやニュースで見たり、親から聞いたりしたことばかりだから、そういうものだけで自分の怒りを認めるのは、なんか気持ち悪い。だから、まず、現場をこの目で見ることにした」

「現場?」

「放置されてるシールドポリス〈みかずきII〉の建設現場だ。見てどうなるわけでもないし、現場に立つとなにが違うのかと聞かれても、正直、よくわからない。実際に目にしたものの印象が強すぎて、かえって偏った認識を持ってしまうかもしれない。それでも一度は見ておきたい。見ておくべきだと思う」

タカヒロの顔は、おまえほんとにリュウリか、とでもいいたげだ。

「だから、こんどの日曜日、おれはミカズキに行く。タカヒロも来ないか」

「……建設現場って、いま入れるのか」

「立入禁止にはなってるけど、近くまでならいけるし、外からでも、ある程度なら、どうなっているかわかるらしい。どうする?」

タカヒロがわざとらしく腕組みをする。

「こんどの日曜日なあ。ほんというと、彼女とマリンパークに行く約束してたんだけど、親友の誘いを断るわけにはいかねえしな。よし、彼女とのデートはキャンセルする」

「その小芝居、ここでいるか?」

「ねえ」

足音もなくおれたちの横に立ったのは、我らがクラス委員、北倉小春だった。

「それ、わたしもいっしょに行っていい？」

「え？」

「いまの話、聞こえちゃって」

一瞬、目を伏せる。

「わたしも、ずっと納得いかなかったんだよね、グレートエンディングのこと。大人たちは勝手に盛り上がってるけど」

「おれはいいけど」

「ああ、俺もかまわないよ」

北倉小春が頬を緩める。

「よかった。じゃあ三人でね」

「あのさ」

別の硬い声がした。

「僕も加わっていいかな」

意外にも上嶋淳だった。

「あら、上嶋くん、お勉強はいいの？」

「どうしても行きたいんだ。頼むよ」

いつもの冷笑的な雰囲気はみじんもない。真剣だ。彼にも溜め込んでいたものがあるのだ。

「いいよ。いっしょに行こうぜ。な？」

おれがいうとタカヒロが「おう」と賛同し、北倉小春も渋々ながら首を縦に振る。

そこに、

「ぼくも、仲間に入れてもらえるとうれしいんだけど……」

控えめに手を挙げながら前に立ったのは皆川マモル。さらにその後ろには、久米健太郎が無言で聳えている。

4

足が止まった。

気を引き締めてから、ドアをノックする。

「どうぞ」

思ったよりも声に張りがあってほっとした。

「失礼します」

表情をつくり、ドアを開けて病室に入る。

ドアを閉め、姿勢を正して向き合う。

背上げしたリクライニングベッドに、痩せこけた男が沈むように横たわっていた。左の手の甲から伸びるチューブが点滴装置に繋がっている。それ以外に彼の身体を束縛するものはない。少なくとも外見上は。

「弓寺先生、ご無沙汰しております」

「ああ、小関くんか。久しぶりだなあ」

弓寺修平が手にしていたタブレットを置き、相好（そうごう）を崩す。

「まあ座りなさい」

小関伸吾はベッド脇の椅子に腰を下ろす。

「何年ぶりだろう。君が本部にもどってから初めてかな。順調に出世してるそうじゃないか」

「体のいい雑用係です」

ほう、と目を丸くする。

「とうとう小関伸吾も謙遜を覚えたか」

「先生、勘弁してください」

弓寺修平が笑い声を上げる。

しかし長くは続かず、落ちるように止んだ。

「驚いたろ」

「……はい」

「まったく、定年を前にして、このざまだよ」

余命三カ月。

だが、ここでそんな話をしても意味がない。

「日本にはシャイゴ機関の仕事で？」

「ええ……」

実際は仕事ではなかった。弓寺修平が病に倒れたと知り、見舞いに来たかった。生きているうちに会って、もう一度話をしたかったのだ。後に悔いを残さないために。彼女のときのように。

「忙しいところ、わざわざ寄ってもらってすまんね」

すでに弓寺修平の息があがっていた。あまりしゃべらせないほうがいいかもしれない。

「シャイゴ機関で、なにか新しい情報はあるかい？」

それでも目の輝きが昔と同じであることが、小関伸吾にはなによりもうれしかった。

「ディアスポラ計画、最後の機体となる十九号機が、来月に打ち上げられます。スケジュールどおりにいけば、二千五百年後に目的の惑星に到着します」

「二千五百年後か……」

アメリカでは、シールドポリス建設に最大限の資源をつぎ込むため、ディアスポラ計画を今回で終了することが決定している。来るべき時が来たのだ。

「十五号機以降は、地球と人類の情報を書き込んだクォーツボードも載せてあります。じゅうぶんに科学の進んだ知的生命体が解析すれば、これを造ったのがどのような生物で、どのような歴史と文明を築いたのか、さらには、この機体が宇宙のどこから打ち上げられたものか、そこがどのような星なのか、すべてわかるはずです」

「対上空細菌用の人工細菌を合成する計画はどうなった？」

「開発された人工細菌はいずれも、実際にＦＣＢを使った試験で有効性を確認できませんでした」

「人工細菌の代わりにナノマシンを使うアイデアも出てたはずだが」

「それも……」

「……だめだったか」

重苦しい沈黙が漂う。

「あと、どのくらい保つかな……」

弓寺修平がおどけて顔をしかめる。

「私じゃないぞ。人類の話だ」

小関伸吾は応じるようにうなずき、

「シャイゴ機関の最新の予測では、酸素濃度が十八パーセントを切るのが早ければ二十年後、生存限界とされる十パーセントを下回るのは五十年以上先とされています。ＡＩの計算が正しいとすれば、ですが」

「鈍化する兆候は？」

「残念ながら」

「そうか……容赦ないな」

弓寺修平が疲れのにじむ顔で天井をながめる。

「これほど急激な変化を生き延びられる脊索動物は、一部の鳥類くらいじゃないか」

「ヒトは無理ですか」

「まず子供を産めなくなる」

ヒトのような有胎盤哺乳類は、胎盤という繁殖システムの構造上、胎児を育てるのに豊富な酸素を必要とする。成体が辛うじて生きられる程度の酸素レベルでは、十分な量の酸素を胎児にまで届けられない。結果、流産や死産が増え、やがては繁殖そのものが不可能になる。

「だが、そんな生物学的な限界より先に、社会が持ちこたえられないだろうよ」

たしかに、生態系や気候の変動、食糧不足や経済停滞から生じる紛争の勃発、社会不安の悪化が、酸欠以上に人類を窮地に追い込むかもしれない。

「それで？」

ぎろりと小関伸吾を見た。

「はい？」

「はい、じゃないだろ。シャイゴ機関では次の手を考えてるんだろうな」

「しかし、もはや打つ手が——」

「小関くんの口からそんな弱音が出るとは思わなかった。君は根っからの楽観主義者だと聞いていたが」

「だれから、そのような……」

「吉井香織くんだよ」

不意打ちで登場したその名に、うろたえそうになる。

「彼女が亡くなってずいぶん経つのに、あの知らせを聞いたのがきのうのことのようだ」

弓寺修平の瞳にも、うっすらと憂いが降りていた。

「自分より若い有望な人間に先立たれるのは、なによりもつらい。小関くんは、彼女の旦那さんのことは知っているか」

「お会いしたことはあります。いまどうしているかは……」

「私も現場を離れてしまったから、人づてに聞いてるだけだが、元気にやってるらしいよ。忘れ形見の息子さんがもう高校二年生になるそうだ。我々が年を取るわけだな」

そういって笑う目から、大粒の涙がこぼれた。

「……先生」

「我々はなんと無力であることか。子供たちに未来を残してやれないとは」

「私はまだ諦めてませんよ」

小関伸吾は怒りに似た感情に突き上げられていった。

弓寺修平が、驚いたように目を見開いてから、にっこりとうなずく。

「そうだ。それでこそ、小関伸吾だ」

5

さて、始めるか。

吉井沙梨奈は、バッククロスのエプロンを着けると、気合いを入れた。クッキングヒーターにセットした大きな厚底ステンレス鍋に、純度百パーセントの菜種油を少量注ぎ、そこに一口大に切った豚肩肉を入れる。ヒーターを入れると、油がぷちぷちとはじけ、ほんのりと香りが立ち昇ってくる。さすが本物。風味にも太さと奥行きがある。菜箸を使い、肉を鍋底で転がす。じゅ、じゅ、と心地よい音とともに、香ばしさがいや増していく。腹がぐうと鳴った。表面の色が変わったところで、一口大に切っておいた野菜を入れる。

まずは人参。いまも安定して入手できる、ありがたい野菜の一つだ。ただ、入れすぎると味がおかしくなるので、ごく標準的な量に留めておく。

次はじゃがいも。これがいちばん大変だった。もう近くのスーパーでは見かけないし、ネットでも探すのに一苦労する。〈在庫あり〉を見つけたのは僥倖に近い。普段なら絶対に買わない値段ではあったが。

最後に玉ねぎ。品薄にはなっているが、じゃがいもほどではない。値段にさえ目をつむれば、スーパーでもまだ手に入る。

以上の材料を入れ、焦げないように動かしていると、炒めた野菜からも香りが出てくる。ほっと心が安らぐ、貴重な香りだ。火が回ったところで水を注ぎ、しばらく煮込む。アクを取っているときに、ご飯が炊きあがった。とりあえず米もスーパーに積んであるが、不作が常態化しているらしく、値段はじりじりと上がっている。白米が庶民の口に入らなくなる日も、遠くないのかもしれない。

野菜が柔らかくなったらカレールーを入れる。ゆっくり溶かすと、あの懐かしく刺激的な香りが鍋からあふれてくる。昔からある市販のブランドで、味も値段も変わらず残っているのはうれしいことだった。老舗メーカーの意地だろうか。

最近は食材のみならず、日用品もスーパーで品切れになっていることが珍しくなくなった。生産量が減っているせいだけではない。隅々まで張り巡らされ、これまで人々の生活を支えてきた流通インフラが、あちこちで途切れはじめている。流通網を維持するだけの体力が、もはや社会にないのだ。その最大の要因は、経済を動かすシステムそのものに不気味な変調を来していることだろう。

世界中で株式と債権の価格が下落しつづけている。通常のサイクルならばとっくに反転してもおかしくないのに、有価証券を売って現金化する流れが止まらない。証券市場から引き上げられた現金の主な行き先は貴金属で、とくに金の価格は上昇する一方だという。世界はすでにシールドポリス経済の形を模索しはじめているという声もある。それがどのようなものになるのか、だれにもわからない。シールドポリスでは私有財産は認められるのか。株式や債権、ドルや円や元（げん）や電子通貨は通用するのか。あるいは、原始的な物々交換に逆戻りすることになるのか。

日本ではシールドポリスの建設自体が中止されてしまったが、これも国内の物不足を悪化させる要因になった。日本の将来を悲観する見方が強まり、資金が流出して円安が進み、輸入物資の価格高騰を招いたからだ。また巨費を投じる公共事業が消えたことで、ただでさえ腰の弱かった景気が減速し、消費者心理を冷え込ませた。この国に見切りをつけた富裕層の人々は、諸外国の市民権を得ようと躍起になっているそうだが、いまはいくらお金を積んでも難しいらしい。それならばと、ある大企業が民営シールドポリスの建設を検討中という噂もあったが、当の会社は否定している。

とろみが出たところで蓋をして、ヒーターを保温モードにした。

時間を確認する。

そろそろだ。

チャイムが鳴った。

カメラの映像を見るまでもなかった。

玄関まで走ってドアを開けた。

「リュウリ！」

思わず飛びついた。

「サリーちゃん、久しぶりぃ！」

たくましい腕に抱きしめられる。

思う存分ハグしてから身体を離し、眩しく見上げた。

「また大きくなったね。見違えたよ」

「それ、ここに来るたびにいってるよ」

「だって、ほんとなんだもん」

父親の背を越し、胸板も厚くなってきた。男らしい、惚れ惚れする身体だ。あの物静かでちっちゃな男の子が、と思うと目頭が熱くなる。

「なんかすっげーいい匂いするけど。え、カレー？」

「どうせいつもマイティバーばかりだと思って。食べてくだろ」

「食べる食べる！」

「あ、その前に」

「もちろん、手は洗うよ」

表情を崩して笑う顔に、子供のころの面影が花火のように弾けた。

リュウリが手を洗っている間に、食卓の準備を整え、皿にご飯をよそう。肉のたっぷり入ったカレーをかけたとき、リュウリがもどってきた。

「うわっ、うまそう！」

「さ、食べな。いっぱいあるから遠慮しないで」

「いただきまあす！」

食卓に着いてスプーンを握るが早いか、カレーとライスを高々と盛って大きな口に運ぶ。目をぎゅっとつむり、

「うんめえ！」

と叫ぶ。

「じゃがいもなんて久しぶり。本物だよね」

「もちろんさ」

「あ、この肉……」

口に入れて数回咀嚼すると目を剝いた。

「なにこれ、ふわって溶けてく。すっげえうまい！」

「豚の肩肉。煮込めば煮込むほど柔らかくなる。ちょうど手に入ったからさ。ほら、冷めないうちに」

「うん！」

沙梨奈は正面に座り、頰杖をついた。自分のつくったカレーライスをリュウリが夢中にな

って食べてくれる。吐息の漏れるような幸福感に包まれながら、こういう料理をあと何回つくってあげられるだろう、と考えずにいられなかった。

「サリーちゃんは食べないの？」

「さっき食べたばかりだから」

「お代わりある？」

「いくらでも」

けっきょくリュウリは四回お代わりした。十七歳男子高校生の食欲がこれほどとは。ご飯を多めに炊いておいてよかった、と胸をなで下ろす。

「ごちそうさまでした。うまかったぁ！」

「こちらこそ、ごちそうさま」

「え？」

「ううん、なんでもない。コーヒー飲む？」

「あるの？」

「インスタントだよ。さすがに豆はもう無理」

「それでもすごいよ」

ソリュブルタイプのインスタントコーヒーもいまや高級品だ。自宅で豆を挽いてコーヒーを淹れる楽しみは、庶民には手の届かない貴族の贅沢になってしまった。

「ああ、満たされるぅ」

リュウリがインスタントコーヒーを一口飲んでいった。

沙梨奈も自分のコーヒーを手に、ふたたび正面に座る。

「ありがとうね、会いに来てくれて」

「なんだよ、サリーちゃん。そういうの他人行儀っていうんだろ」

「そろそろリュウリの顔を見たいなあって思ってたんだよ。ぜんぜん遊びに来てくれないから」

「だって、サリーちゃんも仕事で忙しいだろうし」

「そんな遠慮するなんて、リュウリこそ他人行儀だよ」

「でも、社長さんなんでしょ」

「リュウリの話を聞くくらい、いつでもできるさ。で、きょうはどうしたの」

「うん。一つは親父のことなんだけど」

「潤太さんがどうかした？」

「先週さ、夜中に仕事から帰ってきた親父が、母さんの動画の前で泣いてたんだよね」

「あの出窓のところにあるやつね」

「いちおう、おれは見なかった振りした」

「グッジョブ」

「慰めてやりたいんだけどさ、こういう場合、なんて言葉かけたらいいかわかんなくて」

沙梨奈はリュウリの顔を見つめてしまった。この子、いつの間に、こんなことを口にできるようになっていたのか。ついこの前まで、自分のことだけで精一杯だった子が……。

「サリーちゃんだったら、どうする？」

「まあ……そっとしておいてあげればいいと思うよ。潤太さんも大人なんだし、心配いらない」

「そうかな」

「大人にだって、たまには泣きたい夜もあるさ」

「サリーちゃんにも？」

沙梨奈は黙って微笑む。

「……そうなんだ」

「潤太さんも新しいパートナー見つければいいのにね。それらしい人、いないの？」

「いないみたい」

「この際だから聞くけど、リュウリは抵抗ない？　潤太さんが再婚しても」

「親父の人生だから好きにしたらいいよ。逆に、おれのせいで我慢してるんだったら、困る」

「お母さんがかわいそうとは思わない？　潤太さんをほかの人にとられたら」

ちょっといじわるな質問かなと思ったが、リュウリはあっさり返した。

「おれの母さんは、そんなことという人だった？」

沙梨奈は気持ちよく降参した。

「いわないと思う」

「でしょ」

にこりと笑う。

まったく、この子は……。

「それはそうと、リュウリはどうなの。付き合ってる子、いるの？」

「おれは、そういうのは……」

「気になる子とかは─」

リュウリの反応が遅れた。

「ほら、いま頭に浮かんだ子だよ」

とたんに顔が赤くなる。

うわぁ、と沙梨奈は手を拍ちたくなった。

男子高校生わかりやすいわ。

「クラスメート？」

「いや、クラスメートじゃなくて……」

「もしかして先生？」

さらに赤くなってうつむく。

リュウリ、わかりやす過ぎ。

「そういえば、いまの担任、若くてきれいな先生だったよね。たしか、宮口っていったっけ。リュウリが好きなのって、その人？」

リュウリは否定しない。

へえ、と感心するやら呆れるやら。

「年上の人を好きになるなんて、血は争えないね」

リュウリが顔を上げる。

「そっか。結婚したとき、母さんは親父より年上だったんだ」

「八つ上だったかな」

「え」

「どした」

「宮口先生も八つ上なんだけど……」

リュウリがうれしそうににやつく。

「なに喜んでるんだよ」

「いや、べつに……」

「リュウリはいいな。毎日が楽しそうで」

「まあね」

沙梨奈は笑いを堪えるのに苦労した。

「それからさ、サリーちゃん」

リュウリが急に口調をあらためた。

「もう一つ、話というか、報告があって……」

「報告？」

「おれ、ミカズキに行ってきたよ」

ミカズキ。

リュウリの口からこの地名を聞くのは初めてではないか。

「この世界でなにが起きてるかを知りたかったんだ。ネットで情報を漁(あさ)るだけじゃ物足りない。だから、この目で見てきた」

＊＊

「最初はおれたち二人で行くつもりだったんだけどな」

「なんでこうなったんだっけ」

「さあ……」

おれとタカヒロは歩きながら後ろを振り返る。

後続の先頭は成績トップのクラス委員、北倉小春。ジーンズにスニーカー。チェックのブラウスにベージュの帽子。小さな赤いリュックを背負い、ハイキングにでも行くような格好をしている。その隣で薄いスカートをふわふわさせながら、いまにも宙に浮かび上がりそうな足取りで歩いているのは、江口ゆかりだ。成績は下の方だが明るく楽しい女の子で、彼女の「きゃはは」という笑い声は毎日のように教室に響く。この二人のツーショットは学校ではまずお目にかかれない。

「小春姐さんって話すとおもしろいね。もっと取っつきにくい人かと思ってた」

「その小春姐さんって言い方やめてよ。いちおう傷ついてんだよね、十七歳女子なんだから」

「だったら、小春ちゃん」

「うん。そのほうがいい」

「あのね、小春ちゃん。きょう改めて思ったんだけど」

「なに」

「おっぱい、大きいよね」

「けっこう気にしてんの、それもっ！」

彼女たちの後方には上嶋淳。私服は意外に地味。電車を降りてから最新のメガネ型デバイスを装着しているが、遠目にはほとんど目立たない。手振りを交えて熱心になにかを説明している。その説明にさかんにうなずいているのは皆川マモルだ。目の覚めるような黄色のウインドブレーカーに黒いキャップを深く被っているが、これがじつによく似合っている。

さらにその後ろには剣道部の主将、久米健太郎。なぜか彼だけ学校の制服で来ていて、しかも彼自身、少しも悪びれる様子がない。堂々たる態度の久米健太郎の横に並んでいるのは、クラス一の美女といっていいだろう、益子ライラだ。ストレートの長い髪が大人っぽく、教室では物静かでちょっと暗い表情をしている。孤高という言葉を背中に掲げているような印象を持っていたので、彼女が参加したいといってきたときは驚いた。いまは久米健太郎と並んで歩いているが、話をしているという雰囲気ではない。この二人が明るくおしゃべりをするところは想像するのも難しい。

　そこから少し離れた最後尾で独自の世界を築き上げているのが、二日市了と岬綾音のクラス公認カップルだった。この二人、すでに以心伝心の域に達していて、言葉を交わさずともアイコンタクトだけで意思疎通ができるという噂だ。

　あの朝、おれとタカヒロでミカズキに行くという話をしたとき、いっしょに行きたいという声はクラスメートから多数上がったが、当日になって待ち合わせ場所に現れたのはこれだけだった。それでもぜんぶで十名だから、クラスの三分の一が来たことになる。おれの気まぐれな思いつきが一大イベントになってしまったわけだ。

「池辺くん、あとどのくらいあるの？」

　北倉小春がいった。

　手に持ったアクフで現在位置を確認してから、おれは答えた。

「まだ半分も来てねえよ」

　駅で下りて改札口を出たとき、おれたちの目の前に広がっていたのは、古びて人気のない街だった。そこはまだミカズキではなく、隣県の辰巳市だ。ミカズキにあった駅はとうになくなっており、最寄り駅はそこしかなかったのだ。問題は、辰巳駅からミカズキまでどうやって移動するか。駅に隣接するバスターミナルは、路線バスの全面廃止にともなって閉鎖されていた。駅前なら自動運転のタクシーくらいあるだろうと思っていたが、一台もなかった。というより、通りを走っている車がほとんど見当たらない。ゴーストタウンという言葉が頭を過ぎったくらいだ。上嶋淳によると、シールドポリス建設中止の余波というより、これが地方都市の現状なのだそうだ。ともあれ、そういうわけで、おれたち十人は、ミカズキまでの十三キロの道のりを徒歩で往くことになったのだった。

駅前の市街地を一時間ほどかけて抜けると、雑草の生い茂る平原に出た。もとは田畑があったらしい。その中を一直線に伸びる歩行者専用道路を見つけ、いまはそこを東に向かって歩いている。

「ちょっと休憩しない？」

「休憩ってどこで。座る場所もないぞ」

「フッ、こんなこともあろうかと……」

北倉小春が背中のリュックを下ろし、中から薄くて四角いなにかを取り出した。広げるとそれはレジャーシートだった。

「さすが小春ちゃん、惚れるわぁ」

せっかくなので、荷物をシートの真ん中に置いて、みんなで座った。路面のごつごつした感触はあるが、思ったたほど冷たくはなかった。

朝一番に出てきたので、まだ正午を回っていない。タクシーがないのは誤算だったが、駅からミカズキまで歩いて片道三時間かかるとしても、なんとか今日中に東京にもどることはできるだろう。

「おい、あれ」

タカヒロにいわれて空を見上げると、白い雲に紛れてＦＣＢが出ていた。鮮やかな赤色のものが一つだけ。

「ここで警報を受信したら、どこに避難すればいいんだ？」

タカヒロにおれは応えて、

「近くに退避ボックスもなさそうだし、走って街にもどって、適当な建物に入るしかないな」

「間に合わねえって」

「そのときは、みんなで死ぬの？」

江口ゆかりが不安そうにいうと、北倉小春が、

「やだよ。こんなところで」

「でも、落ちてくることもあるんでしょ？」

「あれは落ちてこないよ」

冷静な声は上嶋淳だった。

「形がしっかりしてるし、色も濃くないから」

「絶対に？」

「そのときはいえないけど」

「そのときはそのときだよ」

皆川マモルが穏やかにいった。

「皆川くん、けっこう肝が据わってるんだ」

江口ゆかりが感心すると、

「そんなことないけど……」

照れたのか、黒いキャップをさらに深く被った。

「やっぱ、滅亡すんのかね、人類」

タカヒロがFCBを見上げながらいった。

しばらくだれも応えなかった。

「人類もそうだけど、あと何年おれたちが生きられるかだよ」

おれはいった。

「二十年だっけ？」

北倉小春の問いかけに答えたのは、またしても上嶋淳だ。

「早ければ二十年後というのは、酸素濃度が十八パーセントを切る時期の話だよ。呼吸は苦しくなるかもしれないけど、すぐに命にかかわるようなことにはならないと思う」

「苦しいのは、やだな」

江口ゆかりの声が沈む。

「ほんとに生きられなくなるのは？」

北倉小春がさらに質す。

「五十年から百年後といわれてる。そのころには酸素濃度が一桁になって、人間はもう生きられない。でも、十四パーセントを切ると命を落とす人も出てくるらしいから、いつ死ぬとか一概にはいえない。それに、予測は変わるからね。もっと早く限界が来ることだってあり得る。だいたい、酸素が足りなくなるのだって、当初は二百年後とされてたんだから」

「てことは、やっぱり、あと二、三十年って覚悟したほうがいいのかなぁ。わたしたち、三十代後半から四十代後半になってるね。まあ、それだけ生きられれば、いっか」

「でも、これから生まれてくる赤ちゃんもいるよ」

女子にしては低いこの声の主は、益子ライラだった。意外な人物の意外なコメントに、みんなの視線が集まる。

「あ、ごめん。赤ちゃんは関係なかった？」

北倉小春がはっきりと、首を横に振った。

「ううん。益子さんのいうとおり。そうだよね。自分たちのことばかり考えてちゃだめだよね。次の世代のことも考えなきゃ」

益子ライラが安心したように笑みを浮かべた。隣の久米健太郎も腕組みをしてうなずいている。

「ねえ、綾音ちゃんたちって、将来、結婚するんだよね」

いきなりこんなことを聞くのはこの子しかいない。江口ゆかりだ。しかし、彼女が続けて投げた質問は、さらにぎょっとさせるものだった。

「赤ちゃんの予定は？」

「おい江口ちょっと待て！」

タカヒロが泡を食って止めようとするが、

「なあに」

江口ゆかりは意に介さない。

「いくらなんでも……俺たちまだ高校生だぞ」

「べつにいま子供作れとかいってないし」

「当たり前だ！」

「で、どうなの、綾音ちゃん」

江口ゆかりが返答を促すと、二日市了と岬綾音が顔を見合わせる。瞬きもせずに数秒間、固まったように見つめ合ったあと、二人同時に向き直った。以心伝心で結論が出たらしい。

「欲しいと思ってる」

岬綾音が頬を赤らめていう。その言葉を受けた江口ゆかりが、はっとしたように表情を引き締めた。

「世界がこんなふうでも？」

「うん」

彼女の声に迷いや悲壮感はない。二日市了と岬綾音、二人の顔に漲っているのは、眩しいくらいの希望だった。

不思議な沈黙が訪れた。胸に熱いエネルギーのようなものが流れ込んでくる。なんだろう。わけがわからないまま、おれは泣きそうになっていた。

「……どうして」

「ぼくらは、自分たちに未来がないとは思ってないんだ」

二日市了がいった。

「現実は厳しいだろうけど、絶対に負けたくない。だから、きょうのこれにも参加することにした。現実をしっかり目に焼き付けるために」

おれは立ち上がった。

「どうした」

タカヒロがおれを見上げていった。

「行こうぜ」

おれは応えた。

おれたちが歩いてきた歩行者専用道路は、電車の線路が敷かれていた場所を、廃線になったあとに遊歩道として整備しなおしたものらしい。だから不自然なほど一直線に伸びているのだ。このまま東に進めば、かつて見和希駅のあった場所にも行けたようだが、シールドポリスの建設工事が始まってからは途中で通行止めになったままなので、建設現場を近くで見るには、別のルートからアプローチする必要があった。

「池辺くん、ぜんぜんそれらしいの見えてこないけど、ほんとにこっちでいいの?」

北倉小春がさっきからなんども聞いてくる。見かけによらず神経質なのかもしれない。

「大丈夫だよ。道は調べてあるから」

休憩のあと三十分ほど進むと、二車線の一般道と交差する箇所に出た。ここで歩行者専用道路を外れ、この一般道をひたすら南に向かえば、左手に建設現場へ入る第一ゲートが見えてくるはず。第一ゲートを抜けると県境の川に出る。川にかかる大きなアーチ橋を渡ったところが第二ゲート。おれたちが近づけるのはそこまでだ。

「その第一ゲートまで、あとどのくらいあるんだ？」

タカヒロが水筒の水を飲みながらいった。

「六キロくらいかな」

「そんなにあんのかよ」

「でも、おしゃべりしながら歩いてたら、あっという間じゃない」

「江口、おまえ、けっこうタフだな」

「城内くんは図体ばかり大きくて頼りないね」

「なんだと、このやろ」

タカヒロがふざけて追いかけると、江口ゆかりが「きゃはは」と騒いで逃げ回る。

「おまえら、仲いいなぁ」

「ほんとね」

タカヒロが江口ゆかりとじゃれあっているため、おれは成り行きで北倉小春と並んで歩くことになった。学校でこうして二人で話すことは滅多にないが、不思議に居心地の悪さは感じない。旅先ならではの開放感のせいだろうか。

「そういえば、北倉さぁ」

「うん？」

「グレートエンディングの、どこに納得できないの？」

「ああ、そのこと」

少し間が空いた。

「まあ要するに、わたしたちの未来を勝手にあきらめないでほしいって思ったわけ」

「あ、おれもそう。おまえらが勝手に終わらせせんじゃねえって」

北倉小春が軽く笑った。

「でも、わたしたちにそんなことという資格あるのかな、とか思ったりもしてね」

「資格？」

「だって、まだ社会に出てないし、世の中の役に立ってるわけでもない身でそんなことというの、図々しいんじゃない？　税金も払ってないし」

「んなこといったら、子供はなにも口出すなってことになるじゃん。おかしいよ、それは」

「そっか」

「そうさ」

「じゃあ、怒っていいんだね」

「え？」

「おまえたちに未来はないって、もう終わりだって、勝手に決めつけられたら、怒っていいんだね」

そういったときの彼女の横顔は、思わず見つめてしまうほど綺麗だった。

「小春ちゃん助けてぇ！」

「わぁっ！」

背後から江口ゆかりに飛びつかれて北倉小春が前のめりになる。

タカヒロが息を切らして追いついてきた。

「おまえら、まだやってたのか」

「こいつ、ほんとタフだ。足も速いし」

「こう見えても陸上部のエースですからぁ。うちの学校の女子四百メートルの記録、十五年ぶりに更新したのわたしですぅ」

「……マジかよ」

いつしか沿道の光景が住宅街らしきものに変わっていた。こぢんまりとした店舗風の建物はコンビニと呼ばれたものだろう。広々とした駐車スペースはひび割れ、そこから雑草が噴き上がるように生えている。ほかにも、掲げてある看板から、そこがかつてクリニックであったり、ドラッグストアであったり、飲食店であったりしたことが窺える。そして、その間を埋める、いまにも崩れ落ちそうな一軒家やアパート。いずれも人気はまったくない。それにしても、周辺がことごとく寂れているのに、そこを貫く道路は広く、路面も新しい。何気なくそのことを漏らすと、

「建設現場に資材を届けるための輸送路だからね」

後ろから声がした。

上嶋淳だ。

「工事が始まる何年も前から整備したんだと思う。表向きの理由はどうあれ」

「上嶋くん、シールドポリスのこと、すごく詳しいんだよ」

皆川マモルが目を輝かせていった。

「だいたい上嶋は、なんでこれに参加しようと思ったんだ？」

おれはずっと疑問に思っていたことを口にした。

「前々からみかずきIIのことは気になっていたんだよ」

「だから、どうして」

「技術者になって、みかずきIIの建設に携わることが目標だったから」

「上嶋くんにとっては将来の夢だったわけね」

と北倉小春。

「夢というより、もっと具体的にイメージしてたんだけどね」

「へえ」

タカヒロが意外そうに、

「上嶋がそういう奴とは思わなかった」

「どういう意味だよ」

「いや、べつに深い意味は……」

「大きな目標のために努力してるってことだよね」

代わりに言葉を添えたのは江口ゆかりだ。

「そういうの、素敵だと思うよ」

「みかずきIIの建設そのものが中止になったから、無駄な努力になっちゃったけどね」

「そんなの、まだわかんないって」

皆川マモルが力説するようにいうと、上嶋淳も小さくうなずいた。

「城内くんはそういうの、ないの？」

江口ゆかりがタカヒロに振る。

「将来の夢とかさ」

「聞いてどうすんだって」

「いいじゃん、けちけちしなくても」

「そうそう。言葉にすることが大事だっていうよね」

「なんだよ、北倉まで。ちょっとおっぱい大きいからって」

「おっぱい関係ねーだろ」

「あ、小春ちゃんのキャラが進化した」

「小説家だよ」

タカヒロの答えに耳を疑ったのは、おれだけではなかっただろう。

「俺の夢は、小説家になること」

ぼそっといってから、みんなのほうをちらと見て、

「だから、そういう目で見られるからいいたくなかったんだよっ！」

「いいよ、タカヒロ……」

江口ゆかりが感極まった声でいった。

「いきなり呼び捨てかよ」

「そういうの、すごくいい！」

「そ……そうか？」

「わたし、応援するね」

「でも、たぶん、なれないよ。俺、才能ないし」

「いままでに、なにか小説を書いた？」

「まあ、いくつか……」

「え？　おれ聞いてねえぞ。親友なのに」

「そりゃ、人に話したの、きょうが初めてだから」

「わたし、読みたい。読ませて」

「いや、まだぜんぜん人に読ませるレベルじゃねえから」

「それでもいいから」

「いやあ、やっぱり……」

いつものタカヒロらしくない。

「そういう江口は、なんかあんのか。自分の夢とか目標とか」

おれは助け船を出すつもりでいった。

「わたし？　うーん、とくになかったんだけど、さっきの綾音ちゃんたちの話を聞いたら、わたしもお母さんになりたいなあって、ちょっとね」

「ああ、わたしも」

北倉小春が同調すると、

「えー、意外」

「なんでよっ！」

「小春ちゃんなら世界征服とかいってもおかしくないと思ってた」

「じゅうぶんおかしいでしょ、それ！　どっから出てくんのよ、世界征服とか。この中でそれをいうとしたら益子さんでしょうが」

益子ライラが、え、という顔をする。

「わかる。ライラちゃん、女王様って感じだもんね」

「あの、わたし誤解されやすいけど、自分にぜんぜん自信ないし、基本、小心者だから」

「うっそぉ！」

「忠実なる僕（しもべ）を十人くらい従えてそうだよね」

「僕（しもべ）って……」

「益子さんにも夢とかあるの？」

「わたしは、子供のときから、保育士になりたくて――」

「似合わないわ」

北倉と江口が声をそろえると、

「えぇぇっ！」

益子ライラが悲鳴みたいに叫んだ。

「ちなみに健太郎は？」

おれが聞くと、

「警察官」

と即答。これには全員が納得する。

一方で皆川マモルは、

「ぼくは一本でいいから、映画を撮りたいな」

と、また意表を突いてきて江口ゆかりを感嘆させ、二日市了と岬綾音のカップルは、無言で見つめ合ってから同時に微笑んで、あとはどうでもよくなった。

「リュウリはどうなんだ？」

「おれ、とくにないんだよな」

「いま探してるわけね」

と北倉小春。

「というか、逆にみんながちゃんと考えてるんでびっくりした」

「おい、リュウリ……」

タカヒロが、やけに低い声で呼んだ。

「あれ、そうじゃないのか」

タカヒロの指さした空の中に、大きなアーチ橋が霞んでいた。

みんなも足を止める。

「ああ……たぶんそうだ」

おれはいった。

「あれを渡ったところが、ミカズキだ」

＊＊

「リュウリも渡ったの？　あの橋を」

吉井沙梨奈は、三十六年前の夜を思い出していた。母の死を予感しながら、香織の背中を見つめて自転車のペダルを漕ぎ続けた、恐ろしい夜のことを。

「それで……どうなってた。ミカズキは」

＊＊

アーチ橋まで思ったより距離が残っており、さらに二十分くらい歩いてようやく、第一ゲートを視界に捉えることができた。周辺の沿道には、シールドポリス建設反対派のものと思しき看板が、いくつも放置されていた。憎悪と敵意を叩きつけたような言葉の前を、おれたちは無言で通り過ぎた。第一ゲートはスチール製の頑丈そうなバリケードで塞がれていたが、潜り抜けるのに大して手間は掛からなかった。

アーチ橋の全長は約八百メートル。二車線と歩道を合わせた道幅は十メートル強。そして高低差は二十メートル以上。いざ渡りはじめると、きつい勾配が延々と続き、足腰の筋肉に容赦ない負荷が掛かる。みんな黙々と坂を上った。

高度が増すにつれて風も出てきた。橋が揺れているように感じる。眼下はゆったりと蛇行する大河。落ちればまず命はない高さだ。心なしか歩くペースが上がった。

勾配が徐々にゆるやかになり、やがて橋の最高地点に達すると、上嶋淳がいきなり駆けだした。数十メートルを走り、下り勾配の始まるあたりで、竦んだように足を止める。おれたちも追いつき、彼の見ているものを目にした。

第三部

第一章　選別

1

あのときの光景は、いまも記憶に焼き付いている。アーチ橋の長い坂を下りた先は、灰色のフェンスが行く手を塞いでいた。第二ゲートだ。容易には乗り越えられないと一目でわかる高さだった。同じ高さで最上部に有刺鉄線の張られた壁が、広大な建設現場をぐるりと取り囲んでいた。ゲートのすぐ向こうには、同じ形の宿舎が並んでいる。管理棟や病棟もあった。十数年にわたって続くはずだった建設工事のために、まず作業員用の施設を造る必要があったのだ。宿舎の向かい側には、サッカーグラウンドがいくつも入りそうな舗装地が広がっていた。大量の建設重機を置くための場所だ。目に付くものといえばそのくらいで、かつて見和希市、あるいはミカズキと呼ばれた一帯には、ほかにはなにもなかった。むき出しの単調な地面だけが、視線の届くかぎり続いていた。その荒涼たる地平を疎らに飾るのは、雑草の群落がせいぜいで、あちこちに植えられていたであろう街路樹や庭木は、一本たりとも残っていなかった。まるで凄まじい爆風に町ごと消し飛ばされたかのように。彼方の地表から土埃が立ち昇り、激しく渦を巻きながら空へと溶けていく。遮るもののない大地に、乾いた風が吹き荒れる様を、ただ声もなく見ているしかなかった。

「ようやく、ここまで来たか」

上嶋淳は、感慨を嚙みしめて呟く。

あれから二十二年。こうして同じ場所に立っても、目に映るのは、もはや土埃の舞う原野ではない。銀色に輝く巨大な建造物、シールドポリス〈みかずきII〉だ。

全幅七五五メートル、全長二四二三メートル、そして高さ一四六メートルの、鋭利なナイフで切り出したような四角錐台。四方の側面は、いずれも五一・五度の角度で傾斜している。外壁は特殊な層で幾重にもコーティングしてあるため、光の当たる部分は銀色に輝き、影の部分は漆黒に沈む。

五二三メートル×二一九二メートルの上面には、直径四〇〇メートル、高さ一一メートルの円盤状の構造物が、約百メートルの間隔をあけて四つ並んでいる。この円盤の側面だけは透明な特殊素材で構成され、内部は居住者の憩いの場として使われることになっていた。

地下も最深二〇メートルまで掘り下げられており、完全密閉状態に移行するまでの十年間、外部との出入りは地下ゲートを通して行われる。

貯水タンクなどを除く総容積は約二億立方メートル。そこに酸素を満遍なく循環させるシステムを構築することが、上嶋淳の所属する伊達建設株式会社特殊空調部みかずきII専従班に課せられた任務だった。

『班長、G357とK145ですが、やはり濃度が安定しませんね』

メガネ型端末〈カルタ〉を通して声が届いた。

『ファンの強さをいろいろ変えて試してますけど、どうやっても流量が一定にならないようで。たぶんこれ、ファンだけの問題じゃないですよ』

「となると、少し大がかりな修正が必要になるかもしれないな」

『ちょっと見ていただけますか』

「わかった。いまそちらに行く」

みかずきIIに装備された酸素供給装置は九つ。通常は三つを稼働させ、残りの六つはメンテナンスとトラブル発生時のための予備に回す。適切な濃度まで酸素を付加された空気は、張り巡らされたダクトと数千の送気ファンによって各部屋に届けられ、排気口から回収されてふたたびもどってくる。

現在、九つの供給装置のどれを稼働させても酸素濃度が一定になるよう、システムを管理するＡＩが送気・排気ファンを微調整しながらシミュレーションとのずれを補正していると ころだ。

現在調整中のシステムは空調だけではない。まず電力だが、発電設備は四カ所にある。うち三カ所は核融合発電で、残りの一つは緊急用の火力発電。これもローテーションで運用するらしい。このほかにも核電池をはじめ様々な蓄電設備がいたるところに配備されており、最悪、発電機が四つともダウンしても一カ月は生存環境を維持できるようになっている。電力だけは一足先に基本調整が終わっており、最終確認はすべてのシステムが稼働してからになる。担当は大和電力株式会社。

水は、もちろん貯水タンクや再利用システムも備えてあるが、基本的に河川から引いたものを浄化して使用することになっている。取水パイプは八本。それが四カ所の浄水設備に二本ずつ繋がっている。十数万に及ぶすべての蛇口から等しく水が出るよう、水道管内の水圧を適切にコントロールするため、実際に水を流しながらの調整作業が続いている。これは株式会社ミズウラが担当だ。

ほかにも、居住者の栄養源となる強化酵母や高タンパク細胞などの培養設備、バクテリアを使って樹脂原料を生産する工場、太陽光からエネルギーを取り出して固定する人工光合成装置、メンテナンスに必要な部品や道具を生産する工作機械、排泄物再処理のための諸施設などで、あらゆる事態を想定した確認と調整が、昼夜を問わず進められていた。

従事する者たちの背中からは、なにがなんでも百年、いや五百年は保たせてみせるという、技術屋の矜持（きょうじ）が伝わってくる。なにしろ人類最後の砦の存続が、文明の集大成ともいえる、これらのテクノロジーに掛かっているのだ。

システムの調整が終わり、すべてのプログラムを順調に消化できれば、一年後には居住許可者の移住が始まる。ＡＩによって選ばれた幸運な人たちには、そろそろ通知が届きはじめているころだろう。

2

時間の流れが不安定で、停まることもあれば、いきなり飛んだりもする。過去のイメージが、時系列を無視して、眼前を飛び交う。

多いのは子供のころの思い出だ。記憶の中の母は、たいてい背を向けている。料理をつくっていたり、仕事に出かける用意をしていたり。沙梨奈はいつもそんな母の後ろ姿を見上げていた。たまに振り向いてくれると、すごくうれしかった。抱き上げてもらえると、もっとうれしかった。「お母さんが仕事に行ってる間は、あんたがしっかり香織を守るんだよ」香織もよく来てくれる。大人になってからの彼女ではなく、ミカズキで暮らしていたころの姿で。いつも熱心に話をしてくれるのだが、なにをいっているのか、沙梨奈には意味がつかめない。それでもあの子は、かまわずにおしゃべりをして、帰っていく。しかし考えてみれば、あのころの香織がこんなに饒舌になることは、滅多になかった。もっと無口で、尖っていた。でもたしかに香織なのだ。可愛くて、生意気で、頭が良くて、努力家で、健気で、わたしの生き甲斐だった、かけがえのない妹。「だめだよ、香織っ！　なんで、なんで、なんで、あんたが先に死んじゃうんだよっ！」あの日、病院のベッドで冷たくなっていた香織に、わたしは泣きすがり、声を振り絞って慟哭した。自分のすべてがばらばらに壊れていくようだった。「違うだろ、これは違うだろうっ！」

沙梨奈、と名を呼ばれた気がした。

「泣いてるの？」

目の前に香織がいた。

あのころの、中学三年生くらいの香織。

手にしたハンカチで、そっと涙を拭ってくれる。

「悲しい夢でも見た？」

夢だったの？

コロニー雲も、ミカズキの災厄も、小学校の体育館での出来事も、駆けつけた病院で見たものも、ぜんぶ？

そんなわけがない。

母も、香織も、もういないのだ。

では、いま目の前にいる香織は？

涙を拭いてくれた香織は？

なぜここにいるの？

そうか、と沙梨奈は悟る。

迎えに来てくれたのだ。

やっと香織やお母さんのところに行けるのだ。

「それとも、わたしのせいで泣いてるの？」

香織が戸惑いを含んだ笑みを浮かべる。

「まさかね」

大きく息を吸った。

「とにかくね、わたしなりに、いろいろ考えた上での結論なんだよ。だって、わたし一人が生き残っても、しょうがないでしょ」

なにをいってるの、香織。そんなこといってるから死んじゃうんじゃないか。だめだよ、あんたは生きなきゃ。あんたを信じて待ってる人がいたんだろ。頼りにしてくれる人がいたんだろ。だったら生きなきゃ。どんなことがあっても、なにが起きても、あんただけは生きなきゃいけなかったんだ！

「え……」

香織の顔に驚きが広がっていく。

「……もしかして、わたしのこと、わかるの？」

決まってるじゃないか。あんたは、わたしの、たった一人の妹だ。あんたがいてくれたおかげで、あんたが遺してくれたあの子のおかげで、わたしはきょうまで生きることができたんだよ。生まれてきた意味を感じることができたんだよ。

「思い出したの？　治ったの？」

両手で沙梨奈の手を握ってきた。

「わたしだよ。わかる？　サリーちゃん」

その懐かしい響きが束の間の奇跡をもたらし、沙梨奈の世界に秩序が蘇った。散らばっていた記憶が繋がり、七十五年の人生が浮かび上がってくる。

ここは……。

わたしは……。

そして、香織の面影を濃く宿すこの子は……。

「……ラナちゃん」

「たいへんだ」

ラナが顔をくしゃくしゃにした。

「お父さんに知らせなきゃ」

「待って」

沙梨奈はとっさに口にした。

「さっき、なんの話をしてたの？　一人で生き残ってもしょうがないって」

「ああ、そのことはもういいの。なんでもないから」

「話して。お願い」

なぜかはわからない。しかし沙梨奈は、いますぐ話を聞かなければいけないと思った。時間がない。

ラナもなにかを感じたのか、あらためて座り直す。

「あのね、つまり――」

ラナの話によると、シールドポリス〈みかずきII〉がついに完成し、移住希望者のエントリー受付が行われた。ラナも両親とともに申請したが、移住資格が与えられるのは千人に一人といわれていて、ほとんど期待していなかった。ところが先日、移住者に選ばれたとの通知が届いたという。

「でも、お父さんとお母さんはダメだった」

「まさか、ラナちゃん、辞退する気じゃないよね」

「だって、お父さんとお母さんがいっしょじゃないんだよ。あと一年くらいでお別れしなきゃいけないんだよ。友達とも、たぶん……」

「外の世界で、あと何年生きられるっていってる?」

「十年くらいは」

「たった十年……」

事態はそこまで切迫しているのか。

「わたしね、みんなと離れてまで、長生きしたくない。一人ぼっちで生きてても意味がないでしょ」

「シールドポリスの中でも、寄り添える人や仲間は見つかるよ」

「でも、お父さんとお母さんは？」

「二人は知ってるの？　ラナちゃんの気持ち」

「それでお母さんと喧嘩になっちゃって」

沙梨奈は焦りを覚えた。どうしたらラナの気持ちを変えられるだろう。説得できるだろう。

香織、あんただったら、こんなとき、なんていう？

「わたしね、ときどきサリーちゃんのお見舞いに来てたんだよ」

「憶えてる」

「ほんと？」

「でもわたしは、香織だと思い込んでた。似てるしね」

「香織……お祖母(ばあ)ちゃんね。お祖父(じい)ちゃんに動画を見せてもらったことはあるけど、わたし、そんなに似てる？」

「あの動画は大人になった姿だからね。中学生のころの香織は、ほんと、いまのラナちゃんにそっくりだったよ」

「すごく勉強ができたんでしょ」

「それに、とびきり可愛かった」

ラナが、自分のことをいわれたように、はにかむ。

「ねえ、ラナちゃん」

沙梨奈はいった。

「あなたの命には、お父さんとお母さんだけじゃない、わたしや、香織や、香織とわたしのお母さんや、いままで助けてくれたいろんな人の思いが込められてる。だから——」

「わたし一人で背負えないよ、そんな重いもの」

ラナの思いがけず低い声が、沙梨奈の胸を刺した。自分の発した言葉の残酷さに、いまさらながら気づく。

「……そうだね」

沙梨奈は、ゆっくりと息を吐いた。

「ごめんね、ラナちゃん。大人の都合ばかりいって」

ラナは無言でうつむいている。

「でも、一つだけ、正直に答えて」

小さくうなずく。

「ほんとに、生きたくないの？」

ラナが顔を上げた。

「もしね、もしだけど、自分だけ生き残ることに、気兼ねしたり、遠慮したり、罪悪感を持ったりしてるんだったら、それだけは絶対にやめて」

「…………」

「ラナちゃんのいうとおりだよ。わたしは、背負えないほど重いものを、ラナちゃんに押しつけようとしてる。それでも生きてほしいんだよ。ただ生きていてほしい。少しでも長く生きて、命を全うしてる。それでも生きてほしいんだよ。せっかくこの世界に生まれてきたんだ。生き延びるチャンスもある。それを無駄にしてほしくない。生まれてきてよかったと感じる瞬間を、いっぱい味わってほしい」

「シールドポリスの中でも、そんな瞬間があると思う？」

「あるさ」

「あんな刑務所みたいなところに閉じこめられて？」

「外にいたら息ができなくなって死んじゃうんだよ」

ラナの顔が強ばる。まだ幼さの残るその肩を、沙梨奈は抱きしめたくなった。もちろんこの子は、すべてわかっているのだろう。だからこそ、懸命に考え、自分なりの結論を出したのだ。わたしの言葉は、この子を苦しめるだけかもしれない。それでもやはり、生きてほしい。

「わたしの伝えたいことは、これだけ」

沙梨奈は、にこりと笑ってみせた。

「あとはラナちゃんが考えて、判断してくれたらいい。シールドポリスに入らないというのなら、それでもいいよ」

「ほんとに？」

「いまわたしが口にしたのは、わたしの勝手な願望だから。ラナちゃんは、ラナちゃん自身の願望に従って判断すればいい。ただ、自分を偽ることだけはやめてね」

「……わかった。もう少し考えてみる」

「ありがとう」

ラナが腰を上げた。

重い気持ちを吹き飛ばすような笑顔を見せて、

「明日はお父さんも連れてくるね」

「リュウリは元気かい？」

「うん」

「小春さんも？」

「元気すぎ」

いたずらっぽく笑う。

「お母さんと仲直りしなよ」

「わかってる」

また明日ね。最後にそういって、ラナは出ていった。

廊下を刻む足音が、小さくなっていく。遠ざかっていく。そして、気配が完全に消えると、魂が抜けていくような倦怠を覚えた。しかしそれは、なんともいえない満足感をともなうものだった。

「……香織」

これで、よかったのかな。わたしは、自分の役割を、果たせたのかな……。繋がっていた記憶がばらばらになり、意味を失っていく。沙梨奈はふたたび、混沌へと帰っていった。

＊

病院の建物を出ると同時に、視界にアラート信号が点滅した。カルタに投影された数値によると、外気の酸素濃度が十八パーセントを切っている。また風上のどこかでＦＣＢが落ちたのだろう。

右の人差し指を立てて、視界にメニュー画面を呼び出した。最新型のメガネ型端末であるカルタは、もはやアクフのサブモニターではなく、これ自体が端末としての機能を持つ。視界に現れたボタンでアラートを解除してから、指を横に一振りしてメニュー画面を消す。

まだそれほど息苦しくはないが、念のためにオキシマスクを着ける。これは一見するとふつうのマスクだが、内側の面に特殊な繊維が使ってあり、吐いた息に含まれる酸素を吸着し、息を吸うときにその酸素を放出することで、吸い込む空気の酸素濃度を最大で一パーセントほど上げる効果がある。わたしが中学に入るころから一般に普及しはじめた。

上空には、ざっと目に付くだけでもFCBが大小五つ浮かんでいる。いずれも積雲型で、すぐに落ちてきそうな様子はない。背景の空は灰色がかった水色。以前は、よく晴れた日の空は透きとおるような青色だったと聞くが、わたしはそんな空を写真や動画でしか見たことがないし、それも画像処理してあるのだとずっと思っていた。

いま世界中で、新しく生まれる子供が急激に減っている。みんなが子供を望まなくなっただけでなく、せっかく妊娠してもうまく育たないケースが増えているそうだ。

ある予測によると、現在わたしと同じ十四歳の人で、三十歳を迎えられるのは半数以下だという。四十歳となるとほぼゼロ。だから、わたしたちの世代を〈ラスト・ジェネレーション〉と呼ぶ人もいる。母はこの言い方をひどく嫌っている。

3

池辺リュウリは努めて穏やかに尋ねる。

「せっかくここまで進めてきたのに、もったいないと思うんだよな」

桂木達也は、リュウリが指導する大学院生の一人で、博士論文のための実験計画を練り上げているところだった。

「僕、落ちたんですよ。みかずきIIに」

「だから？」

充血した目を上げてリュウリを睨むが、すぐに伏せる。

教員用オフィスは、お世辞にも広いとは言い難いが、執務用のデスクと来客用のソファセットくらいは置ける。文献はすべてネット上に保管してあるので書架は必要ない。

「なんとなく、自分は選ばれるんじゃないかと思ってたんで……」

「それでショックを受けたと？」

みかずきIIに移住できる十二万人は、あらゆるデータを勘案した上でＡＩが決める。〈大規模閉鎖コミュニティを長期にわたって存続させる〉という最終目的は明確だが、それ以外の選定基準はブラックボックスで、選定過程に外部から介入することは不可能とされている。また、選定結果に異議を唱えることも、みかずきIIに関する一連の法律によって禁じられていた。

「……要するに僕は、人類存続のためには不要ってことですよね」

「言い過ぎじゃないか」

「でも、いままで頑張ってきたことが、ぜんぶ否定されたみたいで」

「ちなみに、おれもダメだったよ」

え、と上げた顔に、ほんの一瞬、笑みが過ぎる。

「てっきり、池辺先生は選ばれたんだと……」

「単純に計算しても千人に一人。落ちるのが普通だろ」

「それはそうですけど」

「桂木くんの気持ちはわかった」

リュウリは大きく息を吐く。

「大学院をやめたいのならやめればいい。残念だが、仕方がない。でも、やめた後、どうするつもり？」

「好きなことをして過ごすんだってさ、残りの時間を」

リュウリはカレーライスを口に運んだ。レンジで加熱するだけのインスタント食品だ。食感や匂いはそれっぽいが、肉や野菜はフェイクで、ライスも人工米を使ってある。カロリーは取れるが、これだけではミネラルやビタミン、タンパク質が不足するので、乾燥酵母を固めた錠剤が政府から支給されている。この酵母は、遺伝子操作によって各栄養分の含有量を飛躍的に高めた強化酵母で、培養しやすくコストも比較的かからないことから、当面の食糧不足には対処できるという。

「増えてるらしいよ、そういう人。とつぜん会社を辞めたり、家を出たきり帰らなかったり」

食卓を挟んでリュウリの正面に着いているのは、十六年来の人生のパートナー、小春だ。高校時代はとくに進展はなかったが、大学四年のときに偶然再会してから付き合いはじめ、大学卒業と同時に同居。ラナを身ごもったのを機に籍を入れた。さっきから食欲のなさそうな顔でカレーライスをスプーンの先でつついている。

「ラナの中学でも、学校に来なくなった子が何人もいるって。生徒だけじゃなく、先生も」

リュウリは首を横に振る。

「いよいよ最終章に入った感じね」

いまや空に赤い雲を見ない日はなく、漆黒の巨大FCBに何時間も頭上を塞がれることも珍しくない。地球を覆い尽くす勢いのFCBは、太陽からの光と熱を遮り、それが海流や気流のシステムを狂わせ、世界各地で極端な干ばつや豪雨を引き起こしている。日本でも数年前から梅雨が来なくなり、一年を通じて空気が乾燥するようになった。さらに冷夏や病害の影響もあり、とくに米の生産量はかつての半分以下にまで落ち込んでいる。大気の酸素濃度も予測を超える速さで下がっており、遠からずオキシマスクくらいでは間に合わなくなるだろう。酸素発生装置を備えた密閉住宅を確保できればいいが、そうでない人たちは酸欠に苦しみ、徐々に死んでいく。経済活動も失われ、社会が成り立たなくなる。

そういう事態が、十年以内にほぼ確実に到来するという。

その日に備えるとしても、個人でできるのは高が知れている。電気や水道などのインフラが機能しなければ、文明生活は破綻するしかない。それを回避する唯一の道が、シールドポリスだった。

「ラナだけでも選ばれて、ほんとによかった」

リュウリも深くうなずく。

「ラナには運がある」

「なのに、それがどんなにありがたいことか、わかってないんだよね、あの子」

小春がため息を吐いて、

「ねえ、ほんとなのかな。サリーちゃんと話したって」

吉井沙梨奈は認知症が進行してリュウリのこともわからないほどだが、先週末、ラナが見舞ったときにとつぜん正気をとりもどし、言葉を交わしたという。しかし、そのことを聞いたリュウリがすぐに施設に確認したところ、沙梨奈の状態に変化はないとのことで、翌日、ラナを連れて会いにいったときも、会話はまったく成立しなかった。

「一時的に回復したように見えることも、ないわけじゃないらしいよ」

「伯母さんとなにを話したのか、聞いた？」

「いや。でも、みかずきIIに入ることを拒んでいたラナが、考えてみる、と軌道修正したんだ。きっと、ラナの心に届く言葉をくれたんだよ」

「あらためて、すごい人だよね、沙梨奈さん」

「ああ……」

「でも、ちょっと悔しいな」

「親であるおれたちができなかったことをやられたから？」

小春が目を逸らしてうなずく。

「いいことじゃないか。ラナがいろいろな人の助けを得て生きていくことを学ぶのは」

「まあ、そうなんだけど……」

「おれたちがラナといっしょにいられる時間は長くない」

「……うん」

「大丈夫だよ、ラナは」

＊

「くっそぉっ！」

桂木達也は拳をベッドに叩きつけた。

シールドポリスは人類最後の砦。その砦を守る者になりたかった。人類の希望を担う存在になりたかった。微生物学を学んだのも、閉鎖空間で衛生環境を維持するには細菌やカビなど微生物のコントロールが不可欠だからだ。

しかし、シールドポリスに住めるのは、ＡＩによって必要と判定された人間だけ。微生物の専門家も選ばれているはずだが、その中に自分は含まれなかった。必要とされなかったのだ。

では、どんな奴が、みかずきIIに移住するのか。選ばれたのか。

いま達也の目には、周囲の人間が、みな移住者に見える。街を歩けば、すれ違う一人一人を睨みつけてしまう。問い詰めたくなる。

おまえか。おまえが選ばれたのか。なぜだ。なぜ僕じゃないんだ。なぜ僕じゃダメなんだ。なぜ……。

4

父にとってサリーちゃんは母親代わりといってもいいくらいで、子供のころはよく本を読み聞かせてもらったそうだ。わたしが生まれたときにいちばん喜んでくれたのもサリーちゃんだったと、これは母も認めている。わたしもサリーちゃんには可愛がってもらった記憶しかないが、一度だけ、サリーちゃんがわたしの顔を見つめながら涙をぽろぽろ流したことがある。わたしが驚いて「どうしたの」と尋ねると、サリーちゃんはなにもいわずにわたしを強く抱きしめた。少し痛かった。

「自分の気持ちを偽るなっていわれたけど、自分の気持ちがよくわからないんだよね」

あの日、サリーちゃんと言葉を交わせたのは、ほんとうに特別なことだったのかもしれない。なぜもっとたくさん話しておかなかったのかと、後悔している。

「わたし、自分で思ってたほど、自分のことを理解できてなかったみたい」

あれから何度もここに足を運んでいるが、奇跡は起こらない。きょうもサリーちゃんは、背上げしたベッドに横たわったまま、不思議そうにわたしを見ているだけ。それでもわたしは話し続ける。サリーちゃんの眼差しの中にいると、よけいな力が抜けて、素直になれる気がする。

「両親や友達と離れて、自分一人だけが生き残っても意味はない。それは嘘じゃないんだよ。でも、死にたくもない。もっと生きていたい」

これは両立しない。どちらかを選べば、もう一つを諦めなければならない。だから葛藤が生まれる。

「問題は、一人になりたくない気持ちと、生きていたい気持ちの、どちらが強いか、ってことなんだろうけど」

生きたいという気持ちは本能に準ずるものだが、一人になるくらいなら死んだほうがまし、という思いは本能に逆行する。屈折している。

「サリーちゃんがいったように、自分だけが生き残ることへの後ろめたさはある。間違いなくある。でも、たぶん、それだけじゃなくて……」

わたしは、両親やサリーちゃんの思いを引き受けて生きていくことに、躊躇いを感じている。それはつまり、自分の肩にかかる責任の重さに、怖じ気づいているということではないのか。あまりの重圧に足が竦んで、前に進めないでいる。

中国の百八十二基、アメリカの六十一基を筆頭に、これまでに世界中で数多くのシールドポリスが建造されて、あるいはされつつあるらしいが、日本で着手されたのは、いまのところみかずきIIだけだ。

祖父の話によると、日本でも当初は三基のシールドポリスが計画されていたが、政治的な混乱で計画そのものが頓挫しかけ、そのことで生じた大幅な遅れのせいで予算、資材、人材など、あらゆるものが不足し、二基目以降は凍結に等しい状態にある。その代わり、みかずきIIの設計を見直し、居住人口を十二万人まで増やした。結果として、みかずきIIは世界最大級のシールドポリスになった。

そこに住む十二万人には、日本という国だけでなく、人類の存続という責任が課せられる。みかずきIIで生きる者には、その責任を担う覚悟が求められる。わたしには、その覚悟ができていない。わたしはまだ両親の子供でいたいし、両親に守られたいまの生活を失いたくない。つまり……。

「怖いんだよね」

ふと口をついて出た言葉が、思いがけず自分の深いところを刺し、わたしは狼狽えた。

ああ、そうだったのか。

わたしは、責任の重さに後込みしているのではない。単純に怖いのだ。世界が終わってしまうこと、そんなときに両親から離れて独りぼっちになることが、怖くて怖くて、おかしくなりそうなのだ。

5

まだこの習慣が自分の中に生きていたのか。池辺リュウリは、少しばかりの驚きとともに苦笑する。物心ついたころから住み慣れたマンションだが、立ち寄るのは二年ぶり。それなのに気がついたときには、リビングの出窓の前に立っていたのだ。

ほどなく小さなモニターが明るくなる。しかしそこに映し出されたのは、若かりしころの母ではなく、まだ三歳くらいのときのラナだ。音声も出る。

「あ、そうか。モニターを更新するときに変えたんだった」

憶えたての言葉で必死になにかを伝えようとする幼い姿は、この世のものとは思えない可愛らしさで、すでに香織の面影も芽吹きはじめている。といっても、リュウリの知っている母のイメージは、画像や動画のデータに残るものだけだが。

「ねえ、母さんの動画はどうしたんだっけ？　消した？」

「消すわけないだろ。あちこちのアーカイブに保存してある」

父が冷蔵庫からビールタイプの発泡酒を二つとり、一つをリュウリに手渡す。

「いまでも見ることあるの？」

リュウリは缶を開けて一口飲む。ビールの味に似せる努力はしてあるが、アルコールを添加した苦い炭酸水以上のものではない。

「たまにな」

「音声付きで？」

父が横目でにやりとしながら缶を開ける。

「さすがにもう泣かないぞ」

「ほんとに？」

父が一口飲んで、

「……ときどき泣く」

「だから再婚できないんだ。カレンさんにも振られちゃったんでしょ」

「うるせえ。おれはもう生涯独身でいいんだ」

「父さんも年を取ると人並みに偏屈になるんだな」

「いやなこというなよ」

笑いながらソファに腰を落とす。

リュウリも正面に座った。潤太も六十五歳。十二年前に内務省を辞めて以来、大迫鼎に側近として仕えてきたが、みかずきIIの完成に目処(めど)が立ったところで身を退いている。

「おれが老け込んでるとでも思ったか」

「なんで？」

「リュウリがここに来るなんて珍しいから」

「そんなに心配してないよ」

たしかに生活ぶりは思ったほど変わっていないようだった。一見したところでは、リビングも二年前とほとんど同じ。昔から使っているソファはそのまま。床にはいまでも定期的にワックスをかけているらしく、深い艶を保っている。新顔といえるのは、壁際に控えた最新型の家庭用酸素発生機くらいか。室内の酸素濃度が十八パーセントを切ると作動するよう設定してあるのだろう。いまは沈黙を守っている。

「そういや、小関さんもみかずきIIの完成式典に招待されてるそうだぞ」

「小関先生が」

「しばらく連絡してないんだろ」

「うん、すっかりご無沙汰してる」

「先月会ったとき、先生、怒ってたぞ。最近、リュウリが冷たいって」

「え、マジで……」

　リュウリが高校三年のとき、特別講演の講師として来校したのが、小関伸吾だった。シャイゴ機関を退職して帰国した彼は、シールドポリスをめぐる世界情勢についての啓蒙活動を精力的に行っていたのだ。リュウリはその講演を聴いたとき心に響くものを感じ、湧き上がってきた思いをメールにしたためて送った。そして数日後に届いた返信で、小関伸吾が母の大学時代からの知人であったことを知る。リュウリが在校していることを承知の上で講演に来たのか、あるいは後でたまたま知ったのかはわからない。が、それ以後、小関伸吾はリュウリにとって得難い相談相手となった。リュウリが微生物学を志したのも、小関伸吾の教示によるところが大きい。

「それから、内務省の後輩から、気になる話を聞いたんだが」

　父の声が重くなる。

「検索ワードで〈グレートエンディング〉が急上昇してることは知ってるか？」

「……グレートエンディング」

嫌な寒気が背中を走る。

「移住許可者を狙った嫌がらせや脅迫も相次いでるらしい」

「移住許可者の氏名は極秘事項のはずでしょ。第三者が知るのは難しいんじゃ」

「第三者じゃない。当人が友人やネットに漏らして、そこから拡散して特定されるケースがほとんどだ。事件の性質上、詳細は伏せられてるが」

「ラナには口外しないよう念を押してるから、心配ないとは思うけど」

「身の安全には、これまで以上に気を配ってやれよ」

「世界が最終章に入った感じ？」

「最終章？」

「小春が、そういう言い方をしたことがあって」

「最終章か」

父がゆっくりと視線を遠くに移す。

「香織がな……おまえがお腹にいたとき、よく不安を口にしてたんだ。こんな世界に産んで、おまえに恨まれないだろうかと」

「父さんはなんて答えたの？」

「たとえこの子が寿命を全うできなくても、この子の人生に意味がないわけじゃない。生まれてきてよかったと思える瞬間が必ずある」

「父さんは正しかった。数え切れないくらい、あったよ。感謝してる」

「……そうか」

　父が目を瞬かせる。

「おまえたちは、ラナのとき、迷いはなかったか。その、産むかどうかで」

「ぜんぜんなかったわけじゃないけど……」

　リュウリの意識が一瞬、過去に飛んだ。

「なんだ」

「いや、高校時代、お似合いのクラス公認カップルがいてさ、その二人がいったことがあるんだよ。こんな世の中だけど、将来、自分たちは子どもを作りたい。絶望に負けたくないからって。その言葉に後押しされた気がする」

「ほう……」

「でも、いまから思うと、おれたち、親としてちょっと無責任というか、安易に考えすぎてたかもね」

「なぜ」

「ラナが、こんな世界なら生まれてこなければよかったと感じたことも、あるんじゃないかな。だとしたら、おれたちは――」

「本人から聞いたのか」

「……いや」

「ラナは、香織だけでなく、小春さんの血も受け継いでる。筋金入りのしっかり者だ。そろそろ、信じてやってもいいんじゃないか」

「そうはいっても、まだ十四歳だよ。親と離ればなれにならなきゃいけないのは、やっぱり、かわいそうだ。ＡＩもなんでこんな選び方をするんだろうな。家族ごと移住させてくれればいいのに」

「香織が母親を失ったときも、いまのラナと同じくらいだった。それでも立派に成長した」

リュウリは父の顔を見つめる。

「親はなくとも子は育つ……おれたちのほうこそ早く子離れしろって？」

「ま、そういうことだ」

「なるほどね……父さんのいうとおりかもしれない」

「ところで、さっきのクラス公認カップル、いまどうしてる？」

「宣言どおり、結婚して子どもも二人いるそうだよ」

父がほっとしたように目を細めて、

「大したものだ」

「でも、みかずきIIの移住許可を得られたかどうかは……」

「選ばれてるといいな」

リュウリは、うなずいた。

6

桂木達也は、生まれ育った家へと向かう懐かしい道を、ゆっくりと辿っていた。かつての新興住宅街も、いまは空き家が目立ち、怖いくらいに静まりかえっている。

母が一人で住む一戸建ては、酸素濃度が話題にもならない時代に、祖父が建てたものだ。こぢんまりとした二階建てで、狭いながらも庭がある。四年くらい前までは猫を飼っていたが、老衰で死んでからはペットを置いていない。

「ただいま」

玄関のドアを開けて呼びかけると、奥から母が駆け出てきた。少し痩せたようだ。

「おかえり、達也」

母の嬉しそうな顔を目にした瞬間、涙が出そうになった。みかずきIIに入れないこと、大学院をやめたことは、すでに伝えてある。

「きょうは泊まっていくんでしょ？」

「いや、ちょっと用事があって」

ダイニングに移動しながら言葉を交わす。

「仕事を探してるの？」

「まあ、そんなとこ」

いまの時世で職を見つけるのは難しいが、強化酵母剤の配給もあるし、なによりベーシックインカム制度が導入されているので、無職でもなんとか生活はできる。経済の停滞が長引く中、貧困を放置して治安が悪化すれば、その対応に人員と予算を割かねばならない。それよりは最低限の収入を保証して、犯罪への誘因をあらかじめ絶っておくほうが、結局は安上がりということらしい。

「なにか飲む？　サイダーならあるけど」

「いや、いい」

「遠慮しなくていいのに」

「べつにしてないよ」

ダイニングも昔のままだった。重厚で艶やかだった一枚板のテーブルも、表面が剝げてざらついている。達也がテーブルに着くと、母が正面に座った。いっしょに暮らしていたころは、いつもこの位置だった。

「久しぶりだねえ。家にいる達也を見るのは。近所の人たちもみんな出てっちゃって、人が少なくなって、さびしいもんよ。不便だから仕方ないんだけどね」

「ごめん」

達也は目を伏せた。

「みかずきIIに入れなくて」

「達也が謝ることじゃないでしょ」

しかし達也は知っている。自分を大学院まで進学させるために、母がかなり無理していたことを。専門知識のあったほうがみかずきIIの移住者に選ばれやすい、と聞いたからだ。しかも母は、達也の選ばれる確率を少しでも上げるためといって、みかずきII移住希望者にもエントリーしていない。エントリーだけでもするよう、達也が頼み込んでも、最後まで首を縦に振らなかった。達也が落ちて自分だけが選ばれたら、後悔してもしきれないからと。

そこまでやったのに、まったく報われることなく終わったのだ。絶望に心が潰されてもおかしくない。ましてや母は——。

達也は、ふと違和感を覚えた。

母の表情に屈託がなさすぎる。今回のような事態に直面して、こんなに悠然と構えていられる人ではなかったはず。

「母さん」

「うん？」

「なにか、あったの」

「なんで？」

「あまり悲しそうじゃないから」

その問いを待ち望んでいたかのように、母が笑みを濃くする。

「もう安心していいんだよ」

「……なんのこと」

「シールドポリス。入れるんだよ。達也も、お母さんも」

ぞっとする思いで母の顔を見返す。

「でも、みかずきIIの結果はもう出てるよね。僕は落ちたし、母さんはエントリーさえしてない」

「みかずきIIじゃない。もう一つのシールドポリス」

「もう一つ……？」

「ほんとなのよ」

母が明るくいって立ち上がり、奥に入っていく。もどってきた母の手には、透明な樹脂シートに封印された書類らしきものが二枚。テーブルに着いてから、達也の前に並べる。

「ちゃんと達也のぶんもあるよ」

文書に掲げられたタイトルは〈シールドポリスやまと居住権認定証〉。

「〈やまと〉はね、日本の大企業が力を合わせて密かに建設してる地下型のシールドポリスなんだって。そこには一万人しか住めなくて、富裕層の間では居住権の争奪戦になってる。でも人道的な配慮から、わたしたちみたいな庶民にも枠があって、いまのうちに出資すれば優先的に居住権がもらえるって」

「お金、払ったの？」

母がうなずく。

「いくら？」

「秘密」

「母さん」

達也は絞り出すようにいった。

「これ、偽物だよ」

「達也はそういうだろうとは思ったけど、ほんとうに本物なんだよ。それは心配しなくていいから」

「日本で民間のシールドポリスなんて不可能だ。そんなに簡単に造れるもんじゃない。騙されたんだよ」

「違う。これは本物なのっ！」

「母さんっ！」

「これを手に入れるために預金をぜんぶつぎ込んだんだから。だってシールドポリスじゃお金は必要ないんでしょ。担当の人がそういってたよ」

「担当ってだれだよ。どこにいるんだよ」

「わたしたちの担当者よ。わたしたちのことを推薦してくれた人。とても感じのいい人よ。ほんとうはわたしたちの前に候補者がいたんだけど、その人、達也みたいにこの話を疑って、断っちゃったんだって。だから、わたしたちにチャンスが回ってきたの」

達也は、矛盾を指摘する気にもなれない。

「わたしたち、選ばれたのよ。ちゃんと見ててくれる人がいたの。努力が認められたの。よかったね、達也。これで生き残れるよ。わたしたち、よく頑張ったよね。苦労した甲斐があったよね。やっぱり、真面目に生きてきたのが良かったんだよね」

「あんた……どこまで馬鹿なんだ」

勝手に言葉が走った。

「あんたがそんなだから僕がみかずきIIに入れなかったんじゃないかっ！」

母が呆然とする。

「達也、なにいってるの……」

「こんなものがっ」

達也は樹脂のシートに手を伸ばす。

「それだけは、達也っ！」

一瞬早く母が飛びついて胸に抱えた。必死に守ろうとしている。まるでそれが、愛しい我が子であるかのように。まったく意味のないものなのに。

「これは、わたしが大切にとっておく。きっと達也にもわかる日が来るから、その日まで」

達也は思わず目を背けた。

7

教室でおしゃべりをする。授業で手を挙げて答える。みんなといっしょに昼食をとる。先生の冗談に声を上げて笑う。友達と笑顔で手を振り合って別れ、家路につく。そんな当たり前の日々が、こんなにもあっけなく途絶えるものだとは思わなかった。

一人、二人と学校に来なくなり、十八名いたクラスメートのうち、いまも登校しているのはわずか七名だ。席の半分も埋まらない教室には、以前のようにはしゃいだ笑い声が弾けることもない。何気ない言葉を交わすときでさえ、ぎくしゃくとしたものが付きまとう。みずきIIへの移住許可が得られたかどうかを聞き出すことは法律で禁じられているので、うかつに話題にもできない。

そんなわたしたちを懸命に励まし支えてくれたのが、担任の河原先生だった。担当教科は保健体育で、スポーツ万能の二十九歳。いつも背筋をぴんと伸ばし、立ち姿がとても凜々しい女性だった。

「なによりも人間を人間たらしめるのは、明日を信じて努力することだと先生は思います。勉学を続けることに誇りを持ち、みんなそろって卒業式の日を迎えられるよう、頑張りましょう」

ホームルームの時間に、わたしたち一人一人の顔をしっかり見てそういってくれたときは、涙がこぼれそうになった。河原先生が担任でよかったと心から思った。

それなのにこの日、始業のチャイムが鳴っても、河原先生はわたしたちの前に現れなかった。嫌な予感が脳裏をかすめたとき、ばたばたと忙しない足音が廊下を近づいてきた。ドアが開いて教室に入ってきたのは、生徒の間で〈クラバー〉と呼ばれている、社会科の倉林先生だった。五十歳は超えていないはずだが、痩せていて額が広いせいか、老けて見える。つかつかと教壇に立つと、早口で告げた。

「急なことですが、河原先生は退職されました。一身上の都合だそうで、それ以上のことはわかりません」

なにかの間違いではないかと思った。昨日の終礼でも「明日もこの教室で会いましょうね」と約束したのに。

「気張りすぎて、糸が切れてしまったんですかね」

倉林先生が、独り言のようにつぶやいてから、ぐいと顔を上げる。

「生徒も教師も少なくなってきたので、いずれクラスを統合することになると思いますが、それまでは私が臨時の担任を務めます。なお、きょうの一限目は予定を変更してホームルームにします」

クラスメートたちはまだ気持ちの整理が付かないようだった。もちろん、わたしもだ。どんな事情があるにせよ、裏切られたという思いは抑えようがない。顔を両手で覆って泣き出す子もいた。

倉林先生は、そんなわたしたちを乾いた目で見ている。その眼差しに宿る陰に、わたしたちは気づきはじめた。泣いていた子も泣きやみ、息を潜めた。

「臨時の担任として、まず最初に、諸君に質問したいことがあります」

この状況に相応しくないほどの、穏やかな声だった。

「諸君は、なぜ、まだ学校に来ているのですか」

問われた意味がわからない。

「みかずきIIの移住者に選ばれたのならば、学校に来るのも理解できます。あの中にも学校は設置されるようだし、いまのうちに勉強しておくべきことはたくさんある。将来、たとえば医者となって医療施設に配属されれば、みかずきIIでも快適な生活が保証されるかもしれない。けれども確率的にいって、ここにいる七人、ぼくを含めれば八人だけど、この中に選ばれた人がいる可能性はかなり低い。選ばれたとしても、せいぜい一人いるかどうか。断っておくけど、ぼくははずれたよ」

落ち窪んだ目の底から、粘っこい笑みを見せる。

「そんな諸君が、高校、大学へと進学しても、卒業するころにこの世界がどうなっているかわからない。おそらく、いま以上に食糧や物資が手に入らなくなり、治安が悪化し、電気や水道が使えなくなる。そして最終的には、みな酸欠で死んでいく。学校で勉強した知識や学歴はなんの役にも立たずに終わる。それなのに、なぜ諸君は、学校に来るのですか。ぼくはその理由を知りたい。だれか答えてくれませんか」

わたしたちは互いに目配せをする。

廊下側の席で手が挙がった。

笹本コウタ。クラス委員だ。

「では笹本くん。座ったままでいいから」

「僕はまだ諦めてないっていうか、必ずしも、さっき先生がいったとおりになるとは思っていないからです」

「この世界が続いていくと？」

「その可能性も残っていると思います」

「なるほど。ほかの人は？」

手が挙がる。後ろの席の遠藤カイ。我がクラスのミスター数学で、すでに高校レベルの問題に取り組んでいるという秀才だ。

「僕は、最後まで学ぶことはやめるなと、父がいうので」

「お父さんのその意見を、君はどう思う？」

「正しいと思います」

「よろしい。ほかに？」

しかし、次の手は挙がらない。

「ぼくは強制的に答えさせることはしない。だから、自発的に答えてほしいんだけど」

倉林先生は平然と待っている。だれも挙げない。息の詰まるような沈黙が続く。倉林先生の口元に、生徒たちの沈黙を楽しむかのような笑みが浮かんだ。わたしの中で渦を巻いていた戸惑いが、別のものに変化していく。気がついたときには、右手を高々と挙げていた。

「はい、池辺くん」

「わたしが学校に来るのは、友達に会えるからです」

尖った声で返した。

しかし倉林先生は、あっさりとうなずき、

「諸君の考えはだいたいわかりました」

あらためて全員を見わたす。

「たとえ未来がなかろうと勉学に励む。非合理的な行動に見えますが、ぼくはこれこそ人間のあるべき姿だと思います。諸君は、じつに美しい」

これは河原先生がいっていたことにも通じる。

「つまりね、人として重要なのは、現実に生き延びるかどうかではないんです。最後の瞬間まで美しくあろうとする志とでもいうのかな。わかりますか」

わたしはなぜか反応を躊躇った。

「ここで諸君に、もう一つ、考えてほしいことがある」

倉林先生がゆっくりと息を吸う。

「我々が美しくあるために、みかずきIIのようなシールドポリスが、果たして必要だったのか」

倉林先生の視線が圧力を増す。

「シールドポリスは人類最後の砦とされていますが、けっして楽園ではない。あのような閉鎖空間では、人間はみずから放つ毒素によって自家中毒を起こし、やがて発狂せざるを得ない。そこで営まれる社会は、人間の醜悪さを凝縮したものになる。はっきりいえば地獄ですよ。さあ、どうかな。このことについて、だれでもいい、自分の考えを述べてくれないか」

わたしは身体を硬くする。捕食者と間近に向き合っているような恐怖を覚えた。

「だれも答えないか。まあ、いきなり難しかったかもしれない。では、もっとシンプルな質問に変えよう」

もったいぶるように間を空ける。

「平等な世界と不平等な世界。さて、どちらが正義に適っているといえるだろう。だれか答えてくれないか」

「平等な世界だと思います」

ふたたびクラス委員の笹本コウタ。

しかし倉林先生は顔を険しくし、

「思います？」

ぞっとするような声で返した。

笹本コウタの顔に汗がにじむ。

「思います、じゃないだろ。平等な世界こそ正義。これは自明だ。疑問をはさむ余地のない絶対的な真理だ。そうだろう？」

「は、はい……」

「ならば言い直しなさい。平等な世界は正義だ」

「平等な世界は正義です」

倉林先生が表情を和らげる。

「答えてくれてありがとう」

「さて、いま笹本くんが示してくれたように、現代社会においては平等こそ正義であり、善である。これに異論はないと思う。では、ほんの一握りの人間だけが利益を得て、大半の人々がそのための犠牲を強いられる世界は、平等な世界か、不平等な世界か。どうだ？」

「不平等な世界です」

　またしても笹本コウタが答える。

　倉林先生が満足げに、

「では、さらに質問を続けよう。一握りの人間だけが利益を得る不平等な世界を、正義に適う平等な世界に変えるには、どうすればいいだろう」

　これには笹本コウタも答えられない。

「だれかいないかな」

　だれも手を挙げない。

「なぜわからない。簡単なことじゃないか」

　不機嫌を露わにする。

「苦難を全員で分かち合うんだよ。だれか一部の人間だけが得をする社会よりも、みんなで等しく損をする社会のほうがいい。なにより美しい。諸君もそう思うだろう？」

「……いえ」

わたしたちは、はい、と揃わない声で返す。

「さあ、ここで最初の質問にもどるけど、シールドポリスは我々に必要なのか。いや、ちょっと聞き方を変えよう。シールドポリスを造るような社会は、平等な社会か、それとも不平等な社会か。そして、そんな社会に正義はあるのか。どうだ？」

手が挙がった。笹本コウタだけではなかった。ほかにも二人が挙げている。

「では、寺内くん」

寺内サキ。ふだんはあまり目立たない女の子だ。

「シールドポリスのある社会は、不平等で、正義のない社会です」

「そのとおり。素晴らしい答えだ」

倉林先生が満面の笑みで讃えた。

寺内サキもうれしそうにうなずく。

「いま彼女が明らかにしてくれたように、シールドポリスに正義はない。我々の社会に、そんなものが存在してはならない。それなのに、我が国には、みかずきIIがすでに完成している。ごく一部の者だけが、そこに避難することになっている。我々を滅びゆく世界に置き去りにして、自分たちだけが生き残るために。こんなことが許されるのか。そこに正義はあるのか」

「でも、チャンスは平等に与えられました」

この声はわたしだった。考えるよりも前に口に出てしまったのだ。

「いま、なんといった？」

倉林先生が優しげに問う。

腹を括（くく）るしかない。

「みかずきIIは、結果だけを見れば不平等ですが、その過程では、みな平等に扱われたと思います」

「なぜそう断言できる。完全な無作為抽出であれば、あるいはそのような理屈が成り立ったかもしれない。しかし実際に選んだのはＡＩだぞ。どのような作為があったか、我々には知りようがない。そのこと自体が、すでに不平等ではないか」

「それは……」

「君は、みかずきIIを認めるのか」

「そういうことでは――」

「みかずきIIを認めるということは、不平等な社会を認めるということだ。君はそんな人間だったのか」

「いえ、わたしは……」

「なんだ。はっきりいいなさい」

適切な言葉が出てこない。もっと考えをまとめてから発言すべきだった。

「もしかして……」

倉林先生が目を眇める。

「……君は、選ばれたのか」

心臓がどくんと跳ねた。

しかし、この質問は明らかにルール違反だ。

さすがにまずいと思ったのだろう。

「いや、答えなくていい。いまのは撤回する」

忌々しそうに鼻息を吐いた。

「とにかく、君はもう少し思慮深い生徒だと思っていたよ。笹本くんや寺内くんを見習うといい」

わたしは、ただ目を伏せる。

「ほかに、池辺くんのような考えの者はいるか。いるのなら、遠慮はいらない、なんでもいってほしい」

そんな言い方をされて手を挙げる生徒はいない。

「いないようだな。よろしい。さて、話は少し変わるが、というか、じつはこれが本題なんだが、この週末に、みかずきIIの即時廃棄を求めるデモが計画されている。場所は国会議事堂前だ。僕はもちろん参加して、正義を実現するために全力を尽くすつもりだ。けっして強制はしないが、ぜひ諸君にも参加してほしいと思っている。どうかな」

「僕は参加します」

笹本コウタが即座に答えた。

「おお、行ってくれるか！」

「わたしも行きます」

寺内サキも勢い込んでいう。

「素晴らしい！」

「わたしも参加させてください」

「ぼくも行きます」

次々と声が上がる。

倉林先生が手を拍ち鳴らした。

「素晴らしいよ。思っていたとおり、君たちは素晴らしい生徒だ！」

わたしは耐えられずに席を立った。鞄を手にし、足早に教室後方のドアへと向かう。

「おい、池辺くん。まだ授業中だぞ。どこに行く」

わたしは足を止め、顔を向ける。

「気分が悪くなったので帰ります」

倉林先生がなにかいったが、かまわず廊下に出た。


「ラナ、待って」

校門を出たとき、後ろから声をかけられた。

追いかけてきたのは桜井アミナ。さっきまで同じ教室にいた。

「どうしたの」

驚くわたしに、アミナが手にした鞄を持ち上げてにこりとする。

「わたしも飛び出してきちゃった」

「え、なんで」

「ラナと同じ。なんか、むかついたから」

「わたし、気分が悪くなったとはいったけど、倉林先生にむかついたとか、一言もいってないよ」

「やっぱりむかついたんだ、クラバーに」

「あ」

顔を見合わせて、同時に吹き出す。

「グレートエンディングっていうんだってね」

並んで歩きはじめてから、アミナがいった。

「クラバーが偉そうにいってたやつ。一部の人間しか生き延びられないなら、みんなで美しく滅びましょうって。バッカじゃないの」

アミナは正直な子だ。ときどき正直すぎて、口が悪くなる。

「だいたいさ、あいつ、みかずきIIにはずれたって、自分でいったよね。入る気満々だったんじゃない。選ばれなかったから悔しいだけなのに、もっともらしい綺麗事を振り回して、ほんと見苦しい。ああいう大人にだけはなりたくない。大人になるまで生きていられたら、だけど」

でも、普段はこんなに一方的にしゃべることはない。人がいつになく饒舌になるのは、ほんとうにいいたいことがほかにあって、それを口にすることに迷いがあるときだと、どこかで読んだ気がする。だから、長くは続かない。このときのアミナも、急に萎むように静かになった。

そっと窺った横顔にも影が射している。

「あのね……」

時間をかけて膨らんだ水滴が落ちるようにいった。

「……わたしも、みかずきIIには、入れないんだよね。選ばれなかった」

すぐにあわてた様子で、

「あ、ラナはいわなくていいよ。わたしが勝手にいってるだけだから」

話したことで吹っ切れたのか、さっきより表情が明るい。

「あと十年も生きられないかもしれないと思うと、やっぱり悔しいし、泣きたくもなる。でも、だからといって、みかずきIIに入る人たちを恨んだりしないよ。ましてや、そういう人たちの生き延びるチャンスを台無しにしてやろうなんて、あり得ない。もし自分がそんな考えに囚われたら、きっと自分のことが大嫌いになる。クラバーみたいな考えは、気持ちはわからないじゃないけど、実際に口にしたり、行動に移したりしちゃいけないと思うんだよね。そういうのは、心の中にしまっておかないと」

わたしは、うん、と返すのがやっとだった。

「あのさ、ラナ……」

「なに」

「みかずきIIの中にも学校があるって、ほんとかな」

「あるらしいよ」

移住許可通知といっしょに送信されてきた〈みかずきIIに移住されるみなさまへ〉と題された文書に、子どものための教育施設のことも書かれていた。わたしは移住後、そこに通うことになっている。

「そう。あるんだね」

ほっとしたような、でも、ちょっとだけ寂しげな声だった。

「どうして」

「もし、わたしが選ばれてたら、将来、学校の先生になれたかもしれないんだなと思って」

そうだった。アミナの将来の夢は、小学校の先生になること。おそらく、彼女のその夢が叶うことは、ない。本人がどれだけ努力しようとも。

「もしラナが選ばれてるんだったら、わたしはとても嬉しいよ。わたしの分まで生きてほしいし、夢があるならそれを叶えてほしい。あ、なにもいわないで。ほんとに答えなくていいから」

「……アミナ」

「それだけ、伝えたかった。伝えられて、よかった」

そういうと、笑顔を見せた。

＊

「立派だな、その友達は」

「わたしも話したほうがよかったのかな。自分が選ばれてること」

「彼女がなにもいうなといったんだろ。もし話してたら、ほかに漏らせない秘密をその友達に持たせてしまうことになってたよ」

「あ、そっか。それもつらいよね」

最近、ますます香織に似てきたせいだろうか。ドア横の壁に背を預け、腕組みをしている姿が、妙に大人びて見える。この時間、いつもなら就寝しているラナだが、三十分ほど前にリュウリの仕事部屋にやってきて、意見を聞きたいという。珍しいこともあるものだと、リュウリも調べものを中断し、話を聞いてやることにしたのだった。

「さっきの倉林先生の話にもどるけどさ」

ラナがいった。

「お父さんは、みかずきIIを不平等だと思う？」

「平等か不平等かといえば、不平等だろうな。生き残る人間とそうでない人間が自ずと分けられてしまうんだから」

「それって、許されることなの？」

「だれに？」

ラナが口ごもりかける。

「だれに、というのは、わたしにもよくわからないけど、先生はみかずきIIには正義がないといった。だから許されないって」

「倉林先生は、平等であることが正義だと？」

「そうみたい」

「まず、正義という言葉には、注意が必要だ」

リュウリは、ゆっくりと言葉を連ねる。

「正義であれば、なんでも、だれにでも許される、というわけじゃない」

ラナがうなずく。

「正義は、水みたいなもので、入れる容器によってどんな形にでもなるし、混ぜるものによってどんな色にもなる。生きるためには必要だけど、猛毒を一滴垂らせば、たちまち死を招くものに変わる。あるいは、正義には実体がない、という言い方ができるかもしれない。ある人にとっては正義であるものが、ほかの人にとっては悪になることも少なくない。というか、それが普通だ。すべての時代の、すべての人間に共通する絶対的な正義なんてものは存在しない。ここまではわかるか」

「うん。わかる、気がする」

「上等」

リュウリは続けた。

「人間は、自分が正義と信じるもののために命を投げ出したり、だれかを殺したりすらできる。正義が引き金になって、虐殺など最悪の結果を招くこともある。歴史を振り返れば、そんな例には事欠かない。正義とは、ある人たちにとっての、ある時代、ある場所に限定された、最優先事項のようなものに過ぎないんじゃないかな」

「……最優先事項」

「できるだけ多くの人が平和に暮らすことが最優先だった時代には、平等は正義だったかもしれない。でもいまは、人類という種が少しでも長く生き延びることが最優先事項であり、正義だ。だからそのために、世界各国でシールドポリスが建造されている」

「人類が生き延びるって、そんなに大切なこと？」

リュウリも腕組みをする。

「正直にいうと、その質問に対する明確な答えは、お父さんも持っていない。どう言葉にしても、けっきょくは後付けの理屈で、嘘っぽくなってしまう気がする。あるいは、そのときは納得できたつもりでも、時間が経つと色褪せてしまう」

「わたしは、ただ生き延びるだけで意味があるというのは、ちょっとよくわからない。だれかの役に立ったり、なにかを成し遂げたり、創り出したり、後に遺したり、そういうことなら意味があると思えるんだけど」

「……そうだな」

ただ生きて、死ぬ。その単純な営みの尊さを、どう言葉にすればいいだろう。

「オリンピックって知ってるか？」

「四年に一回開催されていた国際競技会でしょ。わたしが生まれたときにはもう廃止されてたんだよね」

「オリンピックの開会式を迎える前に、聖火リレーというのがあった。ギリシアのアテネで採火した火を、世界中の人たちがリレーして、遠く離れた開催国まで運ぶんだ。そのとき、一人一人のランナーがすることといえば、前の人からトーチに火を移してもらって、その火を消さないように気をつけながら走り、次の人のトーチに火を移す、それだけだ。そうやって、一人ではとても到達できない遠いところまで火を運んだ。生命も同じように、数え切れないほどの人たちによって、長い時間を経て、受け継がれてきたものだと思えば、自分のところで消したくない、次の世代に繋げたいと感じるのは、自然なことじゃないかな。あ、念のためにいっておくけど、次の世代に繋げるというのは、子どもを産むという意味だけじゃなくて、もっと大きな枠組みの話だよ」

「でも、聖火リレーには開催国というゴールがあったんでしょ。お父さんのいう、生命のリレーのゴールはどこにあるの？」

「たしかに、その点は聖火リレーとは違うね」

「ゴールの場所も知らないまま、ただ走ることに、なんの意味があるんだろう」

「必ずしもリレー全体のゴールを知らなくてもいいんじゃないか」

ラナが首を傾げる。

「一人のランナーにとってのゴールは、次のランナーの立っている場所だ。ランナーはひたすらその場所を目指す。そうやってゴールに到達すると、次のランナーに火を託す。託されたランナーが走りだしたあとは、その背中を祈るような気持ちで見送ることしかできない。どうか途中で転びませんように、風や雨で火が消えませんように、無事に次のランナーに繋げられますようにってさ。そして託されたほうのランナーも、次のランナーの場所で同じことをして、同じ思いで見送る。それが延々と繰り返されて、いま、お父さんたちやラナの生命がある」

「わたしが、いちばん新しいランナー？」

「そういうことになる。ラナはこれから走りだすんだ。ラナにとってのゴールを目指して」

リュウリは答えながら、激しい感傷を覚えずにはいられなかった。

そう。

あと自分たちにできるのは、祈るような気持ちで見送ることだけなのだ。

「……そっか」

ラナが難しい顔になってうつむく。その瞳が、脳細胞の放つ火花を映し出すかのように、美しく煌めく。リュウリは、そんな娘の姿が、この上なく頼もしかった。そして、彼女の下す結論がなんであれ、それを尊重しようと決めた。

「わかった」

ラナが組んでいた腕を解き、背を壁から離す。

光の灯ったような表情でいった。

「わたし、行くよ。みかずきIIに」

8

地下鉄に乗るのは久しぶりだった。週末の昼間だというのに乗客は疎ら（まばら）だ。みな黙り込んで顔色も悪い。死者が乗るという列車の話を思い出す。たしかに、自分は死者のようなものかもしれない。生き残る側になれなかったのだから。

窓の向こうに光が流れた。

電車が止まり、ドアが開く。

大半の乗客がここで降りるようだ。

ということは……。

改札口を抜けたあたりから、それは聞こえてきた。

低い地響きのような振動。

もう始まっている。

階段を上る。

振動が強くなる。

周囲の人々が駆け上がっていく。

桂木達也も煽られるように地上に出た。

時間は午後二時過ぎ。しかし空は真っ暗。頭上を巨大な進化型FCBに塞がれているせいだ。このF３４１８Dは偏西風に乗って大陸から移動してきたもので、数日前から警報が発表されていた。

その真下の地上ではいま、夥しい数の男女が国会議事堂に向かって声を浴びせている。みかずきIIを廃棄せよ。人類に偉大な滅びを。グレートエンディングの達成を。グレートエンディング。グレートエンディング。一斉に叫びながら両腕でGを象る。熱気を煽るように太鼓や銅鑼が打ち鳴らされる。

第二章　急告

1

上嶋淳は、みかずきIIの周辺支援施設の一つ、通称〈管制塔〉と呼ばれる建物の三階大会議室のテーブルに、酸素供給システムを担当する伊達建設の現場責任者として着席していた。

上嶋淳のほかにも、電力や水道、通信などのインフラから食料生産、衛生管理、医療機器、果ては照明器具や日用品まで、みかずきIIを支えるすべての分野の現場担当者、総勢百三十七名が一堂に会している。

しかしなにより異例なのは、今回の緊急連絡会議のために、内務省国土保全局有害気塊対策部の内藤部長がみずから乗り込んできていることだった。

北側の大きな窓の向こうに聳えるのは、住人を迎える準備を着々と進めるみかずきII。きょうは雲が多いので、全体的に黒っぽく見える。その手前のヘリポートでは、内藤部長たちを乗せてきた政府専用高速ヘリコプターが羽を休めている。

着席した内藤部長が、自分のカルタを会議モードにして、簡単に挨拶をする。重い声が、カルタを通して聞こえてくる。早速ですが、と前置きをして、喫緊の要望とやらを告げた。

「遅くとも三カ月後には、住人の移住が開始できる状態にしていただきたい」

一瞬の静寂の後、会議室がざわめきだす。スケジュールでは移住開始は一年後のはず。それを三カ月に短縮せよとは無理難題にもほどがある。

「理由はまだ申し上げられません。いずれ公式に発表があると思います」

上嶋淳は、視界に浮かぶボタンを操作して発言を求めた。ほかにも数人がボタンを押していたが、上嶋淳のカルタに発言許可を示す信号が点った。

「伊達建設の上嶋です。計画の大幅な前倒しとなりますと、調整が十分にできない恐れがあります。とくに私どもの担当する酸素供給システムは、一つの不具合が住人の死に直結しかねない。万全を期すのに三カ月は短すぎます」

「事情は理解できます。しかし、相手は我々の都合など考えてはくれません」

「……相手？」

「詳しいことは申し上げられませんが、事態が変わったのです」

「事実上、ほかに選択肢はない、ということでしょうか」

「そう理解していただいて構いません」

シャイゴ機関からなにか新しい情報が入ったのだ。それも、かなり悪い情報が。

「順調すぎて嫌な予感がしてたんだよ」

「やるしかないか」

「しかし、きついなあ」

あちこちから、ぼやきが聞こえてくる。

「それから、もう一つ」

内藤部長の声に、ざわめきが静まる。

「当初の計画では、住人の中から各インフラのメンテナンス担当者を選び、完全密閉に移行するまでの十年間で必要な知識と技術を修得してもらう予定でしたが、その時間的余裕がなくなりました。そのため、現在担当されているみなさん自身がみかずきIIに移住し、その任に就いていただきます」

さっきより静寂が長く続いた。いわれたことが理解できない。というより、自分の理解でいいのか不安になる。

「大日本メディカルの高崎です。それは一時的な措置でしょうか。つまり、みかずきIIの中で技術者が育てば、私たちは退去することになると？」

「違います。後継者を育てていただくことに変わりはありませんが、みなさんも正式な住人としての権利を得ることになります。これは、みかずきII関連法で認められている特例として処理されます」

「現在、調整作業に携わっている者は千名を超えます。その全員が特例の対象になると？」

「そうです」

「みかずきIIにそれだけの人数を受け入れる余裕はあるのですか？」

「設計の段階で、このようなケースは想定してあります」

「ちょっと待ってくれ。家族はどうなるんだ」

この声の主は発言許可を得ていないのか、くぐもった肉声しか聞こえてこない。

「ご家族は対象になりません」

「外に残せというのか」

発言許可が出たらしく、カルタから鮮明な声が響いた。

「我々がみなさんに求めるのは、みかずきIIを支障なく運用できる態勢を整えていただくことです。個人の事情には関知しません」

「おれは断る。家族を置いて一人だけみかずきIIには入れない」

「その場合、ほかのどなたかと代わっていただければ、こちらとして異存はありません」

会議室に沈黙が籠もる。

かなり強引で乱暴な手法だが、裏を返せば、それほど事態が切迫しているということでもある。しかし、これ以上、なにが起きるというのか。シャイゴ機関は、なにを伝えてきたのか。

上嶋淳は、自分の手が震えているのに気づいた。

2

地球が誕生したのは四十六億年ほど前だが、大気に酸素が蓄積しはじめたのは二十二億年前とされている。それが五億二千万年前のカンブリア紀には、濃度が初めて二十一パーセント、つまり現代の水準に達した。

ただ、この濃度をずっと維持してきたわけではなく、四億七千万年前のオルドビス紀になると十五パーセントまで低下している。そのせいか、時を同じくして生物が大量に絶滅したらしい。

そのあと酸素濃度は上昇に転じ、六千万年ほど時代が進んだデボン紀には二十五パーセントにもなるが、直後から坂を転がるように急落し、三千万年後には十四パーセントまで減少する。このときも大量絶滅が起こっている。

そこから酸素濃度は上昇局面に入り、二億七千万年前のペルム紀には三十パーセント以上という地球史上最高値をマークするものの、ふたたび急落、一億九千万年前のジュラ紀には十二パーセントまで落ち込んでしまう。

もちろんこの濃度では人間は活動できない。恐竜が繁栄を始めたその時代に現代人がタイムスリップしようものなら、たちまち酸欠に苦しめられることになる。それは、酸素濃度三十パーセントの時代を謳歌した生物たちにとっても同様で、事実、ペルム紀末期には、地球上の全生物種の九十パーセントが絶滅した。

酸素はジュラ紀を底にゆるやかに増加しはじめ、現代に至ってようやく二十一パーセントまで回復する。

それがわずか六十年という、地質学的には一瞬にも満たない短時間に、三ポイントも低下してしまったのだ。しかも、その傾向はいまなお加速しており、このままでは、先カンブリア時代以来、初めて一桁に落ちる可能性もあるという。

これほどの環境の激変に、ほとんどの生物は適応できない。ペルム紀大絶滅以上の超大量絶滅として、地球の歴史に刻まれることになるかもしれない。

「なに考えてるの」

隣のベッドから聞こえてきた。

リュウリは枕の上で顔を向ける。

小春の瞳に小さな光が点っている。

「たいへんな時代に生まれちゃったなと思ってさ」

「いまさら？」

「いや、そうじゃなくて」

薄闇の中を裸の声が行き交う。

「一人の人間としては不運なことかもしれないけど、地質学的にはとてつもなく貴重なイベントを目撃してるんだよな、おれたち。ある意味、ラッキー」

「さすがリュウリくん」

小春が呆れた顔をする。

「こんなときでもポジティブな面を見つけるのを忘れないんだ」

以前は週末だけだった国会議事堂前のデモも、いまはほぼ毎日行われている。表向きの要求はみかずきIIの廃棄だが、グレートエンディングの底に流れているのは、生き残るべく選ばれた者たちへの呪詛にほかならない。いまの状況に対する不安や恐怖を、憎悪に託してぶつけているのだ。デモ参加者のシュプレヒコールには、「死にたくない」「助けてくれ」という悲鳴が重なって聞こえる。いや、もしかしたら、とリュウリは思う。それは、おれ自身の悲鳴なのかもしれない。

「おれたちにはラナがいる」

「うん」

「ラナさえ生き延びてくれれば、それでいい」

「……そうだね」

小春も、それ以上はいわない。

リュウリの気持ちが怖いほどわかるのだろう。

＊

みかずきIIに入ることを決めてから、自分の中でカウントダウンが始まった。毎晩、ベッドで横になって暗い天井を見上げると、また一日が過ぎてしまった、と思うようになった。両親と暮らせる日が一日減った。独りぼっちになる日が一日近づいた。サリーちゃんは、みかずきIIでも寄り添える人を見つけられるといった。そうかもしれない。でも、そうじゃないかもしれない。

学校へは毎日行っている。三つあったクラスが一つに統合されたので、教室はけっこう埋まっている。倉林先生は少し前から学校に来なくなった。同じクラスだった笹本コウタと寺内サキも姿を見せない。ほかにも、いつの間にか教室からいなくなった生徒が何人もいる。でも桜井アミナはまだ来ている。教室で彼女の顔を見つけると、心の底からほっとする。わたしは、アミナと会うために学校へ行っているようなものだ。明日も会えるといいな、と思う。

ずっと前だが、人を殺した夢を見たことがある。だれを殺したのか、どうやって殺したのかは、わからない。でも、たしかに殺してしまったのだ。両親にばれないように、学校の先生にばれないように、友達にばれないように、必死に嘘で取り繕うが、だんだんと追いつめられていく。そんな夢。目が覚めたとき最初に思ったのは、死体はまだ見つかっていないだろうか、だった。これからどうすればいいのだろうと本気で悩んだ。ぜんぶ夢だったのだと確信できるまで、かなり時間がかかった。その間、わたしはずっと、夢と現実がぐちゃぐちゃになった世界で、幻の不安に怯えていた。

これも、そうだったらいいのに。

みかずきIIのことも、人類が滅亡するのも、じつはさっきまで見ていた夢の中の話。いまわたしは現実にもどってきた。現実の日常は、何一つ問題なく進んでいる。学校に行けば、担任の河原先生が颯爽と教室に入ってきて、元気に挨拶をしてくれる。クラスメートも一人も欠けることなく揃っている。窓から外を見上げれば、透き通るような青空。赤い雲なんてどこにもない。わたしはそれを当然のこととして受け入れる。

「わたし、凄い夢を見たんだよね」

休み時間になったらアミナたちに話してやろう。

「空が赤い雲に覆われて、空気から酸素がなくなって、人類が滅亡するの」

「なにそれ、怖い」

「そんなことあるわけないじゃん」

みんなで冗談にして笑うのだ。

「だよね」

そして、わたしは思い切り深呼吸してつぶやく。

ああ、夢でよかった。

3

通常なら、この時間はとっくにシャトルバスに乗り込み、全長五百メートルの長いトンネルを抜けて、みかずきIIの地下ゲートを入っているころだ。

みかずきIIの本体周辺には、内務省国土保全局の出先機関のある〈管制塔〉のほかにも、各担当企業の事務所を置くための施設が何棟も建てられている。事務所といっても一つの企業の使える面積はかなり広く、ミーティングだけでなく懇親会などレクリエーションにも使われていた。

いま上嶋淳ら特殊空調部みかずきII専従班総勢二十八名が集まっているのも、伊達建設の事務所内に設けられた会議室である。正面の大型モニターに映し出されているのは、社長からの激励ビデオメッセージなどではなく、シャイゴ機関のロゴ画像だ。

上嶋淳は、最前列の椅子に座って腕組みをしたまま、静止したモニター画面を見据えている。ほかの班員たちも口数が少なく、咳をするのもはばかられる雰囲気が漂っていた。

時間を確認する。午前八時五十三分。あと七分。

協定世界時午前零時、日本時間の午前九時ちょうどに、シャイゴ機関から全世界に向けて、緊急報告がリリースされることになっている。重要度は最高レベルの3S。3Sのリリースはおそらく初めてだ。この瞬間も、地球上の何十億という人々が、同じ画像に釘付けになっていることだろう。

「時間だ」

班員の一人が声を漏らす。同時にロゴが消え、画面いっぱいに文書が表示された。言語は英語のみで、白地に黒文字のテキストという素っ気なさだ。

「え、これだけですか」

若手班員の拍子抜けしたような声に、

「黙って読め」

副班長が小さく返す。

上嶋淳も慎重に文字を追う。シャイゴ機関らしく、判明した事実とそれに基づく予測だけが、簡潔に記されている。いったん読み終えて、すぐ冒頭から読み直す。自分の解釈に間違いはないか。文脈を誤読していないか。重要な単語を読み飛ばしてはいないか。

会議室は静寂を保っている。しかし上嶋淳は、二回目を読み終えたとき、室内の温度が一気に上がったように感じた。

「嘘だろ、おい……」

「hydrogen sulfideって、硫化水素ですよね」

「なんかの間違いじゃないのか。いくらなんでも」

「シャイゴ機関だぞ。そんなミスをするか」

上嶋淳は、部下たちの動揺を背中に感じながら、息を漏らす。思っていた以上にきつい内容だ。弱音を吐きたくなるが、そこは堪えて立ち上がり、後ろを振り向いた。

「読み終えたな」

班員たちがうなずく。ある者は苦い顔で、ある者は蒼白になって、ある者は無表情に。

「落ち込んでいる暇はない。みかずきIIが使えるかどうか、そこに住む十二万人が生き延びられるかどうかは、私たちに掛かっている」

冷静さを取りもどさせるため、あえて間を空ける。

「この場では、一つだけ、いっておく」

口調を改めた。

「みんながみかずきII専従班に配属されたのは、個々の技能が優れているから、だけではない。君たちは、技能の高さに加えて、責任感の強さ、精神的なタフさを基準に選(え)り抜かれた、精鋭中の精鋭だ。こういうときにこそ真価が発揮されるものと確信している」

班員たちの目の色が変わる。

よし、これなら任務遂行に支障はない。

「なんとしても期限内にシステムを完成させてやるんだ」

「はいっ」

「作業にかかろう」

いっせいに立ち上がった。

4

ラナと小春がソファで肩を寄せ合って泣いている。嗚咽が止まらないのは小春で、ラナは涙を浮かべながらも、母の手を握って懸命に慰めている。池辺リュウリは、その光景に胸が潰れそうだったが、健気なラナの姿にどこかほっとするものを感じていた。ラナもいつの間にか大きく成長している。この子なら、自分たちがいなくても、きっと生きていける。

シャイゴ機関の緊急報告がリリースされて十日目となるこの日、政府はみかずきIIへの移住計画を大幅に前倒しすると正式に発表した。移住開始は早ければ二カ月後。新しい移住日は、後日、各々に通知されるという。一年後だと思っていた別れが、いきなり眼前に突きつけられたのだ。覚悟していたとはいえ、受け止めきれるものではない。

カルタに着信があった。

潤太からだ。

リュウリは自室に移動して、通話回線を開く。

『ラナの様子はどうだ』

「いまは泣いてるけど、たぶん、大丈夫」

『そうか……』

「むしろ小春のほうが心配かな。あれで神経の細いところがあるから」

『そういうときのために、おまえがいるんだろ』

父らしい物言いに、ふっと緊張が緩む。

『それからな……』

声が低くなった。

『……近日中に非常事態宣言が発令されるぞ。大迫さんが腹を固めたらしい』

シャイゴ機関の緊急報告は世界中に混乱をもたらした。各国で治安が急激に悪化し、暴動や襲撃が相次いでいる。日本も例外ではなく、各地で激しいデモが連日繰り返され、一部が暴徒化して警官隊と衝突するなど、不穏な気配が日に日に濃くなっている。リュウリの勤める大学も、グレートエンディングを叫ぶ学生に占拠される騒動が起きて閉鎖され、再開の目処は立っていない。

『食糧や水はあるか』

「備蓄があるけど、父さんのほうは？」

『おれのことはいい。武器はどうだ』

「武器？」

『いざというときのための。護身用になにか持ってないのか』

みかずきII移住者を狙った傷害事件も多発している。真偽のほどは不明だが、移住者のリストが流出したとの噂もある。

「訓練を受けてないのに武器があってもまず役に立たないし、中途半端なものはかえって危険だよ」

『……それもそうか。だが、くれぐれも用心してくれよ』

かつてみかずきII計画が頓挫しかけたとき、父はその一部始終を間近に見る立場にあったという。絶望に呑み込まれた人間がいかに危険で無謀な行動に走るか、身をもって知っているのだろう。

『ところでシャイゴ機関の報告だが、おまえはどう見た？　あんなことがあり得るのか』

「ＦＣＢのすべてが科学的に解明されたわけじゃないし、はっきりいってＦＣＢの存在自体が常識的にはあり得ないとされていた。でも現実に存在している。そのＦＣＢ内に硫化水素が観測されたとすれば、ある、というしかないよ」

現在、対流圏には、全長百キロメートルを超える巨大なものから、一キロ未満の小さなものまで、無数のＦＣＢが浮遊している。いまや半分近くが進化型で、消滅したり地表に落ちたりするタイプは少なくなった。

その進化型FCBの内部に、無視できない濃度の硫化水素が確認されたのは、シャイゴ機関の報告によれば、一年ほど前だという。十分に成熟の進んだ進化型FCB内は、酸素濃度がきわめて低い。そのような条件下では、酸素を嫌う硫黄代謝型の上空細菌が繁殖可能になり、その代謝産物である硫化水素が蓄積した、との説が有力だ。

「おそらく硫酸塩還元菌の一種だろうけど、大気中の硫黄化合物だけを代謝してあれほどの硫化水素を産生できるとは思えない。なにか未知のシステムが存在するはずだ」

その後も、硫化水素濃度は加速度的に上昇し続けた。それだけならばまだよかったが、やがて一つの事実が判明する。すなわち、硫化水素が充満すると、進化型といえども崩壊する。すでにいくつかの進化型FCBでこの現象が観測され、空気より重い硫化水素が地表に降り注いだ。落ちた場所が幸いして人的被害は出ていないが、いま上空に漂う進化型FCBも、硫化水素濃度が臨界点を超えれば、崩壊して地表に落ちてくることが予想される。そのときに巻き起こる風を吸い込めば、おそらくは即死、たとえ即死を免れても、徐々に呼吸ができなくなって窒息死することになる。

だが、さらに深刻なのは、長期的な影響だ。

AIによる最新の予測では、今後もFCBに硫化水素が急速に蓄積していき、それが大気に放出され続ける結果、地表付近の硫化水素の平均濃度は、最終的に、四十八時間の吸引で肺が破壊されるレベルに達するという。ほとんどの生物種にとって生存不可能な環境になり、地上は死の世界と化す。

この悪夢が現実のものとなる確率は、一年以内では三十五パーセント、二年以内では七十二パーセント、三年以内では九十九パーセント。

『それにしても、こんなに早いとはな。AIの計算間違いであってほしいが』

数秒の沈黙のあと、大きく息を吸う気配がした。

『また連絡する。できれば、そちらからもくれ。今後、一日一回は無事を確認したい』

「わかった。それから、サリーちゃんのことだけど――」

『沙梨奈さんのことは任せておけ。ラナが無事にみかずきIIに入るまでは、できるだけ二人から離れるな。ラナと小春さんを守ってやれるのはおまえだけだ』

通話が切れた。

ドアがノックされた。

ラナだった。

「お父さん……」

泣き腫れた目には、しかし強い意思が宿っている。

「わたし、やっぱり、みかずきIIには入らない。お母さんたちを置いていけないよ」

「いまは、その話をするときじゃない」

リュウリは、できるだけ穏やかに返す。

「ラナも、お母さんも、もっと冷静になってからだ。でないと、大切な判断を誤ることになる」

ラナはなにかいいたそうだったが、口を閉じてうなずいた。

5

暗い夜道。街灯の寂しい光が点在する住宅街を、桂木達也は右足を引きずりながら歩いていた。痛むのは右足だけではない。頭。腕。背中。わき腹。身体のあらゆるところが痛みだしている。目の中もひりつき、喉は焼けつくようだ。極度の興奮状態が収まり、通常の感覚がもどってきたらしい。

久々にデモに参加した。いや、国会議事堂前のあれは、もはやデモと呼ぶべきものではなかった。彼らは、グレートエンディングという正義の名の下に、憎悪や怒りといった破壊的感情を、突き上げる拳にのせて叩きつけていた。集団で悪霊に憑かれて狂乱するような、異様な高揚を滾らせていた。それはすぐさま桂木達也にも伝染した。我を忘れて己を解放し尽くす快感に身を委ねた。

だが陶酔のときは長く続かない。とつぜん鋭い閃光とともに爆発音が轟いた。周囲に配備された警官隊に、だれかが発光音響弾を投げつけたらしい。それが終幕の引き金となった。警官隊が放水や催涙弾で応じ、警棒を振り上げて襲いかかってきた。悲鳴や怒号が噴き上がった。桂木達也も警棒で殴られた。逃げまどう人々に押し倒されそうになった。踏み込んだ足の下にぐにゃりとするものを感じてあわてて飛び退いた。頭上を夥しい数の銃声が飛んだ。逃げた。走った。ひたすら走った。息が切れた。頭がくらくらした。足がもつれた。それでも走った。両腕で藻掻くようにして走った。

気がつくと見覚えのない場所にいた。その場に座り込みたかったが、銃声に追われた恐怖がそれを許さなかった。カルタのGPSを使って現在位置を把握し、アパートまでの帰路をセットした。あとは視界に映るナビゲーションに従って歩いた。桂木達也はただ、身体を横たえることのできる場所を目指し、一歩一歩、足を前に進めた。

どれほど歩いたか、わからない。路面の様子がはっきり見えることに気づいた。東の空が明るくなっている。そのとき建物の陰から太陽が顔をのぞかせた。光が闇を押しのけ、地上を照らしていく。全身に浴びた。温かな光。目を閉じて思い切り吸い込む。空っぽだった胸の奥に、生々しい感情が満ちていく。吐息は慟哭となり、涙があふれた。

6

警報システムの誤作動か

二十四日午前九時ごろ、秋田県○○市を中心に有害気塊降下警報が送信されたが、実際には当該空域にＦＣＢは確認されておらず、誤報であったことが判明した。気象監視庁では警報送信システムが誤作動を起こしたものと見て原因を調べている。

第三章　悲劇

1

南米で赤道バンドの一部が崩落

シャイゴ機関は十九日、南米にあるE国上空の赤道バンドの一部が崩落し、地表に降下したようだと発表した。赤道バンドは四十年ほど前から赤道付近に密集して発生し、南北の幅が最大で五百キロメートルに達する帯状のFCBで、これまでに崩落や降下は観測されていない。今回崩落したのはごく一部と思われるが、降下地域には赤道直下の街として知られるキリが含まれ、降下した気塊が高濃度の硫化水素を有していた可能性もあることから、E国政府は被害状況の把握を急いでいる。現在、キリとは連絡の取れない状態が続いており、現地に滞在する人々からの情報発信も確認されていない。

2

エレベーターを下りると、目の前に白亜の広場が現れた。直径約百メートルの円形広場だ。周りを高さ三メートルほどの壁に囲まれているので、古代ローマの闘技場に放り込まれた剣闘士の気分になれる。遠くから反響しながら聞こえてくるのは、大歓声ではなく、涼やかな水の音。一部が壁泉になっており、水の幕をつくっている。壁の上にも膨大な空間が広がり、壁の上端から天井までの高さは十メートル以上あるだろう。床はすべて人工素材で、土壌はいっさい持ち込まれていない。密閉空間に土は禁物だ。

スロープを登って壁の上に出ると、さらに圧倒的な光景が待っていた。凹んだ円形広場の周囲に展開していたのは、外径四百メートルのドーナツ型の広場。広大な空間を取り囲む側壁には、透明な素材が使われており、いまはいくつかのFCBと西の空に傾く太陽が見える。この透明素材は光の屈折がほとんどない特殊なもので、角度によって歪んだりすることなく外の光景が楽しめるが、そのために誤って激突する危険もある。それを防ぐためだろう。側壁の一メートルくらい手前に低いフェンスが設けてあった。

一見すると広くて殺風景なだけだが、専用のARグラスを使えば個人の好みに合わせた環境を楽しめる。山や川、浜辺、草原などの自然から都会の雑踏や夜景に至るまで。ここが、みかずきIIの住人にとって、公共の憩いの場となるのだ。

みかずきIIの上面には、この公園施設が四つ、約百メートルの間隔を空けて並んでいる。ただし、ここから外を眺めても、みかずきIIの上面に遮られて、地表は見えない。あえて見えないように設計してあるのかもしれない。

「上嶋さん」

柔らかな声に振り向くと、グレーに青いラインの入った作業着姿の女性がゆっくりと近づいてくる。

上嶋淳は相好を崩した。

「ああ、あなたでしたか」

滝森美來（みく）。株式会社ミズウラの現場責任者で、上嶋よりいくつか年上らしいが、ほぼ同世代といっていい。魅力的なその大きな目は、重い責任を負う者に特有の、強い光を宿している。

「少し、よろしいですか」

「もちろん」

滝森美來が、上嶋淳の横に並んで夕陽に目を細める。

「気持ちのいい空気ですね。さすが、伊達建設さんです」

「壁泉が潤してくれるおかげですよ、ここの空気が気持ちいいのは」

水に関する分野はミズウラの担当だ。その現場責任者である彼女は、みかずきIIの水道システムを隅々まで熟知している。のみならず、伊達建設チーム以外で、酸素供給システムをもっとも理解している一人でもあった。酸素を生成するにも水が大量に必要であり、水量や水圧の調整にはミズウラとの連携が欠かせないからだ。彼女のチームとも数え切れないくらいミーティングを重ねてきたが、疑問点を突いてくるときの彼女の目つきは、執念じみたものを感じさせるほどだった。

「作業は無事に?」

「なんとか間に合いました。ミズウラさんも?」

「はい、なんとか」

顔を見合わせると、笑いがこぼれた。そこは現場の人間同士。互いの苦労が偲ばれる。

「明日のこと、お聞きになりましたか」

滝森の声がわずかに低くなった。

「ええ、予定どおりだそうで」

明日の午前十時に移住者の第一陣が到着する。明日だけで一千名がみかずきIIに入ることになっている。一日に受け入れる数としてはそれが限界だ。

初日は移住者も神経質になりやすい。専用のトレーニングを積んだ心理カウンセラーも待機しているが、多少のトラブルは避けられないだろう。

先も長い。移住は三期に分けて行われ、順調にいっても、十二万人全員の移住が完了するまで半年はかかる。

だが、いま懸念されているのは、そのことではなかった。

「なにごともなければよいのですが……」

二週間ほど前の全体ミーティングで、グレートエンディングを標榜(ひょうぼう)するグループがみかずきII及び移住者を狙ったテロを計画している、との情報が伝えられた。

元々、みかずきIIは陸空それぞれの軍によって厳重に警備され、半径十キロメートル以内に許可なく近づくことはできない。不審な車両や飛行物体が接近すれば、上空から二十四時間態勢で監視する夥しい数のドローンがたちどころに察知し、警告と攻撃を行う。実際、これまでに何機もの所属不明のドローンが排除あるいは撃墜されている。その多くは民間報道機関やフリージャーナリスト、あるいは一般人が興味本位に飛ばしたものだったらしいが、爆発物が搭載されていた事例もあったという。

万が一、警備網を突破されても、みかずきIIの外壁は巡航ミサイルの直撃にも耐えられる強度を誇る。内部に侵入されたとしても、高度にパーティション化された構造によって被害を最小限に抑えられる。

仮にも人類百年の未来を背負うシールドポリスだ。生物兵器や化学兵器を含め、あらゆる事態を想定して手を打ってある。

つまり、みかずきII本体に深刻なダメージを与えるのは不可能に近い。テロリストが狙うとすれば、移住者がみかずきIIへ向かう途上だとされる所以だ。

「しかし、移住者を乗せたバスは陸軍の装甲車が取り囲み、上空からは攻撃ヘリのセンサーが目を光らせるそうです。いかにテロリストでも簡単に手は出せないでしょう」

「そうあってほしいですね」

滝森が、ところで、と口調を変える。

「上嶋さんは、ここに残らないと伺ったのですが、ほんとうですか」

他社の人間からプライベートなことを聞かれるのは珍しい。上嶋淳は面食らいながらもうなずく。

「家族を外に置いておくわけにはいかないので」

「奥様が……?」

「大学時代に知り合って。子供はいませんが」

「……そうでしたか」

微かな羞恥に冷や汗がにじむ。なぜ自分はこんなことまでしゃべっているのだろう。

「滝森さんは？」

「わたしは残ります。独り身ですし、みかずきIIの行く末を見届けたいので」

彼方の上空から複数のドローンが慌ただしく降りてきた。編隊を組み、北西の方角に猛スピードで飛んでいく。また不審な飛行物体でも見つけたのだろう。

3

ラナは、南米のキリという街のことを、今回のニュースで目にするまで知らなかった。内陸部にあったキリは、赤道直下で日射量が多いのに、標高が高いおかげで一年中過ごしやすかったらしい。インカ帝国の時代から続く古い街ということもあり、国内外からの観光客も多く、人口は二十万に達したという。でもそれは四十年前までの話。

それ以前もコロニー雲、いまでいうFCBは見られたが、その年に入ると急に数が増え、あっという間にキリの空を埋め尽くした。後にいう赤道バンドが初めて形成されたのだった。

恐怖に駆られた一部の人々は、街の中心部にある大聖堂に押し寄せる。そこに安置されていた聖母像に祈りを捧げるためだ。これは十六世紀末に作られた高さ七十センチほどの木製の像で、数々の奇蹟を起こしてきた伝説の聖母像だった。たとえば十九世紀の半ば。この地の空を奇妙な形の雲の群が覆いつくして作物が育たなくなったことがあったが、この聖母像に祈ると雲が消えたという。人々は、その古い記録に縋ったのだ。

しかし、奇蹟を求める祈りも虚しく、赤い雲は黒々と厚くなるばかりで、とうとう太陽の光がまったく届かなくなり、キリは一日中、夜のような闇に包まれた。光合成を行えない草木は枯れ、作物も実らずに朽ちた。怒り狂った人々は大聖堂の聖母像を破壊してしまう。

この事件を境にキリの治安は悪化し、街を捨てて出ていく人も増えた。その後、歓楽街として息を吹き返した時期もあったが、長くは続かず、赤道バンドが崩落した時点でのキリの人口は一万を下回っていたという。

ラナは、キリに住んでいた人々の画像や動画を、可能なかぎりネットから拾い上げた。会ったこともない彼らの顔を目に焼き付け、会ったこともない彼らの生活に思いを馳せた。報道によると、死者の数は七千とも八千ともいわれている。

＊

赤道バンド崩落の一報と、その後明らかになったキリの惨状は、シャイゴ機関の緊急報告によって引き起こされた混乱に拍車をかけるかと思われたが、奇妙なことにそれはなく、逆に、虚脱にも似た平穏を社会にもたらした。パニック的なデモや暴動も沈静化し、小規模なものが散発的に発生するに留まった。

シャイゴ機関の予測が間違っている可能性も、わずかだが、ある。少なくとも、今日明日に人類が滅亡することはない。絶望に疲れた人々は、それ以上考えるのを止め、日常に逃避することを選んだ。働き、食べ、眠るという営みを再開したのだ。

それは賢明な判断だった。人が動けば経済が回る。経済が回れば社会が機能する。社会が機能すれば日常生活も維持できる。ささやかな好循環が生まれ、世界は危ういバランスの中で小康状態を得た。

みかずきII移住者を乗せたバス群が、全国五カ所の施設を発ったのは、そんな日の早朝である。

移住者は、指定された専用施設に、移住予定日の三日前から滞在することになっていた。

本人確認のほか、健康状態や感染症、病原抗体の有無などを検査し、必要ならば医療処置を施すためだ。

施設ではそのほかにも、みかずきIIの構造やインフラの仕組み、社会制度、生活様式、入居後に予想される心理状態やその対処方法についての説明がなされる。

このような施設は全国に十五カ所あり、スケジュールに従って順次、移住者をみかずきIIに送り出す役割を果たす。

移住者はゼロ歳児から七十歳以上の高齢者まで幅広いが、家族ごと移住できるケースは稀だった。乳児の場合は父親か母親といっしょだが、十代はもちろん、十歳未満の子供でも親から離れて移住するケースは珍しくない。なぜこのような住民構成になったのかはＡＩのみぞ知るだ。

一つの施設からは、一度に二百名が四台のバスに分乗して出発する。その日のうちに次の移住者二百名が施設に入り、三日後の出発に合わせてプログラムをこなす。このサイクルは、今後半年間、途中二回のインターバルを挟んで繰り返される。

施設からみかずきIIまでは軍の装甲車と攻撃ヘリの護衛が付く。第一陣がみかずきIIに到着するのは午前十時、本日最後のバスが到着するのは午後四時三十分を予定している。

移住に関する情報は秘匿されてきたが、攻撃ヘリまで飛ばしては秘密裏に遂行することは不可能であり、グレートエンディングの達成を掲げる集団が沿道でバスを待ち伏せする様子も確認された。

が、せいぜい罵声を浴びせたりシュプレヒコールを叫んだりするくらいで、実力行使による妨害には至っていない。移住者を狙ったテロの情報もあったが、いまのところ、いずれのバス群も順調に路程を消化している。

＊

心のどこかに、まだ先のことだ、という油断があったのかもしれない。覚悟はできているつもりだったのに、いざ眼前に迫ると、情けないほど狼狽えている。パートナーである小春はともかく、ラナにそんな姿は見せられない。自己満足的な痩せ我慢に過ぎないとしても、時間が残されていないからこそ、父親の役割を最後まで果たしたい。あくまで父親として、あの子の記憶の中に生き続けたい。深夜、母の動画を見て泣いていた父が、息子の前では涙を必死に隠そうとしたその理由が、いまはわかる気がする。

世界が終わるという現実は、人間の耐えうる限度を超えている。まともに向き合えないから、目をつぶり耳を塞ぐ。未来が存在しないならば、過去を振り返るしかない。人々のあいだで歴史への関心が高まっているのも、そのためだろう。人類とはなんだったのか。自分なりの答えを見つけられれば、少しは納得して終焉を受け入れることができるのだろうか——。

視界に赤い表示が現れて、リュウリは足を止めた。

有害気塊降下警報。

周囲の人々が指定された避難所に向かって駆けだした。リュウリもその流れに乗る。空にはいくつもFCBが浮かんでいる。あのうちのどれかが落ちてくる。脳裏に南米のキリのことが過ぎった。赤道バンドの一部が降り注いで壊滅した街。これから自分たちに襲いかかってくるのも、単なる低酸素風ではなく、致死濃度の硫化水素かもしれない。そのときは、外気を完全に遮断できる場所でなければ助からない。実際、キリでは、屋内にいた人たちも、隙間から漏れ入ってきた硫化水素にやられて命を落としている。果たして、これから避難する場所は、硫化水素を防ぎ切れるのか。やはり家から出なければよかったな。後悔がうっすらと胸に広がった。

指定された避難所は、地下鉄の駅だった。リュウリは前の人に続いて階段を下りる。後からも続々と避難してくる。もともとそれほど広い駅ではない。そこに大勢の男女が押し寄せたために、満員のイベント会場のようになった。スーツ姿が目立つ。これから職場に向かうところだったのだろう。一人一人の表情は硬いが、どこか投げやりな雰囲気もある。なるようになれ、とでもいいたげな。

シャッターが閉じられた。表示板の数値を見るかぎり、まだ外気の酸素濃度に変化はない。風の音も聞こえてこない。ここにどの程度の気密性があるのかわからないが、外と隔てているのがシャッター一枚であるところをみると、あまり期待しないほうがよさそうだ。落ちてくるのが硫化水素でないことを祈るしかない。

リュウリは深く息を吐いて心を落ち着けた。

待つ。

一分。二分。

なにも起こらない。

静かだった。あまりに静かで、長かった。

なにか、おかしい。

誤報だろうか。

そういえば以前にもニュースで――。

「人類に偉大な滅びを！」

どこからか声が上がった。聞く者をぎょっとさせる響きがある。

「グレートエンディング！　グレートエンディング！」

首を伸ばして声の主を探すと二本の腕が見えた。きつく握った両拳を叩きつけるように突き上げている。

「グレートエンディング！　グレートエンディング！」

周囲の人たちは、その男を遠巻きにしている。みな無言で青ざめている。

「グレートエンディング！　グレートエンディング！」

男の声が次第に熱を帯びていく。

常軌を逸した異様な熱を。

なんだ、これは……。

「人類にぃぃぃっ！　偉大なぁぁぁっ！　滅びをぉぉぉぉぉぉっ！」

得体の知れない不安が、心臓を凍らせるような恐怖へと変わった瞬間――。

＊

これ以上は危険だと脳が判断したのだろう。思考がシャットダウンし、頭の中が真っ白になった。考えようとしても、脳細胞はぴくりともしない。呼吸すら忘れそうになる。胸の中の心臓だけが、すべてを悟ったのか、鼓動を激しくする。

「ねえ、お母さんっ」

びくり、と目をやると、ラナが心配そうに顔をのぞき込んでいた。

「どうしたの。さっきから何回呼んでもぼんやりしてるから」

「あ……ううん。なんでもない。ごめん」

必死に笑みをつくる。そう。なんでもない。なんでもないかもしれない。まだ決まったわけじゃない。

「お父さん、出かけてるの？　書斎にいないみたいだけど」

「うん……大学にね」

ラナの表情に微かな失望が浮かぶ。

「そっか。再開したんだ、大学」

キャンパスの一部を占拠していたグループは警察に逮捕され、大学はとりあえずの平穏を取りもどした。だからまず研究室に顔を出すといって、朝早く家を出たのだ。残りの時間を研究に打ち込もうとする教え子たちを放っておくこともできないと。いまごろ学生たちと今後のことを話し合っている。きっとそうだ。きっと……。

「どうして？」

小春が尋ねると、少し口ごもってから、

「ちょっと聞いてほしいことがあって」

ラナがときどき書斎でリュウリと話し込んでいるのは知っている。女の子が思春期にさしかかると父親を敬遠し、相談相手はもっぱら母親になるというが、どういうわけかこの子は違う。馬が合うのだろう。

「その話を聞くの、お母さんじゃだめかな」

「仕事中じゃないの？」

目の前のダイニングテーブルでは、仕事で使っている端末が起動している。小春はそれを閉じて横にやった。

「ちょうど休憩しようと思ってたところ」

ラナが、テーブルを挟んで真正面に着く。こうして向かい合って話をするのはいつ以来だろう。小春とおしゃべりをするときは、たいていリビングのソファで横に座る。たぶん、リュウリと話すときはいつもこうだったのだ。

「自分なりに、いろいろ、考えたんだよね」

ラナが手元に目を落としていった。

「一つは、みかずきIIのこと」

小春はラナの口から出てくる言葉に心を集中させる。

「わたし、みかずきIIには入る。それは決めた。もう迷わない」

間が空いた。

目を上げる。

「ねえ、お母さん。アサイラムって知ってる？」

「収容所とか避難施設って意味の？」

「じゃなくて、ネット上に、アサイラムって名前の仮想空間ができてる」

「仮想空間……？」

「そこは誰でもエントリーできるけど、一つだけルールがあって、名前や背格好や性格、そのほか自分のありのままの情報を入力して、たくさんの質問に答えなきゃいけない。たとえば、道を歩いているときにかわいい子犬を見かけたらどうするか、急に大金が手に入ったらなにに使うか、そういう情報をもとに作られた仮想人格、自分の分身が、アサイラムに築かれた街で暮らしていけるようになってる。つまり、シールドポリスに入れない人たちのために、電子空間に作られた避難場所みたいなもの」

それならば聞いたことがある。一般にVS（バーチャル・シェルター）と呼ばれるものだ。一つだけでなく、大きなものだけでも、すでにいくつかあるのではなかったか。登場した当初は、個人情報を収集することが目的ではないかと疑われたが、複数のセキュリティ会社が精査したところ、大半のVSでは、入力したデータは仮想人格の形成にのみ使われ、流用することができない構造になっていた。本格的に普及しはじめたのは、それからだ。

「お母さんは、そういう場所に、自分の分身を住まわせたいと思う?」

「その街で暮らすのは、あくまで、自分に似せた仮想人格でしょ。多少の慰めにはなるかもしれないけど、あまり意味があるとは思えないな」

「わたしも最初はそう思った。しょせん仮想人格はわたしじゃないし、わたし自身がその街で感じたり考えたりできるわけでもないから。でもね、仮にだれかがわたしの仮想人格と出会って、言葉を交わしたら、わたしの知らないところで、その人の生き方に影響を与える可能性はある。新しい考えや行動に結びつくかもしれない。そうなったら、最初のきっかけを作ったわたしの仮想人格は、その人にとっては〈生きている〉ということにならない?……ううん、べつに影響しなくたっていい。ただ印象が相手の記憶に残る。ときどき思い出してもらえる。それだけでも〈生きている〉といえるんじゃない? 人がほんとうに死ぬのは、だれの記憶からも消えてしまうとき。だれかの記憶の中にいるかぎり、生きている。命って、肉体が死んだから終わりじゃない」

小春は、一所懸命に伝えようとするラナを、黙って見守る。

「それでね、わたし、考えたんだよ。シールドポリスに入るわたしには、責任と義務がある。いちばん大切なのは、人類を滅亡させないために、一日でも長く生きること。そして、それと同じくらい大切なのが、シールドポリスに入れない人たちのことを、一人でも多く憶えておくこと。わたしの場合は、お父さんとお母さん。お祖父ちゃんやサリーちゃん。学校の先生や友達。会ったことも話したこともない人たちのことだって、ネットで知ることができる。もちろん、わたしの記憶の中にあるからって、その人たちがほんとうに生きているわけじゃない。その人たちにとってはなんの慰めにもならないかもしれない。でも、わたしには、もう、そのくらいしかできることがないから――」

ラナが思い詰めたような目を小春に向けてくる。

「わたし、傲慢かな？　思い上がってる？　こんな考え方は間違ってる？」

リュウリがいったことがある。ラナは大丈夫だ。彼は正しかった。この子は大丈夫だ。壁にぶつかっても、一時的に間違った道を選んでしまっても、自分で試行錯誤を繰り返して、前に進んでいける。

「……お母さん？」

小春は深く息を吸い込んだ。

「必死に考えて、必死にたどり着いた答えに、正解も間違いもない。というより、最初から完全な正解なんて出るわけがない。いろいろなことを学んだり、経験したりするうちに、どんどん修正が加わっていく。絶対に正しいと思っていたことが、根底からひっくり返ることだってある。新しい答えが出れば、それが新しい結果を招く。いい結果になることもあるし、そうでないときもある。どちらとも判断しにくいケースも多い。でも、どんな結果にせよ、受け入れる覚悟があるのなら、いつだって堂々と胸を張って、自分の選んだ道を歩けばいい。お母さんは、そう思うよ」

ラナの表情が、ほっとしたように弛む。

「お父さんも、そういってくれるかな」

小春はうなずいた。

「でも、お父さんには、まだいわないでね。わたしが自分でいって、反応を見たいから」

ラナの目が、いたずらっぽく輝く。

その顔をふいに曇らせて、

「どうしたの……やっぱり、きょうのお母さん、なんか変だよ」

小春は目元を拭う。指先が濡れた。

「うれしくてね。ラナが、いつの間にか、こんなにちゃんと考えるようになってくれて」

「……なにそれ」
ラナが照れくさそうに笑う。
そうだ。これでいい。
まだラナは知らなくていい。
すべてがはっきりしてからで、いい。
この子の人生の中で、少しでも長く、いまの時間が続くように。

＊

〈緊急速報〉全国七カ所で爆発　自爆テロか

本日午前八時ごろ、都内の複数の地下鉄駅をはじめとする全国七カ所で自爆テロとみられる爆発があり、多数の死傷者が出ている模様。当該地域には直前に有害気塊降下警報が発信されており、爆発のあった場所はいずれも避難所に指定されていたが、当時、降下する恐れのあるＦＣＢは観測されていない。

夢であってくれ。

＊

同時自爆テロの一報を目にしたとき、不吉な感覚が走り、脳裏を息子の顔が掠めた。いつもならそんなことはしないが、堪えきれずリュウリに連絡をとろうとした。通じなかった。最後の位置情報を調べると、まさに爆発のあった地下鉄駅。途絶えた時間も事件の発生時刻と一致する。

「かおりん……」

潤太は、縋るように、亡き妻の名を口にした。

＊

〈緊急速報〉テログループが犯行声明　みかずきⅡへの移住中止と建物破壊を要求

犯行声明を出したのは「殲」もしくは「ＳＥＮ」と名乗るグループで、有害気塊降下警報システムをハッキングしたことも認めた。声明では、みかずきⅡへの移住を即時中止した上で、みかずきⅡそのものを破壊することを要求し、これが受け入れられない場合はさらに大規模なテロを敢行する用意があると警告している。

＊

母の目を見て、冗談でいっているのではない、とわかった。しかしわたしには、自分の立っている場所と繋がっていない、どこか遠い場所の出来事にしか聞こえなかった。現実だという手応えを感じられない。事実として受け入れられない。受け入れてしまえば、これまで自分の生きてきた世界が粉々に砕ける。後に残るのは埋めようのない巨大な空白だ。わたしをばらばらに引き裂く恐ろしい空白だ。だからわたしは、無駄と知りながらも足掻(あが)く。足掻くしかない。

「……いま、なんて、いったの？」

＊

大迫首相が緊急会見　テロリストの要求を拒否

全国七カ所同時自爆テロ事件を受けて、大迫首相が会見を開き、声明を発表した。この中で大迫首相は、一連のテロを「きわめて野蛮で残忍な犯罪行為」と強く非難した上で「みかずきⅡへの移住は我が国の絶対優先事項であり、たとえ多大な犠牲を払うことになっても、移住を中止したり、みかずきⅡを破壊したりすることはあり得ない」と断言した。一方で「今後もテロに対しては強い態度で臨むが、みかずきⅡへの移住を妨害するいかなる試みも国家そして人類そのものに対する反逆である、という認識を国民のみなさんに共有していただくことも重要」とも述べ、新たな法律を含めたなんらかの対応が必要との認識を示した。

4

池辺潤太は、職を退いてから、週に一度は吉井沙梨奈のもとを見舞っている。認知症の進んだ沙梨奈とは、会話らしい会話はできないが、彼女の傍らにいるだけで、ゆったりと流れる時間に身を浸すような気持ちになれる。

きょうの沙梨奈は、ベッドに横たわったまま、まだ目をとじていた。潤太は声をかけず、彼女が目を覚ますのを待つ。髪は白く、目は落ち窪み、しみの目立つ肌には細かい皺が無数に走る。義姉さんも年をとりましたね。お疲れさまでした。心の中で話しかけながら、潤太は苦笑を浮かべる。お互い様でしょ。そんな沙梨奈の声が聞こえそうな気がしたから。

沙梨奈の場合、波乱に富んだ人生、というのは誇張ではない。まず彼女は父親の顔を知らない。妹の香織とも父親が違うそうだ。そして香織に対して強い劣等感を抱き、自分というものにまったく自信が持てずにいた。そのせいかどうか、人とうまく話せない子供だったと、本人の口から聞いたことがある。自分で自分を追いつめるところもあり、高校二年のときにとうとう自殺を図る。幸いにして未遂に終わるが、その直後に起こったミカズキの災厄で母を亡くし、香織とともに児童養護施設に移る。異父妹である香織との間にもいろいろあり、一時は絶縁状態にまで至ったらしい。転機となったのは、赤天界事件。沙梨奈が赤天界に入信しており、あの現場にもいたと知ったときは、驚いた。それ以上に驚いたのは、あの現場でたった一人、青酸入りのジュースを飲んだ信者というのが、ほかでもない、沙梨奈だったことだ。かろうじて命を取り留め、病院で意識を取りもどした沙梨奈は、駆けつけた香織と数年ぶりの再会を果たす。退院後は、香織のマンションでいっしょに暮らし、姉妹の関係をじっくりと再構築する。ときにビールやワインを飲みながら夜遅くまで語り合うことで、過去のわだかまりも解け、親友のような間柄になれたという。リュウリを妊娠した香織が、真っ先に相談したのも沙梨奈だった。潤太が初めて沙梨奈に紹介されたときは、二人の過去にそんな経緯があったとは、想像もできなかった。

香織を亡くした後の沙梨奈は、潤太にとって義姉という以上に、大きな存在になった。とくにリュウリが幼いころは、助けてもらいっぱなしだった。潤太が仕事で遅くなるときは、よく沙梨奈に預かってもらった。深夜、彼女のマンションに立ち寄り、眠りこけたリュウリを背負って帰った日々のことは、いまも鮮明に憶えている。

リュウリが小学生になって手を離れたころ、友人からのたっての願いで、出張朗読サービスを提供する会社を引き継ぎ、以後、十余年にわたって経営に携わる。世界的な経済恐慌を機に会社を畳んだ後も、ボランティアで出張朗読を続けていたが、それも病が進んでこれ以上は困難と判断すると、自ら幕を下ろす。いま思い返しても見事な引き際だった。

「向こうに行ったときにね」

あるとき沙梨奈が潤太にいったことがある。

「香織から、いわれたいんだよ。姉ちゃん、よくがんばったねってさ」

もちろんリュウリにとっても、沙梨奈はかけがえのない人だったはずだ。自分を見守り、優しく包み込んでくれる大人がいつも側にいるという確信が、リュウリの成長をどれほど支えてくれたことだろう。感謝してもしきれない。

潤太は、ここに来るまで迷っていたが、沙梨奈の寝顔を見て心が決まった。リュウリの身に起きたことは伝えない。伝えたところで、いまの沙梨奈には理解できないかもしれないし、理解できたとしても、混乱と悲しみを生むだけだ。僭越かもしれないが、人生の最後に、こんな大きな悲しみを味わってほしくない。もうじゅうぶんだ。できるだけ安らかに、残りの時間を過ごしてもらおう。リュウリ、おまえもそれでいいだろ。沙梨奈さんもびっくりするだろうな。そっちに行ったら、おまえが先に来てるんだから。怒るかな。怒るかもな。そのときは、おまえに任せる。ちゃんと話せ。きっと、わかってくれる。ああ、そうか。その前に、いまごろおまえは、かおりんと初めて母子水入らずの時間を過ごしているんだな。かおりんは、なんていってる?

沙梨奈が目をあけていた。

潤太のほうへ、たどたどしく手を伸ばす。

「……リュウリ」

掠れた声で呼ぶ。

潤太は、沙梨奈の手をとり、懸命に微笑んだ。

「お見舞いに来たよ、サリーちゃん」

5

上嶋淳は、バルコニーの手すりに肘を乗せ、温くなった発泡酒をすする。目の前にも似たようなマンションが建っている。さきほどまでは太陽が鈍く照っていたが、いまは鉛色の雲に隠れている。巨大ＦＣＢではなく、水をたっぷり含んだ、純然たる乱層雲だ。

「そういえばさ」

城内タカヒロが思い出したようにいった。隣で同じく発泡酒のアルミ缶を握り、手すりにもたれている。

「最近、虫の声って聞かないよな」

「蟬とか」

「秋の虫も」

「いわれてみれば」

「やっぱり、影響が出てんのか」

「季節がぐちゃぐちゃなんだ。昆虫もおかしくなるさ」

二月の真夏日や七月の氷点下など、いまでは珍しくもない。

「渡り鳥も、渡りをやめたっていうしな」

「虫が鳴かなくなり、鳥が飛ばなくなった世界か……」

たしかに静かになった。環境の変化についていけない生物が、地球から脱落しつつある。

いや、待てよ。もしかしたら、と淳は考え直す。逆に、早くも適応しはじめている、というこ とはないだろうか。

タカヒロが小さく鼻を鳴らした。

「なんだ」

「なんか、思い出してさ。みんなでミカズキに行ったときのこと」

「ああ……楽しかったな」

「楽しかった」

「とくに僕は、それまでタカヒロたちとあまり話さなかったから」

「俺は、淳のことを、成績を鼻にかける嫌なやつだと思ってたしな」

「わかる」

ふっと空気がゆるむ。

「しかし、おまえ、凄かったぞ。あのときの演説」

「演説？」

「憶えてないのか」

タカヒロが遠くに目をやって、

「放棄された建設現場を呆然と見ていたおまえは、いきなりみんなに向き直って叫んだ。『僕は誓う。絶対に技術者になる。そして、みかずきIIを完成させる。絶対に、このままにはしておかない。だから、みんなも自分の夢を叶えよう。諦めないで。僕たちまで、こんな

「絶対に付き合うことはないんだっ！』」

当時の淳の口調を真似てから、思い出したか、と問うようにこちらを見る。

「そんなこと、いったか……」

完全に忘れていた。

「なんなんだこいつ、って思ったけど、その熱に当てられたんだろうな。一人一人、自分の夢をあらためて宣言する流れになった。あの橋の真ん中で」

「うん、それは憶えてる」

「いま考えると、すげえ恥ずかしい」

「いい思い出だ」

「淳はあのときの夢を叶えたんだもんな。さすがだよ」

「タカヒロも、けっこう近いところまで行ってるじゃないか」

「どこが。小説家になるつもりが、気が付いたときには、胡散臭い物書きだ。いちおうジャーナリストとは名乗ってるがな。その代わり、映画監督を目指していたはずのマモルが、いっちょ前の小説家になって、賞までとりやがった」

「大したものだと思うよ、二人とも」

「警察官になるといっていたクメケンは陸軍に入って、保育士を目指していたライラさんは小学校の先生。二日市くんたちも結婚して子供をつくって、小春もお母さんになって、あ、江口はどうなんだろ。あとで聞いてみよ」

そのとき訪れた数秒の沈黙が、上辺だけの明るさを削ぎ落とし、あえて目を逸らしていたものを突きつけてきた。これ以上、避けることはできない。

「あの橋の上で、リュウリがなんていったか、憶えてるか」

タカヒロが静かにいった。

「……ああ」

「あいつ、まだ自分の夢ってものがなかったから『よし、おれは、おまえたちの夢を全力で応援してやるっ！』って、いちばんでかい声でさ」

二人で短く笑ってから、淳は大きく息を吸い込み、膨れ上がってくる感情を抑えた。タカヒロも、缶を持つ手を震わせている。

あちこちで、ぽつ、ぽつ、と小さな音が弾けた。

「降ってきたな」

淳のつぶやきに、タカヒロが無言でうなずく。

バルコニーの窓が開いた。

顔を見せたのは江口ゆかり。彼女もすっかり成熟した女性になっている。

「もう大丈夫みたい」

江口に続いて室内にもどった。小春はリビングのソファに座っていた。目はまだ赤いが、なんとか表情を支えている。淳たちに笑みを見せて、

「ごめんね。せっかく来てもらったのに、みっともないとこ見せちゃって」

「俺たちに遠慮してどうすんだよ」

「それに、みっともなくなんかない」

小春が目を瞬かせる。

「優しいね、あなたたち」

「だから、よせって」

タカヒロが居心地悪そうに向かいのソファに腰を下ろす。

淳もその横に座った。

江口ゆかりは小春の隣に寄り添う。

「わたしね……」

小春がゆっくりと言葉を紡ぐ。

「……泣こうと思えばいくらでも泣けるけど、きりがないから、いまはもう泣かない。悲しむのは、いったん中断することにした。ラナが、無事にみかずきIIに入るまで」

タカヒロが息を呑むのがわかった。

淳もすぐに言葉が出てこない。

「選ばれたんだって、ラナちゃん」

江口が柔らかな笑みを浮かべて淳たちに告げる。

「……よかったな」

タカヒロが感極まったように声を詰まらせる。

「ほんとに、よかった」

淳も、暗闇の中に小さな光を見つけた思いだった。

（そうか……）

みかずきIIに来るのか。

リュウリと小春の子が。

6

間違いない、と確信した。でもその人は、まだわたしに気づかない。わたしたちの前では決して見せなかった疲れた顔で、人の疎らな歩道をやってくる。ほんの数歩の距離まで近づいたとき、暗い目を上げた。一瞬の躊躇のあと、踵を返す。

「また逃げるんですか」

その人は、あきらめたように向き直った。顔には、少しだけ、以前の表情がもどっている。

「相変わらずね。池辺ラナさん」

「お久しぶりです。河原先生」

「きょう、学校は？」

「もう行ってません。ちょっと前から」

「そう……そうだよね。世の中がこんな状態だからね」

河原先生が無理やり笑顔をつくって、

「じゃあね」

わたしの横を通り抜けようとした。

「なぜですか」

踏み出しかけた足を止める。

「なぜ、黙って学校を辞めたんですか。明日も元気に会いましょうって、みんなと約束しましたよね」

「約束？」

聞き返しながら振り向いた河原先生の目に、初めて感情の火が点った。

「約束……約束なんてものはねっ」

詰(なじ)るようにいいかけて、はっと口を噤む。

「……なんでもない。悪いのはわたし」

歩道の路面に、小さな水玉模様が生まれていた。見る間に増えていく。

河原先生が、まいったな、と空を仰ぐ。

「池辺さん、傘は？」

「……いえ」

「とりあえず、雨宿り、しよっか」

目に付いた庇(ひさし)の下に飛び込んだ。そこはケーキ屋さんだったらしい。グリルシャッター越しに店内の陳列ケースが見える。かつては美味しそうなケーキが並んでいたのだろう。いまはひっそりと沈んでいた。

わたしと河原先生は、無人の店舗を背にして、雨に濡れていく街を眺める。歩道からも人の姿がほとんど消えた。車道を行き交う車も少ない。警察の無人巡回車が赤色灯を回転させながら、ゆっくりと目の前を横切っていく。

「この雨は、嫌な臭いがしないね」

「懐かしい感じがします。なんとなくですけど」

「お家、近くだっけ？」

「いえ」

「どこかに用事が？」

「家に居たくなくて」

「ご両親と喧嘩でもしたの」

「どうして学校を辞めたんですか」

一呼吸の間が空いた。

「いろいろ事情があってね」

「どんな事情ですか」

「そこまでいわなきゃだめ？」

「わたしたちに一言もなく、突然いなくなった理由を知りたいんです」

「そんなのわたしにもわからない。なんであんなことしたんだろう。なんであんなことをいったんだろう。そういうことって普通にあるでしょ」

一息にいってから、語気を弱めて、

「でも、強いていえば……」

言葉を探すように間を空ける。

「……恥ずかしくてあなたたちの前に出られなかったから、かな。自分の言葉の嘘に耐えられなくなったというか。明日への希望を口にしておいて、自分でその言葉を信じていない、信じられない。心は絶望に侵されてる。そんな状態が嫌になった」

「いい教師を演じることに疲れたってことですか」

絶句する気配がした。

「でも、それならそれで、最後まで演じ切ってほしかったです」

「……わたしだって生身の人間なんだけど」

「お別れの挨拶くらいできたはずですよね」

河原先生が小さく笑う。

「きょうの池辺さん、きついね」

雨足が強くなった。

「先生、一つ、教えてもらえませんか」

「これ以上なにを──」

「グレートエンディングって、いったい、なんなんですか」

予想もしない質問だったのか、戸惑いを見せる。

「倉林先生は、人類は美しく滅ぶべきだといいました。人類に偉大な滅びを。それがグレートエンディングってことですよね。でも、ただでさえ滅亡に向かっているのに、なぜわざわざ早めようとするんですか。どうしてそれが美しいんですか。偉大なんですか。わたしには自暴自棄になっているようにしか見えません」

「自暴自棄。そのとおりだと思う。でもね……」

河原先生が懸命に言葉を継ぐ。

「……人間って、たとえ大人でも、そんなに強くないんだよ。ただ死を待つだけなんて、耐えられるもんじゃない。だから、どうせ死ぬとしても、そこになんらかの意味を見出したくなるものなの。わずかな慰めにすぎないかもしれないけど」

「グレートエンディングがその慰めを与えてくれるんですか」

「結局、なんでもよかったんじゃないかな。自分が納得できれば。天国に行けるとか、別の時代に生まれ変われるとか。実際、宗教に縋る人も多いみたいだし」

「そんな慰めのために、無関係な人の命まで奪うことないじゃないですかっ！」

「池辺さん……」

「やっぱり、急にいなくなっちゃうのは、よくないですよ。残されるほうは、堪んないですよ」

「ごめんなさい、そのことは——」

「もっといっぱい話したかったのに……もっといっぱい話を聞いてほしかったのに……まだ時間はあると思ってたのに……もう会えないなんて……そんなのって……」

わたしはぎゅっと目をつぶった。泣くものかと、ずっと思っていた。泣いてしまえば、すべてが事実として確定してしまう。ほんとうに父が向こうへ行ってしまう。家の中からは父の気配が日に日に薄らいでいく。父のいない世界がすでに動き始めている。それが我慢できない。許せない。だからわたしは、泣かないことで、父を消滅させようとするこの世界に、たった一人で抵抗してきた。でも……。

『ラナ。もう、そのくらいにしとけ』

父の優しい声を感じた瞬間、溜まりに溜まったものが破裂し、一気にわたしを押し流した。両手で顔を覆ってその場にしゃがみこんだ。自分のものじゃないような声が口から噴き出した。

「池辺さん……池辺さん！」

河原先生がわたしの背中に手を添える。

「どうしたの？　なにか、あったの？」

なにもかもがぐちゃぐちゃになって崩れていく。わたしは河原先生にしがみついて泣き叫ぶことしかできない。

第四章　生き残る人々

1

全国七カ所同時自爆テロ事件の犠牲者は二百八十四名に達し、国内におけるテロとしては未曽有の被害をもたらした。しかしその政治的効果となると、必ずしもテロリストの思惑どおりにはいっていない。

テロを受けて大迫首相が発表した緊急声明が、テロリストに対してだけでなく、全国民に対しても強力なメッセージになった。いかなる犠牲を払ってもみかずきIIへの移住を滞りなく完了させる、すなわち、人類の存続を絶対優先事項とする、というメッセージだ。

絶望的な危機に瀕しても、リーダーの姿勢がこれ以上ないほど明確であれば、国民も覚悟を決めやすい。もちろん批判もあったが、状況が状況だけに、やむを得ないとする声も多かった。

ただし、次のテロが実際に起きたときに世論がどう動くかは予断を許さない。警報システムをハッキングするほどの実力を持つ組織だ。その彼らがさらなるテロを予告した以上、このまま何事もなく済むとは思えない。

幸いにも、みかずきIIへの移住は順調に進んでいる。移住者を乗せたバスへの妨害行為はおろか、沿道での待ち伏せもほとんど見かけなくなったらしい。自爆テロ事件が警備側の意識を過剰なまでに高め、シュプレヒコールを上げただけで一斉に銃口が向けられるような状況は、鬱憤晴らしのつもりでグレートエンディングを叫んでいた者たちにとっては〈話が違う〉のだろう。

みかずきIIのインフラもしっかり機能し、移住者たちの新生活を支えている。上嶋淳らの伊達建設が担当する酸素供給システムは、居住者の増え続ける不安定な環境にも十分に対応し、全室に設置された酸素濃度チェッカーは、まだ一度も酸欠警告信号を発していない。ＡＩから送られてくるレポートを毎朝チェックするたびに、淳は小さく安堵するのだった。

移住が始まった今、インフラ部門の仕事はほぼ一段落したといっていい。不測の事態には備えなければならないが、これまでに様々なトラブルを想定してシミュレーションを繰り返し、問題点を一つ一つ潰してきたのだ。基本的にＡＩに任せておけるし、システムが正常に機能していることを確認するほかには、とくにこれといってすることもない。だから淳は、城内タカヒロからリュウリのことを知らされたときも、速やかに二週間の休暇をとることができたのだ。

一日中オペレーションルームに詰めている必要もないから、ときには巡回と称してみかずきII内部を散策することもある。すでに移住者が暮らしている区画は避けるが、まだ大半の居住区は無人で、当該移住者が入ってくるまで関係者以外は立ち入り禁止になっているので、もっぱらそちらを回る。

しかし一番人気の散策スポットは、なんといっても最上部の円形公園施設だ。ＡＲグラスがなければ殺風景な広場でしかないが、それでもみかずきII内部においてもっとも開放感を味わえる空間である。

考えることはみな同じようで、インフラ部門のほかのスタッフだけでなく、移住者の姿もよく見かける。公園施設はすべての人に開放されているから、だれでも立ち入れるのだ。スタッフは制服か作業着を着ているので簡単に見分けがつく。移住者と思しき人たちは、たいてい一人でベンチに座ってぼんやりとするか、窓際のフェンスの前で外を眺めていた。ＡＲグラスを装着している人が多いが、なにも使っていない人もいる。菅谷巽(たつみ)は後者だった。

最初に声をかけてきたのは彼のほうで、ベンチに座ったまま、こんにちは、と淳に挨拶をしてきた。移住者との接触は禁じられているわけではないので、淳も軽い気持ちで挨拶を返した。

「前からよくここでお見かけするのですが、業者の方ですか」

彼は淳の作業着をちらと見ていった。伊達建設のロゴが嫌でも目立つ。

「酸素供給システムの保守点検を担当しています。いまは時間に余裕があるので、巡回と気分転換を兼ねて、こちらにお邪魔しているところです」

「そうでしたか。ご苦労さまです。あ、失礼。私は菅谷巽といいます」

座りませんか、というので、淳もベンチに腰掛けた。

「菅谷さんの居住区はこの近くに？」

「近いというほどではないのですが。A012ってわかります？」

「ええ、だいたいの位置は」

Aブロックということは、かなり初期に移住してきたのだ。みかずきIIでの生活も二カ月目に入るはず。ようやく慣れてきたところでもあるのだろう。淳の仕事内容や酸素供給システムに好奇心を示し、あれこれと尋ねてきた。秘密にしなければならないこともない、というより、むしろ居住者には知っておいてもらったほうがいいので、淳も可能なかぎり答えた。

以来、公園で顔を合わせるたびに言葉を交わすようになった。そして、当たり障りのない話題が一通り出尽くしたある日、彼は長い沈黙を挟んで、

「あなたの前でこんなことをいうのは失礼かもしれませんが」

と切り出したのだ。

「私は、ここが人類最後の砦などではなく、隔離施設か収容所のように感じるときがあるのです」

たしかに、いかに工夫が凝らされているとはいえ、密閉空間であることに変わりはない。原則として移住者が外に出ることは二度とないのだ。そのストレスによる息苦しさは、酸素の供給だけで解消できるものではないのだろう。しかし彼がいいたいのは、そういうこととは別のようだった。

「私が人類の存続に必要な一人だとは、どうしても思えないのです。こんな、なにもできない四十男が」

彼には四つ下の弟がいるのだが、彼と違って性格が明るく、あらゆることを如才なくこなし、二十五歳で結婚して子供も一人もうけた。彼がいうには、弟の妻はきわめて魅力的な女

性で、十二歳になる息子も優秀らしい。結婚歴のない彼の目には、弟の築いた家庭はあまりに眩しく、完璧なものに見えた。

「でも、選ばれたのは、私だったんです。私だけが……」

それまでは弟や義妹も、彼の兄としての立場をそれなりに尊重してくれていたが、選考結果を知ったとたんに一変し、彼に向ける視線に、あからさまな憎悪を込めるようになった。

〈なんでおれたちじゃなくて兄貴なんだっ！〉

弟が彼の面前でそう怒鳴りちらしたこともあるという。その上、移住権を自分たちの息子であるナミオに譲れと言い出した。もちろん、制度上、そんなことは不可能だ。

〈だったら辞退してくれ。そうすれば欠員を埋めるために新たに移住者が追加されるはずだ。もしかしたらナミオが選ばれるかもしれない〉

これもあり得ない。欠員が出ても補充されないことは事前に周知されている。さすがの弟も頭に血が上り、正常な思考を失っていたのだろう。

〈こんな非常識な結果にだれが納得する？　おれたちのどこに問題があるというんだ？　人類の未来を担うのに相応しいのはおれたちだろう。一目瞭然じゃないか。それなのに、なんで兄貴なんだ。あんたのなにが人類の役に立つんだ。え？　いってみろよ〉

弟夫婦との交流は途絶え、可愛がっていた甥のナミオともそれきり会えなくなった。

「弟のいうとおりなんですよ。私がなんの役に立つのか、自分でもさっぱりわからない。あなたのように、みかずきIIを支えるための専門知識や経験があるわけでもない。なぜ私なんかが選ばれたんですかね」

閉鎖的で刺激の少ない環境は、人に内向きの思考を強いる。その思考ループから抜け出せなくなると、鬱状態に陥る危険がある。それを未然に防ぐために、みかずきIIでも多くの心理カウンセラーが移住者たちの対応に当たっている。

本来なら彼にも専門家のカウンセリングを受けるよう促すべきなのだろうが、淳はそれも少し冷たい気がして、

「あなたがそういう人だからじゃないですか」

と静かに答えた。

「自分は優れている、選ばれて当然、そう考えている者ばかりが閉鎖空間に十二万人も集まって、新しい人間社会を円滑に築けるとは、私には思えません。それに、家族で移住してくる人はほとんどいないとも聞きます。だれもが、なにかしら欠けた状態で、ここに来るんです。欠けているからこそ、それを埋めようとする意識が生まれる。移住者を選んだＡＩは、その意識が新たなコミュニティの形成に役立つと考えたのかもしれません」

そのとき彼がどう感じたのか、ほんとうのところを淳は知らない。この会話のあった日を境に、菅谷巽の姿を公園で見かけなくなったからだ。淳はいつも決まった時間に公園を訪れることにしているので、その時間に彼が姿を見せなくなったということは、もう淳と顔を合わせることを望んでいないのだろう。もしかしたら淳の言葉に気を悪くしたのかもしれない。慣れないことはするものじゃない。素直にカウンセリングを勧めるべきだったな、と淳は反省した。

その一方で、菅谷巽と言葉を交わす時間が、思っていた以上に価値のあるものだったことに気づかされた。そして自分の胸の中に、だれかに聞いてもらいたいこと、吐き出したい思いがあることにも。

どうやら、カウンセリングが必要なのは自分のほうだったようだ。

2

小春はまだ一人で眠ることに慣れない。夜中にふと目が覚めたとき、だれもいない隣のベッドに（ああ……トイレにでも行ってるのかな）と思ってしまう。リュウリの肉体は、ベッドの上だけでなく、この世界のどこにも存在しない。抱きしめてあげることも、抱きしめてもらうことも、二度とできない。自分の一部がもがれたような感覚を抱いたまま、これからどうやって生きていけばいいのだろう。

ラナがみかずきIIに入るまでは頑張れる。でも、その先は……。みかずきIIに入れば、いっさいの連絡がとれなくなる。そのときこそ、わたしは一人だ。振り向いても、目を合わせて微笑んでくれる人は、そこにはいない。不安になったときに大丈夫だと力づけてくれる人も、寂しくなったときに安心して身を委ねられる人も、もういない。

そんな状態で、わたしはまだ、生きる意思を持ち続けられるだろうか。死へと呑み込まれていくこの世界に、それでも踏みとどまる理由を、見つけられるだろうか。窒息して苦しみながら死ぬ運命ならいっそひと思いに、という考えに傾く自分を抑えられるだろうか。

「お母さん、起きてる？」

ドアの向こうから控えめな声がした。

「……どうしたの」

ドアがそっと開き、ラナが顔を出す。

「こっちで寝ていい？」

小春は微笑んで、

「いいよ」

　リュウリが使っていた枕や布団はそのままにしてある。ラナがその枕を端にずらし、自分の抱えてきた枕を代わりに置いた。

「少しおしゃべりしていい？」

　ベッドに横になってからラナがいった。

「うん、もちろん」

　うすい闇の中を互いの声が行き交う。

　どこか懐かしい感じがする。

「お母さんは、お父さんの夢って見る？」

　小春は、胸に走った痛みを悟られないように、

「うーん、そういえば見てないなあ」

と答えた。嘘ではない。ラナにいわれるまで気にもしなかったのだが、このところ夢を見たという記憶がない。

「わたしも。なんでかな。絶対に見ると思ってたのに」

「どうかなぁ。目が覚めたときのことを考えると、ちょっと迷う」

「夢に出てきてほしい？」

「だから遠慮してるのかもね、お父さんも」

「そっか。いいのにね、そんな……」

ラナと他愛ない言葉を交わしているうちに、重苦しい不安感が和らいでいくのがわかる。暗いところで一人で横になっていると、どうしても考えすぎてしまうようだ。再会して付き合いだしたばかりのころ、リュウリからもよくいわれた。小春は見かけによらず神経が細いと。「見かけによらずってどういう意味？」と混ぜっ返すと、彼はいつも決まって——。

ラナのおしゃべりが止んでいることに気づく。隣から届く健やかな寝息は、小春の心を魔法のように癒してくれた。この時間を味わうために、わたしは生まれ、リュウリと出会い、この子を産んだのかもしれない。

「ありがとう」

だれにいうでもなく、小さく声に出した。

ゆっくりと一つ、深呼吸をしてから、目をつむった。

＊

どこからか声が聞こえた気がして、わたしは目を開けた。部屋はうす暗い。時間を確認するとまだ深夜。しかし隣のベッドに寝ているはずの母がいなかった。ドアの隙間から光が漏れている。たしかに声がする。だれかが話している。笑い声が上がった。やはり母だ。母が笑っている。先日来てくれた友人と通話でもしているのか。それにしても、母がこんなに楽しそうに笑うなんて——。

「ラナ、びっくりするだろうな」

はっきりと耳に届いたその声に、わたしは飛び起きた。

「起こそうか」

「いや、寝かせておいてあげよう」

まさか……。

わたしはベッドから降りて寝室を出た。前のめりになりながらリビングに駆け込んだ。息を大きく吸い込んだまま棒立ちになった。自分の目が信じられない。

父がいる。

ソファでゆったりとくつろいでいる。

隣で父にしなだれるようにしていた母は、わたしを見るなりあわてた様子で座り直した。

「……どうして」

ようやく声にすると、父が目元に優しさをにじませて、

「ただいま。ごめんな、心配かけて」

わたしは言葉を返せなかった。

なにが起こっているのか理解できない。

「無理もないよね」

母が笑みをこぼしていった。

「お父さんはね、ずっと意識不明のまま、病院で治療を受けていたんだって」

「だって遺体が――」

「それは別人だったらしい。テロの現場はひどく混乱していて、取り違えてしまったようだ」

「じゃあ……」

わたしは、なにかを求めて母の顔を見る。

母が応えるようにうなずいて、

「お父さんは生きていた。死んでなんかいなかったの！」

歓喜が爆発しそうになったそのとき、冷たい風のようなものが背中に吹きつけた。

遺体の身元はすべてDNAデータと照合され、幾重にもチェックされていたはず。万が一にも取り違えることはあり得ない。

「ラナ」

父が硬い表情でソファから立ち上がった。

「ちょっと書斎で話そうか」

しかし次の瞬間、わたしと父は書斎ではなく、学校の教室にいた。南に向いた窓からは鈍い日光が差し込んでいる。わたしは真ん中あたりの机に着き、父は教壇に立っている。教室にいる生徒はわたしだけだ。

「こうやって向き合うのは久しぶりだな」

久しぶりもなにも、教室で父と向き合ったことなどない。しかし、いまわたしの目の前にいる父は、本物の教師のように立っている。わたしもなぜか、違和感なくこの情景を受け入れていた。

「会いに来てくれたの？」

父が黙って微笑む。

「それとも、お別れをいいに？」

「ラナの気持ちに区切りをつけさせてあげようと思ってな」

「わたしは、もう大丈夫だよ」

「そうか？」

父がわざとらしく眉間(みけん)に皺を寄せる。

「ほんとだよっ」

わたしは少し向きになって言い返した。

「ほんとうに、わたしは大丈夫だから」

父が表情を和らげ、目を細める。

「わかったよ」

「安心した？」

「ああ、安心した」

わたしは心の底からほっとして、涙があふれそうになる。

「わたし、頑張るからね。頑張って、みかずきIIの中で、精一杯、生きるからね」

父が満足そうにうなずく。

「その言葉を聞きたかったんだ、ラナの口から」

終業のチャイムが鳴った。懐かしい音色だ。窓の外の太陽も、いつの間にか地平に近づいている。

「さ、そろそろ帰るか」

「お父さんは？」

「帰るさ。でも、ラナの帰るところとは別だ」

「そっか。やっぱり、そうだよね」

静かな時間が過ぎていく。

これが最後だとわかった。

「お父さん」

わたしは祈りを込めていった。

「さようなら」

父が、それまで見せたことのないほどの笑顔になった。

そしてわたしは一人、父の書斎に残された。父の使っていた椅子にはだれもいない。父の姿はどこにもない。すべてが、しんと静まりかえっている。

わたしは書斎を出て母のところにもどった。母はリビングではなく、寝室のベッドで寝ていた。わたしに気づくと、

「お父さんは？」

「行っちゃったよ」

「そう」

最初からわかっていたような言い方だった。

「お別れ、ちゃんといえた？」

「うん」

「安心させてあげられた？」

「と思う」

「そう」

母が、わたしを包み込むようにいった。

「よかったね」

3

みかずきIIの建設現場には当初から医療部が併設され、作業員を健康面からサポートしてきた。当然、心療内科医や心理カウンセラーも常駐しており、キャラウェイもその一人だ。

キャラウェイというのは職務上の通称名で、上嶋淳も本名は知らない。ここには三年前に配属されたとのことで、今日までカウンセリングとは無縁だった淳とは初対面のはずだが、どこかで姿を見かけた気もする。おそらく全体の慰労会か懇親会のときだろう。言葉を交わした記憶はないが、視界に入っただけでも無意識の領域に印象を残していく存在感が、たしかに彼にはあった。

間近で向き合うとまず、犀を思わせる頑丈そうな体軀と、挑みかかってくるような大きな目に威圧される。メガネ型端末のカルタが印象を多少和らげてはいるが、そのささやかな努力も厳かな顎鬚が台無しにしていた。一方で不思議に清潔感もあり、豊かな髪は丁寧に整えられ、肌もよく手入れされている。カウンセラーというより、カウンセラーを見事に演じているベテラン俳優のようだった。

そのキャラウェイが、淳の話を一通り聞き終えてから、かれこれ十分ほど沈黙を続けている。淳は、一人掛けのソファに背を預け、うつむいたまま動かないキャラウェイをぼんやりと見ていた。予約で押さえた時間は、あと十五分ほどしか残っていない。このまま終わるのかと思いはじめたとき、彼がようやく顔を上げた。

「上嶋さんは、吐き出したいものが自分の中にある、ということで、ここに来られたのでしたね」

声の響きは、見かけから想像するよりは軽やかだ。

「先の自爆テロで大切なご友人を亡くされたことは、たしかに精神的なダメージが大きかったでしょう。悲しみ、怒り、無力感、そういったものに苛まれる。たいへん、つらいものです」

淳はうなずく。

「しかし、上嶋さんの吐き出したかったものとは、それなのですか」

「……どういう意味でしょうか」

「吐き出したいものをじゅうぶんに吐き出したという手応えが、いまの上嶋さんにありますか？」

「………………」

「単に、表に出しやすいものを出した。私にはそのように見受けられました。ほんとうに吐き出したいものは、まだほかにある。しかし、もしかしたらそれは、上嶋さんにとって、存在すら認めたくないものなのかもしれない」

キャラウェイの表情が柔らかくなる。

「最初にも申し上げましたが、このやりとりが苦痛で、中断したいときは、そういってください。すぐに中止します」

「大丈夫です」

いってから、淳は大きく息を吸い込んだ。

しかし、言葉が出てこない。

「では、私のほうから一つお尋ねしてよろしいでしょうか」

キャラウェイが助け船を出してくれた。

「先ほどの上嶋さんのお話の中で、亡くなったご友人のことのほかにも、これまでのご自身の生き様や、追いかけてきた夢など、さまざまな内容が語られました。ただ、上嶋さんの人生において重要な場所を占めるはずなのに、まったく語られなかったものがあります。そこだけが、ぽっかりと抜けている」

急に心臓の鼓動を感じた。

「ご自分で、おわかりになりますか」

「……妻のことですか」

「なぜ、お話しにならなかったのです?」

「さあ……たまたま、頭に浮かばなかっただけでは。妻の話題を避ける理由もありませんし」

キャラウェイが淳を見つめる。

淳は思わず目を逸らした。

「いささか立ち入ったことをお聞きしますが」

キャラウェイがそう前置きしてから、

「二週間の休暇で、久しぶりにご自宅に帰られたとき、ご夫婦の性生活はありましたか」

直截な質問にぎょっとする。

「そんなことにまで答えなければなりませんか」

「できれば」

「それは……夫婦ですから」

「営みに誘うのは、主に、どちらですか？　上嶋さんのほうからか、あるいは――」

「関係あるんですかっ、そんなことが」

「答えていただくと、いろいろと把握しやすい点はあります」

淳は懸命に心を落ち着かせる。

「どちらからとか、そういうのはありません。ごく自然に。だってそうでしょう。夫婦なんだから」

「なるほど」

「こんな質問でなにがわかるんです」

「もちろん、性生活がないからといって、夫婦間に愛情がないとはいえません。愛情には様々な形があります。ですが、ごく自然にセックスを営めるカップルは、深く信頼し合い、愛し合っている。少なくとも、その傾向が強い、という推測は可能です。上嶋さんたちも、そのような絆で結ばれているのでしょう」

キャラウェイの視線が強くなる。

「ですが、まさにそのことが、いまの上嶋さんを苦しめているのではありませんか」

4

わたしの心は、不思議なほど凪いでいる。秘やかな覚悟が隅々まで染みとおり、波一つ立たない。

あの夢を見たせいもあるのだろう。

父の魂がわたしのところに来てくれた、とは思わない。無邪気にそう信じるほど、わたしはもう子供じゃない。あの夢の中の出来事は、わたしの願望が反映されたものだった。父はどこかで生きているのではないか。なにかの手違いで死んだことにされただけではないか。いまも病院で治療を受けているのではないか。あり得ないとわかっていても、もしかしたらと想像を巡らせずにはいられない。父の死が動かせない事実ならば、せめて、わたしは大丈夫だと、みかずきIIに入っても頑張って生きると、自分の口から伝えたい。それを聞いて安心する父の顔を見ながら、お別れをきちんと言葉にして、自分の気持ちに区切りをつけたい。

わたしはその願いのすべてを、夢の中で叶えたのだった。

きのうは街に出て、元クラスメートの桜井アミナと過ごした。一日中いっしょにいて、おしゃべりを楽しんだ。家路につくとき、会うのはこれが最後になることを、アミナに告げた。みかずきIIに入る日が来たと明言はしなかったが、彼女にはわかったはずだ。わたしたちは抱き合って泣いた。わたしは、この日まで友人でいてくれたことに感謝し、アミナのことは絶対に忘れない、と誓った。

サリーちゃんのところには、その前の日、祖父といっしょにお見舞いに行った。でも、サリーちゃんがわたしの名前を呼ぶことは、とうとうなかった。最後にわたしは、サリーちゃんの手を握り、さようなら、といった。

わたしに残された課題は、とてもシンプルだ。

生き延びる。

今後はそれだけを考えればいい。次の人たち、みかずきIIの中で生まれる次世代の子供たちにトーチの灯を渡す日まで。生命の炎が受け継がれ、燃え続けるかぎり、可能性が消えることはない。どんなに偉大な目的のためでも、死ねば可能性は潰える。だから生きなければならない。

すべてが終わり、すべては始まる。

始めるのは、わたしたちだ。

5

上嶋淳にも、人生の分岐点といえる瞬間が、いくつかあった。

最初の一つは、高校のときだ。いつものように朝の教室で授業の準備をしていると〈みかずきII〉という言葉が耳に入った。声の主は、前日に取っ組み合いの大喧嘩をやらかした池辺リュウリと城内タカヒロ。当時の淳は、その二人を苦手にしていた。いや、苦手というよりは、羨望（せんぼう）に近かったかもしれない。彼らの粗暴なまでの明るさは、淳には持ちたくても持ち得ないものだった。

よりによってその二人が、みかずきIIの話をしている。淳は勉強するふりをしながら、耳をそばだてた。そして、放棄されたみかずきIIの建設現場を彼らが訪れるつもりらしいとわかると、気が気でなくなった。

みかずきIIは、淳の抱いた唯一の夢だ。どんな形にせよ、その建設に携わることが、将来の目標だった。終局の迫るこの世界で、未来を思い描ける最後の場所だったからだ。しかしその未来は、国民の総意とやらで潰されてしまっていた。なぜ残された希望をむざむざ捨てるのか、淳にはまったく理解できなかった。大げさな言い方をすれば、この国に失望した。

以来、みかずきIIについて考えることを、自分に禁じた。考えても無駄だと諦めたのだ。

そのみかずきIIに、なぜかいま、あの二人が関心を寄せている。淳は思いがけず動揺した。まだ心の底では諦め切れていなかったのか。それにしても、放棄された建設現場をこの目で見る、というアイデアは、自分には決して思いつけない。

その二人の計画に、どうやら北倉小春も参加することになりそうだった。淳は我慢できずに立ち上がった。自分が彼らにあまりよく思われていないことは知っていた。が、これを逃したら、みかずきIIの現場を見る機会は二度とないかもしれない。自分の中にくすぶる思いに決着をつけるためにも、この目で見たい。確かめたい。それに淳の中にも、彼らといっしょに行きたい、という強い気持ちが生まれていた。

「あのさ」

彼らの傍に立ち、勇気を振り絞っていった。

「僕も加わっていいかな」

断られることも覚悟した。現に、北倉小春からは嫌みをいわれた。それでも淳は行きたかった。彼らといっしょに行きたかったのだ。

「いいよ。いっしょに行こうぜ」

そういってくれたのは、リュウリだ。あのときの彼の笑顔を、淳は一生忘れない。

実際にみかずきIIの建設現場で、原野同然に放置された現状を目の当たりにしたとき、こみ上げてきたのは諦観などではなく、激しい怒りだった。ここまでやっておきながら絶望に屈し、自ら未来を葬った大人たちへの怒りだ。あの怒りが、淳の心にふたたび火を点けた。世の中の潮目が変わりはじめたのは、それからしばらくしたころだ。政権を取った共新党の政治手腕があまりに稚拙だったこともあり、公約どおりみかずきII計画を白紙にもどしたにも拘わらず、支持率の低下に歯止めが掛からなかった。

グレートエンディングの狂騒に踊った人々も、シールドポリス計画を撤回した主要国が日本以外に見当たらないという事実に直面すると、自分たちの選択に疑問を持たざるを得ない。

そして時代は大きく動く。

ほどなく共新党政権が倒れると、政界大再編が起こり、みかずきII計画復活を公約に掲げて新たに結党された〈新党あかつき〉が政権を担うことになった。

みかずきIIの建設再開が正式に決定されたのは、淳が二十歳のときだ。この日を信じて研鑽を積み、インターンや企業訪問を通して自分の能力をアピールしてきた淳は、みかずきIIの酸素供給システムを担当する伊達建設株式会社からスカウトされ、大学の卒業を待たずに入社した。

もし、高校のときに諦めたままであったなら、学生の身でスカウトされることもなかったし、たとえ伊達建設に就職できたとしても、みかずきII専従班には配属されなかっただろう。

勇気を振り絞ってリュウリたちに声をかけようとしたあの瞬間、たしかに自分は人生の分岐点に立っていた。しかしこれは後になってわかったことだ。

それとは逆に、まさにいま自分は分岐点に立っている、と完全に自覚できる場合もある。


そろそろ時間だ。

みかずきIIに携わる関係者には全員、宿舎に個室が用意されている。広くはないが、ベッド、ライティングデスク、クローゼット、シャワーブース、トイレがそろっており、一人ならばそこそこ快適に過ごすことができた。

淳も、一日の仕事を終えた後は、みかずきIIからこの部屋に帰って身体を休める。現在、淳たちのチームは、ローテーションを組んで二十四時間態勢で万が一のトラブルに備えている。休むときにしっかり休むのも仕事のうちだ。とはいえ、睡眠だけが休息ではない。シャワーを浴びて一息した淳は、ベッドに腰掛けて待つ。

向かいのライティングデスクの前に、うっすらと人影が浮かび上がった。その姿に淳は声を上げそうになる。一見すると女性の看護師のようだった。しかし彼女の医務衣はボロボロで裾が擦り切れ、全体に赤茶色の飛沫が付着している。灰色の顔は痩せこけ、頬には黒いシミのようなものが広がり、異様に大きく見開かれた目からは黒い液状のものが流れ落ちていた。唇もどす黒く、口の端からやはり黒い液体を涎のように垂らしている。長い髪は乱れ、色が抜けて白っぽい。その彼女が両腕を淳に向かって伸ばす。縦に大きく開いた口から低い呻き声が響く。

「やあ、理穂。きょうはいちだんと綺麗だね」

淳は、わざと軽い調子でいった。

ゾンビ看護師がにこりと表情を崩して手を振る。

『ハーイ、淳』

淳は両手を上げ、遠慮なく笑い声を上げた。

「わかった。僕の負けだ」

『意外に似合うでしょ』

「なんだよ、その恰好」

『ハロウィンよ』

「もうそんな時期？」

このゲームも、きっかけは些細なことだった。まだみかずきIIが完成していないある日、せっかく髪型を変えたのに淳がそれを指摘するまで時間が掛かりすぎたと理穂が文句をいったのだ。淳は謝罪し、二度とこのような失態は演じないと約束した。それから理穂は毎日、淳の覚悟を試すかのように、自分の容姿のどこかしらに変化を付けるようになった。最初のころこそ、眉を細くするとか、口紅の色を変えるとか、地味なものが多かったが、そのうちに、髪の一部を寝癖のように跳ねさせたり、鼻の穴に丸めたティッシュを突っ込んだり、あからさまに受けを狙うものに進化し、ついにはわざわざコスプレ用のカツラや小物まで準備するようになった。

いまや当初の目的は完全に忘れ去られ、いかに淳を笑わせるかに全精力が注がれている。

『みかずきIIの中でもハロウィンみたいなイベントやるの？』

ゾンビメイクのままの理穂が腕組みをしていった。向こうでも壁にもたれているのだろう。ちょうどライティングデスクに浅く腰掛けているように見える。

「やるんじゃないかな。みかずきIIでの生活はどうしても単調なものになるからね。昔ながらの祝祭的なイベントは、外の世界よりずっと重要になると思う」

『たとえば日本のお盆は死者の霊を迎えるイベントだったわけでしょ。みかずきIIでは、みかずきIIに入れずに死んでしまった人たちを供養するものとして復活するかもね』

こうして妻と話す時間は、淳にとってなによりの休息だった。話す内容はなんでもいい。顔を見ながら声を聞いて言葉を返す。その一連のプロセスが大切なのだ。

一回の通話は十五分と決めていた。それ以上続けると脳が勘違いしてしまう。最初のころ、だらだらと長話をしていたとき、急に愛しさがこみ上げ、衝動的に理穂を抱きしめようとしたことがある。もちろん立体空中映像を抱きしめられるわけもない。両腕が虚しく空を掻いたときのあまりの寂しさに、淳はあやうく感情のバランスを崩しかけた。

『じゃあ、おやすみ。また明日ね』

時間が来ると、どちらともなく話を切り上げる。

「ああ、また明日。おやすみ」

理穂が溶けるように消えていった。

みかずきIIは淳にとって人生そのものといっていい。その完成を見届けることができて満足もしている。みかずきIIの住人になることなど端(はな)から期待していない。ところが事態の急変により、技術者としてみかずきIIに移住するチャンスが与えられ、自分でも気づかぬうちに心に欲が生じていた。このままみかずきIIに残りたい、という欲だ。みかずきIIには未来がある。可能性がある。未来を生きたい。滅びたくない。それが、そもそもの自分の原動力であったことを、淳は思い出したのだった。

しかし、みかずきIIに残るということは、滅びゆく世界に理穂を置き去りにすることを意味する。もし、そんな選択肢を一瞬でも真剣に考えたなら、淳は絶対に自分を許さなかっただろう。

一方で、自分の中のみかずきIIへの思いもまた、否定はできない。キャラウェイ氏のいうとおり、それが存在すら認めたくない願望だとしても、思いは思いとして受け入れなくてはならない。受け入れた上で、胸に秘めておくのだ。

そして時期が来たらみかずきIIを去り、理穂のもとへ帰る。世界が終わるまでの短い時間を、二人で生きる。

それで、いい。

6

ぼんやりと見えてきたのは、ゆっくりと落ちる点滴だった。ぽたり、ぽたり、と白く濁った水滴が吸い込まれていく。この自分の体内へ。ここはどこなのか。なにをしているのか。なにをされているのか。

桂木達也は必死に思い出そうとしたが、頭がまったく働かない。強制的にブレーキをかけられている感じがする。周囲に目をやろうにも、頭部が固定されているらしく、動かせない。頭だけではなかった。手も足も縛り付けられている。

天井の白い照明がなにかに遮られた。だれかが傍らに立ち、自分を見下ろしている。

「鎮静剤が切れてきたのかな」

宥めるような声が聞こえた。若い女性だ。顔は陰になって見えないが、声には幼さが残っている。

「もうすぐ終わるからね」

「僕は——」

「考えちゃだめ。なにも考えないで」

女性の顔が間近に迫ってきた。吐息を感じられるほどに。澄んだ目がとても綺麗な人だった。

「頭の中を真っ白にして、言葉を唱えなさい」

耳元に囁かれると、甘えたくなるような安堵を覚え、張りつめた神経もゆるんでいく。

「言葉があなたの血肉となって一体化するまで、なんども、なんども」

女性の手が頬に触れた。温かい。

「さあ、なにも心配しないで、ひたすら唱えるの。まさか、忘れてないわよね。人類に

……？」

「偉大な……滅びを」

「いいわよ。すごくいい。さあ、もっと聞かせて。あなたの声を。言葉を。もっと、もっと」

「人類に偉大な滅びを。人類に偉大な滅びを」

「いいわ。その調子」

「人類に偉大な滅びを。人類に——」

いわれるまま、言葉を繰り返す。

頭の中が、空白になっていく。

第四部

第一章　みかずきⅡへ

1

なにごともなく夜が深まりつつある。その高層マンションの地下に広がる駐車場にも人気が途絶え、ずらりと並ぶ高級車を照明が静かに照らしている。

そのとき、地上に繋がるスロープから、ヘッドライトの強い光が射し込んできた。スロープを下りて姿を現したのは、ボックス型の大型乗用車だ。ボディは輝くような白で、ウインドウにはすべて遮光処理が施されている。駐車場内を歩くような速度で進んでいるのは、周囲に人が潜んでいないかセンサーで調べているからだろう。

やがて車はエレベーターに近いロットに到着し、その縦長のスペースに後進で入った。ドアがスライドすると三人の男が素早く降り、車を囲んで周辺に目を配る。三人ともごく普通のスーツを着用しているが、肩から立ち昇る気配には殺気さえ含まれている。

男の一人が車内に向かってなにかを告げると、小柄な女性が一人、車からゆっくりと降り立った。白いハットを深く被り、目元のカルタを遮光モードにしてあるため、顔はよくわからない。紫色の細身のワンピースは足下まで隠れる長さで、シルエットからかなり痩せていることがわかる。高齢なのか、足取りがおぼつかないが、その動きにはどことなく不自然なものがあった。

車のスライドドアが閉まると同時に、三人の男が女性を守るように取り囲む。エレベーターまでの短い距離を進む間も、男たちは異様なほど周囲を気にしていた。無事に四人を乗せたエレベーターが最上階を目指して上昇していくと、地下駐車場にふたたび静寂が訪れた。

約二十分後。

今度は黒いセダン型の高級乗用車がスロープを下りてきた。やはりエレベーターに近いロットに後進で入る。まず若い女性が車から出て、先に停まった白いボックス車に小さくうなずく。

あらためて周囲を見回してから、車内に右手を差し伸べる。その手を取って降り立ったのも小柄な女性だった。カルタを装着しておらず、帽子も被っていないので、顔がはっきりわかる。

見たところ七十歳前後。見事な白髪だ。やや真ん中寄りの目に漂う色香からは、若かりし日の美貌が偲ばれる。鼻とあごが尖り気味で、黒っぽいワンピースを着ているせいか、童話に登場する魔女のような雰囲気もある。シルエットは細いが、足取りはしっかりしていた。

年齢的には祖母と孫娘でもおかしくない二人だったが、それにしては若いほうの表情が硬すぎる。防犯用モニター画面を確認するときも、エレベーターの中にだれも乗っていないことを示す映像を瞬きもせずに見つめていた。

やがてエレベーターが到着してドアが開くと、若い女性があっと声を呑んだ。

だれも乗っていないはずのエレベーターから黒ずくめの一団が飛び出してきたのだ。

彼らは問答無用で二人の身体の自由を奪った。

「やめてくださいっ」

若い女性が両腕を取られたまま叫んだ。

「わたしたちがなにをしたというんですか。祖母は身体が弱いんです。なにかあったらただじゃ……」

声が急速に力を失う。白いボックス車の中に残っていた別の三人も、すでに黒ずくめの男たちによって引きずり出され、彼女たちを助けるどころではなかった。

「カナコ、もうよい」

老女が投げやり気味にいった。

「しかし、舞さま……」

「無駄です」

「そのとおり」

一人の男が、彼女たちの前に進み出る。

彼だけはスーツ姿だった。

「高籐舞だな」

老女が憎しみを込めた目で見返す。

男は不快そうに口元を歪め、低い声で告げた。

「全国七カ所同時自爆テロを主導した容疑で逮捕する」

2

マンションのドアが閉じる音で我に返り、小春は玄関で立ち尽くした。どうやって帰ってきたのか、思い出せない。

考えはじめると、その場から動けなくなる。だからなにも考えないように、立ち止まらないように、心に麻酔をかけつづけてきた。

しかし、ようやく我が家にたどり着いても、小春の心は麻酔から覚めようとしない。考えることそのものを恐れるかのように。

習慣の力だけで部屋に上がる。廊下を進む。リビングや寝室を漂うように回る。だれもいない。だれの気配も感じられない。

あの問いと向き合わねばならないときが来たのだ。

わたしはこれからなんのために生きればいいのだろう。生き続けることになんの意味があるのだろう。刻一刻と大気から酸素が失われ、硫化水素が溜まってゆくこの世界に、未来のないこんな世界に、たった一人で。

「リュウリくん」

呼びかけた声は虚空に吸い込まれて消えた。

「ラナ」

返ってくる声はない。

その静寂の中に、死への誘いが芽吹く。この世界に留まっても意味がないのなら、あえて留まる必要もない。なにより、向こうにはリュウリがいる。彼にまた会える。ならば、なにを迷うことがあるだろう。

でも、と自分に言い聞かせる。

いまはまだ、そのときではない。あと三日経てば、ラナはみかずきIIに入る。みかずきIIに入ってしまえば、外部とのあらゆる連絡は絶たれる。わたしがなにをしても、ラナに知られる恐れはない。あの子に、これ以上、悲しい思いをさせることもない。ならば……。

小春は決めた。

あと三日だ。

三日だけ、我慢しよう。

そして、リュウリのところへ行こう。

＊

「そうですか……ラナは無事に出発しましたか」

『でも、あと三日あります。あの子がみかずきIIに入るまで』

小春の声は思ったよりも元気で、潤太はひとまず胸をなで下ろした。

「寂しいだろうけど、気を落とさないように」

『お義父さんこそ』

「私には香織との思い出がある」

小春が軽やかに笑う。

『お義父さんらしい』

彼女の笑い声を聞くのは久しぶりだ。

「なにかあったら、いつでも連絡ください」

『ありがとうございます、いつも』

しかし通話を終えた瞬間、不吉な予感が潤太の胸を掠めた。たしかに声の調子からは、それほど落ち込んでいるようには思えない。だが、自然な感情の流れとしては、強い違和感がある。あえていえば、生きる意思を放棄した人に特有の、あの透き通るような明るさに似てはいないか。

「まさか、小春さんに限って……」

みかずきIIへの移住が進むにつれて、自殺者の数が急増しているのは事実だ。もはや地上において、未来はシールドポリスの中にしか存在しない。未来を担う人々は続々とシールドポリスへと向かう。移住が完了するとき、外の世界には一片の希望も残されない。事態が日一日と悪化することはあっても、好転する望みはゼロだ。明日は今日より必ず悪くなる。一年後に自分が生きているかどうかすらおぼつかなく、三年以上生存することはまず不可能。

世界は滅びに向かって加速している。絶望の中に置き去りにされた人々が、この世界で生きることに価値を見出せないとしても、無理はない。

そういう自分も、香織とリュウリのもとへ行く誘惑をあらゆる瞬間に感じる。ふとした拍子に決定的な行動に走るかもしれない。そんな危うさが自分の中にもある。

もし小春が自死を考えているとしても、それを止める力のある言葉は、いまの自分の口からは出てこないだろう。果たして、このような極限状況になってなお、人は自ら命を絶ってはいけないのだろうか。彼女が穏やかに死を受け入れるつもりなら、黙って見守るという選択肢もあるのではないか。

「なあ、リュウリ……かおりん……」

私は間違っているか。

3

狭い部屋だった。

赤茶色のドアを入って五歩も進めば奥の壁にぶつかる。横幅に至っては、真ん中で両手を広げると指先が左右の壁に届きそうだ。その幅の半分をベッドが占領しているので、自由に動ける空間はほとんどない。天井も低く、圧迫感がある。

窓は、奥の壁に四角い窓が一つ。しかも嵌め殺しで白く濁っているので、せいぜい明かり取りの役割しか果たさない。

室内の設備は小さな洗面台とライティングデスクだけ。トイレもシャワーブースもない。刑務所の独房でももう少しマシではないかと思えるが、祖父によると、この仕様も意味があってのことらしい。

正式名称は〈みかずきII移住者用準備施設〉。職員など関係者の間では〈プレップ〉と呼ばれている。

ラナが二十人乗りの専用バスで二時間ほど揺られ、全国に十五あるプレップの一つに到着したのは、午後三時を過ぎたころだった。そこはかつて工業団地のあった地区で、だだっ広い平地に、窓が一つもない異様な建物が横たわっていた。

やがてバスは、いくつか検問所を通過してから地下に潜り、降車場らしき場所で停まった。同じようなバスがすでに何台も到着していて、さながらバスターミナルのようだった。

バスを降りたラナたちは、まず電子IDの照合とセキュリティ検査を受け、その足で医務室に移動して血液を採取された。個別に用意された部屋で一息吐けたときには、到着してから優に一時間は経過していた。

しかし、これでゆっくりできるわけではない。まもなく施設のオリエンテーションが始まる。とりあえずラナはベッドの上でスーツケースを開けた。携行が許された手荷物は、この小振りのスーツケース一つだけだ。中身は着替え、身の回りの品、洗面用具など。

それらの荷物の奥から、写真のアルバムを引っ張り出す。もちろん電子データも持ってきているが、今後のことを考えると出力済みのものも一枚は欲しい。

ラナはその薄いアルバムを開いた。一ページ目の写真は、両親と三人で写した最後のもの。父。母。わたし。みんないい笑顔だ。しかし、写真の中は過去の世界でもある。

感傷に染まりそうになる気持ちを抑えてアルバムをめくる。サリーちゃん。祖父。そして祖母。ラナは、会ったことのない吉井香織の写真を、静かに見つめる。

わたしはこの人にそっくりだという。血の繋がりがあるのだから不思議ではない。つまり、わたしが子孫を残せば、その中にもわたしと瓜二つの子が生まれ得るということだ。逆に時代を遡れば、わたしや祖母にそっくりのご先祖様だっていたはずだ。

わたしは、遠い過去からやって来て、遠い未来に行こうとしている。池辺ラナという人間は、その途中の通過点の一つに過ぎないのかもしれない。でも、この旅はいつまで続けることができるのだろう。

館内放送が聞こえた。十分後にオリエンテーションを始めるのでメインホールに集合してください、とのこと。ラナはアルバムをスーツケースにもどし、ベッドから腰を上げた。

赤茶色のドアを開けると、三十メートルはあろうかという長い廊下に出る。木目模様の床を、天井を走る一筋のライトが照らしている。

その廊下を挟んだ正面の壁には、白く濁った四角い窓がずらりと並んでいた。その数、二十。それぞれの窓の向こうにも、ラナの部屋と同じ仕様の部屋があるのだ。

ラナの部屋の左右にも、やはり赤茶色のドアが並んでいる。一つ一つに、居住者の氏名を記したプレートが掲げてある。三日間しか滞在しない施設に、わざわざネームプレートまで作らなくてもいい気もするが、祖父の話では、これにも意味があるらしい。

ちなみにトイレとシャワーブースは共同で、廊下の突き当たりにある。

館内放送を聞いた人たちが廊下に出てきて、黙々とメインホールへ向かいはじめた。ここはF4という女子用区画なので、部屋から出てくるのも女性ばかりだ。老人といってもいいくらいの人もいれば、明らかにラナより若い子もいる。赤ん坊や幼い子供を連れた人もいた。話し声はほとんど聞こえない。緊迫した中に疲れの気配が漂う。ラナも人の流れに乗って無言で歩く。

メインホールに集まったのは、きょうこの施設に入った総勢二百名。ざっと見たところでは女性のほうが多そうだ。みな区画ごとに用意されたイスに座っていく。

時間が来て、施設の責任者という人が前に立った。四十歳くらいの背の高い男性だった。簡単な挨拶のあと、この施設の最大の目的は「みなさんに、みかずきIIでの生活をよりよい状態でスタートしていただくことにあります」といった。

「きょう、この場にお集まりのみなさんは、みかずきIIではH312という区画に住むことになります。つまり、みなさんは同じコミュニティ単位の一員となるのです。周りをごらんになってください。この方たちが、これからみなさんがみかずきIIの中で助け合い、ともに未来を築く、もっとも身近な仲間になるのです」

その言葉を聞いて周囲を見回した人たちが、ここにいるのは自分一人ではないことに初めて気づいたような顔をする。

「私たちスタッフがみなさんのお手伝いをさせていただくのは、きょうからの三日間です。私たちは、みかずきIIには行けません」

ラナたちの横に居並ぶスタッフのほとんどは、四十代から三十代。一人だけ明らかに二十代の女性もいる。おそらく三年後、あの人たちのほとんどは生きていない。いま、どんな気持ちでここにいるのだろう。生き残るべく選ばれた移住者を前に、なにを感じているのだろう。

「しかし、私たちが嫌々この仕事をしているとか、移住者の方々に否定的な感情を抱いているなどとは、けっして考えないでください。私たちは、みなさんに、自分たちの、そして人類の未来を託すのです。そのための尽力は惜しみません。みなさんは、私たちの希望です」

これも祖父から聞いたことがある。みかずきII本体の建設は、みかずきII計画の一部でしかない。もっとも重要なのは、そこに住む人々を遅滞なく移住させるシステムを構築して機能させること、そして、みかずきIIで円滑にコミュニティを営めるよう、準備と配慮を怠らないこと。いまから自分は、そのすべてを目の当たりにするのだ。

「ではこれより、みかずきIIに出発するまでの三日間のスケジュールについて、各担当者から説明があります」

4

――愛する人とともに永遠の世界に旅立つのです。恍惚とならない女がいるでしょうか。わたしの人生は総じてろくでもないものでしたが、あの瞬間だけは別です。四十年前のあの日、あのとき、わたしは完全な幸福の中にいました。

わたしと克明憲の関係は、始まりから死の気配を漂わせていました。このまま二人そろって齢を重ね、子供を産み育て、老いた互いを労り合う日が来るなどとは、夢に見ることすらありませんでした。その不吉な、しかしどこか甘美な予感は、ナカムラ＝シャイアン彗星の一件によって現実となります。

なぜ彼は、あのような自らを追いつめるアイデアを思いつき、実行したのか。正直、わたしにはいまでもわかりません。もしかしたら心の底に破滅願望があったのかもしれないし、ほんとうに単なる思いつきだったのかもしれない。

でもその結果は、あらゆる意味でわたしたちの予想を超えるものでした。新発見の彗星を神の船とするアイデアは、思いがけないほど多くの人の心を摑んでしまったのです。

急激に大きくなった教団はまるで別の意思を持った生き物で、克明憲でさえすべてを自由にはできませんでした。わたしたちは準備も心構えもないまま、いきなり濁流に放り込まれたようなものです。立ち止まって考える余裕などなく、ただ呑み込まれないようにするだけで精一杯でした。

そして気がついたときには、あの日、あの場所にいたのです。

赤天さまの御心に添うという名目で、一部の教団幹部が自爆テロの検討を始めていたことは、当初は克明憲も知りませんでした。そう、あれは幹部たちの暴走だったのです。

しかし、いったん走り出したものを止めるのは、もはや教祖にも不可能でした。しかも幹部たちは、信者を自爆テロ要員に仕立てるためのプログラムまで勝手に作っていたのです。

皮肉なことに、爆薬の研究をするための秘密施設が爆発事故を起こしたのは、ちょうどそのプログラムを使った研修の最中でした。担当の教団幹部は青くなり「警察の強制捜査を受けて信者が自爆した」と克明憲に虚偽の報告をしました。それが、ただでさえ不安定になっていた彼の精神状態にどのような影響を与えるかも考えず。

果たして彼はその言葉を信じ、完全に打ちのめされたようでした。こうなった以上、わたしにはどうすることもできません。わたしにできるのは、彼に従うことだけ。でも、だからこそ彼は、最後までわたしを傍に置いてくれたのでしょう。

このときも、彼はしばらく無言でうつむいてから、強ばった顔をわたしに向けました。出会ったころによく見せてくれた、かつての愛嬌に満ちた笑顔の名残りは、いまや影もない。わたしは、心の痛みを堪えて、ただうなずきました。覚悟などとっくにできています。来るべきときが来た。それだけのこと。

赤天水の用意をして信者をホールに集めるよう教団幹部に指示を出してから、わたしと彼は部屋に引きこもり、最後の交わりを持ちました。短い時間でしたが、あらゆる感情が溶け合い、命を絞り尽くすような、濃密で凄絶なものでした。

行為を終えたわたしたちは、澄み切った疲労感に包まれながら、あの舞台へと向かったのです。そこでわたしたちの愛は完成し、不滅のものになる。大勢の信者たちを見渡したとき、わたしは思いました。これはわたしと彼の結婚式なのだと。

赤天水が行き渡り、沈黙の中で、ついにそのときが来ます。愛が永遠になるのです。彼が最後の言葉を発しようとしたその瞬間、わたしは間違いなく、だれも辿り着けないような幸福の高みに達していました。

でも彼がその言葉を口にすることはなかった。いきなり頭から血飛沫を上げて倒れたからです。

なにが起こったのか、わたしには理解できませんでした。ただ一つ、彼が先に行ってしまった、そのことだけは本能で感じました。

わたしは夢中で追いかけようとしました。いまなら間に合う。まだいっしょに行ける。そう信じて。

しかし、彼のもとへ連れていってくれるはずの赤い液体は、容赦ない暴力を浴びて床に散りました。彼は去り、わたしは残った。永遠に共にいられるはずが、永遠に引き裂かれ――

＊

「城内くんはどう思った？」

「まず、赤天界にいた彼女がなぜグレートエンディングを目指すようになったのか、最後まで読んでも見えてこない。とくに赤天界に関する部分は自己陶酔と自己弁護に終始してる。大勢の信者を騙して集団自殺させようとしたことについては反省も後悔もない。自分から克明憲を奪ったこの国を恨むというが、ほとんど逆恨みだ。関係者の供述と食い違う点も多い し、全体として説得力に欠ける。これは本物だと思えたのは、なんとしてもこの国を滅ぼすという強い意志、それと、彼女が克明憲に寄せていた愛情くらいだな」

「そこは僕も同意見だよ」

皆川マモルの仕事場は高層マンションの一室にある。L字型のメインデスクに配置されたモニターは大小五つ。中央の大きなものが原稿執筆用で、その周囲の四つは資料やデータを表示させるためのものだろう。

天井まである書棚には紙の書籍がいっぱいに詰め込まれている。どれも古い本だ。

皆川マモルは、黒いTシャツに黒いキャップを被り、高価そうなデスクチェアに大きな身体を委ねていた。室内なのに帽子を被るのは、彼にとってはこれが仕事場に入るときの正装だからだ。

タカヒロがここを訪れるのは、じつは初めてだった。皆川マモルとは連絡を取り合ってきたし、たまに外で会うことはあったが、なぜか仕事場には足が向かなかった。

「ただ、その他にも気になる点がいくつかある」

タカヒロはソファから腰を浮かした。

「それだ。そいつを聞かせてくれ」

全国七カ所同時自爆テロを防げなかった警察は、威信を懸けて捜査に当たったが、テロ組織〈SEN〉の正体はなかなか摑めなかった。

転機となったのは、SENの協力者を特定できたことだ。その協力者は、有害気塊警報システムを設計したエンジニアの一人だった。当該システムのハッキングなどそうそうできるものではないことから、内部犯行説は早い時期から囁かれており、警察も関係者を重点的に調べていたらしい。

特定後もあえて逮捕せず、監視しながらSENに繫がる糸を慎重に辿り、ついに最高指導者を突き止めた。それが高籐舞だ。

といっても、世間でその名を聞いてぴんとくる人はほとんどいなかっただろう。赤天界事件が起きたのは四十年も昔。タカヒロたちにとっては生まれる前の出来事だ。

ともあれ、最高指導者を逮捕したことで、警察はかろうじて面目を保つことができた。その直後だ。まるでこうなるのを待っていたかのように、高籐舞による手記なるものがネットに出現した。

そこには、赤天界事件の顚末（てんまつ）から始まり、彼女がいかにこの国を恨んでいるか、そしてSENというテロ組織が生まれるまでの経緯が綴られ、最後に、グレートエンディングの名の下に日本国民を殲滅（せんめつ）する旨が宣言されていた。手記が本物であることは本人も認めているという。

「まず引っかかったのは、みかずきIIに対する予言めいた警告のくだりだね」

「『人々は自らみかずきIIを捨てることになる』って、あれか」

「その文章だけ妙に浮いているとは思わなかった？」

「たしかに異質な感じはした。ほかの文章にはどこか情緒的なものが含まれてるのに、そこだけやけに乾いているというか」

皆川マモルが大きくうなずく。

「具体的になにかあるのかもしれないよ。みかずきIIに対するテロの計画が。SENは壊滅したわけじゃないから」

「みかずきIIにはまだ淳が残ってる。それに、そろそろリュウリと小春んところの娘が移住するはずだ」

「ラナちゃんか。しばらく会ってないけど、大きくなったろうね」

「ああ……」

リュウリの無念を思うと、どうしても口が重くなる。

マモルがゆっくりと息を吸い込んで、

「僕が疑問に思ったもう一つは、高籐舞の存在そのものだよ。なぜ彼女があれほどのテロ組織で最高指導者の地位に収まれたのか。手記には、彼女の周囲に自然と人が集まって組織ができあがったみたいに書いてあったけど、ちょっと信じられない。カリスマめいたものはあるにしても、組織の指導者に相応しい冷徹さが感じられないからね。高齢である点も、この場合はマイナスになる。彼女はそこまで伝説的人物じゃないからね。高籐舞を祭り上げて作った組織を、実質的に動かしていた人間が、ほかにいるような気がする」

「さすが小説家」

タカヒロの待ってましたといわんばかりの反応に、マモルが小首を傾げた。

「城内くん、なにか知ってるの？」

「テロの計画についてはさっぱりだが、SENのナンバー2のことなら多少の情報はある」

「ナンバー2……？」

「ナンバー2ってのは俺が勝手に推測してるだけだが、相当な実力者なのは間違いない。レイと呼ばれてる。年齢、性別、それが姓なのか名前なのかも不明。ただレイと」

「そのレイという人物がSENの実質的なリーダーだったってこと？　高籐舞ではなく」

「その可能性が高いが、まだ断定できる段階じゃない。組織内でやりとりされたテキストにレイという人物は頻繁に登場するが、具体的なイメージに結びつく内容はなかったそうだ。警察の捜査にも引っかかってこなかった。警察内では、実在しないんじゃないかって声もあるくらいだ」

マモルが興味深そうにタカヒロの顔を見つめてくる。

「そういうネタは、やっぱり警察関係者から？」

「まあな」

「さすがジャーナリスト。取材力が違うね」

タカヒロはにやりとしてから、

「いちおう俺もプロだからな。といいたいところだが」

へっと笑った。

「どういうわけか、ここに来て警察関係者の口がやけに軽くなってるんだ」

「意図的に情報をリークしてるってこと？」

「そう思いたいけどな」

「どういう意味？」

「そんな上等なものじゃなくて、単に、箍が外れてきてるだけって気がする。社会のあっちこっちで、いろんなものが壊れてきてるだろ。これも、その症状の一つじゃないかって」

人々の生活を支えてきた有形無形のインフラが崩れようとしている。その兆候は至るところで見られる。流通の機能不全による物資不足はいうに及ばず、停電や断水も珍しいことではなくなった。飲料水や生活用水を確保しておくのはいまや常識だ。

しかしもっとも顕著なのは治安の悪化だろう。都心部でも夜の一人歩きはもうできない。さらにネットでもウイルスやハッカーが跳梁し、対応が追いつかなくなりつつあった。海外では、すべての政府機関をネットから隔離する決定を下した国さえある。

「いまから思うと、グレートエンディングにもそれなりの存在意義があったのかもね」

「……なに」

タカヒロは気色(けしき)ばんだ。

「テロを擁護するわけじゃないよ。ただ、グレートエンディングという考え自体は、希望から取り残された人々にとって、尊厳を保つための有効な手段だった。少なくとも、そういう時期はあったんだ。たとえ滅亡することになっても最後まで美しくあろうとする姿勢は、けっして間違ってない。ぎりぎりまで社会を機能させるという点においても」

マモルのいうことは理解できる。しかしタカヒロには、グレートエンディングにリュウリを殺されたという思いがある。

「そんな立派な思想が、どうしてテロと結びつく」

「憎悪が入り込んだからだよ」

「憎悪……」

「滅亡する運命、一部の人間だけを救済するシールドポリス、自分を置き去りにしていく移住者たち、そういうものに対する人々の憎悪だ。人である以上、この感情と無縁ではいられない」

　マモルが静かな目をタカヒロに向ける。

「本来、絶望は人を萎えさせるものだ。抵抗する気力を根こそぎにする。でも憎悪と混じり合うと、まったく異なる性質を示すようになる。人を暴力へと駆り立てる性質を。そこに〈正義〉という触媒が加わると、一気に臨界点を超えて歯止めが効かなくなる。グレートエンディングが物騒なものに変容していったのも、そのせいだよ。〈絶望〉〈憎悪〉〈正義〉の三要素が揃ってしまったんだ。SENは、その化学反応の果てに生まれた結晶のようなものじゃないかな。その結晶が生まれるための核になったのが高籐舞だったとすれば、手記に書いてあったことも、あながち的外れじゃないのかもね」

「高籐舞がほんとうにグレートエンディングに共感して、その達成を目指していたと思うか」

「それは僕にもわからない。城内くんも指摘したように、彼女がグレートエンディングにこだわる理由というか、動機がいまいち明確じゃない。彼女にとっては、日本という国を滅ぼすことが先決で、グレートエンディングなんてお題目はどうでもよかったのかもしれない」

「赤天界のときと同じように、か」

「でも、自爆テロの実行犯たちは、自爆するときグレートエンディングと叫んだそうだよ。少なくともあの瞬間、彼らは本気で、偉大な滅びを完成させることが正義だと思い込んでいた」

「あるいは、思い込まされていた」

マモルが深くうなずいて、

「ただし、気をつけなければならないのは、そう思い込ませた黒幕の打倒を最終目的にしないことだよ」

「……なぜ」

「SENが憎むべきテロリストなのは確かだし、壊滅させる必要もある。でも、SENが生まれたのも、さっき城内くんのいった、社会が壊れていく過程の症状の一つなんだ。その症状を引き起こした元凶は、僕らの手の届かない場所にいまも浮かんでる」

「レイという人間を引きずり出して裁いたところで、なにも解決しないっていうのか？」

いや、とマモルが答えていう。

「少なくとも、テロが起きる当面のリスクは下げられる。それだけでも価値はあるよ」

「だが、それ以上の意味はない」

「SENを壊滅させても、たとえこの世から悪をすべて消し去っても、人間社会の崩壊は避けられない。悲しいことだけど」

「まるでマモルの小説だな」

「そう?」

「わかりやすい悪役をやっつけてめでたしめでたし、ってわけにはいかないってことだろ」

「だから、読み終わってもすっきりしないっていわれるんだけどね」

互いにふっと笑みを漏らしてから、うつむく。無言の中に徒労感がにじんでいく。なにをやっても、もう自分たちは助からない。滅ぶしかないのだ。

「あ、そういえば……」

マモルが思い出したように顔を上げる。

「さっき速報で流れたニュース、見た?」

最新情報は一時間前にチェックしたきりだ。

「なにかあったのか」

「また落ちたみたいだよ。硫化水素塊が」

タカヒロはぎょっとして、

「今度はどこだ」

「アフリカ大陸の西海岸」

日本国内でなかったことについ安堵してしまい、タカヒロはそんな自分を恥じる。

「死人も出てるようか？」

「かなり」

「いつかは日本にも落ちるんだろうな」

「時間の問題だろうね」

「なあ……硫化水素にやられるのと、酸欠で死ぬのと、どっちが嫌かな」

「究極の選択か」

マモルが腕組みをして天井を仰ぐ。

タカヒロも考えてみる。

「瞬時に意識を失えばどちらも同じだろうが、そうじゃない場合は硫化水素のほうが苦しみそうだな」

「でも、酸欠でゆっくり窒息していくのも、想像するだけでぞっとしない？」

「たしかに」

「これは困ったね」

「ああ、困った」

とつぜん笑い声が弾けた。

「どうした」

「なんか、おかしくて」

マモルが大きな身体を揺すりながらいう。

「僕たち、なんで普通に話してるんだろうね。こんなに深刻な状況なのに」

「いまさら泣き叫んだって仕方がないってことだろ」

そう。仕方がないのだ。

「こうやって笑えるうちは、まだ大丈夫なのかな」

「だな」

タカヒロは頃合いと見て腰を上げた。

「忙しいところ邪魔して悪かったな。参考になったよ」

「もう行くの？」

「新作の配信、楽しみにしてるぜ」

タカヒロは部屋を出ようとして足を止めた。

「忘れ物？」

「あのさ」

タカヒロは振り向き、マモルの顔を見ていった。

「ほんというと俺……マモルのこと、憎んでた時期があってさ」

「え……」

マモルが戸惑いを露わにする。

「いや、ほんの一時期なんだけど」

タカヒロは鼻の頭を掻いた。

「おまえが小説家になって、賞をとって、俺が目指していた夢をぜんぶ叶えてるのが、どうにも面白くなくて」

マモルは瞬きもせずに聞いている。

タカヒロは言葉を探しながら唸る。

「なんていうか……すまん」

「いや、そんなこと——」

そこまでいったマモルが目を瞠り、

「もしかして、きょうはそれをいうために、わざわざここに？」

タカヒロは渋々うなずく。

「マモルの意見を聞きたかったのは嘘じゃない。事実、すごく勉強になった。でもリュウリのことがあってから、俺もいろいろ考えてさ。テロに巻き込まれなくても、俺たちが生きていられる時間はもう何年もない。だったら、会いたいやつには、いまのうちに会って、伝えたかったことを伝えたほうがいい。それで……」

「僕は別に気にしないよ。だから城内くんも、そんなに深刻に考えないでほしいな」

「うん……あ、ついでだから教えるけど、俺、いま江口ゆかりといっしょに住んでるんだわ」

「へっ？」

「この前、小春のところに淳と行ったとき、江口も来ててさ。久しぶりに会って、あいつ、ぜんぜん変わってなくて、それが嬉しくて、あいつの顔を見てるだけで気持ちが温かくなって、残りの時間をこいつといっしょに過ごせたらどんなにいいだろうなって思って、帰り道で正直に気持ちを伝えたら、別にいいけどって返事が……あれ、俺、なんの話してるんだ？」

マモルの顔に優しい笑みが広がる。

「おめでとう。僕も嬉しいな。久しぶりに温かい気持ちになったよ」

「悪いな。なんか、変な話になっちまって」

しかしタカヒロは、生まれ変わったように気持ちが軽くなっていた。

「じゃあ、僕も一つ、城内くんに伝えておこうかな」

「お、なんだ」

タカヒロはソファにもどって座り直す。

「僕が小説家になったのは、城内くんの影響も大きいんだよ」

「俺？」

「みんなでみかずきIIの建設現場に行ったとき、城内くんは自分の夢は小説家になることだって、いったよね」

「……ああ」

「あのときの城内くんの言葉が、ずっと僕の心の底に残っていたんだ」

「でも、おまえの夢は映画監督になることだって——」

「映画監督になりたかったというより、映画を撮りたかったんだよ。ミカズキの災厄をテーマにした映画を」

「テーマがミカズキの災厄……それって」

小説家〈皆川マモル〉のデビュー作だ。

「脚本はできてた。でも、映画を製作するための資金を、まったく集められなくて」

無理もない。すでに当時、この国には映画一本作るだけの余裕もなくなっていた。

「諦めそうになったとき、城内くんのことを思い出してさ。映画がダメなら小説にすればいいって気づいたんだ。気づいてみると、最初から自分はこれをやりたかったんじゃないかってくらい、しっくりきた。たぶん、心の奥では、その日のために準備をしてきたんだと思う。いまじゃ自分の天職だ。城内くんの言葉が、僕を天職に導いてくれたんだよ」

「よくわかんねえけど、マモルの役に立ったのならよかった」

「やっぱり、簡単に諦めるわけにはいかないからね。あの橋の上で誓った夢は」

「なんだ、俺に対する当てつけか」

「いやいや、そういう意味じゃない」

タカヒロは笑った。

「わかってるさ」

「僕はね」

マモルがしみじみという。

「最後にもう一冊、紙の本を出すつもりでいる」

「紙？」

「印刷と製本を引き受けてくれるところは、なんとかなりそうなんだ。あとは原稿」

ちらとメインモニターに目をやる。

「なぜ紙なんだ」

「紙の本なら、デバイスが壊れてもバッテリーがなくても読めるからね。いままでも何作かは紙の本になってるけど、どうしてもあと一つ、紙で残したい物語がある。その一冊を出せたら、もう死んでもいい」

「おい」

タカヒロは思わず剣呑な声を出した。

「もちろん自殺なんてしないけど」

「ほんとうだな」

「なんだよ。怖い顔するなって」

マモルがすっきりした笑みを天井に向ける。

「願わくは、みかずきIIに移住する人で、一人でも僕の本を持っていってくれてることを。そうすれば、僕が死んだあとでも、僕の作品は残る。次の世代の人にも、さらにその次の世代の人にも、読んでもらえるかもしれない」

「マモル」

「うん？」

「おまえ、けっこう欲が深いな」

「だから小説家になれたんだよ」

マモルが珍しくおどけた。

「いまわかったよ。万事控えめで慎み深い俺が小説家になれなかった理由がさ」

5

「君が上嶋淳くん？」

黙々と文献を読んでいた淳は、いきなり頭上から浴びせられた声に顔を上げた。しかし視線の先に広がるのは果てしない書架の列。その間に疎らに立つ男女は、みな目的の本を探すのに夢中で、こちらに注意を向けている様子はない。第一、遠すぎる。かといって、淳の左右にも声の主らしき影はない。図書閲覧用の長テーブルに着席しているのは、いまは淳一人だ。空耳かと思い、文献にもどろうとしたとき、

「ちょっと顔かしてくれない？」

はっと身体をひねると、背後に見知らぬ女の子が立っていた。女の子といっても淳と同じ大学生だろう。淳が啞然としていると、その子が急に自信なさげな顔になり、

「ごめん。人違い？」

「いや、上嶋淳であってるけど……」

「よかった。わたしは生物学部の広田理穂。上嶋くんと同じ二年生ね。日本にはまだ四年くらいしか住んでないから、少し言葉遣いが変かもしれないけど、そこは大目に見て」

一気にいってから、にっこりと笑う。

「で……僕になにか用？」

淳が周囲を気にして小さい声で尋ねると、広田理穂も合わせるように声を潜め、

「用っていうか、変わった人がいるって聞いたから見にきたの」

「……見にきた」

「いつもこの席で本を読んでる、ちょっと暗そうな感じの人だっていうから、どんな人だろうと思って」

わけがわからず言葉を返せないでいると、広田理穂が長テーブルの上の分厚い文献をのぞき込み、

「勉強中？」

「うん、まあ……」

「迷惑だったら出直すけど」

「そうしてもらえるとありがたいな」

広田理穂が軽く肩をすぼめて、

「ごめんなさい。ちょっと不調法だったね。こんどゆっくりお話を聞かせて。失礼」

さっと身を翻して離れていく。歩きながら、淳をちらと振り返る。その一瞬に見せた表情が、まるで舌なめずりをしているようだった。

「君のほうがよっぽど変わってると思うよ」

淳は独りごちて文献にもどる。が、集中できない。さっきの彼女にぜんぶ持っていかれたらしい。

＊＊

あのときの彼女の服装や髪型は憶えていないが、淳を見下ろす目が獲物に襲いかかる虎のようだったことだけは、強く印象に残っている。あんな目をした女の子に会ったのは初めてだった。

そのせいだろう。淳はどうしても文献に集中できなくなり、気分を変えるために外を歩くことにした。そして図書館を出たところで、広田理穂の後ろ姿を見つけたのだ。

思えば、あの瞬間も人生の分岐点に立っていたといえるだろうか。あのとき、もし彼女に声をかけなかったら、その後の展開はまったく違うものになったかもしれないし、そもそも理穂と言葉を交わす機会がふたたび巡ってきたかどうかもわからない。

ともあれ、このとき淳は、なぜかそうしなければならないような気がして、足早に理穂に追いついたのだった。

＊＊

「変わった人って、どういう意味？」

振り向いた理穂の顔に、ぱっと笑顔が咲く。

「勉強は終わったの？」

「気分転換に散歩しようと思って」

言葉を交わしながら、並んで歩く。淳が右側、彼女が左側。あらかじめ示し合わせていたかのように、そうなった。

　大学構内は、広さの割に人影が少なく、閑散としている。建物はどれもくすみ、歩道の路面もひび割れるままに放置されて修復される様子もない。空にはきょうも複数のＦＣＢが浮かんでいる。一つはかなり低いところにあるが、警報を受信しないところをみると、落ちてくる恐れはないのだろう。

「それより、さっきの話。僕のどこが変わってるの？」

「わたしはそうは思わないんだけど、周りの人がね」

「周りの人がなんて？」

「上嶋くんは勉強ばっかりしてる」

「当たり前だろ。ここは大学なんだから」

「もう人類は滅ぶんでしょ。勉強してなんになるの？」

「それなら、なんで大学に来てる？」

「生きているうちに学生という身分を楽しむため」

　広田理穂が嘯（うそぶ）くような調子でいった。

「僕には理解不能な考えだ。いまの僕らにそんな暇はないはずなのに」

「上嶋くんはなんのために勉強してるの？」

「どんな形になるかはわからないけど、いずれ僕はみかずきⅡの建設に携わる。その日のために、いまは力を蓄えてる」

「みかずきIIって日本のシールドポリスだったよね。ほんとうに計画が復活すると思う？」

「人類最後の砦なんだ。この国で唯一の。このまま終わらせてたまるか」

理穂が足を止めて、淳に向き直った。

じっと見つめてくる。

「その目。そういう目を探してたの」

「目……？」

「未来を信じる目。まだ、いたんだ」

理穂が心からうれしそうに微笑む。瞳が少し潤んでいる。うん、とうなずいてから、右手を差し出してくる。

「あらためて」

「え、なに……」

「友達になって」

「あ……ああ、構わないけど」

淳は気圧(けお)されながらも理穂の手を握る。

理穂が力を込めた。

「よろしくね」

＊＊

　淳は自分の右手を見つめ、時の流れに思いを馳せる。二十年の歳月など、過ぎてしまえばあっという間だ。時間は止められない。いまこの瞬間も、たちまち過去へと流れていく。あと一カ月で、みかずきIIへの移住が完了する。その後はただちに密閉状態への移行作業に入る。自分の仕事も、そこで終わる。やるべきことを、やりきった。そう胸を張れる人生だった。思い残すことはない。ないはずだ。

『後悔してるんじゃないの？』

　すでにいつもの場所に理穂が来ている。しかし、いつもの陽気さはない。

「してないさ」

　淳は右手から目を上げた。

『わたしはしてる』

　理穂が、腕組みをしたまま応える。

『大学のときに噂を聞いて淳に近づいたこと。友達になって、それ以上に好きになって、結婚したこと。そのすべてを後悔してる』

「理穂……」

『わたしが淳と知り合わなければ、淳の未来を奪うこともなかった』

「違うっ！」

理穂の表情は動かない。

「理穂のいない未来なんて、僕にはなんの意味もないんだよ」

『そんな言葉でわたしが喜ぶと思う？』

隠しておくつもりはなかった。みかずきIIのインフラ整備に携わる全作業員が、特例措置として移住者の権利を得たことは、とうに世間に知れ渡っている。淳の代わりに移住する者の人選も、社内で進められているところだ。

『みかずきIIの移住者にエントリーするとき、わたしたち話し合ったよね。どちらか一人だけが選ばれても辞退はしないって。一人でも生き延びるって』

「結果的に二人とも選ばれなかった。だから、残りの時間を最後までいっしょに過ごそうと決めた。この話はそれで終わったんだ」

『でも、そのあとで事態が変わったんでしょ。その気になれば、淳はみかずきIIに入れた。あれほど願っていた未来を手にすることができた。それなのに、わたしがいたせいで……』

「よく聞いてくれ、理穂。君のせいじゃない。これは、僕が、僕のために選択したんだ。二人でエントリーしたときは、移住者に選ばれたときにどうするか、事前に君と決めていた。しかし今回は、僕の判断に委ねられた。僕が決めなきゃいけないんだ。そして僕は、みかずきIIに残るという選択肢はあり得ないと判断した。それだけのことだ」

『それでも、わたしには一言でいいから相談してほしかった。こんなに大切なことを』

「相談すれば、君は行けというに決まってる。僕が迷うそぶりでも見せようものなら、僕の迷いを消し去るために自殺さえしかねない。君はそういう人だ」

　理穂が言葉に詰まる。

「君に相談するということは、みかずきIIに入るという決断をするのと同じだ。少なくとも、僕にとってはそうだった。でも、そうやってみかずきIIに残ったとして、僕がどんな思いをしながら生きていくことになるか、わかるか？」

　理穂が首を横に振る。なんども振る。

『違う。それは違う。淳だけでも生き延びてくれたら、わたしにとってどれほど救いになったか。わたしは、絶望の中でいっしょに死ぬより、希望を抱きながら一人で死にたかった。淳、あなたには、未来を生きてほしかった。そのチャンスがあったのに……』

　これ以上交わすべき言葉が見つからないまま、時間だけが過ぎていく。いつもなら、どちらともなく話を切り上げて通話を終えるころなのに、今夜はそのタイミングさえ摑めない。

『結局、わたしたち……』

理穂が消えそうな声でいった。

『……わかり合えていなかったんだね』

6

ラナは狭い自室のベッドで横になった。みかずきII移住者用準備施設、通称プレップでの初日も終わろうとしている。母と別れて一日も経っていないのに、ずいぶん昔のことのようだ。

「あ、そうだ」

重い身体を起こしてライティングデスクに腕を伸ばし、タブレット型デバイスを手に取る。

全体オリエンテーションの後、各区画ごとに別室へ移動し、あらためて担当者から施設での生活について話があった。ラナたちの担当者は、雪野フェイという、ショートヘアのよく似合う女性だ。

まず最初に、同じH312のF4に住むことになる二十名が、一人一人簡単に自己紹介した。ラナも立ち上がって「池辺ラナです。よろしくお願いします」と頭を下げた。

そのあと雪野から、シャワーブースや洗濯機の使い方などについて説明があり、プレップでの食事として固形食と飲料水が三日分、その場で支給された。

この固形食は、お馴染みの強化酵母に、腸内環境を良好に保つための細菌群、エネルギー源となる糖質や脂質などを加えてあり、これだけで身体活動を支えるのに十分な栄養素とカロリーを摂取できるという。部屋に帰ってから一つ食べてみたが、昔からある市販のマイティバーに比べて少し癖があるものの、慣れればそれほど気にならない。みかずきⅡでは、これが主食となる。

そして最後に配られたのが、いまラナが手にしたタブレット型のデバイスだった。

担当者の雪野は、デバイスが行き渡ってから、いった。

「みなさんには、事前にインタビューを受けていただいています。いまお配りしたデバイスでは、このＦ４だけでなく、Ｈ３１２に住む二百名全員のインタビュー動画を見ることができます」

移住者に選ばれた人は、プレップに入る一週間前までに指定のアドレスにアクセスして、自分についての質問に口頭で答えることが義務づけられている。その様子が録画されることも予め（あらかじ）知らされていた。

質問は七つ。

一言でいうとあなたはどういう人間ですか？
どういう人間でありたいと思っていますか？
あなたの長所と短所を教えてください。
これまでにいちばん嬉しかったことは？
いちばん悲しかったことは？
いちばん怒りを覚えたことは？
みかずきIIへの移住を前にした素直な気持ちを教えてください。

「人は、自分の抱いた第一印象を過大評価して、それに執着する傾向があるそうです。最初に悪い印象を持つと、ほんとうはそんなに悪い人じゃなくても、悪い人であるかのように接するようになり、結果的に人間関係が破綻してしまう。もしかしたら、その人とは生涯の親友になれたかもしれないのに。人が憎んだり争ったりするケースの多くは、誤解や曲解、一方的な思い込みが原因になっているというデータもあります。閉鎖空間であるみかずきIIでは、そのような負の感情は勝手に大きくなりやすく、みなさんの生存そのものに関わるトラブルに発展しかねません。そのような事態を未然に防ぐためにも、この動画をごらんになって、少しでも互いを理解する助けにしてください」

ラナはベッドに腰掛け、タブレットを起動させた。じつは、同じF４の住人の中に、気になる人がすでに何人かいた。悪い意味ではなく、興味を惹かれたのだ。

一覧表の顔写真から、それぞれのデータを呼び出す。

高岡華世。四十歳。

光村あい。十二歳。

佐々木冬美。二十九歳。彼女は生後半年の乳児を連れている。

ラナは三人のインタビュー動画を順に見た。そして、明日この人たちに話しかけてみよう、と心に決めた。

7

かつては広大な公園として市民に憩いの空間を提供していた。一面の芝生の中を遊歩道が伸び、小高くなった丘には海を眺めながら語り合う恋人たちの姿がいつもあり、ときには子供たちが無邪気に走り回る光景さえ見ることができた。しかし、いま城内タカヒロの前に広がるのは、廃材利用の家屋がひしめくスラムだ。

現在、この公園だけでも数百名の男女が住み着いている。当然だが、治安や衛生環境は最悪だ。殺人、自殺、病死、餓死。毎日のように死人が出る。それでも住む人間の数が減らないのは、続々と外から流れ込んでくるからだった。全国七カ所同時自爆テロの実行犯の一人であり、池辺リュウリを巻き込んで爆死した島崎秋人は、少なくとも事件の四週間前まではここにいた。

タカヒロがこの場所を訪れるのは、きょうが初めてではない。すでに十回以上通っている。いまさら新しい情報が得られるとも思えないが、万が一ということもある。

通ううちに悪臭には慣れたが、油断はできない。大半の住人は、粗悪な酒やドラッグにやられて、まともな神経を失っている。いまにも崩れ落ちそうな小屋から刃物を振りかざした男が飛び出してこないとも限らないのだ。

その一方で、まだこちら側の世界に踏みとどまっている者もいる。タカヒロは、その一人から話を聞くことができた。

中沢マサトという男だが、偽名だろう。外見は四十代半ば。実際はもっと若かったかもしれない。

タカヒロが初めて彼を見かけたときは、小屋の前で痩せた膝を抱えて座り込み、強く思い詰めるような目を宙に向けていた。ここでは珍しい、確かな意思を感じさせる眼差しが気にかかり、タカヒロは思い切って声をかけた。彼は話しかけられたことに心底驚いた様子だった。怯えたように後ずさるので、タカヒロは大げさに笑顔をつくらなければならなかった。自己紹介してから、少し話を聞かせてもらえないか、と頼んだ。ようやく事情を呑み込めたらしく、彼はほっとした顔でうなずいた。

ずっとだれかに話を聞いてもらいたかったのだろう。ときおり長い沈黙を挟みながらも、自分の身の上を語ってくれた。

「これでも、精一杯、戦ってきたんだよ」

と彼はいった。最後まで希望は捨てない。そう自分に言い聞かせて生きてきたのだと。結婚して子供も生まれ、守るべきものもできた。あとは家族そろってみかずきIIに移住するだけだ。彼はなぜか、自分たちは選ばれると確信していた。選ばれないはずがないと。しかし実際には、彼の家族からはだれも選ばれなかった。

張りつめていたものが切れてしまったのだろう。彼はあれほど懸命に守ってきた家族を捨てて逃げた。

なにから？

「現実から、かな」

死ぬつもりだったが死にきれず、ホームレスとなり、ここに流れ着いた。いま住んでいる小屋は、彼が建てたものではない。前の住人はドラッグで死んだらしい。彼自身はドラッグに手を出す勇気もなく、無料配給の強化酵母剤だけで生きている。

「生ける屍だよね」

と初めて笑みらしきものを見せた。

タカヒロが中沢マサトと言葉を交わしたのは、そのときだけだ。一週間後にふたたび彼の小屋を訪れたときには、すでに別の男が住んでいた。中沢マサトの消息を尋ねても、知らないという。その後も、ここに来るたびに彼を探したが、いまに至るまで見つかっていない。ここを出ても行く当てはないはずだ。たぶん、死んだのだろう。だがタカヒロは、もう一つの可能性も捨てきれないでいる。家族のもとへ帰っていった可能性だ。

「おまえさんの甘さが出たな」

隣に立つ志村界斗が、ポケットに両手を突っ込んだままいった。

「わかってますよ。ほとんどあり得ないってことは」

タカヒロは自嘲気味に応える。

「慰めになるかどうかわからんが、SENの自爆テロ要員にスカウトされた心配ならいらんぞ」

「間違いありませんか」

「ＳＥＮが自爆テロに使った爆弾、知ってるか？」

志村が眇めた目をこちらに向けて、

「ソマティックボム。名前くらい聞いたことあるだろ」

別名、悪魔の爆弾。

テロリストでさえ、その扱いには二の足を踏むといわれる。

「……どうして、そんなものを」

「警報システムのときと同じだ」

「内部犯行？」

「ＳＥＮの協力者は思った以上に多い。こういうご時世だ。考えすぎておかしな結論を出しちまう奴はどこにでもいる」

志村が短く笑ってから、

「ＳＥＮが入手したのは十八体分。うち、先日の自爆テロで少なくとも七体分が使われた。残りも先月末までに処理が完了して、拒絶反応で死んでいなければ、現時点ですべての個体が成熟してる。スケジュール的に、おまえさんのいう中沢某が人間爆弾にされてる可能性は小さい」

よかった、とはいえない。

「また自爆テロが……」

「SENは組織としてはすでに機能していないが、それはもう機能する必要がないからだ。おそらく次が、SENが仕掛けてくる最後にして最大規模のテロになる。前回の同時自爆テロは、ソマティックボムのテストも兼ねていたらしいからな」

「………」

「なんだ？」

「どうして、聞いてもいないのに教えてくれるんです。そんな情報まで」

「不服か？」

「気味が悪いんですよ。これまでがこれまでだから」

「状況が変われば、おれだってやり方を変えるさ。情報を出し渋るより、おまえさんのような奴の力でも借りたほうがましだ。時間がない」

志村が彼方の空に視線を向ける。

「おれたちの頭の上には、おっそろしい量の硫化水素が溜まってんだろ。人類を滅亡させるのに十分な」

「人類は滅亡しませんよ。世界中のシールドポリスで一千万人くらいは生き残ります。日本にもみかずきIIがある」

「だが、おれたちは死ぬ」

「それは……しょうがないですね」

「しょうがない、か」

ふんと鼻を鳴らす。

「おまえさん、なんでその仕事を続けてる？　こんな先のない世界で、取材して記事にして発信して、なんか意味あるのか？」

「俺自身、真実を知らないまま死にたくないんですよ」

「知らないほうがいいこともあるんじゃないの」

「俺にはないですね」

また鼻を鳴らして、

「おれも同じか」

放り投げるようにいった。

「この事件だけは、未解決のまま死にたくない」

「高籐舞を逮捕したじゃないですか」

怖い目でタカヒロを睨む。

「本気でいってんのか」

「やはりレイを捕まえたいですか」

「その前に、テロ計画を潰さんとな」

「今回の標的は、やはり……」

志村が、ああ、と応える。

「一つしかないだろ」

8

上空からヘリコプターの羽音が近づいてきた。

「ご到着のようですな」

竹井輝男が、いつもと変わらぬ調子でいった。みかずきIIで電力供給を担当する大和電力の現場責任者だ。五十代半ばとのことだが、短く密生した髪は見事に白く、彫りの深い容貌を引き立てている。

深夜零時近いというのに、窓の外は煌々と明るい。ヘリポートの照明が灯されているからだ。彼方に聳えているはずのみかずきIIには、照明の光も届かないのか、その威容は闇に溶け込んで見えない。あの闇の中では、すでに九万人の生活が営まれている。轟音とともに高速ヘリが降下してきて、ヘリポートにふわりと着地した。

上嶋淳が緊急連絡会議の召集を受けたのは三十分ほど前。ベッドには入っていたが、理穂とのこともあってなかなか寝付けなかった淳は、すぐ作業着に着替えて敷地内移動用の小型ビークルに飛び乗った。

〈管制塔〉一階にある小会議室に呼ばれたのは、淳と竹井、そしてミズウラの滝森美來だけだった。要するに、みかずきⅡのインフラの中でも、住人の生命に直結する最重要部門の責任者だけが、この夜更けに集められたことになる。しかも、その連絡事項を伝えるために、中央から直々に人が来る。

以前にも似たようなケースがあった。そのときは深夜ではなかったが、内務省国土保全局有害気塊対策部の内藤部長があの高速ヘリで来訪し、移住開始時期の大幅な前倒しを通告したのだった。

今回は、それ以上に深刻かつ緊急を要する事態が出来（しゅったい）したものと考えざるを得ない。滝森が会釈をしたきり無言で表情を強ばらせているのも当然だろう。竹井は努めて平静を保っているようだが、よく見ると右の膝が小さく揺れている。淳もさっきから心臓の鼓動が痛いくらいだった。

高速ヘリのドアが開き、人が降りてきた。三人。いずれもスーツ姿だ。ヘリの風に裾をはためかせながら、出迎えの移動用ビークルに乗り込み、まっすぐこちらに向かってくる。

淳は、静かに深呼吸をしてから、腕組みをして目を瞑った。

五分ほど待つとドアの開く音が聞こえた。

淳は目を開けて腕を下ろす。

管制塔の担当者とともに三人が入ってきた。

「お待たせして申し訳ない」

内藤部長がいいながら正面の席に着く。残りの二人も隣に着席する。一人は内藤部長と同じくらいの年齢で、いかにも重責を担っているという面構えだ。もう一人はやや若いが、目つきに鋭い知性を感じさせる。

「紹介します。こちらは警察局対テロ特捜部の吾妻浩一部長と同部作戦分析課の景浦ヤン課長です」

二人が、よろしく、と形ばかりの挨拶をする。

「時間が遅いので、さっそく本題に入ります。では、景浦さん」

景浦がうなずいて、淳たちに向き直る。

「結論を端的に申し上げます」

淳は息を詰めて言葉を待つ。

「みかずきIIに、複数のテロリストが潜入している可能性があります」

9

プレップでの滞在は三日間とされているが、正確にいえば三泊四日だ。ただ初日は入所手続きとオリエンテーションで終わるし、最終日はみかずきIIへ向けて出発するだけなので、実質的なプログラムはきょうと明日の二日間に集中する。

二日目の日程は午前九時に始まる。それまでに朝食などを済ませ、各区ごとに指定された部屋に集合しなければならない。

プログラムでは、みかずきIIにおける生活上の留意事項だけでなく、みかずきIIに関する基礎知識を身につけることも重視されている。シールドポリスでは、これまで自分たちの生きてきた世界とは異質な社会が営まれる。基礎知識と一言でいっても、その範囲は建物の構造や電気・水・酸素などの供給システムから、医療、教育、治安、果ては政治・経済・法律まで幅広い。たった二日ですべてを網羅するのは無理なので、表面的なところを一通り触れるに留まるのだろう。

プログラムの内容はもちろん同じだが、時間割はそれぞれ異なる。各分野の担当者が映像を使いながら講義形式で進めるためだ。ラナたちF４の最初のプログラムは〈みかずきⅡの内部構造について〉。場所は、昨日、F４の担当者・雪野からさまざまな説明を受けたあの部屋だった。

予定時刻の十五分前になり、ラナは最後に鏡を覗いてから、自室を出た。F４のほかの住人もドアを開けて出てくる。自己紹介が済んでいるせいか、昨日よりは空気が柔らかい。ラナも隣部屋の人と朝の挨拶を交わす。廊下の先に小柄な背中を見つけた。ラナは足を早めて追いつき、

「おはよう」

と声をかけた。

光村あいが、あっと振り返って、

「おはようございます」

と律儀に頭を下げる。

ラナは横に並んで歩きながら、

「なんだか学校みたいだね」

「……はい」

母親といっしょに来ている乳幼児を除けば、彼女がこのF４では最年少だ。

「光村あいさん、だったよね。わたしは――」

「池辺ラナさん」

思わず彼女を見ると、十二歳の素直な目がしっかりとラナを捉えていた。

「あの、お父様のこと……なんていったらいいか」

いきなり父のことを持ち出されて動揺したが、ああそうか、と思い至る。

「インタビューの動画、見てくれたんだね」

五つ目の質問にあった〈いちばん悲しかったこと〉として、ラナは父の死を挙げていた。

「わたしも、あいさんの動画、見たよ。あ、あいさんって呼んでいいかな」

「はい。いえ、あの……あい、でいいです」

「だったら、わたしのこともラナって呼んで」

「そんな」

大げさなほど首を横に振る。

「いいから、呼んでよ。ほら」

「でも……」

さらにラナがしつこく促すと、

「……ラナ」

ささやくようにいった。

「もっと大きな声で」

「ラナ」

「ね、あい。いい感じでしょ」

「はい」

ようやく笑顔を見せてくれて、ラナはほっとする。光村あいは両親と離れてここに来ている。十四歳の自分でさえ母と別れてしばらくは涙が止まらなかったのに、十二歳の彼女はいまどれほど心細い思いをしているだろう。そう思うと、なにかしてあげたくてたまらなかったのだ。

指定された部屋に入ると、ラナとあいは隣り合った席に座り、専用のカルタを装着した。プレップの入所手続きのときに渡されたもので、プログラムの資料映像はこのカルタを通して視聴することになる。

予定の時間きっかりに、最初のプログラムの担当者がやってきた。三十歳くらいの男性で、少しだけ父に似た雰囲気があったが、口を開くとがらりと印象が変わった。場慣れしているというか、しゃべりがとても上手い。短く自己紹介をしてから、身振り手振りを交えてテンポよく話を進める。

「これからみなさんには、みかずきIIのバーチャルツアーを楽しんでいただきます。ご案内はわたくし度会仁。一時間ほどのお付き合い、どうぞよろしく！」

視界から度会の姿が消え、巨大な建造物が現れた。みかずきII。カルタから投影されたVR映像だ。ピラミッドの上半分を削り取ってから、横に引き伸ばしたような形をしている。陰の部分が黒く、日光の当たる部分は銀色に強く輝くため、鉄の鋳塊を思わせる。

「いまから地下ゲートを通って中に入りますが、その前に、みかずきIIの設計理念について、少しだけお話しします」

映像に度会の声が重なる。

「みかずきIIはいうまでもなく、人類の存続、つまり、人類を一日でも長くこの地球上に生存させることを第一の目的に造られています。しかし、みかずきIIは基本的に密閉空間です。水だけは可能なかぎり河川から取ることになっていますが、それ以外のものは外部から補給できません。最先端のテクノロジーを駆使し、さまざまな工夫が凝らされてはいますが、いつかは資源が尽きます。いま機能している設備も、いかに入念にメンテナンスや修繕を施そうとも、少しずつ壊れ、使えなくなっていきます。その事態をあらかじめ想定し、みかずきIIでは状況に応じて内部空間を隔壁で囲み、封鎖できるようになっています。封鎖した上で放棄するためです。放棄したぶん生活空間は狭くなりますが、環境維持に必要なエネルギーや設備は少なく済みます。ただし実際には、五十年はそのような判断が必要になることはないので、どうかご安心を」

映像のみかずきIIが、水平方向にゆっくりと回転を始めた。

「みかずきIIの内部空間は、担う機能によって大きく四つに分かれます。みなさんが暮らす居住エリア。学校・病院・保育施設などの公共機関や娯楽施設の集まる都市エリア。発電設備や物資の生産設備の入る工業エリア。そして、食料や水・燃料・日用品を備蓄するための倉庫エリアです。これらの区も、それぞれ一カ所に集中するのではなく、建物全体に散らばっています。共有部分もほとんどありません。なにかあったときのダメージを最小限に抑えるためです。みかずきIIは、不測の事態は必ず起きる、という前提で設計されています。どのようなトラブルが発生しても、被害が全体に及ぶことだけは回避できるよう、あらゆる配慮がなされています。それが、すべてに優先されます。すべてに、です。どうか、このことを心に留めておいてください」

みかずきIIの回転が止まった。

いまラナの正面には、地下ゲートへと繋がる長いトンネルが口を開けている。

「さあ、お待たせいたしました。前置きはこのくらいにして、ツアーに出発しましょう！」

10

SENによる〈みかずきIIテロ計画〉の全容は、警察の捜査によってほぼ判明している。

キーパーソンは二人だ。

一人は田代哲。四十二歳。軍の研究施設に勤務する研究者で、研究用に保管してあったソマティックボムの原液カプセル十八体分を持ち出した。同時自爆テロが発生した直後に失踪し、いまも行方不明。

もう一人は伊藤カズマ。三十六歳。内務省国土保全局の職員で、みかずきII移住者のデータをすり替え、テロの実行者をみかずきIIに送り込む手助けをした。彼も行方をくらましている。

年齢も経歴も異なる彼らだが、一つだけ共通点がある。バーチャル・シェルター（VS）の一つ〈ブルーグローブ〉に登録していたことだ。有害気塊降下警報システムのハッキングに関わったエンジニアの男も、じつはこのVSを使っていたことがわかっている。

VSは現在までに、住人が百名未満のものから十万を超えるものまで、ありとあらゆるタイプが世界中で生まれている。その中で、よりによってこの三名が、けっしてメジャーとはいえないブルーグローブを利用していたことは、偶然の一致で片付けられることではない。

おそらく、彼らはブルーグローブを通してSENと繋がった。ソマティックボムを使った自爆テロは、最初からSENが画策していたというより、彼ら三名を得たことで初めて具体的なアイデアとして浮かび上がってきたのだろう。

しかし、それを証明するのは難しい。ブルーグローブが突如としてネットから消滅し、アクセスできない状態が続いているからだ。

それにしても、としつこくその疑問が頭をもたげる。どうしても腑に落ちない。

なぜいま高籐舞なのか。なぜいまさら彼女を引っ張り出したのか。なにより彼女自身、なぜこの役を引き受けたのか。ほんとうにこの国に対する憎悪だけで、四十年も昔の恨みだけで、ここまでできるものなのか。

彼女は、健全な精神の持ち主というわけではないが、けっしてモンスターでもない。どちらかといえば平凡な人間だ。しかも年老いている。その彼女がテロ組織のトップに立つには、憎しみよりももっと強力な動機が必要だったように思えてならない。いったい、なにが彼女を……。

「タカヒロ、起きてる？」

ドアのところに江口ゆかりが立っていた。すでに着替えを済ませている。

「起きてるよ。いま考えごと中」

タカヒロはベッドに寝ころんだまま答える。

「行ってくるね」

「気をつけて」

「うん」

いつものように情熱的なキスを交わしてから、ゆかりが出かけていった。彼女はいまも看護師を続けている。この仕事が好きだからと。

タカヒロは、ゆかりの残していった熱に浸りながら、昨夜のことを思い出す。

〈わたしたち、どうしてもっと早く、こうならなかったんだろうね〉

満ち足りた倦怠の中で、ゆかりが目に涙を溜めてつぶやいた。

〈あのころ、わたしにもっと勇気があったら、わたしたちの間にもラナちゃんみたいな子がいたかもしれないのに〉

セックスするとき、ゆかりはタカヒロに必ず避妊させた。年齢的に妊娠する確率は低いが、万が一ということがある。まもなく滅ぶ世界に産むのは無責任だ。

「俺とゆかりの子、か」

考えたこともなかったが、どんな気持ちになるのだろう。我が子を腕に抱くというのは。

小さくて、柔らかくて、温かくて、儚くて、さぞ愛しいものなのだろうな。この子のためならどのような犠牲も厭わないとごく自然に——。

タカヒロは身体を起こした。

「……子どもだ」

高籐舞の手記によれば、あの集団自殺未遂事件の日、克明憲と最後の交わりを持ったという。当然、避妊などしなかっただろう。そのとき、克明憲の子を身ごもっていたら……。

タカヒロは泥の中で鉄塊を摑んだような手応えを感じた。

あり得ない話ではない。

克明憲と高籐舞の子が存在し、SENに深く関わっているとなれば、先の疑問はすべて解消する。つまり、その子がレイだ。

ただ、タカヒロが調べたかぎり、高籐舞が子どもを産んだという記録はなかった。しかし、出産しても公式の記録に残らないケースもある。そのような重大な事実があるなら、志村がとっくに見つけているかもしれないが、彼とて万能ではない。とくに最近は警察も人が減ってしまい、捜査員さえじゅうぶん確保できない状態だという。さらに絶望ゆえの腐敗は警察内部にも広がっており、志村も警察の中で信頼できる人間が少なくなったとこぼしていた。だからこそ、自分のような半端なジャーナリストにまで情報を与えて、捜査に協力させようとしている。

ならば、とタカヒロは奮い立つ。

その期待に応えてやろうじゃないか。

11

狭い通路がまっすぐ伸びている。高さは二メートルほど。天井や床、左右の壁はすべて複層鋼材で構成されており、かなりの圧力にも耐えられるようにできている。控えめな照明の下、上嶋淳は一歩一歩、足を進める。

最初のゲートから十メートル入ったところに、黄色い隔壁が行く手を塞いでいたが、淳が近づくと左右に割れて開いた。この通路を監視するＡＩが、淳が関係者であると認め、目の動きや脈拍などを総合的に勘案した結果、警戒すべき要素はないと判断したのだ。隔壁の奥には、さらに通路が十メートル続き、二つ目の隔壁が待ちかまえている。

ソマティックボム。体細胞爆弾とも呼ばれる。簡単にいえば、ナノマシンによって人体そのものを爆弾に変えてしまう技術だ。点滴によって注入されたナノマシンは、体内で速やかに増殖して全身の細胞に侵入し、細胞の機能を乗っ取って爆発性の物質を合成する。十分な量が細胞内に蓄積し、爆弾として成熟するまで一週間。外部から専用のデバイスを使ってナノマシンに信号を送り、起爆設定をすれば人間爆弾の完成だ。血圧と脈拍が一定の値を超えた状態で、設定された音声を発したとき、全細胞が瞬時に発火して炸裂、凄まじい衝撃波が周囲に襲いかかる。先日の同時自爆テロのときの設定音声は〈人類に偉大な滅びを〉だったという。おそらくそれが、リュウリが耳にした最後の言葉だったろう。

二つ目の隔壁も滑らかに開くと、十メートル先に三つ目の隔壁が見えた。淳はゆっくりと近づいていく。その間も、みかずきIIのAIは油断なく淳の一挙一動を監視している。しかし、仮に淳がソマティックボムを処理されていたとして、果たしてAIはそれを見抜けるだろうか。

おそらく、難しいだろう。

ただし、脈拍や挙動に異常なものを感知すれば、AIは当然警戒し、隔壁は閉ざされたままになる。そもそも、この通路には関係者以外、足を踏み入れることができない。そう考えると、テロリストにここを突破される可能性は低い。が、ゼロではない。不測の事態は常に起こる。

ソマティックボムは、元々はある国家で極秘裏に開発されたものだといわれている。通常の身体検査や金属探知機では検出できないことから、かつてテロリストたちが好んで使ったが、血圧、脈拍、音声の条件すべてをクリアして自らの意志で起爆するには、ある程度の訓練が必要であり、また爆薬成分蓄積による副作用の弊害も大きいことから、短期間で廃れた。無視できない副作用の一つは、処理された人間が七〜九パーセントという高率で拒絶反応を起こし、処理後二十四時間以内に死んでしまうことだ。たとえ最初の二十四時間を乗り越えても、やはり身体が徐々に弱り、半年から一年のうちに全員が死亡する。

さらにやっかいなのは、成熟後に心臓の鼓動が止まったときも、ナノマシンが起爆信号として認識するよう、最初からプログラムとして組み込まれていることだ。その部分には変更を加えることができない。

だから、ソマティックボムとなった人間を見つけても、うかつに手を出せない。設定音声を叫ばれたらそれまでだし、下手に制圧しようとして誤って死なせれば、やはり爆発してしまう。

やっかいなのはテロリストたちにしても同様で、自分たちが製造した人間爆弾の裏切りにあい、組織の幹部を爆殺されたケースもあるという。テロリストにとっても、ソマティックボムはあまりに危険な代物だったのだ。

そのソマティックボムが、いま、みかずきIIの中に在る。それも複数。

三つ目の隔壁が開くと、低い唸りに満ちた空間に出た。淳は両手で足場の手すりを握り、眼下に広がる光景を眺める。

そこには、直径約四メートルの鈍い銀色の円柱が五本、床の上を並行して走っていた。それは奥の壁まで続き、長さは二十メートルを超える。この円柱の一本一本が酸素供給ユニットになっていて、回収された空気から二酸化炭素を取り除き、水の電気分解によって得た酸素を付加して送り出す機能を持つ。各ユニットの出力調整はもちろん、定期検査やメンテナンス、ちょっとした修理くらいならAIが自動で実行するので、淳たちがあの場所まで下りることは滅多にない。みかずきIIには、これと同じ設備が九つある。

対テロ特捜部の景浦によれば、テロリストの狙いはみかずきIIの基幹インフラ、とくにこの酸素供給装置である可能性が高い。インフラに致命的なダメージを与えるのなら、発電設備を標的にするのが常道だが、みかずきIIでは、たとえ発電機がすべて破壊されても、蓄電設備によって一ヵ月は電力を賄える。しかし、酸素供給装置が停まれば、まだ完全密閉状態ではないにせよ、みかずきIIの大部分は二十四時間以内に酸欠になる。その場合、ただちにみかずきIIを捨て、住人を退避させねばならない。

さらに、住人への心理的影響を考えても、酸素供給装置への危害は効果的だ。みかずきIIと外界の決定的な差は、この酸素だからだ。

仮にテロ自体が失敗に終わっても、酸素供給装置が狙われたという事実だけで、住人は恐怖に近い不安を覚えるだろう。その不安に追い打ちをかけるデマでも広がれば、パニックに陥った住人がみかずきⅡから逃げだそうと地下ゲートに殺到するかもしれない。無理に制止すれば暴動に発展しかねない、きわめて危険な事態になる。

なぜテロリストがここに潜入できたのか。考えられるケースは三つだ。

一つは、移住許可を得た者がたまたまテロリストだった場合だが、確率的にはまずあり得ない。

二つ目は、移住者に選ばれた後にＳＥＮと接触し、人間爆弾になることを受け入れたケース。これも考えにくいが、グレートエンディングという思想にカルト的な魔力があり、また、人の心はなにをきっかけに変わるかしれない以上、一概に否定もできない。

しかし、もっとも可能性の高いのは三つ目、テロリストが不正に移住者になりすましているケースだろう。なんらかの方法で移住者のリストを手に入れ、どのような手段を使ったのか想像もしたくないが、その移住者と入れ替わった。

本人確認は、移住前の準備施設において電子ＩＤとＤＮＡを用いてなされるが、その元データが改竄(かいざん)されていれば意味がない。そして現に、移住者のデータを精査した結果、じつに百三十六名に改竄の痕跡が見つかった。

一方で、今回テロリストが使用可能なソマティックボムは、最大でも十一体分だという。

すべてが拒絶反応を起こすことなく成熟したとしても、それをはるかに超える数の不正移住者が入り込んでいることになる。

ほとんどはSENとの繋がりはないようだが、だとしても、テロとは無関係のところでこれだけの不正が行われていたのだ。社会の腐敗も末期的だと嘆きたくもなる。

だが、いまはそれよりも優先せねばならないことがあった。人間爆弾と化したテロリストを特定し、みかずきIIから速やかに排除することだ。

現在、不正移住者の冷凍保存してあった血液サンプルを、ソマティックボム検出のための特殊な検査に供しているが、データが出そろうまで四十八時間かかるという。特定さえできれば対処のしようはあるが、それ以前にテロリストに動かれては対応が後手に回る。基盤インフラは破壊されなくとも、公園施設で起爆されれば多大な人的被害が出る。こちらが気づいていることを、絶対にテロリストたちに悟られてはならない。だから明後日の早朝までは、こちらも下手に動けない。

いま、淳の胸に滾るのは、苛立ちや焦りよりも、怒りだった。原野同然となったみかずきII建設現場を目の当たりにしたとき以上の、激しい怒りだ。どうして彼らはこれほどみかずきIIを目の敵にするのか。どうしてこれほど希望を、未来を忌避し、憎悪するのか。

「冗談じゃない」

自分が人生をかけてきたみかずきII。

こんなことで傷つけられてたまるか。

12

自室のドアの前で振り返った光村あいが、

「きょうはありがとうございました。とても楽しかったです。おやすみなさい」

丁寧に頭を下げる。

「こちらこそ。また明日ね。おやすみ」

ラナも軽く右手を振って別れた。

「健気でいい子だね、あんたたち」

廊下を歩きながら高岡華世がしんみりという。

「タキオくんや炎くんもそうだけど、光を見つけた気がするよ」

「ああ、わかる」

同調したのは伊藤アゲハ。

「あたしは年寄りだから余計そう感じるわ」

Ｆ４では、長い廊下の突き当たりがトイレとシャワーブースになっているが、その手前に多目的室という、誰でも自由に出入りできる広めの部屋がある。

二日目のスケジュールを終えたラナたちは、「シャワーブースから遠い部屋の人から順番に」シャワーで一日の疲れを落とすと、誰ともなくその多目的室に集まり、三々五々、他愛ないおしゃべりで時間を過ごした。部屋の狭さやプログラムの過密さへの不満から、Ｆ４の担当である雪野フェイの印象、各プログラム担当講師のいくらか妄想を交えた噂、そして実際にみかずきⅡへ移ってからの不安や期待まで。朝から共に行動し、さらにインタビュー動画も見ているせいか、意外なほど打ち解けて話すことができた。

ラナも、声をかけようと決めていた光村あいや高岡華世、佐々木冬美だけでなく、一日のうちにほぼ全員と言葉を交わせていた。

そのせいだろう。

自分の部屋で一人になっても、昨日とは比べものにならないくらい心が軽い。

みんな、大切なものを外に残してここに来ている。高岡華世は息子を。佐々木冬美や木崎ジュリアは夫を。加治木優は弟を。光村あい、寺島和恵、上条梓、美田園セラ、稲本エリカ、小林美智子、海道ミレイ、南朝子は父親や母親を。

高岡華世は、まだ十八歳の息子を一人にしては行けないと移住を辞退するつもりだったが、息子から泣いて説得され、みかずきIIに入ることを決めたという。

「特別なスキルがあるわけでもないし、もう子どもを産む年齢でもないのに、なんの役に立つんだろうって思ったけど、でも、きっとなにかあるんだよね。選ばれたんだから。あの子にいわれて、わたしもそう思うことにしたの」

　胸に抱く思いも様々だ。

　F4の最年長者である伊藤アゲハは、

「なんでこんな年寄りがって思ったけど、今後のことを考えると高齢者のサンプルも必要なんだって自分を納得させることにしたわ」

　と笑う。

　保育士をしていた東郷美佐は、

「できれば保育施設で働きたいな。わたしには子どもはいないけど、子どもは大好きだから。子どもは未来そのものだもの」

　みかずきIIでは、乳幼児は保育施設に集められ、そこで育てられることになっている。我が子と離ればなれになることに不安を抱いているのは、生後半年の炎くんを連れている佐々木冬美ともう一人、三歳のタキオくんといっしょに来ている武川未空だ。

「仕方がないよね。それを承知でみかずきIIに行くことにしたんだもんね。でもこれって、みんなで育ててもらえるってことでもあるわけだよね。そう考えると、こっちのほうがいいのかなって思ったりもするんだよね」

もともと大学の講師だった野島夕夏はみかずきIIでも研究を続けたいそうで、

「専門は人類史。いま最高に旬のトピックでしょ」

と茶目っ気たっぷりに片目をつむった。

山村克代は元警察官で、みかずきIIでも保安関係の仕事をしたいとのことだが、

「あそこではあんまりこれの出番なさそうなのよね」

と逞しい腕をぶんと鳴らす。

「だって、みかずきIIでは治安のほとんどをAIが担うっていうから」

いかにも秀才という感じの空備（そらび）シーナは内科婦人科医だ。病院施設に勤めることがすでに内定しているという彼女に、

「みかずきIIに安楽死施設があるってほんとうですか」

と好奇心丸出しで尋ねたのは香川早苗。インタビュー動画のプロフィールによれば二十四歳とのことだが、自ら仕切り役を買って出る性格らしく、シャワーを使う順番を「遠い部屋の人から」と提案したのも彼女だった。

ちなみに先ほどの質問に空備シーナは、

「あるらしいよ」

と答え、多目的室はひとしきりその話題で盛り上がった。

「この中で最初に使うのはあたしになりそうね」

と冗談ともつかぬ口調でいったのは伊藤アゲハだ。

文学部の学生でもあった海道ミレイは、

「紙の本が好きだから図書館で働きたい。たしかみかずきIIの中にもあるはずだから」

さらに話を聞くと、彼女は携行品の中に皆川マモルの小説を持ってきているとわかり、ラナは思わず、

「その人、父の高校時代からの友人です！　わたしも会ったことあります！」

と叫んでしまった。

これには海道ミレイも悲鳴のような歓声を上げ、感極まった表情でラナの手を取り、

「世界って狭いのねえ」

といった。

一人一人と交わした言葉を思い出しながら、あらためてインタビュー動画を見ていくと、知り合って一日しか過ぎていないとは思えないほど、みな身近な存在に感じる。

なんとかやっていけそうだ。

心の余裕も多少はできたのだろう。Ｆ４以外の人の動画も見てみようという気になった。

Ｈ３１２は、Ｆ１～６、Ｍ１～４の、合計十の区から成る。Ｆは女性用、Ｍは男性用だ。ただし、ラナがずっとＨ３１２に住み続けられるわけではない。みかずきⅡでは居住区を一年ごとに変わらなければならないからだ。

同じ場所で同じ人たちと長く暮らしていると、共同体としての意識が生まれる。それ自体は悪いことではないが、そういった意識が強くなりすぎると、排他的な感情の温床になりかねない。限られた空間と資源しか持たないみかずきⅡには、分断された住人が互いに反目し合う事態を許す余裕はない。だからその誘因になりかねないものは予め封じておくのだ。

同じ理由で、結婚という制度もない。恋愛は自由だし、子どもを産む人は手厚いサポートを受けられるが、家族という身分が公的に保証されることはなくなる。

ラナはふと手を止めて考えた。自分もいずれは子どもを産むのだろうか。でも、それだけが命を繋ぐ手段ではないと父はいった。次の世代のために、いま自分にできることをする。それが大切なのだと。では、いまの自分にできることとは……。

気持ちを切り替えるように息を吐き、タブレットに目をもどす。

まずはＭ１のファイルを開けた。ずらりと男性の顔写真が並ぶ。やはり同世代が気になる。みかずきⅡでいっしょに勉強することになるだろうし、友だちになれるかもしれない。恋をすることだってないとはいえない。

「恋か」

こんなことを考えるのは久しぶりだ。

わたしは、ようやく、未来に目を向けようとしている。

「悪いことじゃ、ないよね」

何人かのインタビュー動画を見てから、M2に移る。ファイルが開くと同時に、不思議な力に誘われるように、一人の男の子に視線が向かった。

とりたててカッコよくも可愛くもないのに、妙に引きつけられる。

名前は守崎岳。一つ年下。

もちろん会ったことはない。ないはずだ。

とりあえずインタビュー動画を見てみる。質問に答える声は、写真の印象よりも落ち着いたものだった。眼差しは静かで、年齢の割には大人びているだろうか。それも無理に背伸びをしているのではなく、地に足が着いている感じがする。

確信めいた予感にラナの胸がざわついたのは、最後の質問への答えを聞いたときだ。

みかずきIIへの移住を前にした素直な気持ち。

『みかずきIIに入るのは、ただ生き延びるためじゃなくて、なにかを次の世代に残すためだと思っています。僕が次の世代に残したいのは〈物語〉です。人間がこれまでに、自分の経験を元にしたり、想像力を駆使したりして紡ぎ上げてきた物語を、何十年も、何百年も未来の人たちにも読んでほしい。たとえ閉鎖空間の中でも、人は物語によってどんな世界にでも行けます。僕自身に物語を創る才能はないかもしれないけど、物語を伝えることならできるし、だれかに読んで聞かせてあげることだってできる。それを僕の、みかずきⅡでの生き甲斐にしたいと思っています』

この子と会って話をしたい、と強く感じた。

いや、話さなければならない。

守崎岳。

憶えておこう。

続いてM3のファイルを開ける。

一人の男性の顔が目に入った瞬間、全身が強ばった。

（どうして、この人が……！）

しかし名前を確認すると、よく似てはいるが、別人らしい。

ラナは心の底からほっとする。

それはそうだ。

あの人がここに来るはずはないのだから。

13

　なぜ自分はこんなところにいるのだろう。こんなところでなにをやろうとしているのだろう。いくら考えても納得のいく答えが見つからない。

　わかっている。これも一つ一つの小さな選択が積み重なった結果だ。すべて自分の責任なのだ。しかし、それならそれで、どこかで立ち止まることはできなかったのか。踏みとどまれなかったのか。

　取り返しのつかなくなる前に。

　こんなことになる前に。

「母さん……ごめん」

　桂木達也はうなだれて、噴き上げてくる慟哭を押し殺す。

〈ブルーグローブ〉だ。あんな場所にさえ行かなければ――。

第二章　運命の渦

1

赤天界事件以降の高籐舞だが、たとえ教団幹部の暴走があったとしても、教祖の側近という立場上、爆弾テロ未遂や信者集団自殺未遂の責任を免れることはできず、何年か服役した。

出所後は生まれ故郷である見和希市にもどり、ひっそりと暮らしはじめる。両親はすでに他界していたため、ペットの猫だけを相手にするような生活だったという。彼女にとっては久々に得た、ささやかな安定だったかもしれない。

そんな静かな日々が十年ほど続いたころ、時代の転機が直撃する。日本初となるシールドポリスが、見和希市に建設されることが決まったのだ。

彼女には、両親の残してくれた家のほかに、相当な面積の田畑もあった。ミカズキの災厄の後は耕作を頼める人もなく、荒れ放題になっていたが、地価が暴落して売るに売れなかった。それが幸いした。国による土地買収により、一財産と呼べるほどの金額が彼女の手に入った。

未練なく故郷を離れた彼女は、どのような心境の変化があったかしれないが、その金を元手に投資を繰り返し、数年間で十倍以上に増やす。もともとセンスがあったらしく、乱高下する市場にうまく乗れたようだ。

期せずして資産家となった彼女のもとを、かつて赤天界の幹部だった男女四人が訪ねてくる。投資家として成功したとの噂を聞きつけたのだろう。自分たちで新しい教団を立ち上げるので資金を出してほしいという。懇願というよりは脅迫で「あんたたちのせいで人生が滅茶苦茶になったのだからそのくらいしてもらって当然」といわんばかりの態度だったらしい。

高籐舞にも多少の引け目はあったのか、彼らの要求を聞き入れる。その後も彼女は金を出し続けるが、肝心の教団がどのようなもので、運営状態がどうなっているのかを知ろうとした形跡はまったくない。関わりたくなかったのかもしれない。

だが、その間に、新教団はグレートエンディングを絶対正義とする思想集団へと変貌を遂げる。そして高籐舞は六十五歳のとき、とつぜんその最高指導者の地位に就く。日本という国家に復讐するために。

「ここがわからねえ」

城内タカヒロは、志村界斗から提供された警察の内部資料に目を通しながら、頭を抱えた。

高籐舞は克明憲の子を宿した、との仮説を立てて調べてみたが、そのような事実はどこにも見つけられなかった。服役中の出産になるので、通常なら記録に残らないわけがない。しかし万が一ということもあると、あらゆる角度から可能性を探ったが、結果は変わらなかった。

そのあたりもすでに警察が調べ尽くし、高籐舞にも克明憲にも、養子を含めて子どもは一人もいないことが判明していた。腐っても国家権力だ。できることは一ジャーナリストよりはるかに多い。妊娠説は捨てるしかない。ならば甥や姪はどうかとも考えたが、そもそも両名とも兄弟姉妹がいなかった。

ほんとうに高籐舞は、愛する人を殺された恨みだけで、これほどのことをやったのか。たしかにネットに出現した手記からはそう読み取れるが、意図的にそう思わせるように書かれているとも感じる。

なにより、何年も距離を置いてきたはずの思想集団の、それもいきなり最高指導者になるなど不自然すぎる。なにか別の理由があり、それを隠すために憎悪を前面に出したあの手記を公開した。そう考えれば腑に落ちるが、では、彼女にこれほどの決意をさせたものとはいったいなにか。

当然だが、彼女は警察の取り調べでも憎悪以外の理由を口にしていない。教団に資金を出したのも、最終的に自分の私兵として利用するためだったと嘯いている。だがこれは、長い間教団の運営に関わらなかったことと矛盾するし、話としても出来過ぎの感が否めない。

鍵になるのはレイと呼ばれる人物だ。

この人物の正体は、警察でも測りかねている。SENの中でやりとりされたテキストに登場するが、人物像は混沌として定まらず、性別すら判然としない有様だ。高籐舞や彼女の側近は「そんな人間は知らない」と一蹴し、逮捕されたSENのメンバーたちも「上級幹部の一人だと聞いているが姿を見たことはない」と口をそろえる。実在しないという説もこのあたりから出ている。

だが、いうまでもなく彼らの供述を鵜呑(うの)みにはできないし、決定的な意味を持つ何者かが介在したとでも仮定しないかぎり、高籐舞が思想集団の最高指導者に収まったことを説明するのも難しい。

タカヒロは彼女の手記をもう一度読み返す。

この手記がなんらかの作為をもって書かれたとしても、真実は自ずと行間に滲む。彼女が克明憲こと鴛原篤志を愛していたのは事実だろう。だからこそ彼の子ならば強力な動機になると思ったのだ。その子に頼まれてか、その子を守るためか、とにかくその子のためにあえて矢面に立つ。それならば行動原理として理解できなくもない。

しかし、二人の間に子どもはいなかった。男の血を引く者も存在しない。となると、彼女をここまで突き動かせる人間は……。

「……一人しかいないことになるが」

その男は銃弾に頭を砕かれた。

生きているはずがない。

2

それが緊急の呼出信号だとわかったとき、上嶋淳の手はすでに枕元のカルタを摑んでいた。身体を起こしながら装着する。

「どうした」

現在、淳たち伊達建設チームは、不測の事態に備えるため、三交替制でみかずきIIのオペレーションルームに詰めている。呼出信号は、そのオペレーションルームからだった。時間を確認すると、午前五時を回ったところだ。

『たったいま、みかずきⅡがエマージェンシーコードを発動しました』

喉が強ばった。

みかずきⅡには様々なＡＩが導入されており、各インフラもそれぞれ専用のＡＩが管理している。しかし、みかずきⅡ全体を統合制御するメインＡＩは、それらサブＡＩとは別格だ。いま、このみかずきⅡの代名詞であり、みかずきⅡの頭脳ともいえるメインＡＩが、異変を察知し、緊急事態発生と判断したのだ。

「テロか？」

発覚した不正移住者百三十六名のうち、すでにみかずきⅡに入っているのは百二十名。血液サンプル再検査の結果が出て、人間爆弾となったテロリストを特定でき次第、軍の特殊部隊による〈一斉処理〉が実行されることになっていた。しかし、検査結果が出そううまで、まだ二十四時間以上ある。特殊部隊も到着していない。

『モニター上では、火災や爆発は認められません。詳細についてはいま管制塔に問い合わせているところですが、まだ返答が……あ、来ました』

言葉が途切れる。

「なんだ。なにが起こってる」

『それが……一部の住人が部屋から出られなくなっているようだと』

「部屋から出られない？」

住人の個室のドアは、開閉もロックも手動で、機械の不具合で部屋に閉じこめられることはない。そのような事態が起きるとすれば、エマージェンシーコードが発動されたときだけ。つまり、これはトラブルではなく、ＡＩが意図的にやっていることになる。しかし、なぜそんな――。

「まさか、その閉じこめられた住人というのは……」

『はい』

返ってきた声が震えている。

『合計百二十名。全員、不正移住者だそうです』

3

バーチャル・シェルター（ＶＳ）では、入力したデータによって造り上げられた仮想人格が、架空の街で暮らす。その人格は自分と似てはいるが、あくまで別の存在だ。だからこそ、本人が死んだ後も生き続けられる、ということになっている。

ただその気になれば、仮想人格の視点になって、ＶＳ内の街を歩いたり、ほかの仮想人格と言葉を交わしたりもできる。つまり、SNSの機能も併せ持っているものが一般的だった。

桂木達也が数あるVSの中で〈ブルーグローブ〉を選んだのは、グレートエンディングのデモで知り合った人に勧められたからという、それだけの理由だ。

住人登録してからは毎日のようにログインし、仮想人格に入って架空の街に出た。赤黒いFCBのうねる現実の空とは異なり、ブルーグローブの空は果てしなく青く、たまに流れていく雲も真っ白に輝いている。その空の下を散策するだけでも、気持ちが前向きになれるような気がした。

街には、あちこちに広場があり、絶え間なく人だかりができていて、その中心ではたいてい誰かが演説をしていた。広場には小さな演壇がいくつも設えてあり、そこに立てば自由に自分の考えを主張できたのだ。

内容はほとんどがグレートエンディングを称揚するもので、シールドポリスがいかに醜い世界かを力説すると聴衆が拍手で応えた。

当初は、VSを使うのはグレートエンディングの精神と相容れないのではないか、という疑問が達也の頭を掠めたりもしたが、そのうち気にならなくなり、いつしか聴衆といっしょに賛意を叫んでいた。

ここでは、いくら過激な主張をしても当局から咎められることはない。催涙弾や放水を浴びることもない。

その一方で、徐々に物足りなさも感じるようになった。ここでなにをしたところで、なにを叫んだところで、現実世界では塵一つ動かせないことが、虚しく思えてきたのだ。

その思いが抑えられなくなったとき、達也は意を決して広場の演壇に立った。現実の世界では考えられない決断と行動だった。そこで達也は、自分の中の虚無感を素直に吐露した。

聴衆の反応は鈍かった。達也の演説が終わらないうちに、みな白けた顔で立ち去った。

達也は失意と後悔の中で広場を後にした。そしてVSにおける仮想の自宅にもどってほどなく、来訪者を知らせるチャイムが鳴ったのだ。

「桂木達也くんだね」

ドアを開けた達也の目の前に、見知らぬ男が立っていた。一見すると若いようだが、佇まいや眼差しの落ち着きは、ある程度年齢を重ねた者のそれだ。しかしなにより目を奪ったのは、男の並外れた美しさだった。人の完璧な姿というものが世の中にあるとすれば、この男ではないか。

「……あんた、だれ」

達也は呆気にとられていった。

「さっきの君の演説は素晴らしかったよ。あれを聞いて、君は本物だと確信した」

違和感が棘のように引っかかった。聴衆の中にこの男がいたのなら印象に残っていそうなものだ。聴衆自体が多くはなかったし、そうでなくとも人の目を惹きつける容貌だ。しかし口には出さない。それよりも、一人でも自分の思いが届いたことがうれしかった。もっと正直にいえば、彼のような男から評価されたことで舞い上がったのだった。

「そ、それで、僕になにか」

「少し話をしたいんだが、いいかな」

「ええ、構いませんよ」

さっと身を引くと、男が躊躇なく入ってくる。

達也はドアを閉めながら、

「それで、あの、あなたは……」

男が、部屋の中央で向き直り、両手を後ろに組んで微笑む。

「レイと呼んでくれ」

4

みかずきIIには酸素供給システムのオペレーションルームが七つある。どれも同じ機能を持ち、不測の事態に対応できるようになっているが、現在、上嶋淳たちが使っているのは、地下ゲートからもっとも近いルームAだ。

午前六時二十分。

上嶋淳がルームAに駆けつけて一時間が経過したが、事態はなにも動かなかった。備え付けられた災害警報モニターには、みかずきIIを俯瞰(ふかん)した透視図が映し出されている。異常な熱、振動、衝撃などが感知されれば、アラーム音とともに、発生場所が赤い輝点で示されるはずだが、ずっと沈黙したままだ。

単なる不正移住者は、この際どうでもいい。事態が落ち着けば、いかようにも対処できる。問題は、人間爆弾と化したテロリストだ。そろそろ自分が閉じこめられたことに気づくころだろう。そのときどうするか。どうしろと指令を受けているか。

不正移住者は居住エリア全体に散らばっている。せめてテロリストを特定できれば、まだ対応のしようもあるのだが、血液検査の結果が出ていない以上、如何ともしがたい。

住人を避難させるのも現実的ではない。当然テロリストに気づかれるだろうし、そもそも短時間で九万人を安全な場所まで誘導するのは不可能だ。パニックに陥ればテロ以上の死傷者を出しかねない。だからだろう。避難指示は管制塔からもメインAIからも出ていない。

「しかし、なぜAIは勝手にこんなことをしたんですかね。暴走ですよ、これ。テロリスト退治は明日の検査結果が出てからのはずでしょう」

ルームAには夜勤シフトの六名が残っている。交替時刻は午前七時だ。

「テロリストを特定できないからって、不正移住者を全員監禁するなんて、やり方が乱暴すぎませんか」

「いや、そうともかぎらない」

淳は部下に応えていう。

「最悪のケースは、再検査の結果が出る前にテロリストに行動を起こされることだ。どこでテロを実行されるか予測がつかないし、インフラ設備に侵入される可能性もないわけじゃない。その前に、テロリストの疑いがある者をすべて部屋に閉じこめておけば、少なくとも被害の及ぶ範囲は居住エリアに限定される」

「理には適っている、ということですか」

「最悪のケースを回避するため、としてはな」

「生身の人間である僕たちには、とても下せない決断ですね」

「そのためのＡＩだ」

みかずきII全体を統合制御するメインＡＩは、巨大なコンピュータの中に収まっているわけではない。その本体は、建物の壁、床、天井など、あらゆる部分に埋め込まれた無数のチップだ。それらが築く複雑きわまる膨大なネットワークが、夥しい量の情報を瞬時に並行処理し、さまざまな可能性を精査した上で対応を決めている。

「でも、たしか管制塔の見解では、テロリストが行動を起こすのは移住が完了した後ってことじゃなかったですか」

「それは単なる推測だ。密閉状態での爆弾テロのほうが心理的効果が大きいのは確かだが、テロリストだって臨機応変という言葉は知ってるさ」

「このまま何事もなく、ってわけにはいかないんでしょうね」

動きを封じられたテロリストがおとなしく投降するとは考えにくい。ソマティックボムを処理されていれば、どうせ長くは生きられないからだ。おそらく室内での自爆を選ぶだろう。周囲が損壊するのは避けられない。死傷者も出るかもしれない。

「やっぱり、今回のこれはやり過ぎですよ。明日まで待てば被害ゼロで済んだかもしれないのに。実際、その可能性が高かったんでしょ」

そう。普通はそう考える。被害ゼロで切り抜けられる有望な選択肢が残されているのなら、まずはそちらを優先すべきだと。みすみす、みかずきIIを壊させることはないと。

だが、被害をゼロに抑えるという課題設定には、そうあってほしいという希望的観測が入り込んでいる。

人は、希望的観測に引っ張られ、判断を誤る。万が一、明日の朝を待たずにテロリストが動けば、最悪の場合、みかずきIIの存続そのものが危うくなる。たしかに可能性は高くはない。だが、あり得る。それだけは絶対に回避しなくてはならない。

重要なのはそこだ。最悪の事態を確実に回避する。不確かな幸運に賭ける余裕は我々にはないのだ。その意味で、今回のメインＡＩの判断は妥当なものといえる。問題は――。

「班長？」

淳は、つい物思いに沈んでしまったことに気づき、大きく息を吸って顔を上げた。

「とにかく我々は、酸素供給システムを守ることに集中しよう。これがやられたら、みかずきIIはお終いだ」

そのときだった。

アラームが鳴り響き、災害警報モニターに最初の赤輝点が現れたのは。

5

桂木達也は、ブルーグローブにログインするたびに、レイと会って話をした。いつも待っていたかのように彼が訪ねてくるのだ。レイの顔を見ていると、なんともいえない高揚と充足感に包まれる。いつしか達也も、それを楽しみにブルーグローブに行くようになっていた。

話すのはもっぱら達也で、その内容も、幼いころの思い出から母がシールドポリス詐欺にあったことまで、さまざまだ。すべてを見通すような眼差しの前では、なにもかも白状しなければ許されない気分になる。しかし、それが心地いい。

あるとき、珍しくレイが達也に質問をした。

「君はグレートエンディングをどう思う？」

達也はしばらく考えてから、よくわからない、と答えた。デモには参加していたが、自分の中のやり場のない感情をぶつけていただけのような気もすると。

「君は正直な人だ」

レイは、気を悪くするでもなく、いった。

「あなたはどう思うのです？」

達也は逆に尋ねた。

「人類は滅亡する。これは避けようのない現実だ」

「はい……」

「それに耐えられない人々は、自暴自棄になる。理性をかなぐり捨て、己の欲望を解放し、秩序を破壊する。滅亡を待たずして、この世は地獄だ。試行錯誤を繰り返し、数多の失敗と犠牲を乗り越え、ようやくここまで文明を発展させた人類は、最後の最後に、その最も醜悪な姿を晒すことになる」

レイが静かに達也を見つめる。

「そうならないよう人類を導くことが、グレートエンディング思想の存在理由だと私は思っている。人類が美しく滅ぶための指針といってもいい」

「……美しく滅ぶ」

「美しく、そして、偉大に」

その日を境に、グレートエンディングが二人の話題の中心になった。

「グレートエンディングが登場したときの熱狂は凄いものだったよ。君も知っていると思うが、みかずきII計画を一時的にせよ撤回させたほどだ。たしかに個人的な鬱憤を発散させていただけの者も多かったが、とくに若い世代にはグレートエンディングの理想は強烈にアピールした。私もその理想に共鳴した一人だ。滅びゆくこの世界でようやく人生の目的を見つけたと思ったよ。その確信はいまも変わっていない」

「当時も大きなデモがあったそうですけど、あなたも参加したのですか」

「もちろんだ」

グレートエンディングが最初の盛り上がりをみせたのは二十五年ほど前とされている。そのときレイは何歳だったのだろう。そして、いまは何歳なのだろう。

自分はレイのことをほとんど知らない。そのことに改めて気づき、達也は急に不安になった。

そもそも、なぜレイが自分のような人間に興味を持ったのか。広場での演説を聞いたからというが、それほど上等な演説でなかったことは、聴衆の反応を見てもわかる。独創的な思想を持っているわけでもなければ、洞察が鋭いわけでもない。そんな凡庸な人間にレイのような男が近づくときは、なにか別の目的があるに決まっている。

と思うと同時に、そこまで裏を探ってしまう自分の卑屈さが心底嫌だった。できることなら、レイの言葉を素直に受け入れ、思う存分、嚙みしめたい。しかし、どう考えても、レイがわざわざここに来る理由がないのだ。

達也が、レイに必要とされる理由を必死に探すのは、レイにとって必要な存在でありたいからだった。レイが目の前にいるだけで、ともに語り合うだけで、自分が特別な価値のある人間だと思える。達也にとって、それがどれほど切望した瞬間だったか。

これが幻だとは、絶対に思いたくない。

この瞬間だけは、真実であってほしい。

6

「くそっ！」

「やりやがった……」

爆発があったのは居住エリアA０１２のM２。災害警報モニターではスプリンクラー作動のアイコンが点滅している。被害の程度は不明。避難指示は出ていないようだ。九カ所の酸素供給装置に異常は認められない。侵入を試みる者もいない。

しかし、本格的な運用はこれからだというときに、ごく一部とはいえみかずきIIの損壊を許してしまったことは、上嶋淳たちに衝撃と動揺を与えずにはおかなかった。

しかも、これで終わりではない。ソマティックボムを処理された人間爆弾は最多で十一体とされている。この爆発がそのうちの一体が自爆したものならば、残りは十体。そのすべてがみかずきIIに入っているとはかぎらないし、拒絶反応で死亡していればそれよりも少なくなるが、期待しないほうがいい。

「Aブロックということは、最初のころに移住してきた組ですよね。こんな身近にテロリストが潜んでいたなんて」

「待てよ」

淳は思わず声を漏らした。

Ａ０１２。

最近、どこかで耳にした覚えがあると思ったが……。

「どうしたんです？」

淳は答えず、カルタで管制塔の担当官を呼び出す。

「爆発の起こった部屋ですが、住人の名前を教えてもらえますか。できれば顔写真も。至急、確認したいことがあります」

ほどなくカルタに顔写真が送信されてきた。そして住人の名前。胸の鼓動が激しさを増す。

〈菅谷巽〉

淳は、ゆっくりと一呼吸おいてから、担当官に告げる。

「この男は、以前、私に声をかけてきて、酸素供給システムのことをいろいろと尋ねました。情報収集をしていた可能性があります。メンバーに接触してきた住人がほかにもいないか調べてみますが、ミズウラと大和電力……いや、すべてのチームにも問い合わせてみてください。テロリストを絞り込めるかもしれません」

7

恐れていた日はとつぜん来た。

「きょうはすぐに帰る。お別れをいいに来ただけだから」

桂木達也がドアを開けるなり、レイが告げた。

「短い間だったが、楽しかったよ。ありがとう。元気で」

「ま、待ってくださいっ！」

頭の中であれこれ考えていたことはすべて吹き飛んでいた。

「どういうことですか。僕にも納得できるように説明してください。急にそんな、あんまりです」

達也の狼狽ぶりに、レイが戸惑いを見せる。

「たしかに、このまま帰るのは冷たいかもしれないな」

目元をゆるめると、

「わかったよ。まだ少しは時間がある」

部屋に入り、いつものソファに座った。達也も向かい合って浅く腰掛けたが、なにから聞けばいいのかわからない。

「私には仲間がいる」

「仲間……？」

なぜか達也は、自分以外のだれかがレイといっしょにいるところを想像したことがなかった。

「グレートエンディングの思想に共鳴し、その実現に人生を懸けることを誓い合った、素晴らしい同志たちだ」

思い出を慈しむような表情のレイを見て、達也は堪らない気持ちになった。レイにそんな表情をさせる彼の同志たちが妬ましくてならない。

「彼らとともに行動を起こすときが来た」

「行動とは、どのような？」

「申し訳ないが、具体的なことは教えられない」

「僕は……僕は、あなたの仲間じゃなかったんですか」

「君は、グレートエンディングには必ずしも賛同していないのではなかったかな？」

「それは……あのときは、たしかに、そういいましたけど……」

感情が乱れるばかりで、いうべき言葉が出てこない。レイとの時間が終わる。それはもはや痛みをともなう恐怖だ。

「あなたですよ」

すがる思いで吐き出した。

「僕には心を通わせる友人もいない。昔からそうでした。それを寂しいと感じることもなかった。でもいまは、あなたと知り合ったいまは、違う。あなたと語り合うことだけが、僕の心を満たしてくれる。あなたがいなくなったら、僕にはなにも残らない。だから……」

自分でもなにをいっているのかわからなくなる。しかし次の瞬間、自分がなにを求めているのか、いまなにをすべきか、これ以上ないほどはっきりと見えた。いや、見えた気がして、全力で飛びついた。

「僕も加えてください。あなたの仲間に。あなたたちの行動に」

レイが小さく首を横に振る。

「どうしてですか。お願いです。僕を――」

「我々の行動とは、理想のために命を投げ出すことだよ。この仮想空間ではなく、現実世界で」

「構いません」

「ほんとうにわかっているのか？　死ぬことになるんだよ」

達也は、ほんの一瞬、躊躇した。そんな自分の弱さが忌まわしい。おまえはいつもそうだった。肝心なときにあと一歩を踏み出す勇気がなかった。だからおまえはなにも手に入れられなかったのだ。何者にもなれなかったのだ。その弱さのせいで、いま、レイまで失おうとしている。

「どうせ、みんな、もうすぐ死ぬんです。それなら、少しでも納得できる意味を、自分の人生に与えたい」

レイが立ち上がった。

「そろそろ行かなければ」

「レイ！」

「どうやら、いまの君はひどく動転しているようだ。落ち着いてよく考えれば、気も変わる」

「そんなことは――」

レイがさっと右手を上げ、達也を制した。

「こうしよう。私は明日、もう一度だけ、ここに来る。それでも君の決意が揺らいでいなければ、君を我々の仲間として迎え入れよう」

達也は歓喜のあまり泣きそうになった。

「約束ですよっ！」

「ああ」

レイが柔らかく微笑んだ。

「私は約束を守る」

8

伊達建設チームのメンバー全員に、住人との接触の有無を尋ねた結果、四人が「ある」と答えた。いずれも向こうから声を掛けてきて、酸素供給システムについて聞き出そうとしたらしい。

ただし、接触してきた住人のうち、名前が判明したのは一名のみ。その名前を管制塔に照会したところ、該当者が存在した。いままさに自室に閉じこめられている不正移住者の一人だった。居住区はＧ１０５。

「こいつもテロリストってことですか」

「断定はできないが、その容疑が濃厚だな」

「管制塔はどうするつもりなんでしょうね」

「特殊部隊が到着していないし、到着したとしても、残りのテロリストが特定できないうちは動けないとさ」

テロリストと思われる住人の名は、多田昌治。プロフィールでは三十一歳となっているが、顔写真ではもっと若く見えた。

上嶋淳は菅谷巽のことを考える。彼の本名もわからない。どのような人生を送ってきたのか。なぜ人間爆弾になったのか。彼の口から聞くことはもうできない。ただ淳は、彼の語ったストーリーがすべて作り話だったとは、どうしても思えなかった。あのとき彼の見せた途方に暮れた表情があまりにも真に迫っていたからだ。あれも演技だった可能性ももちろんあるが、彼の実生活でも似たような経験があったのではないか。

テロリストといえども人間だ。人生があり、心がある。その心に働きかければ、あるいは……。

「やってみる価値はあるか」

「なにがです？」

淳は腰を上げた。

「ここを頼む」

「どちらへ」

「多田昌治のところだ。投降するよう説得してみる」

「無茶な！」

「相手はテロリストですよ」

「危険すぎます。いつ自爆するかわからないのに」

「君たちは来なくていい」

「そういう問題じゃ……」

「みかずきIIへのダメージはできるだけ抑えなければならない。あと何人テロリストが残っているのかわからないが、一人でも自爆を思いとどまらせることができるのなら、それに越したことはない。投降させることが無理でも、時間稼ぎくらいにはなる。どちらにせよ、私はみかずきIIを去る身だ」

淳の覚悟が伝わったのか、部下たちが厳粛な表情で黙った。

「……管制塔へは？」

「私から伝えておく。説得が成功したときの対応を準備しておいてもらわないと困るからな」

死ぬ気はないよ、と笑ってから、淳はオペレーションルームを出た。

9

混濁した意識の中、記憶の断片が浮かんでは沈む。「私は約束を守る」どうだ。レイ。一日経っても僕の決意は変わらなかったよ。これほど自分が誇らしかったことはない。どう。レイ。あなたも少しは僕のことを見直した？「標的はみかずきⅡだ。グレートエンディングにとって最大の障害を取り除かねばならない」ああ、いいよ。いいとも。あなたの仲間として認めてもらえるのなら、なんでもする。あなたが僕に近づいた目的なんか、どうでもいい。僕はあなたの敬意を勝ち取りたいんだ。どうだ。レイ。僕はあなたが見込んだ以上だろ？「いますぐブルーグローブを出てくれ。仲間が君を迎えに行く」わかったよ。でも、レイ。あなたが迎えに来てくれるんじゃないのか。ブルーグローブで最後に交わしたような固い握手と抱擁を、現実の世界でもできると思っていたのに。レイ。あなたはこの世界のどこにいるんだ。僕はあなたに会いたい。そして、そして……。「嫌なら降りなさい。わたしだって臆病者の相手をするほど暇じゃないの」違うよ、レイ。彼女は誤解してるんだ。僕は嫌だとは一言もいっていない。ただ、ちょっと驚いたんだよ。でも、たしかにあなたは、死ぬことになるといっていたね。こういうことだったんだ。でも僕は投げ出すつもりはないよ。こんなところで。あなたから託されたものを。「これを飲みなさい。あなたの心を護ってくれる」だから飲んだんだよ。彼女がくれた、不安や恐怖を感じなくなるという薬を。必ずやり遂げるとあなたと約束したから。僕はあなたの期待を裏切りたくなかった。あなたにだけは臆病者だと思われたくない。軽蔑されたくない。ねえ、レイ。僕はやるよ。だから尊敬してよ。君は凄いって。君には本物の勇気があるって。「さあ、もっと大きな声で。そんなんじゃ火は着かないぞ。無駄死にになるぞっ！」わかってる。わかってるよ。わかってる。わかってるんだ。やるしかないんだ。「人類に偉大な滅びを。間違えるな。さあっ！」人類に偉大な滅びを。人類に偉大な滅びを。人類に偉大な滅びを。人類に偉大な滅びを。人類に偉大な滅びを。人類に偉大な滅びを。人類に偉大な滅びを。人類に偉大な滅びを。人類に偉大な滅びを。「鎮静剤が切れてきたのかな」ああ……やってしまったのか。僕は、ほんとうに、やってしまったのか。後戻りできないところまで来てしまったのか。どうしてだろう。どうして、こんなことに……。レイ。答えてよ。ねえ。レイ。「考えちゃだめ」……君はだれ。どうしてそんなに目が澄んでるの。なぜここにいるの。「もっと聞かせて。あなたの声を。あなたの言葉を」僕の声。僕の言葉。「人類に？」偉大な滅びを。「いいわ。すごくいい」人類に偉大な滅びを。人類に偉大な滅びを。人類に偉大な滅びを。人類に偉大な滅びを。人類に偉大な滅びを。人類に偉大

な滅びを。人類に偉大な滅びを。人類に偉大な滅びを。人類に偉大な――。

「気がついた？」

いきなり意識が鮮明になった。

病室のような部屋。

あの子がいる。

澄んだ目で僕をのぞき込みながら、明るく微笑む。

「おめでとう。よかったね。拒絶反応はクリアしたみたい」

「僕は……」

「あなたは、もう、桂木達也じゃない」

耳元に口を近づける。

「今日からあなたの名前は、多田昌治だよ」

10

いた。

宿泊棟から本館に移動するには、連絡通路を使わなければならない。通路は一本しかないので、宿泊者が本館と行き来するときは必ずここを通ることになる。

プレップでの三日目が幕を開けた朝、その通路に向かっていたラナは、男性用区画からやってくる人の流れの中に、守崎岳の姿を認めたのだった。

意外に背が高い。黙々と歩いているせいか、表情は硬く見える。インタビュー動画では特別かっこいいとも可愛いとも思わなかったが、実物からはまた違った印象を受けた。なぜか心臓が鼓動を早める。

「ラナさん、ああいうタイプが好みですか」

「え？」

「あそこにいる、すらっとした人ですよね。さっきからじっと見てるから」

「そ、そういうわけじゃないんだけどね」

光村あいは、やはり年上の人を呼び捨てにするのは抵抗があるというので、ラナのことも〈さん〉付けで呼ぶようになっていた。それでも半日足らずではあったが「あい」「ラナ」と呼び合ったことは、二人の距離を縮めるのに役立ってくれている。

「あ、行っちゃいますよ、彼」

あわてて振り向くと、守崎岳はもう連絡通路に入って先を進んでいる。

「また話しかけるチャンスはあると思うし、テキストを送るって手もあるから」

「いいんですか。ほかの人に取られちゃうかもしれませんよ」

「いや、あのね……」

光村あいが、右拳をぐっと握って胸に引き寄せる。

「恋は行動あるのみです。わたしも応援します」

「ほんと、そういうんじゃないから」

この日最初のプログラムのテーマは〈みかずきIIにおける意思決定の仕組み〉だ。外の世界では、国民によって選ばれた国会議員が法律を作り、政府がその法律を使って国を治めてきたが、みかずきIIではまず選挙がない。では、みかずきII全体に関わる判断をだれが下すのかというと、ＡＩだ。これも祖父から仕入れた予備知識だった。

祖父は、いったんは白紙になったみかずきII計画が復活するまでを現場で見てきた人なので、一般には知られていないこともよく知っている。

たとえば、ここの宿泊施設の部屋が極端に狭い理由。プレップの宿泊施設は、みかずきIIの居住エリアを模して設計されているが、実際にみかずきIIで暮らすことになる部屋よりも二回りは狭い。さらに、プレップの自室にはトイレがなく、廊下の突き当たりにある共同トイレを使うしかないが、みかずきIIの個室にはちゃんと設置されている。

なぜこのような仕様になっているかというと、みかずきIIに入ったときの精神的ストレスを少しでも軽減するためだそうだ。たしかに、最初から狭い部屋に入ればただ「狭い」と感じるだけだが、極端に狭い部屋を直前に体験しておけば「広くなった」と多少は快適に思うものかもしれない。もっとも、同じF４の人たちにこの話をしたところ、笑って本気にしてもらえなかったが。

どん、と後ろからなにかが肩にぶつかり、ラナは前のめりになってあやうく転びかけた。

「気をつけたまえ」

頭上から降ってきた男の声には聞き覚えがある。ぞっとして顔を上げると、男もラナを見下ろす目を見開いていた。

互いに息を詰めたまま、無言で対峙する。

男が、瞬きをしてから、ぎこちなく目を逸らし、通路を先に歩きだした。ちらとラナを振り返り、さらに足を早める。

「なんですか、あの人。いやな感じです」

目を合わせた時間は、一秒にも満たなかったかもしれない。だがラナには、永遠に覚めない悪夢に思えた。

「ラナさん？」

別人なんかじゃない。

あれは、倉林先生だ。

11

どうも落ち着かない。まず空が青すぎる。雲も白すぎる。しかしなにより異様なのは、人の姿がまったくないことだ。

廃墟の街ではない。むしろ隅々まで整備されている。居並ぶ住宅はどれも新しく、公園の噴水は勢いよく虹を描き、街路樹の緑も目に眩しい。人間の気配だけがない。

城内タカヒロもバーチャル・シェルターの一つ〈アサイラム〉に登録しているが、あくまでVSとはどのようなものかを知るためで、いまではログインもせずに放置してある。

アサイラムもそうだが、仮想空間とはいえ整いすぎた光景には、どうしても馴染めない。なぜ馴染めないのか、自分でも不思議だったが、ここに来てわかった気がする。

不吉なのだ。命の生臭さが感じられない。それは死後の世界に通じる。アサイラムで出会った人々に対して抱いた違和感の正体も、これだったのだろう。彼らには生きた人間の匂いがなかった。あれはある意味、死者の群だったのだ。

しかし、ここ〈ブルーグローブ〉には、死者の姿さえない。

『ブルーグローブに入って、そこで起きたことをすべて報告してくれ。理由は聞くな』

一時間ほど前、とつぜん志村界斗から一方的な依頼、というか命令があった。

「入れるんですか」

『開発モニター用のマスターコードを送る。それを使え』

厳密にいえば、ブルーグローブはすべてのゲートが閉じられてアクセスできないだけで、完全に消滅したわけではない。その構造上、いったんネットに誕生したVSは、簡単に消去できるものではないようだ。

ただし、消費電力を極端に小さくしてあるため、大半の住人は活動できずに眠っているという。

「マスターコードなんてものがあったんですか。だったら――」

『それ以上は聞くな』

志村界斗がいつになく厳しい口調で遮った。

『余計な先入観を持たずに行ってくれ。頼む』

そこまでいわれたらやるしかないと、ブルーグローブにログインして街をひたすら歩き回っているのだが、報告に値することはなにも起きなかった。試しに、目に付いた住宅を片っ端から訪ね、ドアをノックしたりチャイムを鳴らしたりしてみたが、応答はない。ドアもロックされて動かない。やはり住人は活動を停止しているようだ。

「ったく、どうしろってんだよ」

しかし、志村があああいう以上、なにかあるはずなのだ。

タカヒロは来た道をもどる。見落としたものはないか。さっきと変化したことはないか。神経を尖らせて至る所に視線を飛ばす。

ここの公園には、黒っぽくて低い踏み台のようなものがあちこちに置いてある。タカヒロは公園に足を踏み入れ、何気なくその一つに立ってみた。視点が一段高くなり、見える世界が広くなる。いわゆる御立台とか演壇みたいなものか。公園に設けられたスピーカーズコーナーというわけだ。

一つ咳払いをする。

「…………」

スピーチの真似事でもしてやろうかと考えたのだが、なにも思いつかなかったので、結局、

「おーい、だれかいねえのかあっ！」

と叫んだだけで降りた。

「なにやってんだ、俺は」

最初にブルーグローブに入ったとき、タカヒロは住宅街の一軒家の中にいた。それがマスターコードを使う者の自宅というわけだ。とりあえずその家までもどり、居間のソファに身体を投げ出した。VSでも歩き回れば疲れを感じる。

さて、どうするか。このまま「なにもありませんでした」では、いくらなんでもお粗末に過ぎる。しかし、これ以上、なにをすれば――。

こん、こん、こん、とドアを叩く音が聞こえて、タカヒロはソファから飛び上がった。息を呑んで凝視すると、また、こん、こん、こん、と鳴る。

ドアから離れて身構えた。

「どちらさん？」

「開けてくださいませんか」

若い女の声だった。凛として心地よく響く。聞き覚えはない。

タカヒロは、そっとドアに近づいた。覗き窓を探したが、それらしきものは見当たらない。一般にVSでは、個人宅のドアには自動的にロックが掛かる。開けることができるのは、その家の住人だけだ。

タカヒロは、ドアノブを握った。ゆっくりと押し開ける。目の前に立ち現れた女性を見て、声を漏らしかけた。十九世紀の西洋画から抜け出てきたかのような、儚さと艶めかしさ、そして、神秘的なまでの美しさに。

「……あんたは」

女が柔らかく微笑んだ。

「レイと呼んでください」

12

居住エリアG１０５のＭ３。いま、この区にいるのは、上嶋淳と、十四号室に閉じこめられた多田昌治だけだ。ほかの住人には、管制塔の許可を得た上で、避難してもらった。Ａ０１２で起こった爆発のことは、まだほとんどの住人が知らないようだ。

「多田昌治さん、聞こえますか」

十四号室の前で、淳は語りかける。

「私は、みかずきIIで酸素供給システムを担当する、伊達建設の上嶋淳といいます」

部屋の中からは、物音一つ返ってこない。

「いま、どういう状況にあるか、おわかりですね」

反応はない。

「もしかしたら、いままさにあなたは、自爆しようとしているのかもしれない」

　そうなれば、ここにいる自分も無事では済まないだろうが、死の恐怖は感じなかった。感覚が麻痺している。あまりいい兆候ではない。

「でも、少しだけ、私と話しませんか」

　それにしても静かすぎる。

　嫌な感じだ。

「最初にお断りしておきますが、この部屋のドアが開かないのは、我々が意図したものではありません。みかずきIIのAIが独自に判断して実行したことです。我々にとっても予想外の事態です」

　しかし、この部屋に多田昌治がいることはAIが確認している。みかずきIIにいるかぎり、AIの目を盗んで行動することは不可能だ。

「お察しのとおり、私はあなたを説得するために、ここに立っています。みかずきIIを、これ以上、壊さないでほしいからです。とはいえ、あなたにも、やむにやまれぬ事情があるのでしょう。よければ、それを聞かせてもらえませんか」

　手探りで進みながら、言葉をかけ続ける。彼の心に触れるまで。

「グレートエンディングという思想について、自分が良い理解者だとは思いません。むしろ、私はグレートエンディングを憎んできました」

　どのような言葉が正解なのかはわからないが、死を覚悟した相手に、上っ面だけの言葉が通用するとも思えない。こちらも相応に腹を括る必要がある。

「みかずきII計画が白紙にもどったとき、私はまだ十代でしたが、この国にほんとうに嫌気が差しました。なぜ摑みかけた希望をむざむざ捨てるのか。なぜ抵抗もしないで滅びを受け入れてしまうのか。私には到底理解できなかった。みんな正気を失っているとさえ思いました。ただ、いまでは、多少はわかるような気がします。おそらく、グレートエンディングの美学に魅入られたのではなかったかと」

　微かだったが、そのときたしかに部屋の中で、人の気配が動いた。

「しかし、賛成はしません。美学は、一人一人の内面の問題です。そのために、多くの人たちの、とくに子供たちの未来を犠牲にしていいはずがない。もちろん、シールドポリスという特殊な環境では、さまざまな問題が起こるでしょう。そこに生きる人々は、非常につらい思いをするかもしれない。だからといって、我々がすべてを無いものにしていいわけではありません。そんな権利はだれにもない」

　そういえば、これはリュウリがよく口にしていたことだった。子供の未来を潰すわけにはいかない。だからグレートエンディングは絶対に受け入れられないと。リュウリの考えが、いつの間にか、自分の中にも根付いていたのか。

「少しプライベートな話をしてもいいですか」

淳は、呼吸を一つおいて、感情を落ち着かせる。

「移住が完了したら、私はみかずきIIを去ることになります。本来なら、ここに残ることもできました。シャイゴ機関の緊急報告を受けて、インフラを担当する作業員は無条件にみかずきIIの住人になれましたから。正直、私も残りたいと思ったことはあります」

そうなのか。自分の言葉に戸惑う。

「しかし私には妻がいます。世界が滅びるというときに、彼女を独りにすることはできない。だから、ここに残ることは最初から選択肢にありませんでした。ところが、そのことを知った妻が……」

言葉が続かなくなった。

「いや、この話は止めましょう。いくらなんでも、こんなときにあなたに話すことではなかった」

急に限界が来た。

なにも考えられない。

「先日、あなたの仲間の手による自爆テロで、大切な友人を失いました。私の生き方や考え方にも大きな影響を与えた男です」

心が吐き出したがっていることを、そのまま吐き出す。

いまは、それしかできない。

「彼の娘さんが、明日、みかずきIIに入ることになっています。まだ十四歳です。本人には迷惑でしょうが、いまの私にとっては、希望の象徴のような存在です。多田昌治さん、いや、ほんとうの名前はなんとおっしゃるのかわかりませんが、どうか、その子の生きる未来を、奪わないでいただけませんか。みかずきIIを壊さないでください。自爆を思いとどまってください。お願いします」

「レイに」

ドアの向こうから初めて声が聞こえた。

淳は思わずドアに張り付く。

「なんですか」

「レイに、会わせてください」

ひどく弱々しい声だった。

「レイの顔を見せてください。レイの声を聞かせてください。レイと話をさせてください。レイと――」

「レイとは人の名前ですか。その人は、いま、どこにいるのです」

「……ここに」

声が告げる。

「みかずきIIに、いるはずなんです」

13

グレートエンディングの熱狂がみかずきII計画を頓挫させたのは二十五年前だ。赤天界の元幹部が新教団設立のための資金提供を高籐舞に迫ったのも同時期だが、もちろんこれは偶然ではなく、ブームに便乗しようとの意図があったものと思われる。

新教団の名前は〈天真界〉。その名称からも窺い知れるが、所詮は赤天界の焼き直しで、そこにグレートエンディングの要素を強引に取り入れたために、なんともチグハグな代物になった。それでもそこそこ信者が集まったというのだから、グレートエンディングの魔力は健在といったところか。

その一方で、内務省公安調査部からはただちに重点監視対象団体に指定されている。自爆テロを計画した赤天界の残党が立ち上げた教団だ。当然の処置だろう。その結果、天真界に関しては詳細な記録が残ることになった。

むろん、本来なら公安調査部の極秘資料など部外者が閲覧できるはずもないが、いまはなんでもありの終末世界だ。城内タカヒロが読み込んでいる文書も、例によって志村界斗から送られてきたものだった。

それによると、やはりターニングポイントとなったのは、みかずきII計画の復活らしい。天真界はこのころを境に、それまで添え物扱いだったグレートエンディングを教義の中心に据え、その実現を目指す思想集団へと変容していく。この動きの立役者となったのが三人の信者であることもわかっている。

残念ながら本名は不明だが、教団内では、レオン、アンジェ、ヨークと呼ばれていた。アンジェは女性、レオンとヨークは男性らしい。三人とも当時二十代半ば。彼らは、二十歳前後という理想主義にもっとも感化されやすい時期に、グレートエンディングの衝撃波をもろに浴びた世代でもある。いわばグレートエンディングの申し子だ。彼らの目に、みかずきII計画の復活が、自分たちの神聖な理想を踏みにじるものと映ったとしても、不思議ではない。

ところが、それから一年ほど経ったころ、この三人が教団からとつぜん姿を消す。当時の報告書では、彼らの主張があまりに過激に走るようになったため、古参の幹部たちと対立したあげく追放されたのではないか、と分析しているが、後にその説は否定された。要するに三人は〈地下に潜った〉のだ。グレートエンディングを達成する実力行使部隊を作り上げるために。ここでいう実力行使とは、暴力によるみかずきIIの運用阻止、すなわち、テロにほかならない。

一つの疑問は、なぜ公安調査部がその動きを見逃したかだが、答えは拍子抜けするほど凡庸かつ単純で、公安といえども慢性的な人員不足からは逃れられず、かつてのような精鋭ぞろいでもなかったからだった。

地下に潜った三人は時間をかけて入念な計画を立てるが、実行するには桁違いの資金が必要になることが判明する。そこで考えたのが、高籐舞を完全に引っ張り込み、その資金力をフルに活用することだ。

しかし、グレートエンディングにまったく興味を示さず、教団とも距離を置いている彼女を、どうやって説得するか。高籐舞のことを調べ上げた彼らは、タカヒロと同じ結論に達する。彼女を動かせるとすれば、死んだ克明憲、つまり鴛原篤志だけだと。

普通なら、ここで断念する。死んだ人間を生き返らせることはできない。しかし、理想に取り憑かれた彼らは、普通ではなかった。グレートエンディング達成にかける彼らの熱意は、普通ではなかったのだ。

発案したのはレオンだったらしい。彼は高籐舞のもとを訪れ、こともあろうに、自分は克明憲の生まれ変わりであるといってのけたのだ。当たり前だが、高籐舞は烈火のごとく怒った。本人の言葉を借りれば「愛する人を侮辱されたように感じた」という。だが、レオンもそんなことは折り込み済みとばかり、自分は克明憲が死んだその日に生まれている、時間もぴったり合う、前世の記憶も一部だが残っている、たとえば云々と、反論する間も与えず捲(まく)し立てる。

　すると不思議なことが起こった。

　それまで顔を真っ赤にして怒っていた高籐舞が、いきなり笑いだしたのだ。笑いながら涙さえ流した。

　そのときの彼女の心境はわからない。もしかしたらレオンの振る舞いにかつて愛した人の姿を見てしまったのかもしれないし、自分を説得しようと必死になっている若い男が可哀そうになっただけかもしれない。あるいは、レオンの言葉を真実だと思いたいという気持ちが生まれた可能性もある。このあたりは、本人もはっきりと供述していないらしい。

　いずれにしても、最終的に高籐舞は彼らの要求を受け入れる。その際、彼女は一つだけ質問をしたという。

「わたしのお金でなにをするつもり？」

　レオンは答えた。

「グレートエンディングを実現させます」

高籐舞はそれで納得した。本人は否定しているようだが、物騒なことに使われるのは薄々気づいていただろう。だがそもそも彼女は、三百名余りの信者たちを道連れに心中しようとした人間でもある。人並みの正義感を期待しても仕方がない。

こうして十分な資金を得た彼らが、計画の第一段階として完成させたのが〈ブルーグローブ〉であり、〈レイ〉だったのだ。

＊＊

「志村さん、あれはいったいどういうことです」

『口で説明するより、実際に体験してもらったほうが話が早いと思ってな。出たのか？』

「出ましたよ。おっそろしいくらいの美女が」

『ほう。おまえさんは運がいいな。俺は白髪の爺だった』

「種を明かしてもらえませんか。あの女はレイなんですか。レイじゃないんですか」

『レイの影みたいなもんだ』

「影？」

『いまから資料を送る。高籐舞や幹部連中の最新の供述をまとめたものだ。前回のよりは全体像が摑みやすくなってる。ところどころ推測も入っちゃいるが、大筋では間違ってないはずだ』

「……高籐舞たちが核心の供述を始めたんですか」

『そこに出てくる三人の信者について、可能なかぎり調べてくれ』

「三人というのは？」

『読めばわかる。その三人については情報がほとんどない。本名はいうに及ばず、いまどこにいて、具体的になにを企んでいるのか、高籐舞も知らされてないようだ。それでこっちも手詰まりになってる。どんな些細な情報でもいい。やり方は任せる』

「その三人が」

『レイの本体ってわけだ』

14

「実在しない？」

聞き返してから上嶋淳は十四号室のほうへ目をやる。ドアの前から二十メートルは離れている。多少の声では、部屋の中まで届くとも思えないが、用心に越したことはない。

『警察の話では、〈レイ〉というのはテロの協力者を選抜するためのスクリーニングシステムの名称で、ブルーグローブというVS内で稼働していたと』

ブルーグローブ。そういえば、そんなVSもあったか。

『レイは、架空の人間の姿でブルーグローブの登録者に接近し、さまざまな反応を見ながら有望な候補者を絞り込んでいったようです』

つまり、多田昌治はスクリーニングシステム〈レイ〉に引っかかってしまったのだ。しかも彼は、いまもレイという名の男の実在を信じ、心の拠り所にさえしている。真実を告げれば、絶望のあまり即座に自爆しかねない。

「レイはみかずきIIにいるはず、という言葉は、どういう意味でしょうか」

『多田昌治をみかずきIIに行かせるための嘘だった可能性も当然ありますが』

管制塔の担当官が口ごもる。

「なにか？」

『レイを作った三人のテロリストの行方が、現在もわからないらしいのです』

「いま閉じこめられている百二十名に、その三人が含まれている可能性もあると？」

『じつは警察から、非公式にではありますが、それについて多田昌治からもっと具体的な情報を引き出せないかと要請が来ています。ただ、上嶋さんはあくまで民間人ですし、なにより大きな危険をともなう。断っても構わないと思いますが』

「わかりました。やってみます」

『……そうですか』

ここまできて〈やらない〉という選択肢はない。

「A012の爆発の後、テロリストの動きは？」

少し間が空いた。

『五分ほど前、D208のF1で、二つ目の爆発が』

F1ということは女か。

「被害は？」

『居住部の損壊に加えて、けが人が数名いる模様です。一部の住人がパニックを起こしているようで、カウンセラーが急行しています』

「ほかのテロリストの特定は？」

『残念ながら』

くそ、と心の中で毒づく。

『上嶋さん、相手はテロリストです。情けや同情は禁物ですよ。自爆する気配を感じたら、躊躇うことなく退避してください』

15

講義室に現れたのは、ラナたちF４の担当でもある雪野フェイだった。彼女がこの日最初のプログラムの講師なのかと思ったら、そうではないらしい。

「本日のプログラムはすべて中止です」

雪野が挨拶もそこそこにいった。

「みかずきIIでトラブルが起きているようで、移住に関する全プログラムが二十四時間停止されることになりました」

室内がざわつく。

「二十四時間後には再開されるのですか？」

真っ先に手を挙げて質問したのは、大学で人類史を教えていたという野島夕夏だ。

「わかりません。事態の推移によっては、さらに延期される可能性もあるそうですが」

「トラブルとは、具体的にどのような？」

これは内科婦人科医の空備シーナ。

「詳しいことは私どもも知らされていません。続報を待ってください」

そういったときの雪野の表情が揺らいだ。彼女はなにか知っているのだと、だれもが感じただろう。だが、それをここで問い詰めたところでどうなるのか。

ラナは、それとは別の可能性に思い至っていた。みかずきIIのトラブルは、倉林先生が別人になりすましてここにいることと、なにか関係があるのではないか。とすれば、一刻も早く雪野に伝えなければ。

「いまから二十四時間は、自由に過ごしてください。この部屋を使ってもらっても構いません。状況が変わったときはお知らせします」

雪野は最後まで硬い表情を崩さずに出ていった。

「なにがあったんでしょうね」

不安そうな光村あいに、ラナは声を落として、

「ごめん。先にもどっててくれる？」

「お手洗いだったら――」

「そうじゃなくて、ちょっとね。ほんとにごめん」

笑みを見せてから足早に部屋を出る。廊下の先に雪野を見つけた。走って追いついた。

「あの、すみません。雪野さん」

雪野が足を止めて振り向く。

その顔と向き合った瞬間、ラナは急に自信を失った。あれはほんとうに倉林先生だったのか。他人の空似ではないと、なにを根拠に断言できるのか。第一、名前が違うではないか。名前が違うのだから、よく似ている別人なのだ。それだけのことなのに、わたしは一方的な思い込みで動こうとしているのではないか。目が合ったときにあの男性が見せた動揺だって、息を呑んでひたすら見つめるわたしの様子に戸惑っただけかもしれない。冷静に考えれば考えるほど、あの男性が倉林先生などというのは馬鹿げた妄想に思えてくる。

「池辺さん、どうしたの？」

「あ……なんでもないです。ごめんなさい。考えすぎでした」

雪野が微笑み、ラナに背を向けて、ふたたび廊下を歩いていく。その後ろ姿を見送りながら、今度は取り返しのつかない過ちを犯している気分になった。たとえ確信を持てなくても、やはりいま伝えるべきではなかったか。万が一、あの人がほんとうに倉林先生であったなら、どうするのか。このままにしておいたら大変なことになるかもしれない。現に、みかずきIIではトラブルが起きているのだ。

心の中に湧き上がってくる声を、しかしラナは強引に抑え込んだ。本人にもう一度会って確かめるのが先だ。雪野に告げるのは、その後でも遅くはない。

16

城内タカヒロはつくづく不思議に思う。ろくな成果も出していないのに、志村界斗はなぜ俺を使い続けるのか。いつか聞いてみたいと思いながら、聞けないでいる。たぶん、聞いたところで、はぐらかされるだけだろうが。

それでも期待されている以上は結果で応えたいが、警察でさえ手詰まりになっている案件だ。まともに調べても埒は明かないだろう。志村は、やり方は任せる、といった。自分なりのアプローチを見つけるしかない。

「でもさ、どうしてその三人だけなんだろうね」

取っ掛かりは、いっしょに住んでいる江口ゆかりの一言だった。

「グレートエンディングに感化された若い人なんて、当時だって何十万人といたわけでしょ。でも、ほとんどの人はテロリストになってないじゃない」

そんなのは当たり前ではないか、と普通は思う。だが、なぜ当たり前なのか。なぜ大多数の人々はテロリストにならなかったのか。あえてそこを仮説の出発点にしてみることにしたのだった。

デモでグレートエンディングを叫んでいる人が、実際にみかずきIIを攻撃するテロリストになるには、高いハードルをいくつも越えなければならない。大半の人は最初のハードルで思いとどまるが、あの三人はすべて越えたのだ。
では、最も高いハードルはなにか。勇気か。罪悪感か。熱意か。タカヒロはそれを、〈自分たちならできる〉という現実的な可能性ではないか、と考えた。

　みかずきIIを潰すといっても、どうやってやり遂げるのかとなると、一般の人には想像もつかないだろう。非現実的な夢物語なら、いかに崇高な理想であっても、時間とともに色褪せ、熱狂も冷める。だが、具体的かつ十分に実現可能な方法が目の前にあったとしたら、どうだろう。ゴールまでの明確なイメージは、ハードルを乗り越える原動力になり得るのではないか。
と、ここで違和感を覚えて思考を停めた。

　それだけでは弱い、と感じたのだ。

　ゴールまでの明確なイメージがあったとしても、それは道ができているというだけだ。けっして楽な道ではない。果てしなく遠く、険しく、時間もかかる。

　その道に足を踏み込むには、もっと強力な動機が欲しい。〈自分たちならできる〉のではなく、〈自分たちにしかできない〉ことが必要なのだ。言い換えると〈自分たちは特別に選ばれた〉という確信だ。

たとえば、飛行機事故で何百人も乗客が死んだ中で、自分一人だけが生き残ったとする。そのとき人は、偶然を偶然として受け入れられず、なにかの力によって守られたとか、生き残ったことにはなにか意味があるとか、余計なことを考える。それが、百万人に一人とか、国内で自分だけとか、そんなレベルになってくると、もはや通常の精神状態ではいられない。天から使命を与えられた、などという壮大な錯覚に陥る。そして、選ばれたことの恍惚と、それ故に果たさなければならない義務と責任への焦燥が入り混じり、自らを行動へと駆り立てる。

要するに、天の配剤としか思えないような偶然が、彼らに巡ってきたのではないか。その偶然の結果、彼らだけが〈みかずきIIを葬る切り札〉を手にした。手にした以上は、それを最大限に活用する義務がある。

では、その偶然とは、どのようなものだったのか。

最初タカヒロは、ソマティックボムのことではないかと考えたが、時系列で整理してみると無理があった。彼らはまず標的をみかずきIIに定め、テロの協力者を集める目的でブルーグローブを作っている。しかし、ソマティックボムを使うアイデアは、ブルーグローブを運用する中で生まれたものであり、当初の計画にはなかったはずなのだ。つまり、彼らが偶然によって手にした〈みかずきIIを葬る切り札〉とは、ソマティックボムではない。

タカヒロはそこでまた立ち止まる。

ソマティックボムは、奴らの切り札ではない。

自分で導き出した結論ながら、その意味するところの重大さに気づいたのだ。

「……おい、まずくないか、これ」

寒気のするような予感が背筋を上ってくる。

もし自分の仮説が正しければ……。

「ソマティックボムは、陽動だ」

17

「多田さん、残念ですが、レイという人が、みかずきIIにいるのかどうか、我々には確認できませんでした」

上嶋淳は、ゆっくりと、低い声で告げる。

「ここにいるとしても、おそらく、別人の名前を使っていると思われます。レイという人のこと、もう少し詳しく教えてもらえませんか。そうすれば、もしかしたら、なにかわかるかもしれない」

「もう、いいんです」

ドアの向こうから、亡霊のような声が返ってきた。

「もう、どうだっていい」

「レイは、あなたに、なんといったのですか。あなたは、ここで、なにをするつもりだったのですか」

いきなり直截すぎたかもしれない。だが、いま最優先すべきは、自爆させないことだ。なんでもいい。言葉を投げ続ける。彼の意識を自爆から引き離すために。

「やはり、酸素供給装置を破壊することになっていたのですか」

しかし反応はない。なにを考えているのか。彼の意識はどこへ向かっているのか。

「多田さん。いや、ほんとうの名前を教えてくれませんか。あなたも、そのほうが話しやすいんじゃありませんか」

静寂の中、空気が張り詰めていくのがわかる。心臓が抑えようもなく暴れだす。だめかもしれない。

「あなたのほんとうの名前、生まれてからずっとあなたとともにあった名前は、なんとおっしゃるのですか。お願いします。教えてください」

「奥さんは、なんていったんです」

思いがけない問いが返ってきた。

「あなたがみかずきIIに残らないことを知ったとき、奥さんは、なにをいったんですか」

「ああ……そのことですか」

彼から質問をしてきたことにほっとする反面、不意打ちを食らった気分にもなった。理穂とのことはまだ自分でも整理できていない。

「妻は妻で、私にはみかずきIIに残ってほしいと考えていたようです。それなのに、せっかくのチャンスを私がみすみす棒に振ったことに失望して、自分たち夫婦は互いのことをわかり合えていなかった、心が通じ合っていなかったと」

彼が耳を傾けている。気配でわかる。

「私は、彼女のために、彼女のことを思って、みかずきIIを去ることにしたんです。しかし、それがかえって、彼女を苦しめてしまった」

あのときの苦みと後悔が蘇る。

「そのせいで、死んでしまいたいと思ったこと、ありますか」

「……あるかもしれない」

自分の口から言葉がこぼれる。

「だから、ここにいるのかな」

「僕が自爆するのを、待っているんですか」

「違う。そういう意味じゃないんです」

淳はあわてていった。

「彼女とこんなことになって、死にたいほどつらいのは事実です。その気持ちが、あなたを説得するという無謀な行動に自分を駆り立てた部分も、あるかもしれない。しかし、みかずきIIを壊してほしくないという思いも、まぎれもない本心です。そして、あなたにも……あなたにも、そんな悲しい死に方をしてほしくない」

「もう遅いんです。なにもかも」

「遅くはない。あなたはまだ、選ぶことができる」

ふたたび無言になった。

「さっきの話ですけどね」

淳は続ける。

「私が、妻のためにみかずきIIを去るという、あの話ですけど、あの言い方はなかったですね。私は、妻のところに戻りたかっただけなんだ。最後くらい、いっしょにいたかっただけなんですよ。だって、二十年間、そのつもりで生きてきたんだから」

とつぜん涙が噴き上がるように流れた。止められなかった。食いしばった歯の間から嗚咽が漏れる。ごまかすように笑った。声が震えた。

「なんで世界が終わっちゃうんですかね。たまんないですよね。おかしいですよね……ちくしょう」

運命の理不尽さに対する呪詛を口にするのは、初めてかもしれない。いままではいつも、未来に、希望に、目を向けるよう努めてきた。だが、もう……。

「桂木、達也」

淳は息を呑んでドアを見つめる。

「僕の名前は、桂木達也です」

「母に伝えてくれませんか」

「桂木……達也さん」

「お母さんに、なんと？」

「いっしょに〈やまと〉に入れなくてごめんと」

「やまと？」

「つまんない詐欺に引っかかっちゃったんですよ。極秘で建設されているシールドポリスがあるって。その名前が〈やまと〉っていうんです。そんなもの、あるわけないのに。でも、母は信じ切ってて、僕のぶんまで移住許可証を全財産を叩いて買って」

ひきつった笑い声が上がる。

「なんなんでしょうね、これ。母親は詐欺にあっさり騙されて、息子はテロリストになって無駄死にしようとしてる。惨めすぎるでしょ、こんなの」

「桂木さん……」

「レイなんて男は、最初からいなかったんでしょ。あんなの、ただの幻だったんでしょ。そうじゃないかと思ってたんだよっ！」

だめだ。これ以上、興奮させてはいけない。

「桂木さん、どうか――」

「上嶋さん、でしたっけ」

「……はい」

「やっぱり僕、ここで自爆します」

「桂木さん！」

「みかずきIIを少し壊してしまいますけど、ごめんなさい」

「自棄（やけ）を起こしちゃいけない」

「離れてください」

「だめだ。こんなの、絶対にだめだ」

「どうせ僕はすぐに死ぬんです。身体に注入されたナノマシンのせいで」

「でも、あと数カ月は残っているかもしれないんでしょ。それなら、私たちと大して変わらない。硫化水素の濃度が急上昇すれば、どっちにしろみんな死んでしまうんですから」

「いつ爆発するかわからないような人間を、どうやって生かしておくんです？」

「それは……」

「母への伝言だけ、頼みますね」

「わかりました」

淳は声を改めた。

「そこまでいうのなら、おっしゃるとおりにしましょう」

「ありがとう……ございます」

「ただし、今回のテロに関する、あなたが知っている情報をすべて、教えてください。どんな小さなことでも。教えてもらうまで、私はここを離れません」

18

本人に確かめる、とは決めたものの、どうやって、となると難しい。ラナは自室にもどってからタブレットを起動させ、あの男性のインタビュー動画を見直したが、倉林先生のようでもあり、よく似た別人のようでもあり、見れば見るほどわからなくなった。

インタビュー動画には本人にあててテキストを送る機能も付いているが、いきなり「あなたは倉林先生ですか」などと尋ねるわけにもいかない。やはりここはもう一度会って、探りを入れたいところだ。

しかし、相手はすでに自室にもどっている。部屋番号はわかるが、まさか男性専用区まで押し掛けることもできない。今朝のようにどこかで偶然出くわすという形が望ましいが、あまりのんびりとしてもいられない。

さて、どうするか。

思案に暮れながらふとタブレットに目をやったとき、画面右上に見慣れないアイコンが灯っていることに気づいた。指で触れると、あの男の顔写真とともに、短いテキストが表示される。第三者から見られる心配のないプライベート設定のテキストだ。

《先ほどは失礼いたしました。私の振る舞いにお気を悪くされたかと思います。どうかご容赦ください》

予想もしなかった。あの男のほうからわたしに送信してくるとは。これをどう解釈すればいいのだろう。文面どおりに取るならば、今朝のことを誠実に謝罪してくれたことになる。この人は倉林先生ではない。だが、もし倉林先生であったなら、この文章は別の意味を持つ。

仮に、倉林先生が別人になりすましてここにいるのなら、目的はなんにせよ、明らかに不法行為だ。だれにも知られたくはないはず。なのに、よりによって、元教え子であるわたしといっしょになってしまった。いま倉林先生は、わたしがどう考えているのか、知りたくてたまらないだろう。他人の空似だと割り切っているのか。それとも疑いの目を持ったのか。

つまり、このテキストは、わたしに探りを入れるためのものだ。ある意味、先手を打たれた形になる。

だが、どちらが真実なのか、これだけではわからない。

〈ご丁寧にありがとうございます。わたしなら大丈夫です。気にしないでください〉

まずは当たり障りのない返信で出方をうかがうことにした。倉林先生ではないのなら、ここで会話は終わりだ。これ以上、テキストのやりとりをする意味はない。しかし、もし倉林先生であったなら……。

ふたたびアイコンが灯った。

《ところで、あのときあなたは、ひどく驚いた顔で私を見ていましたね。そのことが気にな

って仕方がありません。私があなたのお知り合いにでも似ていたのでしょうか》

いきなり間合いを詰めてきた。やはり倉林先生なのか。……いや、まだだ。断定するのは早い。本人の口からは、それらしいことは一言も漏れていない。しかし、この人が倉林先生なら、必ずどこかで本来の顔を覗かせるはずだ。それをどうやって引っ張り出すか。次の一手が重要になる。

ここは揺さぶってみるか。

〈後ろからいきなり肩を押されれば、だれだって驚くと思いますよ。ほんとうに気にしないでください。では〉

送信してから大きく息を吐いた。この人が倉林先生ならば、わたしの言葉を嘘だと簡単に見抜く。そして、なぜわたしがそんな嘘を吐くのか、疑心暗鬼に囚われるはずだ。

さあ、どう出てくるか。

ラナは待つ。

しかし、なかなか返信が来ない。

自分の考えはすべて誤っていたのではないか、という思いが膨らんできた。この男性は倉林先生に似ているだけで、ほんとうに別人なのかもしれない。ほんとうにわたしの驚きようが気になっただけかもしれないし、それに対するわたしの回答に満足してしまったのかもしれない。だとすれば、こうして待っていても無駄では——。

来た。

《ほんとうに、それだけですか》

迷いが一気に晴れていくようだった。

この文章には焦りがある。

もう間違いない。

倉林先生だ。

〈たとえば、ほかにどんな理由があると思うのですか〉

ラナはあえて挑発的に返した。これで倉林先生も悟っただろう。わたしが最初から疑いの目で見ていたことを。

《これには深い事情があります。テキストのやりとりでは伝えきれない事情が。一度会って、二人だけでじっくりとお話ししたいのですが》

〈なんのことをおっしゃっているのか、わかりません〉

返信が来るまで、また少し時間が空いた。

《あまり調子に乗らないことですよ》

互いの仮面を外すときが来たようだ。

〈認めるのですか。あなたが、わたしの知っているあの人だということを〉
《そのことについて、すべてを話したいといっているのです》
〈それを話すべき相手は、わたしではないと思います。担当者に通報させていただきます〉
《そんなことをすれば死人が出ますよ》
ラナはタブレットの上で指を止めた。思い出したのだ。みかずきIIのトラブルのことを。
やはり倉林先生もそれに関与しているのか。
〈どういう意味ですか〉
《それを話そうというのだよ。君だけに。池辺ラナくん》
〈あなたは、倉林先生なのですね。どうして別人の名前でここにいるのですか〉
《気づいていないだろうが、いま君は、たいへん危険な領域に入っている。そして、いまこの施設にいる人たちを、大きな危険に晒している》
〈あなたは、なにをしようとしているのですか〉
《それもすべて話します。約束します。だから、二人だけで会ってください》

19

「僕の持っている情報なんて、高が知れてると思いますけど」

「狙いは酸素供給装置ですか」

「いちおうは、そういうことになっていました」

テロに関する情報を得るのはもちろん重要だが、上嶋淳はそれと同じくらい、ドアの向こうにいる桂木達也の自爆を阻止することを考えていた。みかずきIIを壊させないためだけではない。どうしてもこの若者に、そんな死に方をさせたくはなかったのだ。

「装置のあるところまで、どうやって侵入するつもりだったんですか」

「どうやってもなにも、なんとか辿り着けといわれただけなので」

「辿り着けなかったら?」

「その場で自爆しろと」

「酸素供給装置がどこにあるのか、どういう経路で侵入するのか、事前に知らされていなかったのですか」

「みかずきIIに入る前に準備施設で教えてもらえるはずだからと。それでも、僕自身、みかずきIIの構造がまだちゃんと頭に入っていなくて。だから、担当者らしき人を見かけたときに聞き出そうとしたんですが……」

桂木達也のいうことが事実ならば、彼らのテロ計画はあまりに杜撰（ずさん）というしかない。これでは酸素供給装置を破壊するどころか、近づくことすらできなかっただろう。

「酸素供給装置はみかずきIIに複数ありますが、すべてを破壊する計画だったのですか」

「……たぶん」

いかにも自信なさげだった。

「桂木さん。よく聞いてください。準備施設のプログラムでも習ったと思いますが、みかずきIIには酸素供給装置が九カ所にあります。その一つに侵入するにも、何重ものセキュリティを突破しなくてはなりません。しかしあなた方は、そのための準備をなにもしてこなかったようだ。とてもではないが、本気で酸素供給装置を爆破するつもりだったとは思えません」

彼らが酸素供給装置を目指して走り回り、追いつめられてあちこちで自爆すれば、みかずきIIは大混乱に陥る。目的はそれか。

「あなたは捨て駒にされたんですよ」

「……捨て駒」

「あなただけじゃない。ソマティックボムを処理され、ここに送り込まれた人たち、全員、捨て駒です」

そして、その混乱に乗じて、というわけか。しかし、いったいなにを……。

「桂木さん」

「……はい」

「テロはいつ決行することになっていたのですか」

より大きな混乱を生むには、タイミングを合わせて一斉に行動を起こす必要がある。

「合図があるはずでした」

「どのような」

「水が止まると」

「水……？」

「みかずきIIで水が出なくなったら、それが合図だと」

なんだ、それは。

そんな合図があるのか。

「桂木さん、部屋には洗面台がありますよね。いま水が出ますか」

「ちょっと待ってください」

ほんの数秒が長く感じる。

「桂木さん？」

「出ません」

ひび割れそうな声が返ってきた。

「断水してます」

20

プレップ本館には、入所者全員が一堂に会せる大ホールのほかに、通常のプログラムを受講するための講義室が十室以上ある。ラナがそのうちの一つのドアを開けると、倉林がすでに来ており、いつもならプログラムの講師が立つ場所に立っていた。

二十名分ある椅子には、だれもいない。ラナが思わず足を止めていると、座りなさい、と手で示す。ラナは、後ずさりしたくなる気持ちを堪え、あえて最前列の中央に着席した。倉林が鼻先で笑い、演台に両手を突く。

「こうやって向き合うのは久しぶりだね」

嘔吐感がこみ上げた。よりによって、あの夢の中で父からかけられた同じ言葉を、この男の口から聞くことになるとは。

「約束です。なぜあなたがここにいるのか、なにをするつもりなのか、話してください」

窓のない部屋に反響する自分の声に、怯えを見つけて悔しくなる。

「ここに来ることは、だれかにいったかね？」

「……いえ」

「なぜ」

「わたし、危険な領域に入ってるんですよね。そんなところに引き込むわけにはいきませんから」

「相変わらずだね、君は」

ラナは無視した。

倉林が余裕の笑みを湛えたまま続ける。

「みかずきIIの意思決定に関するプログラムは受けたかね？」

「きょう受けるはずでした」

「みかずきIIにおける最終決定者はだれか、知っているか？」

「ＡＩのことをいっているのですか」

倉林の笑みがわずかに濁る。

「君はどう思う」

「なにを、ですか」

演台から両手を離して背を伸ばす。

「人類は、最後の最後になって、人類の人類たる所以を捨てたのだ。そうは思わないかな」

　いっている意味がよく摑めない。

　倉林が苛立ちを覗かせる。

「わからないか。みかずきIIでは、ＡＩが決めたことにはすべて従わなければならない。住人は自分たちの生き方を自分たちで選べない。そのような存在を何というか知っているか。奴隷だよ。人類は、みずから進んでＡＩの奴隷になろうとしている。だが君がこれから受けるプログラムで、講師はいうだろう。なぜ人類の生存を左右する重要な判断をＡＩに委ねなければならないのか。それは、人は判断を誤るからだと。もちろん、ＡＩとて間違うことはある。しかし、偏見や希望的観測に引っ張られて判断を変えることはない。それだけでも、予測を誤る確率を相当なまでに下げることができる」

　右の人差し指を立てて前に突き出す。滔々と授業を進めるかつての彼自身のように。

「生命は体制を進化させて環境に適応してきたが、その歩みは数百万年、数千万年単位の非常にゆっくりとしたものだった。しかし人類が文明を生み出した後は、体制の進化を待つのではなく、道具の発明とその改良によって問題を解決することを選んだ。その結果、人は、自らの肉体に翼を生やすことなく空を飛び、生命の存在しない宇宙にさえ行くことができるようになった。だが、頭の中身、思考はそのような変化の速さに追いつけない。事実、いまだに石器時代の思考様式を引きずっている。そこにこの事態だ。シールドポリスという、これまでとはまったく異なる環境で生きなければならなくなった。酸素などの問題はテクノロジーによって解決できるにしても、新しい環境に適応した新しい思考はとうてい間に合わない。しかしシールドポリスでは、たった一つの誤算が破局を招きかねない。欠点の多い人間の思考に頼るのはリスクが大きすぎる。だからＡＩに判断を委ねる。生き延びるために最終決定権を放棄することになるが、それもまた、理性によって下された一つの判断だ。みかずきⅡのＡＩは、人類の存続を最優先するよう設定されている。ＡＩの判断に従うことが、人類を存続させる最も有望な選択肢なのである」

一気に捲し立てた倉林が、急にしらけた顔になり、ラナに手を差し出す。

「さあ、聞かせてくれたまえ。君はこのような考えをどう思う。いや、急がなくてもいい。時間をかけて頭の中で意見をまとめなさい。いつぞやのように、しどろもどろにならないようにね」

＊

上嶋淳は十四号室の前に留まったまま管制塔に連絡した。ドアの向こうにいる桂木達也にも事の成り行きを知らせるためだ。こうすることで、彼の意識を自爆から逸らせておけるかもしれない。

管制塔では断水の事実をすでに把握していた。

『ミズウラの滝森さんによると、水道システムを管理するサブＡＩがウイルスに感染していたようだと』

「ウイルスに感染？」

あり得ない。みかずきⅡのＡＩは外部と遮断されているはずではなかったか。

『サブＡＩを緊急停止した上で、手動に切り替えて作業を進めているそうですが、復旧の目処はまだ……』

「これは潜伏しているテロリストへの合図である可能性があります。その後の動きは？」

『断水直後に、Ｂ３０１のＭ３と、Ｃ２２４のＭ１で、相次いで爆発が。現在、被害を調査中です』

淳は目の前のドアを見つめる。水が止まったタイミングと明らかに連動している。ただ、引っかかりも覚えた。単なる合図のために、わざわざＡＩにウイルスを仕込むなどという、きわめて難易度の高い手法を使うとは思えない。そもそも合図としても正確性を欠く。

断水が合図になるというのは、おそらく副次的なものに過ぎない。これがテロリストの書いたシナリオ通りとして、真の狙いはどこにあるのか。

桂木達也の話によれば、テロリストたちの破壊目標はあくまで酸素供給システムらしい。だが、断水を起こしてどうしようというのだ。たしかに、酸素供給装置も酸素を生成するのに大量の水を使うが、独自の専用タンクに予備の水が十分ある。水が止まったからといって、ただちに影響が出ることはない。それはほかのインフラ施設も同様だ。

しかし、この瞬間も、テロは確実に進行している。どこかで、だれかの手によって……。

＊

「わたしは一理あると思います」

ラナが間を置かず答えると、倉林の顔から笑みが消えた。

「おかしいでしょうか」

「もう一度聞く。思考をＡＩに丸投げすることに、君は抵抗を感じないのか。人間として大切なものを失うとは思わないのか。自分の頭で考え、判断し、それを信じて行動する。これが人間というものではないのか」

「世界がこれだけ大きく変われば、大切にしなければならないものも変わります。いま大切なのは、わたしが抵抗を感じるかどうかとか、人間とはなにかとかではなく、人類の生き延びる可能性はどちらが大きいか、だと思います。いまはそれが最優先事項だから」

「人間の理性を信頼できないというのか」

「過信してはいけないと思います」

倉林が目を眇める。

「だれが君にそんなことを教えた」

「だれというわけでは……」

「君の年齢でそのような考えに達するとは思えない」

「それは馬鹿にしすぎです」

「落ち着いてよく考えてみたまえ。人類の存続は確かに重要な問題だが、尊厳を捨ててまで追求しなければならないものか。そこまでして生き延びることに、どんな意味があるというのか。生き延びて、その先になにがある。みかずきIIが機能できるのはせいぜい百年。どちらにせよ人類という種は絶えるしかない。浅ましく百年生きながらえるより、人間らしい尊厳を保ちながら潔く滅ぶほうが、はるかに美しいとは思わないか」

「だから、みかずきIIを壊すのですか」

倉林が無言で睨み返してくる。

「あなたたちがなにを美しいと思うかは自由です。好きにすればいい。でも、ほかの人たちまで巻き込むことはないんじゃないですか」

「これはもはや個人の問題ではない。全人類的な問題なのだ」

「あなたたちが勝手にそう決めつけてるだけでしょう」

「普遍的な事実だよ。なぜそこに気づかない」

「シールドポリスはみかずきIIだけじゃありません。世界中に三百以上あるそうです。それはどうするんです」

「私は私にできることをするだけだ。全人類的な動機でね。我々が先頭に立ち、正義の旗を高々と掲げれば、目覚めて後に続く人は必ず現れる」

「無茶苦茶です」

「なにが無茶苦茶だ」

「大人のあなたはそれで満足できるかもしれない。でもわたしの人生はこれからなんです。あなたたちの都合で潰されてはたまりません」

「自分さえ生き延びればいいのか」

「わたしの命はわたし一人のものじゃないんですっ！」

ラナは思わず立ち上がり、自分の胸に右手を強く押し当てていた。

「父や、母や、ほかのたくさんの人たちの命があって、いま、わたしはここにいるんです。みんなの命が、わたしに託されているんです。わたしはそれを次に繋げなきゃいけないんです。なにがなんでも生きなきゃいけないんですよっ！」

倉林が苦々しそうに顔を歪めた。

「君にそんな思想を吹き込んだ人間は、救いようのない愚か者だよ」

「いい加減にしてください」

ラナは身体の震えるような怒りを堪えた。

「悟ったような言葉を口にして、人間を見下しているのは、あなたのほうじゃないですか。偉大だとか、美しく滅ぶとか、もっともらしいことをいっても、結局あなたたちは、生きるための闘いから逃げてるだけです」

「それで私をやりこめたつもりかね」

「もう結構です」

ラナは冷ややかにいって出口に向かう。

「待ちたまえ」

足を止めて振り向く。

「あなたが、みかずきIIを壊そうとしていることは、はっきりしました。別人になりすましてここにいるのは、そのためでしょう。もう十分です」

「席にもどりなさい」

「その必要はありません。あなたをみかずきIIには行かせない」

とつぜん甲高い哄笑が弾けた。

倉林が、演台にしがみつくようにして、背中を震わせている。

「……なにが、おかしいんです」

笑いが止んだ。

演台から身体を起こし、異様なほど晴れやかな顔で告げる。

「どちらにせよ、私がみかずきIIに行くことは、もう、ないんだよ。君たちもね」

倉林の顔に、勝ち誇ったような笑みが広がる。

「みかずきIIは、お終いだ」

＊

「桂木さん、思い出してください。どんなことでもいい」

「ごめんなさい……ほんとに、思い出せないんです」

「断水が行動開始の合図だったわけですよね。それに関してなにかありませんか。なぜ水が止まるのか。彼らはなにをするつもりなのか。少しでもヒントになりそうなことは」

「ごめんなさい、ごめんなさい、ほんとに、ごめんなさい」

いまにも泣き崩れそうな声だった。

間違いなく、みかずきIIに危機が迫っている。こんなことをしている間にも、手遅れになるかもしれないのに、自分たちには、なにが起ころうとしているのかさえわからない。

そのときドアの向こうで、

「あ」

と乾いた声が上がった。

「桂木さん、どうかしましたか」

「一つだけ……一つだけ、ありました。いわれたことが」

「それはっ？」

淳は勢い込んで尋ねる。

「起爆する場所です。酸素供給装置に侵入するのが無理なら、被害が大きくなりそうな場所ならどこでもいいといわれましたが、ただ……広い通路はできるだけ避けろと」

「広い通路を避ける？」

「理由はわかりません。とにかく、そういわれただけなので」

みかずきIIを制御するＡＩのチップは、通路を含めたあらゆる場所に埋め込まれているが、一部が破壊されたくらいでは、まったくといっていいほど影響はない。たちまち周辺のチップによって機能が代替されるからだ。しかし、通路の壁や床下、天井には、換気用ダクト、電線、上下水道も走っている。通路が広くなれば、走る管も太くなる。そこで爆発が起きれば、ライフラインへの被害は決して小さくない。混乱も大きいだろう。なのに、わざわざ避けろとは、どういうことか。

そこを爆破されると、都合の悪いことがあるのだ。

奴らが企てているテロは、人間爆弾で施設を破壊するだけの単純なものではない。もしかしたら、みかずきIIに存在するシステムを利用する計画なのかもしれない。だから無闇に爆破されては困る。

そういうことか。

ならば、いったい、なにを利用しようとしているのか。

もう一度、整理してみよう。

通路に沿って走っているのは、送気と排気のためのダクト、電線、そして……。

「……水道管」

*

「みかずきIIがお終いとは、どういう意味ですか」

「文字どおりだよ。私が行くまでもなく、みかずきIIは崩壊する。復旧不可能なほどにね。君たちは、ここからみかずきIIに向かう代わりに、それぞれの家に帰ることになるだろう。すでに移住している人々も、みかずきIIを去らねばならなくなる。そして、ともに美しく滅ぶんだ。素晴らしいじゃないか」

　この男のいっていることが本当かどうか、ラナにはわからない。だが少なくとも、みかずきIIでなんらかの問題が生じていること、目の前の男が名前を偽ってみかずきIIに潜入しようとしていたことは事実だ。

「さあ、席にもどりたまえ。時間はたっぷりある。存分に論じ合おうじゃないか。みかずきIIやグレートエンディングのことを。そのために君をここに呼び出したのだから。おそらく、君と言葉を交わすのも、これが最後になる」

「みかずきIIでなにが起きているのか、知っているのですか」

　倉林は答えず、笑みを顔に張り付けたまま、手で着席を促す。

ラナは静かに息を吸い込んで、ふたたび最前列の席に着いた。

倉林が満足そうにうなずき、

「少しは成長したようだね。それとも、私から情報を聞き出そうとでもいうのかな」

「…………」

「私は教えても構わないと思っているよ」

「ほんとうですか」

「そうやってすぐ目の色を変えるところは、君もまだまだ子供だなぁ」

「教えてくれるんですか、くれないんですか」

「やたらと急かすものじゃない。かえって教えたくなくなる」

ラナは吐き出したくなる感情をぐっと呑み下した。

「お願いします。教えてください」

「そうそう。それでいいんだ。とはいえ、あまりあっさりと教えるのも興がない。そうだろう。うん？」

完全に自分が優位に立ったと思っている。

「一つ条件を出す。その条件を呑めば、私の知っていることを教えてあげよう」

「いってください、その条件を」

「私がいいというまで、その席を離れないこと。……おや、訝しんでいるね。そんな簡単なことで貴重な情報をもらえるんだろうかと」

ラナの反応を待たずに続ける。

「そのとおり。けっして簡単ではない」

顔を歓喜に染めた。

「君には、私とともに、その身を捧げてもらう。グレートエンディングの理想のために」

ぞっとするものが背筋を走る。

「私の身体には特殊な爆薬が仕込まれていてね、ある言葉を叫べば凄まじい爆発が起こるようになっている。本来ならみかずきIIでやるはずだったが、もはや叶わない。だから、やむを得ず、ここでやることに決めた。当然だが、そのときは君も生きてはいられない。控えめにいっても、身体がばらばらに飛び散るだろうね。……ほう、震えているね。君でも死ぬのは怖いか」

ラナは握りしめた拳で膝を押さえつけた。こうでもしないと震えが止まらなかった。

恐怖ではない。

怒り。

「……ソマティックボムですか」

倉林が意外そうに眉を上げる。

「知っているのか」

忘れるものか。父を殺した爆弾だ。警察の調査でわかったと母から聞いた。人間の身体をまるごと爆薬に変えてしまう恐ろしい代物だと。

「ほんとうに、あなたは、ソマティックボムを身体に入れたんですか」

「私だけではない。すでに何人もの同志たちが人間爆弾となり、みかずきIIに入っている」

「では、いまみかずきIIで発生しているトラブルは……」

「おそらく、彼らが行動を起こしたのだろう。だが、安心したまえ。この程度では、みかずきIIに致命傷は負わせられない。本番はこれからだ」

「これ以上、なにをするつもりなんです」

倉林がにやりとする。

「教えてほしければ、さきほどの条件を呑みなさい」

「いっしょに死ねと？」

「嫌だというのならそれでもいい。ほかの人に頼むまでだ。たとえば、今朝、君といっしょにいた子とか」

「あなたはなにを考えてるんですかっ！」

ラナの反応を見つめる倉林の目には、ぎらぎらとした光が揺れている。この男、ほんとうに光村あいを道連れにしかねない。いや、もっと人の多いところでやるかもしれない。そんなことになれば、どれほど犠牲者が出るか。

（それだけは……）

なにがなんでも、この男をここに引き留めておく。たとえそのために命を落とすことになっても、みかずきIIさえ健在なら、光村あいたちが次の世代に命を繋げてくれる。

ラナは目を上げた。

「わかりました。わたしはここを動きません」

「そうか！」

倉林が歯を見せて笑った。

「お願いします。みかずきIIであなたたちがなにをするつもりなのか。教えてください」

「学校にいるときもそういうふうに接してほしかったなぁ。君は教師である私を馬鹿にするような態度をとったよね」

「謝ります。すみませんでした」

「ならば、きちんと答えてくれ。君は私といっしょに死んでくれるのか」

「……はい」

「ちゃんといえ！　わたしはあなたといっしょに死にますと」

「わたしは……あなたといっしょに、死にます」

倉林が天を仰ぐように大きく息を吸う。

「ああ、いい気分だ。これですべてが報われたというものだ。グレートエンディング万歳だ」

「お願いします。教えてください。あなたたちはなにをするつもりなんですか」

「そんなの、決まってるじゃないか」

顔をもどして胸を張る。

「我々の標的は、酸素供給装置だ。これさえ破壊すれば、みかずきIIは使い物にならなくなる。しかし、実際にそれを破壊するのは、我々の爆弾ではないよ。みかずきIIのシステムだ。みかずきIIが自らの心臓部を攻撃するんだよ。どうだ。傑作だろう？」

＊

「そうです。テロリストが水道のシステムを使う可能性がある。その旨、ミズウラの滝森さんに至急伝えてください。この事態に対処できるとすれば、滝森さんしかいない」

『了解しました。ただちに』

上嶋淳は管制塔との通話を終えるとすぐ伊達建設チーム全員に回線をつなぐ。

「酸素供給装置周りの水に関する計測値をすべて再チェックしてくれ。値が正常範囲にあっても増減の傾向に動きがあるときは漏らさず報告するように。わずかな変化も見逃すな」

ここまで指示してようやく一息吐いた。

「上嶋さん」

ドアの向こうから桂木達也の声が届く。

「もう、ご自分の持ち場にもどってください」

「桂木さん。本音を打ち明けますが、私はあなたを自爆させるつもりはありません。みかずきIIを壊してほしくないだけじゃない。どうしても私は、あなたの顔を見ながら話がしたいんですよ」

「僕は大丈夫です。ここで自爆はしません。いま決めました」

「ほんとう、ですか」

「自分でもおかしいんですけど……上嶋さんがこんなに必死に守ろうとしているものを傷つけるのは、やっぱり気が引けるというか、正直、嫌だなと思って。信じてもらえないかもしれませんが」

たしかに彼の声からは、それまでなかった意思が感じられる。

届いたのだ。

なにかが、彼の心に触れたのだ。

「信じますよ」

淳は素直にそういえた。

「そういうことなら私は、いまの桂木さんの言葉を信じて、オペレーションルームにもどることにします」

「……ありがとうございます」

「必ず、もう一度、話しましょう。こんどは、互いの顔を見ながら」

「はい……必ず」

「行きます」

淳は、ドアの前を二歩三歩と後ずさりしてから、駆けた。

「どうだ。変化はあったか？」

『はい、水圧が』

思わず足を止める。

『ゆっくりとですが、酸素生成ユニット内の水圧が上昇しているようです』

「上昇は継続中なのか」

ふたたび歩を進める。

『このペースで行けば、二十分以内に正常範囲の上限に達するものと』

「監視を続けてくれ」

足を速めながら通話を切り替えた。

「管制塔。酸素生成ユニット内の水圧に上昇傾向が認められます。水道の圧力調整システムが正常に機能していない可能性がある。ミズウラからなにか報告はありませんか」

正常範囲を超えてもすぐに不具合が生じるわけではないが、この動きは無視できない。テロリストが関与しているかもしれないとなればなおさらだ。

「管制塔？」

『それが……滝森さんと連絡が取れないんです』

ふたたび淳の足が止まる。

「……どういうことですか」

リュウリが笑っている。

ラナが笑っている。

自分も笑っている。

親子三人そろった最後の写真。同じものをラナにも持たせてある。

やはりこれだけは捨てられない。

小春は、写真を元の場所にもどしてから、もう一度全体を見渡し、一日がかりの成果を確認する。電化製品や調度品は、処分する時間がないのでそのままだが、小物類や衣類はゴミ袋に詰め込んで端に寄せた。冷蔵庫の中も空っぽだ。ずいぶん前に生鮮食品を入手できなくなったので、冷凍食品がいくつか残っていただけだが、それも食べずに捨てた。床も一通りはきれいにした。ラナの部屋はあの子が自分で片づけていったので、捨てるものはほとんどない。リュウリの遺品にも、未練は感じなかった。それはそうだ。これからそのリュウリに会いに行くのだから。

書き置きは遺さないことにした。そんなものに、もう意味はない。いずれみんな、こっちに来る。一年か二年、早いか遅いかの違いだ。

このあとの予定は決めている。

明日、ラナがみかずきIIに入る。決行するのは、その日の深夜、ラナがみかずきIIで初めての眠りにつくころだ。それまで、なにも口にしないでおく。時間が来たら、シャワーを浴び、いちばん新しい肌着と服で身を包み、化粧をする。そして――。

来訪者を告げるチャイムが鳴った。

モニターに映し出されたのは、義父の池辺潤太。いつもの彼からは想像できないほど、顔を強ばらせている。

また鳴った。

小春は、迷ってから、応答ボタンに触れた。

「お義父さん、どうされたのですか」

顔の強ばりが一瞬で弛（ゆる）む。

『小春さん！　無事でしたか。よかったあ』

崩れ落ちるように息を吐いた。

『テキストを送ってもぜんぜん反応ないから』

「それで心配して、わざわざ……」

あわてた様子で手を一振りする。

『ぼくの勝手な思い過ごしです。申し訳ない。それより、ニュース、見ましたか』

「……いえ」

ラナが去った昨日から、ネットとの接続は切断したままだ。赤道バンドの崩壊はさらに進み、世界中で硫化水素塊が落ちて多数の犠牲者を出し、生活を支えてきたインフラも末端から死につつある。大気中の酸素濃度が下がり続ける一方、硫化水素は急増して致死的な濃度に日一日と近づいている。そんな滅びゆく世界の情報など、これ以上知ってなんになるのか。

『みかずきIIで、なにかあったようですよ』

「え……」

池辺潤太が表情を改める。

『一時間ほど前から、移住に関わる全プログラムが停止されています』

第三章　その時

1

わたしの両親は、能力ならば有る人たちだった。父も母もともに稼ぎのいい職業に就き、二人分を合わせた世帯収入はかなりの額に上ったはずだ。

両親はその収入を、本人たち曰く「賢い投資」に回し、それなりに運用利益を得ていたが、ある頃から、資産を純金のインゴットに換えはじめた。なぜわたしにそれがわかったかというと、二人は買い求めた金の延べ棒を、自宅の金庫（このためにわざわざ購入したものだ）にため込んでいたからだ。延べ棒は、風に飛ばされそうな薄く小さなものから、ずっしりと重い立派なものまで、すべて合わせると十キログラムは超えていただろう。父は、ときおり金庫を開けては、一つ一つ手に取り、満足そうな、それでいてどこか頼りなげな目で眺めていた。

日本初となるシールドポリス〈みかずきII〉の建設計画が、本格的に動きだそうとしていた。両親は、純金ならばシールドポリスの中でも資産としての価値は残ると見込んだのだ。

もちろん国民全員がシールドポリスに入れるわけではない。移住者に選ばれる確率は千分の一といわれていた。資産の大半を純金に換え終えた両親の関心は、当然ながら、どうすればシールドポリスの住人になれるか、どのような要素が住人の選考に有利に働くか、に移る。シールドポリスで必要とされる専門知識や技術を身につければ優先的に移住権を得られるとは、当時から広く信じられていた噂の一つだ。わたしが大学で特殊環境工学を学ぶことになったのも、元はといえば、その噂を両親が信じたからだった。

両親、とくに父は、自分たち家族にはシールドポリスに住む十分な資格があると明言していた。その理由として、知的レベルが高く、社会的地位もあり、それなりの資産を持っているからだと。

笑い話ではない。

本気でそう思っていたようなのだ。

しかもそれは我が家だけの傾向ではなく、自分たちにはその価値があると考える人が、想像以上に多かったらしい。大気の酸素濃度は下がり続けていたとはいえ、生命に関わるレベルになるのは何十年も先のこととされていた。といって遠い未来というわけでもない。残された時間は、絶望するには長すぎ、楽観するには短すぎた。

そんな中途半端な状況下で示された、シールドポリスの住人になるという具体的かつ目先の目標は、良くも悪くも人々に活力を与えたのかもしれない。

かくいうわたしも時代の空気から免れることはできず、また両親からの少なからぬ影響もあり、シールドポリスに入ることを当たり前のように目指していた。

だが、ある日とつぜん、それは来た。

空に浮かぶ赤いFCBをふと見上げたとき、なにもかもが無意味に思えて悲鳴を上げたくなった。だれでもいいから傷つけたくなった。世界を無茶苦茶にしたくなった。暴力的な虚無感がわたしの中を駆け抜けていった。

時間にすれば、ほんの数秒のことだったろう。しかし、あの数秒間を境に、わたしの目に映る世界は変わった。もはやシールドポリスも、両親も、わたしを苛立たせるだけだった。

自分がなにを求めているのか。なんのために生きているのか。こんな世界で生きることになんの意味があるのか。答えの出ない問いばかりが頭の中をぐるぐると巡った。

折も折、内務省が検討していたシールドポリス移住計画の試案がリークされるという事件が起きる。人々はその試案の内容を知って激昂したが、不公正なものだったからというより、自分が住人に選ばれる可能性はほとんどないという現実を突きつけられたからではなかったか。

シールドポリス計画への反対運動がいまひとつ盛り上がらなかったのは、自分が住人になれるかもしれないというぼんやりとした期待が人々の間にあったからだ。それがリークされた試案によって幻想に等しいことがはっきりした。自分が住めないシールドポリスになど意味はない。そんなもののために犠牲になる義理もない。その鬱屈に正当性を与えたのが、グレートエンディング思想だった。

グレートエンディングの提唱者とされている人物は、一部の特権階級の者だけがシールドポリスで生き延びようとする姿を醜悪であると切り捨て、みなで美しく滅ぶべきだと主張した。これこそが人類に相応しい偉大な最期であると。

多くの人々は、とくにその主張の前半部分に喝采を送った。自分たちの妬みや僻(ひが)みの対象を醜悪と断罪するのは、さぞ気分が良かったことだろう。だが、わたしに鮮烈なインパクトを与えたのは、後半部分だった。

人類に美しく偉大な滅びを。

この言葉から放たれる光は、絶望しか残されていなかったはずの世界を反転させた。その光が照らし出したのは、希望とは異なるものだったかもしれない。だが、生きることに明確な目的を与えてくれた。この時代に生まれ、生きなければならないことに、初めて肯定的な意味を持たせてくれたのだ。

わたしはネットを通してこの感覚を共有する仲間を得た。みなでグレートエンディングのことを語り合ううちに、具体的な行動への希求が高まった。

わたしたちには、みかずきIIという、みなの気持ちを一つにするための格好の攻撃目標があった。みかずきII計画を潰すことがグレートエンディングの完成につながるという認識が、わたしたちの間でごく自然に形成された。

標的が決まれば、膨れに膨れたエネルギーをぶつけるだけだ。わたしたちは連日、国会議事堂や首相官邸の前に詰めかけ、グレートエンディングを叫び、みかずきII計画の白紙撤回を求めるシュプレヒコールを浴びせた。警官隊と小競り合いになったことは数知れない。催涙弾や放水車を使われたこともある。

だがわたしたちは怯まなかった。むしろ闘争心を燃え上がらせた。全人類の正義に身を捧げる熱狂に、わたしたちは酔いしれていた。

そして勝利の時が訪れる。

みかずきII計画を進める与党が選挙で敗北し、政権交代が実現した。みかずきII計画は白紙撤回されることになった。わたしたちの力が、思想が、世の中を、時代を、動かしたのだ。

それはまさに、奇跡が起こった瞬間だった。

2

上嶋淳が水道システムのオペレーションルームに駆けつけたとき、株式会社ミズウラのチームは茫然自失の体にあった。チームを率いる滝森美來の姿はなく、副班長である立科(たてしな)大輔が真っ青な顔で駆け寄ってきた。

「上嶋さん、申し訳ない。うちの滝森が……」

滝森美來の行方がわからなくなっていると聞いたとき、とっさに淳は、彼女の身になにかあったのではないかと思った。テロリストに襲われたか、人質にとられた可能性さえ考えた。

だが、そうではないらしい。

「状況はどうなってますか」

管制塔とのやりとりだけでは埒が明かなかったので、淳は事態を把握するため直接ここに来たのだった。

「滝森は七号室にいることが、さきほど確認できました」

酸素供給システムと同じく、水道システムにおいても、同じ機能を持つオペレーションルームが七カ所に配置されている。ミズウラチームが通常使っているのは一号室で、いま淳がいるのもここだ。七号室は、一号室からもっとも離れている。

「テロリストに脅されている様子はないと」

「部屋にいるのは、彼女一人です」

認めたくないという思いを滲ませながら、正面のメインモニターに顔を向ける。その大きな画面には、みかずきIIを網羅する配水管や給水管、下水管、水圧調整のためのバルブやポンプがすべて表示されていた。水の流速、圧力、バルブの開閉及びポンプの稼働状況が、視覚的に捉えられるようになっている。

「現在までにわかっていることを教えていただけますか」

立科が気を取り直すようにうなずいて、

「今回の水道関係のトラブルは、すべて七号室から意図的に操作されたものです。滝森はマスターコードを使ったようで、七号室以外のオペレーションルームはシステムから切り離されています。つまり、この一号室からシステムを操作することはできません。七号室のマスターコードを解除しないかぎり」

みかずきIIのインフラは基本的にＡＩが制御しており、人為的な操作を加えることはできない。ただし、マスターコードを使えば話は別だ。そのマスターコードは、各インフラの最高責任者にだけ使用を許されていた。

「彼女は、なにをするつもりなんです」

「現段階では、わかりません。確実にいえるのは、制御用及び遮断用の全バルブから、送水及び増圧ポンプに至るまで、みかずきIIのあらゆる水道システムが滝森の支配下にあるということです。つまり……」

立科が淳に目を向ける。

「……いまの滝森は、みかずきIIに存在する二百万トンの水を、意のままにできる」

3

「本気でいってる？」

彼の顔から笑みが消えたのは、後にも先にも、その問いを返してきたときだけだ。誇張ではない。たとえ眠っていても、彼の顔にはうっすらと笑みが浮かんでいるようだった。ただしそれは、愉悦の発露というより、すべてを諦め切った果ての空虚を感じさせるものではあったが。

「でも一人じゃ無理だから仲間が欲しい。力を貸して」

わたしが目を逸らさずに答えると、なにかを吹っ切るように、いつもの笑みを見せた。

吾刀洋（あとうひろし）。

わたしよりも一つ上だから、二十四歳になっていたはずだ。色白で目元の涼やかな好男子で、その声は聞く者の心に素直に染み込む。後にわたしたちが作り上げた仮想人格〈レイ〉のモデルの一人でもあった。

「わかったよ。僕は美來の味方だ。三年前も、いまも」

この国を舐め尽くしたグレートエンディングの炎は、わずか三年で嘘のように消え、みかずきII計画の復活を許した。あまりの呆気なさに、わたしは怒るより先に愕然とした。この国はみなで美しく滅ぶ道を選んだのではなかったのか。人類に偉大な滅びをと叫んだ日々はなんのためだったのか。あの熱狂はなんだったのか。みんなどこへ行ってしまったのか。だが、わたしたちはまだ敗北したわけではなかった。奇跡は終わっていなかったのだ。

特殊環境工学を学んだわたしは、専門分野を活かせるというそれだけの理由で、株式会社ミズウラに就職していた。そのミズウラが、みかずきIIの水道システムを受注していたのだ。

みかずきII計画が復活した当時、わたしは入社二年目で、みかずきIIの担当班には入れなかったが、将来的に目指すことならば可能だった。みかずきIIの建設には二十年近くかかるといわれていた。時間はある。

もし担当班の一員になることができれば、みかずきIIに苦もなく近づける。これほどの僥倖があろうか。

そこからどうするか、具体的な方法は思いつかなかったが、内側に入れば潰せる、という直感はあった。

「でも、美來。迷いはないの？」

彼が笑みを湛えたまま尋ねた。

「僕らがやろうとしていることは、三年前のデモとは違う。おそらく、みかずきIIに対する直接的な破壊工作、人々からはテロと呼ばれる行為になる。死人やけが人を大勢出すかもしれない。そもそも、できるかどうかもわからないし、運に恵まれてできたとしても、時間や手間が恐ろしくかかる。それでもやる価値はあるのか。グレートエンディングとは、そこまでして達成しなければならないものなのか」

迷いなどあるはずがない。逆に、またとないチャンスが与えられた以上、なにをおいてもやり抜かねばならない。人類が美しく滅ぶことができるかどうか、人類が尊厳を保てるかどうかが、このわたしにかかっている。

正直にそう答えると、

「やっぱり、そうか」

彼は笑ってから、少しだけ声の調子を落とした。

「ときどき、美來のことが怖くなるよ」

「……どうして」

「真っ直ぐ過ぎてさ」

わたしが黙っていると、すぐにこう付け加えた。

「でも僕は最後まで付いていくよ」

その言葉だけで十分だった。

「美來の決意はわかったけど、いくらなんでも二人では厳しい。いまの僕たちは、いわば頭だけがあって、手足のない状態だ。今後、僕たちの思いどおりに動く手足が必要になる。僕たちは途方もないことをやろうとしているんだから」

「どうすればいい？」

「一つ考えがある」

彼はいった。

「世の中には、手足があるのに頭のないもの、頭がないに等しいものも、けっこう転がってる。そいつをいただこう」

そうしてわたしたちが目を付けたのが、新興宗教団体〈天真界〉だった。まずは信者として教団に入り込み、内部から乗っ取ろうというわけだ。

天真界の教義の中にもグレートエンディングに近い思想はあったが、いかにもとってつけた感じで、真剣に実践しているとは思えなかった。といって、入信したばかりの新人が表立った行動に出るわけにもいかない。

そこでまず、中堅以上の幹部から、利用できそうな人間をこちらに引き入れることにした。その男は、教団内ではヨークと呼ばれていた。ちなみにわたしはアンジェ、吾刀洋はレオンという名を、教団から勝手に付けられた。

ヨークは現役の中学教師であり、教団を理論面から支えているという自負を持っていたようで、いかにも底の浅い男だった。もともと言葉巧みに人に取り入ることに長けた吾刀洋にとって、籠絡するのは造作もない。

さらに彼が見抜いていたとおり、教団の幹部たちには一貫した信条も気骨もなく、ヨークとわたしたちの三人で教団を掌握するのに一年とかからなかった。わたしたちに手足ができたのだ。

この時点で、わたしたち三人は教団の表舞台から消えることにした。これからテロを計画し実行しようというのだ。用心に越したことはない。

次に必要なのは、まとまった資金だった。教団にも金はあったが、到底足りない。これは、教団のスポンサーでもあった資産家の女性を教祖的な地位に迎えることで解決した。

手足も資金もできたわたしたちは、いよいよ本格的な準備に取りかかる。

まだまだ先は長かった。わたしがみかずきII担当班入りを目指して仕事に励む一方、吾刀洋はSNSを使って同志を集めることを構想していた。

「美來は、みかずきIIに加える必殺の一撃だ。最後の瞬間まで絶対に気づかれちゃいけない。だからそれまで、相手の目を逸らしておくための陽動作戦をとる。どんな陽動をかけるかは、集まった人材を見て組み立てる」

これがバーチャル・シェルター〈ブルーグローブ〉となって結実するのだが、それはもっと後の話だ。しばらくの間は、吾刀洋が中心になって組織の基盤づくりを進め、教団に有望そうな信者がいれば引き抜いたりした。

その結果、〈ブルーグローブ〉と〈レイ〉を稼働させる頃には、わたしたちの組織はほぼ出来上がり、犯行声明を出すときの名称も〈殲〉あるいは〈SEN〉と決まった。

スポンサーである資産家の女性も、どういうわけか吾刀洋を相当に気に入ったようで、全面的なバックアップを確約してくれていた。

わたしも、入社三年目にはみかずきII担当班に抜擢(ばってき)され、さらに十年後には副班長を任されるまでになっていた。

すべては順調すぎるほど順調だった。

そして、わたしたちは、あれを手に入れてしまう。

ソマティックボム。

悪魔の爆弾だ。

4

「どうすれば……止められますか」

ラナは微かな望みを抱いて、その問いを発した。

「止められないだろうねえ」

倉林は他人事のように返した。

「みかずきIIでインフラを担当しているチームの責任者が、我々の側にいるんだよ。彼女は、みかずきIIをもっとも熟知した人間の一人でもある」

「女の人……？」

「それにねえ」

ぎらぎらとしていた目が陰りを帯びる。

「いまのあの人は、みかずきIIを葬ることしか頭にない。自分の命はいうに及ばず、グレートエンディングの達成すら、どうでもいいと思っているかもしれない。ある意味、もう死んでいる。そんな人を、だれが、どうやって止められるかね」

5

ブルーグローブで得た同志の一人から、ソマティックボムを入手できると告げられたとき、吾刀洋はすぐに返答しなかったらしい。彼が陽動として考えていたのは、移住者を乗せたバスを狙うことだった。ソマティックボムは恐るべきテロ兵器だが、バスを襲撃するには必ずしも最適ではない。

ところが別の同志から、みかずきIIの移住者名簿を閲覧することだけでなく、データを書き換えることも可能だと聞かされると、状況は一変する。

これは、その気になれば、ソマティックボムを処理した人間を移住者としてみかずきIIに送り込める、ということだ。みかずきIIの中で起爆すれば、陽動としてこれ以上ないほどの効果を生む。

彼に葛藤がなかったわけではないだろう。あまりに非人道的な手段をとろうというのだから。

だが、彼は折り合いをつけた。彼自身にもソマティックボムを使うことで。

わたしが許せないのは、そんな大切なことを最後までわたしに黙っていたことだ。

ミズウラでみかずきII担当班の班長となっていたわたしは、仕上げ段階に入った建設現場から離れることはできなかったが、みかずきIIを葬る方法はすでに練ってあった。彼には、その方法を説明した上で、一時間ほど注意を引きつけてくれると助かる、と伝えた。

彼からは、了解した、とだけ返事がきた。その一言がなにを意味するのか、わたしにはわかっていなかった。

嫌な予感はしていた。

あまりに事がうまく運びすぎている気がしたから。

テロの決行者をみかずきIIに送り込むには、移住者になりすます必要がある。なりすますには、なりすまされる側に生きていられては都合が悪い。平たくいえば死んでもらわなければならない。

この難しい任務は、吾刀洋がごく少人数とともに実行したとのことだが、具体的にどうやったのか、その後の処理はどうしたのか、わたしは知らない。聞くな、と彼にいわれたから。

わたしが知っているのは、若くなく、家族や兄弟姉妹もいない移住者を名簿から探したが、られなかったということだ。

居住地や周囲の環境などを考慮した結果、入れ替わるのに適した候補者は十一人しか見つけられなかったということだ。

だから、入手したソマティックボム十八体分のうち、七体分はみかずきII以外の場所で試験的に使うことになった。拒絶反応があるといわれていたし、起爆の精度や威力を確認しておく必要もあったからだ。

自爆テロの決行者は、大半がブルーグローブの〈レイ〉を使って集めた同志たちだった。さいわいこのときは、拒絶反応は一体も出なかった。彼ら七人は、地下鉄駅など決められた場所で計画どおりに自爆した。全員、自分の役割を見事に果たしたのだ。

しかし感慨に耽る暇はない。移住はすでに始まっている。みかずきIIに潜入させる十一人に、ソマティックボムを速やかに処理せねばならなかった。

前述したとおり、一体分は吾刀洋が自分に使った。意外なことに、ヨークもみずから志願して人間爆弾になった。

そして十一人のうち、吾刀洋だけが拒絶反応を起こし、苦しみ抜いたあげく、六時間後に息を引き取った。爆弾として成熟する前だったので、心臓が止まっても爆発はしなかった。

死に顔は、苦しんだ割には、安らかだったという。

わたしがすべての経緯を知ったのは、彼が死んで一カ月以上経ってからだ。

そのとき自分が泣いたかどうか、記憶がない。

6

「酸素生成ユニットの水圧が上昇しているのも、彼女が意図してやっていることでしょうか」

「これですね」

立科大輔が、モニターを操作して、九カ所の酸素供給装置とその周辺の水道管をハイライト表示した。目を険しくして見つめる。

「まだ異常値は現れていませんが、たしかに、おかしな動きがあるようです。このまま水圧が上がり続けると、ユニットはどうなりますか」

「酸素供給システムを制御するサブＡＩが危険と判断すれば、取水弁が閉じて予備タンクに切り替わるようになっているので、機器が損壊することはないと思いますが」

上嶋淳がいくばくかの希望的観測を交えていうと、

「もし、取水弁が押し破られたら？」

「まさか……」

「もちろん、通常の運用であれば、そのようなことは起こり得ません。しかし、いまは、滝森が二百万トンの水道システムのすべてを握っている。制御バルブや増圧ポンプの操作次第では、局所的に想定外の水圧や水撃圧を発生させることも、不可能ではありません。私が考えつくくらいですから、当然、滝森も承知しているでしょう。滝森があの若さで班長になれたのも、水を読むセンスに卓越していたからです」

「万が一、取水弁が水圧で破壊されたら……」

淳は、自分の口から出ようとしている言葉を信じたくなかった。

「……取水弁の破片が、凄まじい水流とともにフィルターを突き破り、ユニット内部に襲いかかる」

ユニット内部は精密機器だ。ひとたまりもないだろう。

「おそらく、それが、滝森の狙いです」

7

小春が、ソファに掛けた身体を小さくし、気まずそうにうつむく。いま彼女が置かれている状況と、殺風景なまでに片づけられた部屋の様子を考え合わせれば、彼女が自死を企図していることは明白だった。

「私は止めませんよ」

潤太が平静を装っていうと、小春が顔を上げた。

「小春さんが真剣に考えて出した結論ならば、私にとやかくいう権利はない。小春さんの決断を尊重するだけです」

無言で見つめ返す眼差しに、心の底を見透かされそうで、潤太は視線を外した。

「もしかして、お義父さんも……」

「どうでしょうね。自分でもわからない」

そういうなり、潤太は首を横に一振りした。

「違うな。いまのは嘘だ。正直、私も考えるときがあります。もう十分じゃないか、香織やリュウリのところに行ってもいいじゃないか、と」

小春のほうをちらと見てから、ごまかすように小さく笑う。

「実行はしませんけどね。沙梨奈さんのこともありますから」

沙梨奈はさらに身体が弱り、意識も定かでない時間が長くなっているが、それでもときおり笑みを見せてくれる。目の前にいるのが潤太だとわかるときもあれば、リュウリが来たと思い込んでいるときもある。

「でも、誘惑は感じます。だから、小春さんの気持ちも、少しはわかる気がするんです。どうしてもというのなら、私は止めません。リュウリは怒るでしょうが」

小春が目を伏せる。

「ただ、それは、みかずきIIのトラブルが解消して、移住が無事に完了した後にしませんか。いまはまだ、ラナちゃんの帰ってくる場所を、無くさないほうがいいと思うんです」

「ラナの……」

「あまり考えたくはありませんが、最悪の場合、みかずきIIが使用不能になる事態もあり得る。そのとき、小春さんがいなかったら、ラナちゃんは——」

潤太は言葉を切る。

直後、チャイムが新たな来訪者を告げた。

8

「なぜ私がソマティックボムを自分の身体に入れたか、わかるかね」

倉林の声音からは、それまでの常軌を逸した響きが消えていた。目にも力がない。燃料が尽きたかのように。

「どうだ。君にその理由がわかるか」

「わかりません」

ラナが素っ気なく答えると、倉林が苦笑した。

「もっと真剣に考えてくれないか。最後なのだから」

「グレートエンディングに身を捧げるためでは？　さっきはそういいませんでしたか」

「それもある。グレートエンディング達成は私の悲願だ。偽りはない」

ゆっくりと一呼吸おいて、

「君は知っているか。ソマティックボムを身体に入れれば、その毒性のために、たとえ起爆しなくとも半年から一年以内に死ぬ。致死率は百パーセントだ。例外はない。一年後……いや、もう半年後だな……私が生きていることは、万に一つもない」

「それをわかっていて使ったんですよね」

「わかっていたから、使ったんだ」

ラナは戸惑いを覚えはじめた。

「ソマティックボムが体内に入ってしまえば、希望の残る余地はない。その瞬間から、いっさいの未来が閉ざされる。どんな気分だと思う？」

ラナは、ただ首を横に振る。

これは、なんなのか。

この男は、なにをいおうとしているのか。

「私はね、心の安寧を得られると思ったんだよ。不安や恐怖に苛まれるのは、希望があるせいだ。もしかしたら生き延びられるかもしれない。人類は滅亡しないかもしれない。その、あまりに小さな、あまりに儚い可能性が、人を生に執着させる。なまじ希望があるから、人はそれにすがりつく。だが、すがりつくからこそ、失うことを恐れなければならなくなる。ならば、その希望を、可能性を、すがる余地のないよう、完全に取り除いてやれば、心はすべてを受け入れ、あきらめ、平穏が訪れるのではないか。そう期待した」

言葉が止まった。

沈黙が苦しくなる。

「それで……どうでしたか」

倉林が首を横に振った。

「不安も、恐怖も、消えることなく私を苛み続けている。希望は完全に消滅したのに」

目を瞬かせる。

「後悔、しているのですか」

「後悔か……」

意識を内側に向けるように目を伏せる。

「……どうかな」

「あなたは、いったい、なんのために、ここにいるのです」

ラナは苛立ちを抑えながらいった。

「グレートエンディングを実現するためですか。ほんとうに正義のために身を捧げるんですか。それとも、昔の教え子に弱音を吐いて、同情を引きたかったんですか。わたしに慰めてほしいんですか」

倉林の顔面が蒼白になった。

「そんなに怖かったら、家で布団を被って寝てればよかったんです」

「……君は怖くないのか」

「怖くないわけないでしょう」

ラナも睨みつけた。

「悲しくないわけがない。寂しくないわけがない。それでもわたしは前を向くと決めたんです。あなたのように、いつまでも自分の感情に酔っているわけにはいかないんです」

倉林が、気力を振り絞るように、顎を上げた。

「少しは言葉に気をつけたまえ。いま君の生死を握っているのは私だぞ」

「自爆したいのなら、いつでもやればいい」

「そんな強がりが――」

「強がってなにが悪いんです。強がらなきゃ、こんな時代、生きてられないでしょうがっ！」

「ならば試してみようか」

倉林の顔に、歪んだ笑みが広がる。

「君の強がりがどこまで保つか、いまから私が試してあげるよ」

*

「上嶋さん」

立科大輔の切迫した声に、上嶋淳はモニターを見上げた。表示された水道網のあちこちに、赤く光る箇所が発生している。さっきまでは一つもなかったはずだ。

「いくつかの増圧ポンプで出力が急激に上昇して、そのせいで周囲の水圧が基準を超えたようです。どんどん広がっている」

淳は酸素供給システムのルームAに回線を繋いだ。

「なにか変化は？」

『たったいま、全ユニットの取水弁が閉じられました。内部に損傷はありません』

さすがはＡＩ。影響が及ぶ前に手を打ったか。だが安心するわけにはいかない。

淳は立科に向かって、

「なんとか滝森さんと話せませんか」

「ここからでは無理です。回線がすべて遮断されているので。七号室の前までうちの者を行かせて、ドアの外から説得を試みていますが、まったく応答がないらしく――」

「副班長、見てください」

部下の声に、立科がモニターに目をもどす。

「……なんだ、これは」

みかずきII全体に散らばっていた赤い光が、まるで生き物のように移動を始めていた。合流するたびに赤色が強くなり、強くなった赤色光同士がさらに溶け合って濃さを増し、管の中を加速していく。その向かう先にあるのは、間違いない、酸素供給システム一号基だ。

「信じられない」

立科がモニターを凝視したまま、譫言（うわごと）のようにつぶやく。

「圧力が増幅し合いながら一カ所に収斂（しゅうれん）しつつある。どうしてこんなことが……増圧ポンプと制御バルブを連動させて……としても、ＡＩも使わず、よくこんな操作が……」

「圧力を減衰させる方法はないのですか。あるいは、水流を遮断するような。このままでは、増幅した圧力が酸素供給システムの一号基を直撃してしまう」

我に返ったように淳に向き直り、

「異常な水圧や水撃圧を防ぐ仕組みは作ってありますが、それもすべて滝森が無効化してしまっているんです」

「では、どうしたら」

「システムを握られている以上、我々にはどうしようもありません」

「七号室です。なんとかして、あの部屋に入ってマスターコードを解除するしか」

「副班長」

モニター。

一つになった赤い光の塊が、いままさに一号基に到達しようとしていた。

「だめだ。間に合わない」

光の塊が一号基に接触し、ほんの数秒そこで停滞したあと、急速に色が薄くなり、溶けた。

時間が止まったように静まりかえる。

モニター上の赤い箇所は、一つ残らず消えていた。すべての水圧が正常値にもどったのだ。

「これは……」

『班長っ』

「……どうした」

『一号基の取水弁が大破しました！』

淳の中でなにかが崩れた。

『ユニット内部が損傷して機能は完全停止。酸素の供給もストップ。ＡＩはすでに四号基を稼働させる準備に入っています』

「一号基が機能停止……」

悪夢としか思えない。これほど簡単にやられてしまうなんて。

『これはどうなっているんです。直前に観測された水圧は規定の数十倍ですよ。あんなのあり得ない。まるで衝撃波だ』

そのとき。

モニターにふたたび無数の赤い光が現れ、さっきと同じように管の中を移動しはじめた。

向かう先は……。

「……二号基が」

＊

「人類に、偉大な、滅びを」

倉林がささやくように唱える。

「これが起爆ワードだ。安心したまえ。ただ口にするだけではスイッチは入らない。心拍数と血圧を高いレベルに持っていき、その状態で起爆ワードを叫んではじめて、ナノマシンが目覚め、私の中に充満した爆薬に点火する。その瞬間、私の全細胞は閃光とともに消滅し、膨大なエネルギーを放出するだろう。君の身体もその中で燃え尽きることになる。うん？どうだ。いまの気分は。それでも、やれるものならやってみろといえるか」

ラナは相手に目を据えた。

「この期に及んでまだ、わたしを怯えさせたいんですか」

「人類に偉大な滅びを！」

ぎょっとするほど大きな声だったが、男の身体にはなにも起きない。

「いま、君は少し震えたね。遠慮なくいいたまえ。怖い。死にたくない。助けてくださいと」

「そうしたら、自爆するのを止めますか」

ラナは冷淡に返した。

倉林が憎々しげに睨む。

「君のね、そういうところが、可愛くないんだよ。でもまあ、さっきの震えたところは、少し可愛げがあったがね。人類に偉大な滅びをっ！」

いきなり叫び、見ひらいた目でラナを見つめる。しばらくそのまま固まってから、ぎこちなく息を吐いた。

「おやおや、可哀そうに。涙ぐんでいるじゃないか。怖かったんだね。え？」

ラナはぐっと口を結ぶ。こんな奴に、涙を流すところを見られたくない。

「だが、あのくらいじゃあ爆発はしない。まだ声が小さいんだ。それに、心拍数も血圧も、そこまで行ってなかったからね。意外に難しいんだよ、これが」

倉林が大きく呼吸をした。

「でも、そろそろ身体の準備ができてきたようだ。私の心臓はもう破裂しそうだよ。私の顔はいま、紅潮しているだろう。熱くなっているのが自分でもわかる。これで条件はクリアできてるはずだ。起爆する訓練もしっかり受けてきたからね。わかるんだよ、そういうのも」

落ち窪んだ目が爛れたように輝き、頬が激しくひくつきはじめる。

「さあ、もう最後だよ。次に私が叫んだら、君は熱と爆風の中で死ぬんだ。いま、どんな気分だ。正直にいいたまえ」

「よく喋りますね」

しかし悔しいことに、ラナの心臓も痛いほど胸を叩いていた。

「人類にぃぃい！　偉大なぁぁあっ！」

そこまで叫んでから、正気とは思えない笑い声を部屋中に響かせた。

「ほらほら、遠慮しないで泣きたまえ。怖いのだろう。恐ろしいのだろう。死にたくないのだろう。だったら泣けっ！　泣いて命乞いをしろっ！」

「いま、わたしが泣くとしたら、怖いからじゃない」

「また強がりかね」

「あなたが、あまりにも哀れだからです」

倉林の顔から表情が消えた。

真っ赤に血走った目でラナを見つめる。

「それに、あなたのような人と死ななければならないわたしも」

顔の片側だけでふんと笑い、

「脅しはもう止めだ」

放り投げるようにいった。

「ほんとうに、これで終わりにしてやる」

ラナはただ睨み返す。

「そこを動くなよ。逃げたら、君以外のだれかを必ず道連れにする」

「卑怯者」

倉林がゆっくりと息を吸い込み、大きく胸を膨らませた。

「人類にぃぃぃぃぃぃっ！」

凄まじい形相で叫ぶ。

「偉大なぁぁぁぁぁあっ！」

ラナは強く目を瞑った。

お父さん。

お母さん。

ごめんなさい。

＊

モニター上のいたるところに小さく生まれ、引き寄せられるように集束して一つになった赤く強い光が、また標的に到達して消えた。

これで五つ。

みかずきIIの水道システムは、すでに身体の一部だった。どの増圧ポンプをどこまで出力し、どの制御バルブをどのタイミングで開閉すればいいのか、いちいち考えなくとも自然と操作の手が動く。

長かった。

ほんとうに、長かった。

酸素供給装置を一つ潰すたびに、心が解放されていく。

残り、四つ。

滝森美來は、モニターを見つめたまま、愛(いと)おしむようにいった。

「沈みなさい、みかずきII」

＊

水道システムのオペレーションルーム一号室を飛び出た上嶋淳は、階段を使って地下一階まで下り、地下通路をひたすら駆けた。滝森美來の籠もっている七号室に行くには、このルートがもっとも近い。一つ、また一つと酸素供給装置が破壊されていくのを、黙って見ているのは耐えられない。無駄かもしれない。間に合わないかもしれない。それでも淳は走らずにはいられなかった。

しかし、ついにその時が来てしまう。

『班長』

淳は足を止めた。

息が上がって、すぐには応えられない。

自分の荒い呼吸が、狭い通路に反響する。

『七号基、破損。機能停止しました』

「……酸素濃度は？」

『まだ影響は出ていませんが、残念ながら、もはや……』

「わかってる」

通話を閉じると同時に、淳は膝から折れ、両手を床に突いた。

「……なんてことだ」

たとえ八号基と九号基がこのまま残ったとしても、二基だけでは十分な酸素を供給できない。せめて三基あれば、稼働させている間に破損した六基の修理を間に合わせる手もあったが、この時点でそれも潰えた。

万事休す。

もはや施す術はない。

「ここまで来て……ここまで……」

あやうく泣き崩れそうになったが、歯を食いしばって堪えた。

悲嘆に暮れるのは後だ。

淳は心に鞭打ち、立ち上がる。

管制塔を呼び出し、現況を報告した。

「住人の生命を維持する手段は、完全に絶たれました。断腸の思いながら、いったん、みかずきIIを捨てるしかありません」

自分の発した言葉に、思わず目を閉じ、天を仰ぐ。

こんな結末が待っていたとは……。

それでも、自分の職務だけは、最後まで全うする。

目を開けた。

声を振り絞って続ける。

「早急に、住人の退避の手配を、お願いします」

しかし、返ってきたのは、思いがけない言葉だった。

『退避の必要はありません』

担当官の声からは、動揺の気配が消えている。

＊＊

『朗報だぞ』

いきなり志村界斗がいった。

『上が動いてくれることになった』

「ほんとうですか」

城内タカヒロは歓声を上げそうになる。

「でも……いいんですかね」

『あ？　なにが』

「あれは、俺が勝手に推測しただけで、ぜんぜん見当違いかもしれないし」

『おれは、おまえさんの推理は的を射てると思うぜ』

同じ言葉でも、志村の口から出ると重みが違う。

『じゃなきゃ、直談判してまで上を説得しようとは思わねえよ』

「志村さん……」

タカヒロは胸が熱くなるのを感じる。

舌打ちが聞こえた。

『ああ、もどかしいな。おまえさん、ちゃんとわかってるか？』

「え……はい？」

志村が、それまで見せたことがないほどの上機嫌でいった。

『タカヒロ。おまえ、みかずきIIを救ったんだぞ』

＊＊

モニター上の赤い光が、最後の標的に到達して、消えた。

これで、みかずきIIの酸素供給システムは、完全に潰れた。水道システムの全能力を駆使して生み出され、一つに集束した圧力の直撃は、あの取水弁では絶対に受け止めきれない。

それよりも、この計画における最大の懸念は、圧力を伝える水道管の強度だった。設計上の耐圧限界をどうしても超えてしまうからだ。管壁に圧力のかかる時間を可能なかぎり短くすることで、影響を最小限に抑えるしかなかったが、それでも何カ所かは破裂することを覚悟して、その場合の対処方法も考えておいた。が、どうやら持ちこたえてくれたらしい。

ほんとうに、終わったのだ。

滝森美來は、ゆっくりと息を吸いながら、背もたれに身体を委ねた。目を瞑り、深く息を吐く。

やり遂げた。わたしは、とうとう、やり遂げた。あの日から、ほぼ二十年。ただひたすら、このためだけに、生きてきた。そう、わたしは、間違いなく、生きた。生き切った。命を燃やし尽くした。もう、空っぽだ。満ち足りているのに、空っぽだ。とてつもない充足感と、底なしの虚しさが、矛盾なく入り混じる今この瞬間の、なんと甘美なことだろう。永遠に浸っていたい。永遠に……。

わたしの計画は完璧なまでに機能したが、ただ一つ手抜かりがあったとすれば、ここで死ぬ手段を準備しておかなかったことだろう。いまこそ自ら命を絶つ最高のタイミングだったのに、せっかくグレートエンディングを体現するチャンスだったのに、みすみす逸してしまうとは。ああ、こうしている間に、だれか、わたしを殺してくれないだろうか。吾刀洋。わたしを迎えにきて。連れていって。

「滝森班長、ここを開けてください。班長！」

ドアの外からは、相変わらず無粋な声が響いている。

もう少しだけ、待ちなさい。

もう少しだけ、この時間を楽しませて。

もう少しだけ……。

滝森美來は、うっすらと目を開け、モニターを眺める。自分のやり遂げたことの手応えを、もう一度、味わいたくて。

「…………」

背もたれから身体を浮かし、目を眇めた。

なんだろう。

モニターの表示に違和感がある。

「……制御バルブ」

圧力を上げるために閉じたはずの制御バルブが、いくつか開いている。そんな操作をした覚えはないのに。それだけではない。無効にしてあった減圧弁も、いつの間にかすべて復活していた。

ＡＩが勝手に制御を再開した？

マスターコードを解除していないのに？

滝森美來は、ためしに制御バルブの一つを閉じるコマンドを送ったが、閉じるはずの制御バルブは、開いたまま動かなかった。次に増圧ポンプの出力を上げる操作をしたが、やはりモニターに変化はない。

そこで、いったんマスターコードを解除し、再起動させてみた。

それでも反応しない。

どういうこと？

マスターコードが効かない？

そんなわけはない。

現に、さっきまではちゃんと――。

そのとき、鋭い痛みとともに脳裏に閃いたものがあった。

「まさか……」

モニターの左側にファイル一覧を表示させる。その中の〈シミュレーション〉を開く。これまでにモニター上で、様々な事態を想定したシミュレーションを重ねてきたが、そのデータは全部ここに収められている。

最後のシミュレーションが実行された日付。

「……そんな」

今日、だった。

終了時刻は、ほんの数分前。

そのシミュレーションデータを再生すると、たちまちモニター上に、水圧の異常な上昇を示す赤い光が、無数に出現した。水道管を瞬く間に移動しながら、一つにまとまり、酸素供給システム一号基に襲いかかって消滅する。わずかな沈黙の後、ふたたび赤い光が生まれ、移動を始め……。

*

倉林が、ゆっくりと息を吸い込み、大きく胸を膨らませた。

「人類にぃいいいいいいっ！」

凄まじい形相で叫ぶ。

「偉大なぁぁぁぁぁぁっ！」

ラナは強く目を瞑った。

「ほろ……がっ……ぐぅ……」

物々しい気配の直後、声が崩れ、急に静かになった。

息の詰まる沈黙が続く。

なにが起こったのか、わからない。

しかし、目を開けることも、ラナにはできない。

ほどなく、立ちこめていた気配が、風のように去った。

でも、まだ、そばに、だれかが、いる。

「お怪我はありませんか」

大人の男性の、礼儀を弁（わきま）えた声だった。

ラナは、そっと目を開ける。

灰色の迷彩服に身を包んだ大柄な男の人が、腰を落として心配そうにラナを見ていた。

「我々は陸軍特殊部隊です。遅くなって申し訳ありません」

倉林の姿はどこにもない。

「……あの人は」

「我々が確保しました。いまは鎮静剤で眠っています」

「ほかの人たちも、みんな無事ですか」

男の人が、優しい目で、うなずく。

「もう大丈夫ですよ」

温かく寄り添うような声に、押しとどめていた感情が堰(せき)を切ってあふれ、ラナは声を上げて泣いた。

*

生まれてきてよかったと思える瞬間が、あと一度くらい、自分の人生にも訪れるかもしれない。その一瞬のためだけでも、生きる価値はある。

「……そうだったね、かおりん」

池辺潤太はマンションを振り返り、さっきまでいた部屋を見上げる。

「おい、リュウリ」

潤太は、空のどこかに向かって呼びかける。

おまえたち、ほんとにいい友達を持ってたんだな。

9

みかずきIIの関係者、とくにインフラ部門にテロリストが紛れ込んでいる恐れがあるとの警告が警察局から届けられたとき、管制塔はみかずきIIのメインAIにその情報を伝えることしかできなかった。時間があまりにも限られていたからだ。

メインAIはただちに、みかずきIIに存在する全サブAIの統括権限を要求してきた。みかずきIIにはメインAIのほかに、各インフラを制御するサブAIがそれぞれ稼働している。それら個別のサブAIを管理するのはマスターコード保持者、つまり各インフラの最高責任者で、このままではメインAIといえども干渉できない。この状態は、移住が完了して完全密閉状態に移行するまで継続されるが、その後は、メインAIがマスターコードを上回る、全サブAIに対する統括権限を持つことになっていた。メインAIは、その時期の前倒しを求めてきたのだ。管制塔は速やかに要求に応えた。

統括権限を得たメインAIは、滝森美來がマスターコードを使って水道システムを乗っ取り、断水を起こしても静観していたが、彼女が増圧ポンプの出力を異常に上昇させ、適正範囲を超える水圧を生じさせた瞬間に、マスターコードの権限を凍結した。そして、停止されていた水道システムのサブＡＩを復活させて制御に当たらせる一方、各インフラの全オペレーションルームのモニターをシミュレーションモードに切り替えた。この時点では、テロリストが滝森美來一人と断定することができず、すべてのインフラ部門にテロリストが入り込んでいるケースを想定せざるを得なかったからだ。

結果的に、酸素供給システムのオペレーションルームでも、水道システムと連動したシミュレーションが進行することになった。要するに、モニター上で酸素供給装置がいくら破壊されても、あくまでシミュレーション上のことであり、現実のシステムは何事もなく機能していたのだ。

このときまでに断水も解消されており、もし滝森美來が蛇口をひねっていれば、自分の目論見がとうに崩れ去ったことに気づけただろう。

彼女は警察局に身柄を拘束されたが、現在、精神的にきわめて不安定で、会話もできない状態だという。

人間爆弾となってみかずきIIに潜入していた九名のうち、自爆したのは六名に留まり、三名はおとなしく投降した。彼らは全員、その場でソマティックボムのワクチンを投与された。点火を担うナノマシンがワクチンによって無効化されたため、爆発することはなくなったが、体内に蓄積した爆薬を取り除くことは不可能なので、遠からず絶命することは免れない。

桂木達也をはじめとするその三名は、いまのところ存命で、病院に隔離されている。上嶋淳は、約束どおり、桂木達也に面会に行き、互いの顔を見ながら、二時間にわたって話をした。その中で、彼がかつて池辺リュウリの教え子だった事実を知ったのだった。桂木達也は、自分の置かれている状況を母親には伝えていないとも語った。彼女はいまも、息子の帰りを待ちながら、シールドポリス〈やまと〉に入る日を楽しみにしているのだろうか。

上嶋淳は、事件の後処理が一通り終わり、社内で選抜された交代者が到着してから、みかずきIIを後にした。それ以前から、ほとんどの業務を副班長に任せていたため、引継ぎも簡単に済んだ。

妻の理穂には、自宅に帰り着く時間をテキストで知らせておいたが、返事はなかった。互いのすれ違いが明白になったあの日以来、テロリストへの対処に追われたこともあって、理穂とちゃんと話していない。

自宅にもどってみると、ドアがロックされていた。チャイムを鳴らしても応答がなく、淳は自分でロックを外して入った。中はひっそりとしていた。理穂の名を呼んだが、応える声はない。恐れていたことと直面するときが来たのか。理穂は去ったのか。自分は理穂を失ったのか。生まれて初めてと思えるほどの巨大な喪失感に呑み込まれて立ち尽くしたときだった。

「おかえり」

声に振り向くと、両手を後ろに回した理穂が立っていた。

「ひょっとして、焦った?」

いたずら好きそうに微笑む妻を、淳は衝動的に抱きしめ、そのまま二人だけの濃密な時間に突入した。

そういうわけで淳は、みかずきIIの地下ゲートが永久に閉じられ、完全密閉状態に移行する瞬間のライブ配信を、無事、理穂と二人で見ることができたのだった。

同じライブ配信を、池辺潤太は自宅のマンションで、吉井沙梨奈といっしょに視聴していた。沙梨奈の入っていた施設がとうとう閉鎖されることになり、潤太が引き取ったのだ。

こちらに移ってからの沙梨奈は、背上げしたベッドに横たわったまま、ラナの動画や写真を飽きずに見ている。しかし沙梨奈の目には、だれが映っているのだろう。一度だけ、写真を見つめながら「香織」とつぶやく沙梨奈の声を聞いたことがある。

みかずきIIの地下ゲートが完全に閉じられることで、いよいよ終わりが近づいたことを実感する。大気の酸素濃度の低下と、硫化水素濃度の上昇はさらに加速し、硫化水素塊の落下による犠牲者も世界各地で急増している。

国内でも、沙梨奈の施設のように、これまでかろうじて機能してきたものが、次々と力尽きている。強化酵母の配給もいつまで続くかわからない。ひたすら終末に向かって流れ落ちていく時間に、人はどこまで耐えられるのか。いつまで正気を保てるのか。

いずれ自分にも、最後の決断をしなければならない時が訪れるかもしれない。そう遠くない日に、という予感もある。このところ、香織が傍にいるような気がしてならないのだ。そして潤太にこうささやく。

「いつでもいいよ、潤くん」

そのたびに潤太は応える。

「ごめん、かおりん。もう少し待ってね」

その一方で、リュウリの気配はまったく感じない。

たぶん、小春たちのところにいるのだろう。

ほぼ同時刻、小春のもとには、江口ゆかり、城内タカヒロ、そして皆川マモルの三名が馳せ参じていた。さっきまでは、おしゃべりや笑い声が飛び交っていたのに、ライブ配信が始まったころから、みな寡黙になっている。みかずきIIの地下ゲートが閉じられることの意味を、それぞれの胸の中で嚙みしめるかのように。

彼らの姿をそれとなく眺めていた小春は、ふと、リュウリの名を呼びたい衝動に駆られた。大げさなものではなく、ちょっとした用事を頼む感じで「ねえ、リュウリ」と。呼べば奥から「うん、なに？」と声が返ってきそうだ。いま、ここにリュウリの姿がないのは、たまたま飲み物を取りに行っているから。すぐにもどってきて、小春の隣に腰を下ろし、みなといっしょにライブ配信の続きを見る。以前なら、そのような空想を巡らせても、彼の不在をあらためて突きつけられる思いをしただけだったが、きょうはなぜか、悲しくならない。ほんとうにリュウリが近くにいるような気がする。

視線を感じて目を向けると、江口ゆかりが「だいじょうぶ？」と問うように小春を見つめていた。小春は「だいじょうぶだよ」という気持ちを込めて、小さくうなずく。江口ゆかりが、ほっとしたように目元を緩め、うなずき返す。小春は声を出さずに口だけ動かし「ありがとう」と伝えた。

小春は決めたのだ。みかずきIIの地下ゲートが完全に閉じられても、ラナの帰ってくる場所だけは無くすまいと。もちろん帰ってこないほうがいい。帰ってきてほしくない。それでも、あの子の帰る場所は、ここにある。わたしが守る。わたしの命が尽きるまで。そう決めたのだ。

獣の唸り声のようなものが聞こえたと思ったら、城内タカヒロが真っ赤な目で嗚咽を漏らしていた。

江口ゆかりが驚いて、

「やだ、なんでタカヒロが泣いてんの？」

「ラナちゃんのことを考えてたら、なんか、泣けてきて。あの子はさ、これから一人で、俺たちの希望を背負って、生きていかなきゃいけないんだ。俺たちにはもう、してやれることは、なにもないんだよ」

江口ゆかりが、あやうくもらい泣きしそうになりながらも、なんとか持ち直し、

「にしたって、小春ちゃんより先に泣いてどうすんのよ。ごめんね、小春ちゃん。こういうところ、昔から無神経なんだよね」

「しょうがねえだろ、泣けるんだから」

すると皆川マモルが、

「それにラナちゃんは、僕らみんなにとっても娘みたいなものだから」

江口ゆかりがうれしそうに、

「皆川くんも、そういうとこ、ほんと変わんないよね」

「え、そう？」

「素敵だよ」

「でもよ、マモル。いくらなんでも、ラナちゃんを娘っていうのは図々しくないか。ラナちゃんにしてみりゃ、俺たちはしょせん、よく知らないおじさんおばさんだぞ」

「ちょっと、おばさんってだれのことよ」

「そんなの……なあ」

城内タカヒロが助けを求めるように小春を見ると、

「ほら、よそ見しない」

強引に正面を向かされた。

小春は思わず笑みを漏らして、

「みんな、ありがとうね。ラナのことを、そんなふうに思ってくれて。きょう、ここに来てくれて……ほんと、感謝してる」

あらためて言葉にすると、涙を堪えきれなくなった。城内タカヒロだけでなく、江口ゆかりも、皆川マモルも、感極まったように目を潤ませる。

「あ、カウントダウンが始まった！」

江口ゆかりが画面を指さすと、みなが一斉に顔を向けた。

人類の未来を託されたシールドポリス。全世界にわずか三百余りしかないうちの一つ。そして、日本に存在する唯一にして世界最大級のシールドポリス。

みかずきII。

その地下ゲートが、まさに閉じられようとしていた。これが開かれることは、二度とない。

小春は、背筋を伸ばして、息を詰める。

この瞬間を、受け止めるために。

この瞬間を、記憶に焼き付けるために。

とうとう、その時が、来る。

ゲートが、閉じる。

いま、みかずきIIが、出航する。

「……さようなら、ラナ」

元気でね。

＊

「ラナさん、頑張ってください！」

光村あいの鼻息が荒い。いつにも増して両拳に力が入っている。

「あの、ほんと、そういうんじゃないんだけど……」

「しっかりね、ラナちゃん。あたしたちが付いてるよ」

なぜか、この高岡華世をはじめ、H312のF4住人もほぼ総出で、ラナの見送りにきている。そして、なぜか、みなの顔が異様に活き活きとしている。ラナは、あはは、と気の抜けた笑いでごまかすしかない。

なんでこうなったんだろ。

「……ま、いっか」

地下ゲートが永遠に閉じられる瞬間も、みかずきIIの中では日常が営まれていた。住人にとって、みかずきIIはとっくに走りはじめている。ただ、この日を境に新しく始まるものもある。きょうを第一日として、みかずきIIの運用日数を示す〈Mデイ〉だ。歴史の継続性を失わないために、引き続き西暦も併用されるが、これからのラナたちの目標は、一日でも多くMデイを積み重ねることになる。

「では、行ってきます」

あらためてラナは、みなの前で胸を張った。

「行ってらっしゃーい！」

「頑張ってねー」

　みかずきIIでの生活にもだいぶ慣れてきた。一言でいえば、思っていたよりも快適だ。個室はプレップの宿舎の倍くらい広いし、清潔なトイレも付いている。酸素も十分に供給されていて、息苦しさを感じることもない。空調も静かだがよく効いており、どの場所でも室温がほぼ一定に保たれていた。

　シャワーは共同だが、二日に一回使えるのはありがたい。石鹸のほか、タオルや肌着類、生理用品など、最低限必要なものは定期的に配給がある。さらにダウンタウンと呼ばれる商業区に行けば、個人に付与されるポイントを使って好みの服なども手に入る。それらの製品の原料はすべて、みかずきIIの工業区にある設備でバクテリアに作らせているそうだ。

　七歳から十五歳までが通う、いわゆる学校も、みかずきIIの中に八カ所あり、明日から始まることになっている。といっても、登校するのは三日に一回で、メインは各居住区での自習だ。

　大人たちもそれぞれの分野で仕事に就くが、みかずきIIの機能のほとんどはＡＩが制御しているので、トラブルが起きたときの対応訓練が業務の中心になるらしい。出勤も三日に一回と決められている。この頻度がもっともストレスなく従事できて、事故や問題の起こる確率が低くなり、結果的にコミュニティの長期存続に寄与すると、みかずきIIのメインＡＩが判断したからだった。

みかずきIIの居住区は、プレップの宿舎棟よりは広々としているが、基本的な構造は同じだ。女性用区と男性用区がそれぞれ横に並び、両区の間に、区の全体集会を開けるほどのスペースが奥に延びている。

このスペースは、個室に比べると天井が高くなっており、みかずきII最上部の円形公園ほどではないが、開放感もある。壁際にはベンチがいくつも設えてあり、いまも何人かが、思い思いの時間の過ごし方をしていた。

ラナは思わず立ち止まる。

光村あいのいっていたとおりだ。いちばん奥のベンチに、彼が一人で座っていた。足を組み、リラックスした様子で、紙の本を開いている。少しうつむき気味の横顔は、まるで祈りを捧げているよう。

心臓が勝手にどきどきしはじめる。そんなつもりはなかったのに、みんながあんなふうに盛り上げるから、緊張してきてしまったではないか。

静かに深呼吸をする。

行くしかない。

「よし」

ふたたび歩を進める。

一歩、一歩、ゆっくりと。

本番でとちらないように、これから口にする言葉を、小さな声で練習する。

「お邪魔してすみません。守崎岳さん、ですよね。はじめまして。わたし、池辺ラナといいます。同じH312のF4にいます。守崎さんがインタビュー動画でおっしゃっていた、物語を未来に残すという言葉がとても印象に残っていて、いろいろお話ができたらいいなと、ずっと思っていたんです。よろしければ、少しお時間をいただけませんか」

終章　神話

その日、一人の少年が、国立博物館を訪れた。期間限定で開催されていた〈古代タキ王国展〉を観覧するためである。

もともと少年は歴史にはあまり興味がなかったが、我が子に教養を付けさせることが親の義務と心得る両親に連れられ、仕方なく古代タキ王国の興亡を辿ったのだった。このことが後に、人類そのものの興亡を辿る一大事業に繋がるとは、もちろん少年の知るところではない。

太古の貴重な遺物を前にしても、これといった感想を抱かなかった少年だが、ある展示物の前に来たとき、初めて足を止めた。

小さなショーケースの中で、無色透明、片手で持てる程度の大きさの、薄い板状の物体が、照明を浴びてきらきらと輝いている。

〈神の書〉とあった。

　伝承によれば、最初の所有者は、古代タキ王国の賢王ミザであったという。

　九千年前に栄華を誇ったこの王国は、周辺の国々を征服して順調に版図（はんと）を広げたが、そこにデライマという、もう一つの大国が立ちはだかった。両軍の本格的な戦闘は、広大なバミ平原においてが最初であったと伝えられる。このときミザ王は苦戦し、いったん退却を強いられる。現在も流れる大河、キフル川まで退いて一夜を明かしたとき、ミザ王の枕元に神の使いが立つ。そのとき、ミザ王に与えられたものが〈神の書〉であった。

　実際は、兵の一人が岸に近い川底にでも沈んでいるのを見つけ、それがミザ王のもとへ運ばれたのだろう。ともあれ、ミザ王は〈神の書〉に浮かび上がった神の言葉に従ってデライマに再戦を挑み、これを打ち破った、ということになっている。

　しかし少年の心を奪ったのは、虚実の入り混じった歴史的背景ではなく、その不思議な佇まいと美しさだった。一見すると単なるガラス板のようでもあるが、手を触れればそのまま沈み込みそうな底知れなさを感じる。少年は、両親に急かされても、魅入られたかのように見つめ続け、その場から動こうとしない。この少年こそ、ラクユ・ザン・カマキ、その人であった。

　長じて情報技術者となったカマキは、ある画期的な記憶媒体の開発に携わる。その最初の完成品を手にしたとき、奇妙な感覚に囚われた。無色透明でありながら底知れない深淵を感じさせるこの物体を、以前どこかで目にした気がする。

だがそれは、あり得ないことだった。ようやく実用化にこぎ着けたばかりの最先端技術の結晶だ。過去に存在していたはずはない。

それでもカマキは、根気強く記憶を探り、少年のころに博物館で見た〈神の書〉だと気づく。

まさか、という思いであったろう。

しかし、それがどれほど突飛なものであろうと、カマキは自分の直感を信じた。彼は管轄庁と粘り強く交渉し、〈神の書〉が高度な記憶媒体であるとの仮説を、検証する許可を得たのだ。

検証の結果は、その、まさか、であった。

彼が睨んだとおり、〈神の書〉には何者かによって膨大な言葉が刻まれていた。

報告を受けた政府は、賢明にも、その発見の重要性を完璧に理解した。ただちに国家プロジェクトを立ち上げ、刻まれた言葉の解読に取りかかった。

政府の全面的な支援もあり、解読は三年という短期間で成し遂げられたが、驚くべきはその内容であった。当時の人々にとっては、あまりにも信じがたいことであったろう。

だが、もし記されていたことが事実ならば、それまで人類を悩ませてきた大きな謎、ほかの動物に比べて我々人類の遺伝情報だけが著しくかけ離れているのはなぜか、という謎が解き明かされることになる。

かけ離れているのも当然だったのだ。

我々の祖先が、遠いほかの惑星から宇宙を旅して、この星にやってきたのだとすれば。

文書には、当該惑星の位置も記されていた。宇宙望遠鏡システムの照準をその場所に合わせて探索したところ、文書のとおり恒星〈タイオ〉とその惑星〈チキウ〉に相当する天体を確認できた。チキウは我々の星よりわずかに小さいが、公転の周期はほぼ同じだった。これも文書の内容と一致する。

もはやこれ以上疑う理由はなかった。解読された内容は、発見者の名をとって〈カマキ文書〉と名付けられ、全世界に公表された。

その報に接した人々の感慨は、いかほどであったろう。自分たちがどれほどの幸運と偶然の末に存在しているのか、畏怖の念を抱かずにはいられなかったのではないだろうか。

全人類をあげて、我らが祖先の星チキウに探査機を送り込む遠大な計画は、このときから始まったのである。

＊

当時まだ開発途中であった亜光速エンジンのほか、万能型探査ロボット、高出力レーザー通信技術などが完成し、一号機が打ち上げられたのは、いまから三百三十年前のことだ。この探査機には、もう一つの人類文明に向けたメッセージも託されていた。以来、現在までに百八十九機が旅立ち、そのうち六十七機はすでにチキウに到着して探査を開始している。

探査結果は続々とレーザー通信によって報告されているが、残念ながら、人類は見つかっていない。当然、我々からのメッセージに対する返信もない。

現在のチキウの大気は、ほとんどが二酸化炭素で、酸素は微量しか含まれないことが判明している。全体的に非常に高温で海はなく、少なくとも地表に液体の水は認められない。さらに放射線量も高く、微生物を含めて生命も確認できていない。

しかし、その星がチキウであることに、疑いの余地はなかった。祖先たちの生きた痕跡が、数多く遺されていたからだ。

とくに際立つのは、カマキ文書にもあった、大気の異変に対応するために建造された密閉型居住施設の遺跡である。この種の遺跡はチキウの各地で見つかっており、その数は現在までに三十二に達する。

そして、それらの中でも最大級の〈十九号遺跡〉で発見されたのが、今回公表する運びとなった〈十九号文書〉である。

いまのところ、チキウに住んでいた祖先の遺した文書で、我々が読めるのは、カマキ文書とこの十九号文書のみである、ということは強調しておきたい。

十九号文書の公表が予定よりも遅れたのは、そこに記されている内容が事実であるとの確証を得るのに時間がかかったためである。学術的なデータが大半を占めたカマキ文書と異なり、十九号文書に刻まれていたのは、居住施設で生きた人々の生々しい記録であった。百名以上の者によって書き継がれたと思われるその記録からは、当時の人々の息づかいが感じられるほどだ。彼らがなにを思い、考え、行動したか、そしてその結果なにが起こったのかが、まるで遠い未来に我々が読むことになるのを見越していたかのように、事細かに描かれている。

それゆえに創作である可能性も捨てきれなかったのだが、十九号遺跡の調査データを入念に解析した結果、文書にある出来事はすべて事実である、あるいは事実に基づいていることが確定的となった。

十九号遺跡が、少なくとも七百八十九年間、居住施設として機能したことが、あらためて裏付けられたのである。

十九号文書がこうして我々の目に触れることには、特別な意味がある。その意味を、この書を手にした一人一人に感じ取っていただけることを心から願う。

これ以上の前置きは無用だろう。

我々の祖先たちの、七百八十九年間にわたる壮大な物語。

堪能していただきたい。

参考文献

Pierre Amato (2012) Clouds provide atmospheric oases for microbes. *Microbe* 7 (3): 119-123

Pierre Amato, Marius Parazols, Martine Sancelme, Paolo La, Gilles Mailhot & Anne-Marie Delort (2006) Microorganisms isolated from the water phase of tropospheric clouds at the Puy de Dôme:major groups and growth abilities at low temperatures. *FEMS Microbiology Ecology* 59: 242-254

『恐竜はなぜ鳥に進化したのか　絶滅も進化も酸素濃度が決めた』
ピーター・D・ウォード著　垂水雄二訳　文春文庫

『図解・気象学入門　原理からわかる雲・雨・気温・風・天気図』
古川武彦・大木勇人著　講談社ブルーバックスB１７２１

『雲の中では何が起こっているのか　雲をつかもうとしている話』
荒木健太郎著　ベレ出版

『天気と気象についてわかっていることいないこと　ようこそ、そらの研究室へ』
筆保弘徳・芳村圭編著　稲津將・吉野純・加藤輝之・茂木耕作・三好建正著　ベレ出版

『ありえない生きもの　生命の概念をくつがえす生物は存在するか？』
デイヴィッド・トゥーミー著　越智典子訳　白揚社

『次の大量絶滅を人類はどう超えるか 離散し、適応し、記憶せよ』
アナリー・ニューイッツ著　熊井ひろ美訳　インターシフト
『遺体　震災、津波の果てに』石井光太著　新潮社
『検証　東日本大震災の流言・デマ』荻上チキ著　光文社新書
『全学連と全共闘』伴野準一著　平凡社新書
『エクアドルを知るための60章』第2版　新木秀和編著　明石書店
『霊と金　スピリチュアル・ビジネスの構造』櫻井義秀著　新潮新書315
『完全教祖マニュアル』架神恭介・辰巳一世著　ちくま新書814

この作品は二〇一八年九月小社より刊行されたものです。

人類滅亡小説（じんるいめつぼうしょうせつ）

山田宗樹（やまだむねき）

令和2年10月10日　初版発行

発行人――石原正康
編集人――高部真人
発行所――株式会社幻冬舎
〒151-0051東京都渋谷区千駄ヶ谷4-9-7
電話　03(5411)6222(営業)
　　　03(5411)6211(編集)
　　　振替00120-8-767643
印刷・製本―図書印刷株式会社
装丁者――高橋雅之

幻冬舎文庫

ISBN978-4-344-43032-7　C0193　　や-15-13

幻冬舎ホームページアドレス　https://www.gentosha.co.jp/
この本に関するご意見・ご感想をメールでお寄せいただく場合は、
comment@gentosha.co.jpまで。